诺曼·洛克威尔, 《三重自画像》
Norman Rockwell, *Triple Self-Portrait*, 1960

国家留学基金资助成果

梁庆标　著

Wrestling
The Theatre of Life Writing

角力
传记的生命剧场

广西师范大学出版社
· 桂林 ·

图书在版编目（CIP）数据

角力：传记的生命剧场／梁庆标著.—桂林：广西师范大学出版社，2022.1

ISBN 978－7－5598－4032－5

Ⅰ．①角… Ⅱ．①梁… Ⅲ．①传记文学－文学研究－中国 Ⅳ.①I207.5

中国版本图书馆 CIP 数据核字（2021）第 203844 号

角力：传记的生命剧场

JUELI：ZHUANJI DE SHENGMING JUCHANG

出 品 人：刘广汉
策　　划：魏　东
责任编辑：魏　东
装帧设计：赵　瑾

广西师范大学出版社出版发行

（广西桂林市五里店路9号　　邮政编码：541004）
（网址：http://www.bbtpress.com）

出版人：黄轩庄

全国新华书店经销

销售热线：021－65200318　021－31260822－898

山东韵杰文化科技有限公司印刷

（山东省淄博市桓台县桓台大道西首　邮政编码：256401）

开本：690mm×960mm　　1/16

印张：25.5　　　　　字数：350千字

2022年1月第1版　　2022年1月第1次印刷

定价：108.00元

如发现印装质量问题，影响阅读，请与出版社发行部门联系调换。

他的心胸好比古罗马的广大的角力场。

——鲍斯威尔《约翰逊传》

致　谢

　　传记是生命书写（life writing），即印刻记忆与人生——是受缪斯（记忆女神墨涅墨绪涅之女）真正眷顾的事业。无疑这样的人生及其对生命的真实记录乃充满各路声、色、财、力的"角力"过程，如同雅各与天使摔跤，既是善与恶的搏斗，也可能是善与善的纠缠；可以是人与异己者的扭打，更多则是自我的左右手互搏；似若逆记忆而行向灵魂深处探寻挖掘，亦仿佛迎着扑面而来的浪潮在历史沟回刻下纹路。古往今来中外传记生生不息、精魂日固，最令人心颤动容者，也正是重重压力背后生命的倔强、能量与弹性，揭橥了传记家与传主们在自然角力与文化竞逐中的进化力量。始终不能忘怀于传记，概因如是，也催生了小书一册：十数年生命经历与研究踪迹的实录。

　　屈指已逾不惑，半生来值得纪念感怀者：自南京迁徙南昌（2008），十二年倏忽已逝，生命流去五分之一甲子；承恩师杨正润先生引领我入传记之门（2005），迄今也已十五载余，超过年岁的三分之一；而与内子（会林）

结识于姑苏网师小园以来（2001），早已平添维翰（2006）、维源（2017）儿女一双，四口之家，乐如之何？尝闻《女王伊丽莎白一世传》著者尼尔（J. E. Neale）在书序中说，他终于领悟了为何作者的妻子总会出现在著作序言中，而他曾误以为"这只是一种常规惯例"——我深有同感，亦恍然大悟。

此外，并非无意义的是，当乔治·参孙（George Simson）①在由数亿年前火山喷发而成、天堂般的檀香山创办《传记》之年（1978），恰是我出生之时！（感谢父母大人养育之恩，以及他们对我所有选择的无限信任甚至纵容，虽然他们一字不识。）四十年之后，坐在夏威夷大学校园唯一可供饮酒的"花园餐厅"，我向精力丰沛而言谈滔滔的豪斯教授玩笑式地提到这一巧合，他豪爽大笑，与我频频举杯"豪饮"——"美（式啤）酒"。

---

① 更正：概因美国传记家、文学批评家艾德尔（Leon Edel, 1907-1997）先生名头太大，以至我（及许多传坛同道）一直认为是他一手创办了著名的夏威夷大学"传记研究中心"（CBR，1976）和《传记：跨学科季刊》（1978）这份学术刊物，所以几年前我在《传记家的报复》编译前言中提到，"1978年，美国著名传记家、《亨利·詹姆斯传》的作者利昂·艾德尔在夏威夷大学创办了《传记》杂志"。及至2017-2018年赴传记研究中心访学，并不幸（或有幸）参加了乔治·参孙先生（George Simson, 1931.4.18-2018.3.4）的追悼会，才明白推动当代传记研究的真正功臣是这位参孙先生。传记中心的当下主事者、我的研究导师豪斯教授（Craig Howes）曾告诉我一点轶事：艾德尔先生一生以亨利·詹姆斯专家自视自任，勤奋异常，特别是惜时如金，不过也有某些老派学者的"通病"，欲将研究对象独占专揽，不容他人染指，性显冷漠，不喜他人叨扰，似无暇赠人玫瑰，或曰乏提携后人之意；他晚年移居马诺阿，在夏威夷大学度过了最后岁月，九十而终，已然变得平和近人，不过虽与参孙有交集和交流，但并未实际介入传记中心事宜，据说还泼过冷水。悼念发言时，豪斯先生对乔治追怀有加，动情莫名，几度潸然。在此，我对之前的想当然行为深深致歉，也奉上对参孙先生的一鞠怀念与感激，当然也向艾德尔为传记做出的卓绝贡献致敬。

要进一步了解乔治·参孙创办传记基业的过程，可参：George Simson, "*Biography* and the Center for Biographical Research at the Universityt of Hawaii, 1976-1999", in Frederick Karl ed., *Biography and Social Studies 5*, New York: AMS, 2000, pp.61-96. 此文在2018年的追悼会上增补为扩展版，并作为纪念小册子分发。特别说明的是，参孙（Simson）通译"西姆松"，此处以圣经英雄、以色列士师之名译之，以示敬意。

　　犹记硕士初读，相门之外、干将路畔、凌云楼上，某师似有不解曰：你好像更在意文学之外的东西，言下即对作家本人、学界中人的生死祸福更感兴趣。愚钝如我当时未加深思细品，多年之后才幡然醒悟——他指的正是曾"不入殿堂"之传记，而今我的学术命脉——由此便常常把此话当年可能暗含的批评视为褒奖，心下更加安然乃至窃喜。也时常回想起在夏威夷碧海中潜泳的时光，最乐于沉入海底把自己化为一条鱼，俯身贴着珊瑚礁，跟随色彩斑斓的鱼群任由波浪起伏，似已根扎海底，与天地连成一体。

　　回首间不禁抚案长叹：幸随传记而生，幸得爱传天性，幸入传学杨门！

　　有必要说明的是，书中部分章节已陆续刊登于《外国文学评论》《国外文学》《现代传记研究》《传记文学》《中国图书评论》《跨文化研究》等刊物，此次成书，部分内容稍作润色添减，大部分一仍其旧，作为学术生涯之旅的"立此存照"。在这样一个以文量人的小时代，承蒙各刊物的厚爱和编辑们目光如炬、心细如发的编校，让我得以有所"成果"并混迹教席，特此表示感谢——尤其是专擅传记的资深编辑魏东先生，没有他的努力，本书不可能顺利"降生"。

　　杨师正润与刘兄佳林统领的上海交通大学传记中心已然成为国际传记研究重镇之一，与夏威夷大学传记研究中心、牛津大学传记中心等鼎立并遥呼共进，吾辈有幸成为中心一员，并常躬逢"杨门会饮"，幸得亲受各位师友襄助，小书也蒙列"现代传记文库"系列，提拔之意，厚爱之情，感激不胜云尔！国家社科基金、国家留学基金为本研究的顺利完成提供了资助和支持，特此向匿名评审专家的公正评判、慧眼提携和"两金"的大力撑持致敬！而对各位至亲、友朋在各方面的鼓励与帮助，我再不能吝惜感谢之辞，虽然也仅止于口头。

　　或许怕读者了无耐心翻到最后，特把致意之辞写在前头。当然，致意之中也不无致歉之念，按照学界的惯例措辞就是，小书本可以写得更好，然而……

　　　　　　　　　　　　　　　　　　梁庆标于等风来居

　　　　　　　　　　　　　　　　　2020 年 8 月，世界时在疫中

"朝圣者"的足迹

——《角力：传记的生命剧场》序

杨正润

庆标教授新著付梓，来函求序。

正是春风芬芳、江南草长的季节，打开这部文集，一股清新之气扑面而来。全书约二十个论题，或者探讨传记发展新的趋向和范畴，或者提出研究中新的视角和思路，或者从旧作中挖掘出新的意蕴，话题和材料都可谓新鲜。学术上的创新，自然不是一日之功，这是要阅读大量文献，进行艰辛的思考、反复的推敲和比较才能到达的境界。庆标多年来承担繁重的教学任务并任国家社科重大项目子课题负责人，在这些工作之余，他孜孜不倦，跟踪英美传记理论当下的发展，从中得到启发、产生灵感，同时参照传记史和文学史上的名作，予以发挥，进行总结，敷衍成文。他又精心设计，把这些广泛而又分散的论题，编成章节，其中包含着对传记学理的探索。

　　论题的广泛，反映了庆标丰富的知识、开阔的视野和多方面的兴趣，不过更多是反映了传记发展的趋势。无论中国还是西方，形式完整的传记作品已经有两千多年的历史，许多古典的文学形式已经消亡，但传记的各种类型却始终存在，而且还有新的形式不断出现。近二三十年来，一种更宽泛的、同"传记"常常互换的概念"生命写作"（life writing）流行，许多文学或文化形式被纳入这一范畴。传记的领域不断扩张，人文社会科学多种学科同传记理论不断互相渗透，对传记研究提出了许多新的问题，庆标接受了这种挑战，以自觉的传记意识不断扩大研究的范围。

　　传记书写真实的人生，密切联系着现实世界，传记理论应当有自己的风格，某些文学批评那种艰深或枯涩的文风并不适用于传记，传记学的名篇总是生动可读，体现了传记自身的特点。庆标此书诸篇除少数概述，多是从各种类型的传记家或传记作品入手，从文本的解析进入理论的探讨，理论的阐释又不脱离文本，加上行文流畅生动，意趣即在其中。

　　中国现代传记是五四新文化运动的产物，其后三十多年从胡适到朱东润，一大批传记家的出现，为《史记》《汉书》之后沉寂已久的中国传记带来新的高潮。他们中有人如李长之也关注到理论问题，不过中国现代传记理论的正式建立还是在改革开放的"新时期"，这时期的中国学者开始把传记当作一个专门文类进行研究，一方面审视中国和西方传记的历史传统，另一方面从莫洛亚、伍尔夫、艾德尔等欧美传记家那里吸收养料，为具有中国特点的传记史和传记学创建了雏形，完成了这一代人的任务。

　　近一二十年来，新一代的学者出现了，他们大都经受过完整的专业教育，有着更开阔的眼界，更熟悉现代学术方法，他们在这起步阶段所做的工作主要是在前人所取得的成绩的基础上，对中国以及世界范围内的传记和传记文化，进行更细致、更深入的专题研究。他们不断取得新的成绩，上海交通大学传记中心 2012 年成立以来，主办了三次国际传记学术讨论会，出版了专刊《现代传记研究》，为他们发表成果提供了园地，庆标是他们中的一位出色代表。

庆标文中开篇就说到艾德尔，使我产生许多联想。艾德尔是第二次世界大战后美国以至西方传记界的标志人物，他写传记作品，也研究传记理论，两方面都取得卓越成就，我和许多学者一样，从他的著作中受益匪浅。传记是一门艰辛的事业，艾德尔积数十年的经验，对其中的甘苦深有所知，最令人难忘的是他把传记家称作"文学的朝圣者"。在传记领域要真正取得成就，就必须把它当作一种神圣的事业，需要真诚和执着，需要专心致志、目无旁骛、脚踏实地、奉献全部精力。庆标在这条道路上已跋涉十五年，本书就是这位"朝圣者"留下的足迹。当然，前面的路还长，也许还会遇到各种困难，但我相信庆标会继续走下去。

庆标是在大疫之中完成这部著作。新冠病毒肆虐全球已一年有余，亿万人从身体到精神，面对"生存还是毁灭"的严峻考验。庆标取书名《角力：传记的生命剧场》，是在激发传记中所蕴含的生命力，张扬学术的超越精神，传记即生命写作，这正是传界中人的使命，我为庆标点赞并与之共勉。

2021 年 3 月，秦淮河畔

目　录

导　论　"传记时代的来临"与"传记转向"

　　当英国传记家汉密尔顿(Nigel Hamilton)①的好友汉斯·仁德士(Hans Renders)在主编的《传记转向》(2017)一书"导论"中回溯"传记转向"(Biographical turn)②一词的来历时,似乎并未留意到老友奈杰尔在此10年之前已经关注并使用了这一术语,虽然那还只是在注释中对其他学者观点的"征用"③;事实上,如果进一步追索的话,我们就会发现,早在

---

　　① 奈杰尔·汉密尔顿(Nigel Hamilton,1944-　),英国著名传记家,现居美国。主要从事政治人物传记写作,代表作品如:《蒙蒂:爱与战争》(*Monty: In Love and War*)、《肯尼迪:无畏的青春》(*JFK: Reckless Youth*)、《比尔·克林顿:一个美国人的旅程;掌控白宫》(*Bill Clinton: An American Journey*; *Mastering the Presidency*)、《美国凯撒传》(*American Caesars: Franklin D. Roosevelt to George W. Bush*)等,《战争中的林肯》(*Lincoln at War*)是其最新传记力作,据说不久将在中国出版。1994年以来他开始从事传记教学,是英国伦敦大学、德蒙福特大学教授,并曾主持"英国传记协会"(BIB, British Institute of Biography),目前任波士顿马萨诸塞大学高级研究员。除《传记简史》外,他还著有《如何作传:入门》(*How to Do Biography: A Primer*, 2008),及与仁德士合撰的《现代传记ABC》(*The ABC of Modern Biography*, 2018)。

　　② Hans Renders, Binne de Haan and Jonne Harmsma eds., "Introduction", in *The Biographical Turn: Lives in History*, New York：Routledge, 2017, p.1.

　　③ Nigel Hamilton, *Biography: A Brief History*, London：Harvard University Press, 2007, p.312.

1999 年于北京召开的"第一届世界传记大会"上,更广义的"传记转向"观念(Auto / Biographical Turn)已然成为全球与会者(当时只有南美没有代表参加)的共识和信念。① 汉密尔顿在《传记简史》中阐发的"传记的成熟""西方文化的前沿""与虚构小说互换位置"等表述其实就是他眼中传记"转向"的切实表征,"民主""个体""自我""权力诉求"则是"转向"背后的根本动力,而他毕生持之以恒的传记写作、教学与研究无疑便是推动传记转向的重要力量。

事实上,二十世纪后期以来,作为主要的"非虚构创意写作"文体,传记迎来了它的时代。传记地位的凸显有多种表现,作品的大量出版是一个方面,从写作实践与接受来看,在当今世界文学领域,强调历史性、真实性而又颇具艺术性的非虚构性传记确实备受关注,是当下"非虚构转向"特别是"传记转向"中的焦点、前沿话题之一;传记批评与理论的逐步成熟则是"传记时代"的另一个重要标志,是"传记学"进入现代阶段的体现,不夸张地说,传记已经或正成为一个独立文类,如今能自成一家,与虚构文学批评、历史批评鼎足相峙。从深层角度看,传记对人类自我认识及自我超越的意义非同寻常,是人们认识复杂人性、丰富现代人格、完善理想自我的必要路径。

因而,在当代文化娱乐日益通俗化、多元化的世界中,传记独具吸引力和生命力,得益于几个方面的不断拓展或演进:多媒介化,使其形式日益丰富;内容精简,让传记内涵更加凝练深刻;传材的新颖、厚实、精当保证了价值的独特,抒情性或讽刺风格等修辞技艺则展示了它的情感魅力

---

① 　Tom Smith,"The First International Conference on Auto / Biography: Approaching the Auto / Biographical Turn. 21-24 June, 1999, Beijing, China", *a / b: Auto / Biographical Studies*, 14: 1 (1999), p. 1.

与多重主体的对话。这一切都离不开传记家的非凡耐心和无尽爱意——可谓之"创意之源"。不过,受传统观念、文类之争及现实利益等多方面的影响,传记依然要面临多重挑战,这就需要传记家、研究者具备更高的专业素养、更强的伦理意识与勇气、更深厚的学养积淀以及更充分的自信。传记的"人生"之途依然艰难、漫长,但充满光明。

第一节　"传记时代的来临"及其当代启示

西方古典传记史上的先驱之一,善于自省、自察、自绘的哲人蒙田曾这样写道:"'做你自己的事,要有自知之明',人们通常将这一箴言归功于柏拉图。这一格言的每个部分概括了我们的责任,而两部分之间又互相包含。当一个人要做自己的事时,就会发现他首先要做的便是认识自我,明确自己该做什么。"①显然,终生具有强烈自我意识且以剖析、记录自我为要务的蒙田在此表达得非常清楚:自古希腊以来,对自我的认知便被视为人的首要任务,"知与行"在此结合为同一问题,成为人类存在要面对的一大根本命题。纵观历史,应当可以说,认识人之自我乃至人类本身的最直接、最有效路径便是传记(life writing,这里乃就广义而言,既包括回忆录、日记、书信等自传,也包括各类他传)——通过文字(口头或书面)、图像(有声或无声、动或静)等不同媒介记录真实人生经历的文类。因此不难理解,在世界文化特别是西方文化中,传记有着悠久的历史和伟大的传统。

---

①　蒙田,《蒙田随笔全集》(上),潘丽珍等译,南京:译林出版社,1996年,页31。

　　据研究,最古老的自传文本之一是中古王国时期赫梯君主哈图西里三世(公元前1283-前1260)的自传,该自传以第一人称叙事,讲述了他如何获得权力的故事,其中"我"出现的频率非常高,而且包含了对自我的解释与分析,不过主要还是为自己树碑立传,体现了传记的最传统功能。① 在此之后,西方不同文化环境中出现了一系列影响深远的传记作品:柏拉图和色诺芬对乃师苏格拉底的回忆性记述(典型如《斐多》《苏格拉底的申辩》《回忆苏格拉底》),普鲁塔克的《希腊罗马名人传》与道德论集《伦语》的传记篇目,《圣经》中的《四福音书》和《使徒行传》,苏维托尼乌斯的《罗马十二帝王传》(又译《十二凯撒传》),奥维德流放期间的自传哀歌《哀歌集》,拉尔修的《名哲言行录》,奥古斯丁的《忏悔录》等相继开创了这一传统,堪称古代典范;薄伽丘的《名媛传》,瓦萨里的《意大利艺苑名人传》,蒙田的《随笔集》,皮普斯的《日记》,奥布里的《名人小传》之后,约翰逊博士的《诗人传》,鲍斯威尔的《约翰逊博士传》及《伦敦日志》,卢梭的《忏悔录》等"自传三录",歌德的《诗与真》及谈话录,富兰克林的《富兰克林自传》等则将其发扬光大,使十八世纪进入了传记的一个"黄金时代",闪耀出人性的光辉;经过十九世纪的相对沉寂,即受到道德宗教等因素的钳制及史学观念的影响,传记臃肿繁复但往往缺乏个性刻绘及隐私等负面揭示,变成了卡莱尔推崇的"纪念碑"式或伟人崇拜颂词,不过在拜伦、华兹华斯、亨特、司汤达、福楼拜、龚古尔兄弟、陀思妥耶夫斯基、契诃夫、托尔斯泰及其夫人、梵高、哈代、爱默生、梭罗、霍桑、麦尔维尔诸多大西洋两岸文人艺术家的私人日记、书信及随笔游记中反倒更多地保留了对自我、独立、民主、平等意识及奋斗经历的记录;到

---

① 卡赞斯基,《作为一种文学体裁的忏悔录》,朱剑利、贾锟译,载梁庆标选编《传记家的报复:新近西方传记研究译文集》,桂林:广西师范大学出版社,2015年,页325。

了二十世纪早期,英国的伍尔夫、斯特拉奇,法国的莫洛亚,奥地利的茨威格等发展出"新传记",赫尔岑、高尔基、马克·吐温、卡夫卡、乔伊斯、普鲁斯特、纪德、黑塞、毛姆等则通过文学笔法使自传负载了丰富的政治、哲学、历史、伦理等要素,使其进入现代形态,突出了人格书写、心理矛盾、主体意识和叙述功能;在二十世纪中后期以来它又出现了繁盛的局面,写作者遍布各个社会领域、阶层和学科,如特洛亚、艾尔曼、艾德尔、马钱德、派因特尔、伯吉斯、霍尔劳伊德、博伊德、霍姆斯、阿克罗伊德等,就最为凸显的自传而言,文人学者的书信日记之外,就有帕斯捷尔纳克、萨特、波伏娃、罗兰·巴特、阿尔都塞、德里达、罗素、卡内蒂、莱辛、田纳西·威廉斯、纳博科夫、萨义德、格拉斯、马丁·艾米斯等无数名家,文本形式多样,意图与修辞愈加复杂,乃至有研究者将此称为"传记的成熟"。①

　　这一说法就来自奈杰尔·汉密尔顿。如前所述,他长期从事传记写作与研究,在近著《传记简史》中述及传记的现状与发展趋向时明确指出,二十世纪末以来,传记的兴盛已是不可阻挡。他用了"传记的成熟"(Biography Comes of Age)作为书中一章的标题,认为"传记终于迎来了它的时代",并且可以看到,"在二十世纪末,传记走向了西方文化的前沿"。② 进一步说,他甚至将这种现象称为"社会科学领域的传记'转向'"。③ 由此,汉密尔顿表达了一个基本判断:传记已经无可争辩地成为当代文化与学术研究的重心与热点之一。

---

① Nigel Hamilton, *Biography: A Brief History*, p.241.
② 同上,页279。
③ 同上,页312。

一

　　传记的繁荣与地位的凸显有多种表现，传记类非虚构作品的大量出版、传播是其中一个重要表征。特别是与虚构类的小说相比，侧重真实人生与人性、更显厚重与踏实、接近常人本真存在状态的传记越来越引发人们的兴趣："自二十世纪九十年代以来，真实生活的各个方面——每一个角落、每一种肤色、每一种性别、每一种身份，以及几乎每一边缘群落——都可能暴露在传记家的显微镜下，成为持续的兴趣和好奇心的关注对象。"①每个人的人生都包含着故事，都有记录和书写的价值，也能吸引不同层面的读者，当代的传记家和自传作者们都意识到了这一问题，导致传记作品的喷涌，当然其中不乏精品。正如汉密尔顿根据自己的经验和研究所指出的，"在西方非虚构类作品的传播与出版方面，传记已成为最流行的领域。"②也有学者通过统计指出，在《纽约时报书评》上，每期的书评中很少会少于三部传记，可见其分量之重，影响之广。③ 我们还可以看到，除了正式出版物，随着网络电子、数字化时代的来临，在各类自媒体的便利条件下，它已经扩展到社会文化生活的各个领域，如网络上的博客、日志、相册、视频等在线写作与发表，从而进入到万千普通人的生活之中。教育领域也相应出现了变化："从事英语文学与文学写作的学生正在学习和写作的传记与自传文本超过了虚构类文本……在电影学校，传记和自

---

① Nigel Hamilton, *Biography: A Brief History*, p. 239.

② 同上，页 279。

③ Mary P. Gillis, *Faulkner's Biographers: Life, Art, and the Poetics of Biography*, Ph. D. Dissertation of The University of Alabama, 2002, p. 8.

传脚本也在数量上超过了虚构类作品。"①这保证了传记在未来的赓续和变革的可能。汉密尔顿甚至大胆断言:"事实上,可以说在很大程度上传记已经与小说互换了位置。"②也就是说,在"一代又一代之文学"的文类更迭中,在并生共存、相互影响并角力竞逐十数个世纪之后,传记似乎在逐渐取代小说曾经的主导地位,可谓当代的"传记转向"。据此,他对读者提出了建议:"赋予你的生命以意义"(Making sense of your life)③,也就是鼓励读者去书写自己的人生,这看起来颇意味深长。

　　回过头来看,传记的当代境况可以说是某些历史声音的回响,在传记步履艰难的发展过程中,他们早就认识到了它的潜在价值与未来可能。经过了十八世纪启蒙时代的传记盛世,十九世纪初,英国首相狄斯莱利就曾说过一句话:"不要读历史:除了传记外什么也不要读,因为传记才是生活,而且不含枯燥的理论。"④此语自然有些偏激,因为传记与历史本是一家,无法割裂,不过这无疑表达了对传记的独特肯定和极度推崇,他不仅把传记与历史区别开来,甚至将其置于历史之上。在这直观感性的断语中,我们可以嗅到尊重、探索生命价值的气息。不过十九世纪是小说发展成熟的"黄金时代",受到"维多利亚时代"以维护身份、虚伪掩饰为特征的道德风尚的影响,人们更愿意以美化或虚饰的方式呈现传主及自我,真实被蒙上了面纱,颂扬式名人纪念碑处处矗立,传记受到过多限制,虽然体量很大,但过于保守沉闷且臃肿,相对而言创新之处无多。转机发生在二十世纪初的现代主义时期,主要是一战之后,战争与革命导致西方社

---

① Nigel Hamilton, *Biography: A Brief History*, p. 280.

② 同上,页283。

③ 同上,页287。

④ A. O. J. Cockshut, *Truth to Life: The Art of Biography in the 19th Century*, New York and London: Harcourt Brace Jovanovich, 1974, p. 9.

会层级结构、财富分配、生产方式和社会关系等发生剧变，与之相伴的是自我认知的观念更新、个性主义的复苏、民主权利的诉求、求新尚奇的创造意识，而传记与小说则一起成为文人作家们的实验对象。1928年，即伍尔夫发表《新传记》（1927）之后一年，约翰·梅西就指出，在过去十几年间传记开始兴盛，并吸引了人们的广泛兴趣，甚至"在畅销书榜上传记和小说在一争高下"。① 这与当代的状况也颇为相似。琼斯在1932年的一篇文章中也指出，二十世纪二三十年代"新传记"在欧陆以及美国盛行开来，"在一年半或两年之前，作为一种文学样式，'新'传记在美国出版界无疑非常流行而且利润可观"。② 这说明，传记写作与阅读，用现代的话说即"传记产业"在当时就成了一种世界性的，至少是西方世界的重要现象，一直是人们的兴趣所在。针对二十世纪以来传记与小说的消长关系，在1978年出版的一部传记研究论文集中，丹尼尔·艾伦就认为："当（学术）批评和严肃的小说世界看起来越来越遥远时，传记可能正提供了一度由小说、诗歌、批评和历史来满足的需求。"③世界日益复杂多元，人性愈发捉摸不透，当代人的生存焦虑日趋严重，几乎所有坚固的东西都在"瓦解消散"，基于真实与人性基础之上的传记正可以成为人们抓握人之自身和世界的方式，由此获得存在的稳定感和现实感，因此说传记成为读者的新宠，在当前出现热潮就不难理解了。

　　传记批评与理论的发展与逐步成熟则是"传记时代"的另外一个重

① John Macy, "The New Biography", *The English Journal*, Vol. 17, No. 5 (May, 1928), p. 355.

② Howard Mumford Jones, "Methods in Contemporary Biography", *The English Journal*, Vol. 21, No. 2, (Feb., 1932), p. 113.

③ Daniel Aaron, "Preface", in Daniel Aaron ed., *Studies in Biography*, London：Harvard University Press, 1978, p. viii.

要标志,是"传记学"进入现代阶段的体现。二十世纪六十年代之前的传记批评基本呈零散状态,文学家、批评家对传记偶有涉及,但并未形成常态和持久的研究兴趣,因此难成规模与体系,而且其中带有敌意的"反传"批评并不鲜见。但是显而易见,二十世纪七十年代以来,传记研究著述在西方成倍增加,传记甚至成为学术研究的"最前沿阵地之一"和"热点领域":"有关传记研究(特别是自传研究)的论著大量出现,一位美国的研究者收集了一些数字以后宣称:对自传的研究已经'从文学研究的边缘进入了主流',所出版的论著在二十五年中增加了二十五倍。"①也就是说,在形式主义、新批评等式微之后,众多的理论家都转向虚构的反面,将研究的目光投向传记这一富有开放性、前沿性和持久生命力的学术领域,从各种文学和文化理论的角度切入传记,丰富了传记理论体系,也深化了人们对传记的认识,因此才有这二十五倍的增幅。对此,王元化先生早有洞察,他在《〈鲁迅传〉与传记文学》(1981)一文中提到:"在我们文学理论研究领域内,直到目前为止还留下许多空白点,而传记文学这一课题似乎始终没有提到日程上来。在国外,传记文学早已成为专门名家的学问。"②两相对比,正见出西方传记研究的先行先觉之处。而且西方国家对传记的重视不仅体现在高等教育与学术研究中,还延伸到中学教育之中。法国自传研究代表、《自传契约》的著者菲利普·勒热讷就指出,在法国,"从 2001 年以来,自传成为中学一年级五个必修的文学课程之一。成千上万的老师要向成千上万的学生讲解自传"。③ 自传以系统、专

---

① 杨正润,《现代传记学》,南京:南京大学出版社,2009 年,页 7。
② 王元化,《思辨短简》,上海:上海古籍出版社,1989 年,页 187—188。
③ 菲利普·勒热讷,《从自传到日记,从大学到协会:一个研究者的踪迹》,载《现代传记研究》(第 1 辑),北京:商务印书馆,2013 年,页 42。

业的方式被传授,实乃前所未有,这一境况充分说明了它的普及性和现实性。

在西方,1978 年可以看作传记研究专业化、制度化的一个转折点。如前所述,传记学者乔治·参孙当年独具慧眼和胆识,克服重重阻碍,在夏威夷大学创办了《传记:跨学科季刊》(*Biography:An Interdisciplinary Quarterly*)①杂志,这是西方国家第一本从事传记研究的专业学术刊物,它标志着传记研究进入了大学校园和学术殿堂,传记理论停留在传记家的感想和经验总结,或者由小说家(往往带着不耐烦和敌意)指手画脚地来评点传记的时代已成过去。1985 年,在詹姆斯·奥尔尼②的支持和帮助下,北美另一个传记研究专业杂志《a / b:传记研究》(*a / b:Auto / Biography Studies*)也得以创立,并由北卡罗来纳大学出版,逐步稳定下来,至今已有三十年。美国自传研究专家埃金也提到,直到二十世纪八十年代,传记才进入到北美最大的学术团体“现代语言学会”(MLA)的议题之中。令人欣喜的是,在此后的三十多年中,一批传记学者,承袭了二十世纪初期由伍尔夫、斯特拉奇、莫洛亚等人开启的“新传记”传统,清理了从约翰逊乃至普鲁塔克发端的传记理念,另一方面,又从二十世纪西方文学、史学、心理学、哲学、政治、艺术和媒介等批评中广泛吸取养分,对传记理论加以发展。传记研究形成了自己的话语体系,并融入了当代国际学术的潮流,成为其中不可或缺的一部分。不夸张地说,传记已被部分学者和大量读者视为一个独立文类,到二十世纪九十年代理论研究日益兴盛,

---

　　① 这份刊物可以看作当代传记研究史的缩影,本身就体现了传记研究的进程,值得专门梳理。

　　② 詹姆斯·奥尔尼(James Olney, 1933-2015),美国路易斯安那州立大学教授,主要从事自传研究,著有《自我的隐喻》(1972)、《记忆与叙述》(1998),并主持编译了著名的《自传理论与批评文集》(1980)。

至今竟能自成一家,与虚构文学批评鼎力相持。

　　基于这种现象,英国学者乔利主编了《传记百科全书:自传与他传诸形态》(2001),作为世界传记领域的"第一部百科全书"①,此书的出版可以看作传记研究史上具有标志性的事件之一,与当代中国传记批评与理论的开拓与集大成者杨正润教授精深博大的"传记诗学"专著《现代传记学》相得益彰。② 它们共同包含了上自古代,下至二十世纪末全世界比较重要的传记作品、传记家和传记理论与写作问题,勾勒了一幅世界传记地图,深具学术性和前沿性,为传记研究与写作的未来发展奠定了必要的基础,也提供了有益的参考。

　　基于此,二十一世纪的传记写作与研究具有了更稳固坚实的出发点,令人期待。

二

　　溯其根源,传记在西方的繁盛与西方的文化传统有关,特别是西方人的自我探索与自我认识传统。针对二十世纪以来传记的兴盛现象,汉密尔顿指出:"似乎西方社会正在进行一场大规模的寻找自我的运动,在这里,真实的人的生平故事现在看来更为重要、更真实,也更易得,而且比那些虚构的人物更有启发意义,几千年来艺术家和作家们生产了那些人物,

---

　　① Margaretta Jolly, ed., *Encyclopedia of Life Writing: Autobiographical and Biographical Forms*, London: Fitzroy Dearborn Publishers, 2001, p. ix.
　　② 详见附录:《"传记诗学"的当代建构》,原载《中华读书报》,2009 年 10 月 14 日,第 19 版;另参台湾学者廖卓成,《评杨正润教授〈现代传记学〉》,《现代中国文学与文化》2012 年第 1 期,页 330–337。

把他们作为善行的模范，并以此来警示恶行。"①也就是说，一度由虚构人物承担的政治、道德、伦理等功能，现在主要由真实的人来完成，他们更为真切可感，也被认为更有效用。

从这一深层的哲学及教化角度看来，传记对整个人类自我认识及自我超越的意义非同寻常，它是对个体生命的记录与解释，其对象是人之自我，尤其是心灵世界这一"微观宇宙"②，所展现的正是人类自身的复杂性和自我认识的限度，包含了关于人性、存在的所有命题与困境，可谓永恒的"斯芬克斯之谜"，在它面前，每个人都必须交出自己的答卷。因此说，传记这一"人性迷宫"的巨大魅力就在于，它是人们认识复杂人性、丰富现代人格、完善理想自我的必要路径，它永远铺展在人的面前，召唤着探索者的不懈脚步。

传记在现当代中国的发展与兴盛也符合这一历史趋势。独立自由、自我意识、个性观念等代表现代主体诉求的理念与传记的盛衰密切相关，晚清以来的几次思想启蒙与文化开放都大大促进了传记的发展，在二十世纪前期由梁启超、郁达夫、胡适等为代表，从而在"五四"前后进入了现代传记的一个"黄金时代"；而到了改革开放和新时期之后，在思想解放的大潮之下，则出现了传记普遍兴盛的局面，传记成为人皆可为的文体，没有很高的门槛和对文学素养的特别要求，真诚就是它的基本标尺和最大价值。特别值得一提的是胡适，他身体力行，一直通过各种方式推动国人的传记自觉，不光亲自写作多部传记，还开设传记课程，通过演讲介绍传记，并鼓励友朋进行实践，这方面有很多实例。比如在二十世纪三十年

---

① Nigel Hamilton, *Biography: A Brief History*, p. 238.

② Laura Marcus, "The Face of Autobiography", in Julia Swindells ed., *The Uses of Autobiography*, London: Taylor & Francis, 1995, p. 14.

代中期,后来成为历史学家的邓广铭在北大修习了胡适的"传记文学习作"课程,他的课程作业就是一部《陈龙川传》,并于1943年出版。胡适对此书很赞赏,认为是一部"可读的新传记"。① 胡适对中国传记事业的推动之功由此可见一斑,这背后体现的就是他对人性自由与独立人格的尊重,这使得他非常看重个体在历史中的巨大作用。同时,朱东润也通过他的《张居正大传》等多部传记与《八代传叙文学述论》②等专业性的深度研究延续了中国的传记事业,并使传记后来确立为高等学校的一个特色研究方向,韩兆琦、杨正润、陈兰村、赵白生等当代学者都是在这一传统的基础上对传记理论进行开拓的。可以说,就写作实践和理论研究而言,当代中国的传记都进入了难得的发展时期。

但是从发展的角度看,我们也不能回避传记面临的困境。在当代中国,受传统观念以及现实利益的影响,我们依然不得不面临多个方面的挑战与阻碍。其中最明显的是缺乏自觉的传记意识,而且对传记存在误解。比如,多数人依然认为传记是伟人名家之事,自己没有资格留下传记,缺乏个性观念与人权意识;或者相反,受通俗传记的影响,将传记视为低俗的猎奇与窥视,如同披上高雅伪装的八卦流言,是在满足人们隐秘的欲望,不值得提倡。李广田的女儿李岫提到,早在1948年,有《人物》杂志向李广田约稿写《自传之一章》,李广田没有答应。他后来在《自己的事情》中写道:"'自传'两个字似乎有点严重,我以为我自己并不配写什么'自传'之类,即便是'之一章'也不行。"③身为知名作家的李广田还如此看待

---

① 刘浦江,《不仅是为了纪念》,见《读书》杂志编,《不仅为了纪念》,北京:生活·读书·新知三联书店,2007年,页382。

② 朱东润,《八代传叙文学述论》,上海:复旦大学出版社,2006年。

③ 李岫,《岁月、命运、人——李广田传》,北京:人民文学出版社,2006年,页1。

自己,普通人就可想而知了,这正代表了国人的一种普遍态度。当代诗人余光中依然对传记持有很强的偏见,并坚持不写自传,也对他人为自己所写传记的"颂词"并不认同,他说:"朋友劝我写自传,我不想写,也不认为有这必要。我觉得,作品就是最深刻的日记,对自己;也是最亲切的书信,对世界。"①显然,他将自己的作品视为传记,但这是戴着面具的隐形自传,是对自我的遮掩与保护。他承认,退一步说,就算他真的提笔写起自传来,"也不会把什么都'和盘托出',将一生写成一篇'供词'。那样的自传对传主岂非自表'暴露狂',而对读者岂非满足'窥秘狂'?凡此恐怕非纯正的品味"。② 由此可以看出,他对传记的理解比较狭隘和通俗,仅将其视为满足"窥阴癖"的隐私暴露,没有真正认识到其背后蕴含的人性与文化价值,过于固执保守了。当然,持这种观点的大有人在。

　　此种意识也严重影响了人们对传记的根本要素——真实性的怀疑。虽然大家喜欢阅读乃至写作传记,但其实都清楚其真实性肯定是有所保留的,因此也就半信半疑、虚虚实实,除非专业研究,一般并不那么严肃地较真对待。钱锺书早就借助"魔鬼"之口讽刺过传记。"魔鬼"夜访钱锺书,说他因为出了名而被社会关注,许多隐私都被别人拿去发表了,搞得将来写自传就没有新料可爆,因此无奈地说,将来不得不另外捏造些新鲜事实来吸引人。钱锺书吃惊地问,这样岂不与传记精神相悖?魔鬼如此答道:"为别人做传记也是自我表现的一种;不妨加入自己的主见,借别人为题目来发挥自己。反过来说,作自传的人往往并无自己可传,就逞心如意地描摹出自己老婆、儿子都认不得的形象,或者东拉西扯地记载交游,传述别人的轶事。所以,你要知道一个人的自己,你得看他为别人作的

---

①　傅孟丽,《茱萸的孩子:余光中传》,上海:上海远东出版社,2006年,页3。

②　同上。

传。自传就是别传。"①这段话真是够辛辣,其实正是钱锺书自己的"反传记观",在他看来,人们尽可以吃鸡蛋,但并无必要认识下蛋的鸡,他不想暴露在传记的显微镜、窥视镜之下。余光中也说过类似的嘲讽之语:"当你记下自己本来该做的好事,而且删去自己真正做过的坏事——那,就叫回忆录了。"②他们都指向了传记写作中的选择性与过滤性问题,这是影响其真实与声誉的根本原因。

如此一来,受各种因素的影响,虽然全世界每年都出版数以万计的传记,但令人忧心的是委实缺乏传记经典,精品匮乏,传世之作罕见。很多传记都乏善可陈,写作时畏首畏尾,人性剖析不够深入,人格把握不能到位,敏感隐私不敢揭示,语言叙述也缺乏动人魅力。恰如英国著名传记家、历史学家卡莱尔所说的:"写得精彩的传记几乎像活得精彩的一生那么难求。"③这确实值得我们警醒,也让我们想起了伍尔夫在 1939 年就曾预言性地指出的:"如今传记尚处于其生涯的开端,它还有很长很精彩的人生要度过,当然我们可以确信,这一人生充满了困难、危险和艰苦的工作。"④近百年过去了,我们依然要面对传记的现代发展这一艰难的任务,其实也就是面对人性中的各种痼疾,要有所革新和演进确实非常艰辛,这就要求我们保持开放的视野,充分吸收传统传记的优点,参照中外传记经典,借鉴现代传记批评理论,推动世界特别是中国当代传记事业的成熟与勃兴。

---

① 钱锺书,《魔鬼夜访钱锺书先生》,见《钱锺书散文》,杭州:浙江文艺出版社,1997 年,页 7。
② 傅孟丽,《茱萸的孩子:余光中传》,页 2。
③ 同上,页 1。
④ Virginia Woolf, "The Art of Biography", in James Lowry Clifford ed. , *Biography as an Art: Selected Criticism 1560–1960*, New York:Oxford University Press, 1962, p. 133.

三

　　从世界传记的发展现状看，迫切需要重视的一个关键方面是传记写作的专业化。这主要指传记家对传主工作、生活各个方面的高度熟悉，包括其职业、生涯、人格等，尤其当传主的职业具有高度专业化特点（如科学家）的时候，唯其如此，传记才能写得专业到位，不流于表面。这其实要求传记家具备一定的专业才能，单纯的文字能力、文学才华是不够的，还要有与传主相应的研究经历或能力，这样才能更好地理解传主，进行更深入的对话。另外，专业也带有"忠诚"的意思，要求传记家在这一传主身上付诸超常的努力，耗费相当多的精力与时间，这样的传记才具有活的灵魂。传记史上最经典的就是鲍斯威尔的《约翰逊传》这部跟随式传记。他是一位伟大的"仆人"和"友伴"，乐于与名人交往，从苏格兰千里迢迢跑到伦敦，长期伴随约翰逊，并随时将其谈话与行事进行记录，甚至被嘲讽为"跟屁虫"，后来花费相当长时间进行整理和查证，但其传记是何等鲜活、栩栩如生。英国学者派因特尔从少年时代就喜欢读《追忆似水年华》，后来耗费多年时光收集了关于普鲁斯特的各种资料，完成了《普鲁斯特传》；格林布拉特是莎士比亚专家，博伊德是纳博科夫专家，他们基本都是穷尽毕生心血，将自己所得融入传记之中，他们从事的真正是生命传承的事业。或者竟可以说，如同有些作家一辈子只有一部代表作一样，一位传记家一生可能也只能写一部最经典的传记，那是他的使命。

　　而在写作姿态和主体间关系中，传记家与传主之间要有平等的对话意识、争辩意识，他不能操纵传主，但也不能被传主操纵，这两个世界还要保持必要的张力。比如传记家怀特自称是托尔金迷，大学时连读七遍《魔戒》，但是对于为托尔金作传，他还是非常谨慎，强求自己写出真实而丰富的传主人格，不回避掩饰其私生活（如与妻子伊迪斯的关系，与朋友刘易斯的关系）、内心的矛盾世界，尤其是人性的阴影。针对很多传记将托尔金视为"圣人"这一现象，他大胆地进行了探查和质疑，最后得出了自己的结论：托尔金是一个好人，"但并不足以被当作一个圣人"。① 怀特为牛顿作的传记《艾萨克·牛顿：最后的炼金术士》也同样破除了关于牛顿的许多传说，尤其是"苹果故事"，认为这是牛顿为了隐瞒自己的炼金秘密而编织的幌子，再由学生和信徒们加以宣扬。他认为，只有还原了真相，伟人的真正伟大才能彰显，而非被颠覆，他说，"我们在解释一个奇迹的时候，不必害怕奇迹失踪"，虽然牛顿的学生将一些资料隐瞒了好几个世纪，"但当这些东西被公之于世之后，原本学校教科书上的圣人才有了更完整的人性光彩"。②

　　这就需要传记家具有高度的伦理意识，即保证对传记的"事实伦理"的尊重。虽然学者提出了"自传契约"等理论，但传记并非法律文书，写作者也无须为作品中的人生真伪负法律责任，从本质上讲，它乃是一种伦理写作，即使有所谓惩罚，也主要是道德、心理层面的。这就为传记家提出了更高的要求，即自我持守的"传德"，避免受到"现实伦理"或"审美伦理"的过度干扰，避免有意甚至恶意的捏造、虚构或隐饰，从而正大光明地呈现真实的人生。英国传记家尼克尔森的《婚姻肖像》可算一个例证。作者的传主是他作为名人的父母，母亲是作家维塔，父亲是外交官尼克尔森。但是作者丝毫没有为亲者讳的意思，将父母的婚姻关系、其间的纠葛

---

　　① 　迈克尔·怀特，《魔戒的锻造者：托尔金传》，吴可译，上海：上海译文出版社，2005年，页7。
　　② 　同上。

与隐私一一披露出来，其"炸弹式"的信息是：他的父母都有同性恋经历，而且维塔是伍尔夫的同性情人，还是《奥兰多传》的原型。因此汉密尔顿指出，"此传不是那种孝顺的维多利亚式儿子的作品"。① 不过，他看似是对父母的不敬不伦，其实在更高程度上承担了伦理责任，赢得了读者的更大尊重。法国思想家托克维尔则采取了死后出版传记的方式来保障内容的真实，因为此时他"再没有什么希求又没有什么恐惧"②，因此得以放开手脚大胆陈述他人与自我的缺点，而不是像面对众人时有意做出的虚伪的"表演"。

如果要对传记家提出更高要求的话，那就是最好具备较高的哲学素养。中西传记的一大明显区别就体现在哲理的深度上，这决定了他们对传主人性理解层次的高低以及表现层面的高下。传记家应该能深切地体会到，没有深厚的哲学积淀，就无法走出柏拉图笔下那幽暗而充满假象的"洞穴"，无法透彻地理解人生和人性，就难以写出人生况味的复杂，不然只能是流于生平的琐碎细节、琐事或流水账式的记录，背后的关联和内在意蕴就难以把握，而这种弊病恰恰是大多数传记的表征。堪称世界传记史上最伟大经典的是普鲁塔克的《希腊罗马名人传》，根本原因在于，普鲁塔克本质上是一位信奉柏拉图的政治哲学家，传世的还有一部传记色彩非常浓厚的哲学著作《道德论丛》，二者正可以相互阐发、印证。他熟悉当时众多的哲学流派，如伊壁鸠鲁哲学，并与之争辩，而不同的哲学观恰恰是他笔下的那些帝王将相们思想、人格与事业的基础。普鲁塔克因此抓住了要害，传记方能入木三分。

---

① Nigel Hamilton, *Biography: A Brief History*, p.236.
② 托克维尔，《托克维尔回忆录》，董果良译，北京：商务印书馆，2010 年，"编者导言"，页 21。

值得一提的另外一点是,虽然要直面各种质疑,传记家依然要保持自信。要认识到,许多声称不信任传记、攻击传记的人,反而从传记中受益良多,他们其实是真正的传记热爱者,并能够从中找到自我认同。比如上文提到的余光中,他也曾谈到读《济慈传》的感受,因为发现济慈和他自己一般高,就感到非常亲切;他读了关于艾略特的传记,知道诗人的第一次婚姻并不美满,就对他更加同情,也更好地领悟其诗了。钱锺书虽然讥讽传记,也反对别人探察他的生活与内心世界,但杨绛先生偏与丈夫不同,她不停地书写传记与回忆,记录家庭生活与各种遭遇,从中呈现了钱锺书以及她自己的丰富人格,感人至深。试想,在这个日益冷漠化、技术化、功利化、碎片化的苍白无聊世界里,还有什么比真实鲜活的人性与人生故事更能打动人的心灵的? 能读到细腻、生动、真实的传记,实乃读者之幸。

当然应该承认,与诗歌、小说等已经高度成熟甚至过了鼎盛时代的文体不同,传记虽然古老,也相对成熟,但它演进比较缓慢,依然处于开放性的发展之中,特别是与当代文化的各种形态之间建立了密切关联,正日益焕发新机。或者可以说,当代文化(尤其是影视、网络传媒)与传记已是不可分割。如经典美剧《纸牌屋》中出现了传记家托马斯,可以看到,传记因素的加入使得此剧的人性深度大大加强,借助这一视角,观众得以进入总统安德伍德夫妇的内心世界与隐秘空间,他们也开始真正地直面自身,认识自己,这造成了巨大的人性张力,令人印象深刻。

自然,由于传记文类的独特、形态的复杂和作品数量的庞大,要想全面地掌握这些材料都是不可能的,当前任何传记理论也只能是当代人在可能的视野范围内对传记历史的总结和传记未来发展的展望与推测。但我们相信,传记的生命力就在于它的动态发展之中,需要的是一点一滴的持续改进，不可能一蹴而就，如同人性本身缓慢而坚定的演化一样。由此我们可以回应伍尔夫说，传记的"人生"之途依然艰难、漫长，但充满光明。

第二节　作为"非虚构创意写作"的传记

汉密尔顿在其《传记简史》的第十三章，即最后一章《今日之传记》（"Biography Today"）中概述了传记的当代发展及未来趋向，如"个人化时代"带来的对个人生平的极大关注、传记网络化（微博、网络日志的兴盛）、传记与小说的互换位置，特别是小说家们对传记已不能等闲视之或故作视而不见，而是主动加以模仿、借用或戏仿（如伯吉斯、巴恩斯、拜厄特等），由此产生了大量"仿传"或"传记小说"。显然，传记的兴盛已是有目共睹，"转向"之说并非妄言虚议。

也就是说，在当今世界文学领域，强调历史性、真实性而又颇具艺术性的"非虚构创意写作"（non-fictional creative writing）备受关注，传记写作与研究则是当下"非虚构转向"中的焦点、前沿话题之一。据统计，近年来，英国每年出版约三千五百部传记，美国则是七千部①，中国则在六千至一万部之间。因此汉密尔顿说，"我们如今生活在传记的黄金时代，

---

① Richard Holmes, *This Long Pursuit: Reflections of A Romantic Biographer*, New York: Pantheon Books, 2016, p. 54.

至少西方世界如此",这并非夸张。① 其实,如果我们留意一下诺贝尔文学奖,就会发现,因传记或非虚构写作而获奖的作家为数不少,已然构成了一大传统:德国历史学家蒙森的《罗马史》(1902,五卷),赛珍珠的《赛珍珠自传:我的中国世界》(1938),丘吉尔的《二战回忆录》(1953),萨特的《词语》(1964),白俄女作家阿列克谢耶维奇的《切尔诺贝利的回忆:核灾难口述史》(2015)等都属此类。

那么,值得思考的问题就是,传记得以流行的根源是什么,或者说,在当代文化娱乐日益通俗化、多元化的世界中,传记因何独具吸引力和生命力,以及它如何继续适应、满足读者的期待与更高要求?

一　媒介化:传记形式的丰盈

简要考察传记的发展史就可以看出,传记看似深受文体自身的伦理与法则约束,显得保守、拘泥于传统,是戴着镣铐跳舞,似乎缺乏变化和实验,但它其实并不守旧,总在不断吸收和融合各种艺术形式,证明并保持着自己的活力,突出表现之一就是:运用多种媒介带来的视听感官化景观。

传记与感官文化,特别是视觉艺术,如摄影(图传)、影视(传记片)、绘画(绘本传记、漫画传记、漫画回忆录)等的结合是当前的一大趋势,其中最值得注意的是与绘画艺术的结合。我们依然处在"视觉文化"的时代,视觉图像的影响力丝毫不见减弱,而是与日俱增。事实上,现存最早

---

① Nigel Hamilton, *How to do Biography: A Primer*, London: Harvard University Press, 2009, p. 1.

的关于人物传记的形式与载体就与绘画有关。在公元前 15000 年法国南部的岩壁上，一头野牛边上就画着一个倒地受伤或死去的人，研究者认为，这一画面依据的是一个真实的猎人的经历，带有戏剧性，其实就是一种朴素的画传。[①] 不过，这一形象如同火柴棍一样，干挺、瘦削、细长，没有五官，与牛的大小不成比例，类似卡通；稍后，男女间的性别区分已经被有意识地表现了出来，因为女性往往被表现为"无脸、宽臀的漫画形象"。[②] 而现存最早的自画像则在公元前十四世纪出现，即埃及人巴克（Bak）所作的《与妻子塔哈里在一起的自画像》。他是法老阿卡纳吞（Akhenaten，公元前 1353 年至前 1336 年统治）的首席雕塑师，却有意把自己的画像刻在了石碑上，呈现出的是一个成功的朝臣和居家男人的形象："巴克身穿朝服，敞开处露出了那种生活富足、营养充分的人的胸腹。"[③]这是一个对自我地位和生活颇为满足的形象，自我身份意识已然显露出来。此后，正如我们所熟知的，西方出现了大量经典肖像画，特别是自画像，如达·芬奇、米开朗琪罗、丢勒、伦勃朗、安古索拉、勒布伦、真蒂莱斯基、梵高等都留下了数量庞大的以自我为主题的绘画，艺术家们独特的目光与面容吸引着人们的交流与探询欲望，展现了人类自我认知与自我塑造的丰富样态。

经过漫长岁月的发展，绘画艺术，特别是漫画与传记的结合如今在西方出现了极其兴盛的局面。在 2019 年上海交通大学举办的"亚太文化与传记"国际研讨会上，来自加拿大、澳大利亚、中国等国家的多位学者都对

---

① Nigel Hamilton, *Biography: A Brief History*, p. 7.
② 同上。
③ 詹姆斯·霍尔，《自画像文化史》，王燕飞译，上海：上海人民美术出版社，2017 年，页 13。

这一话题做了精彩发言。笔者在夏威夷大学访学的时候,也旁听了"传记研究中心"(CBR)负责人之一、《传记》杂志的联合主编约翰·佐恩(John Zuern)教授的一门课程,即"多媒介自传",其中重点讨论了"漫画回忆录"(Graphic Memoir)现象,别开生面。"漫画回忆录"大致在二十世纪七十年代开始出现,至今已经成为一种非常独特的传记样式,其中影响最大的是斯皮格曼的《鼠族》(*Maus*,1986;1991)、莎塔碧的《我在伊朗长大》(*Persepolis*,2001)、贝克戴尔的《悲喜交家》(*Fun Home*,2006)等。

斯皮格曼的《鼠族》①是公认的经典,1992年获得了普利策奖,实乃前所未有,对其后的漫画传记影响深远。这部回忆录将严肃沉重的主题与轻松简洁的形式完美结合:内容讲述的是作者的父亲在纳粹集中营的幸存经历,以及战后父子两代人之间的冲突和理解问题,是从个体的角度对历史事件的还原,包含了对大屠杀创伤的再现与对人性弱点、种族苦难的揭露;形式上则凸显了视觉的隐喻化、文学化,特别让人过目不忘的是对人物的视觉处理,作品中的犹太人被绘成了卑贱、怯懦的"老鼠"样子,而希特勒、纳粹则是强大、凶恶的"猫",充满了讽喻意味。重大主题与通俗形式的结合,使这部漫画传记赢得了市场,也展现了漫画的巨大能量,它不仅仅是供青少年娱乐的肤浅形式,同样也可以处理宏大、沉重的主题,具有高度的思想性、教谕性和社会文化价值。这就是一种典型的传记创意写作,开拓了传记的空间,值得借鉴。

贝克戴尔的《悲喜交家》②(书名不宜译为《欢乐之家》,也可以译成《有趣之家》《好笑之家》,因为它也是关于创伤的,且具有苦笑的黑色意

---

① 阿特·斯皮格曼,《鼠族》,王之光等译,西安:陕西师范大学出版社,2009年。

② Alison Bechdel, *Fun Home: A Family Tragicomic*, New York: A Mariner Book, 2006.

味，而 Fun 也与丧葬和死亡 Funeral 有关，因为作者的父亲从事的是殡葬业，但因为同性恋身份而痛苦，死于非命）虽然看似不同，描绘的是二十世纪七八十年代以来美国中产阶级家庭中父女两代人的同性恋身份经历，个体性比较强，具有青少年成长小说的模式，不过背后依然呈现了社会文化压力和保守观念与个人生存、个体处境之间的紧张关系，受到美国读者的欢迎，因此被改编成了音乐剧，在百老汇及全美各地上演。其中很多画格都富有深意，如对房间布局层次的细致再现（凸显了家庭成员之间的孤立、隔膜与冷淡状态），父女身体的"反常性别式"展现，对日记、照片、报纸、书籍等的临摹带来的现场感和关联性等，充分利用了回忆的反顾式视觉再现，将人生中的许多琐碎印象和物件直观刻画出来，特别是用它们来解释父亲生前的各种不寻常举动和家庭"悲喜剧"，逐步揭开了"哥特式"般阴暗的家庭之谜，值得琢磨。

《我在伊朗长大》①则讲述作者作为一位少女在 1979 年伊斯兰革命之后的成长经历，如宗教禁忌与集权压迫、抗议游行与民主斗争、奥地利留学经历、青春期的反叛放纵、回归伊朗、东西方文明的冲突与反思等，表现了社会动荡下个人的成长遭遇，但将其置于民族主义与全球性文化冲突的宏大语境之中，直率辛辣而沉重严肃；黑白风格的画面简洁有力、对比鲜明，具有木刻式的入木三分，2007 年被改编成电影，颇有冲击力，引发人们对善恶问题、文明发展问题的深入思考。此外，美国漫画家斯摩尔（Small）的《缝不起来的童年》②（2009，入围国家图书奖最终名单；作者的父亲是医生，坚持让儿子激光治疗，使其致癌，术后脖子留下长长的伤疤，

---

① 玛赞·莎塔碧，《我在伊朗长大》，马爱农、左涛译，北京：生活·读书·新知三联书店，2017 年。

② 戴维·斯摩尔，《缝不起来的童年》，廖美琳译，北京：人民文学出版社，2017 年。

他的母亲则被揭露为同性恋,整个家庭极度不和)、法国漫画家塔蒂的《战俘营回忆录》(2014)①等,都是对个人创伤遭遇及社会政治问题的艺术呈现,大大提升了漫画的思想品格,产生了惊异之感。

影视传记(传记片,Biopics)是传记视觉化的另一种主要形态,如关于林肯、丘吉尔、阿伦特、曼德拉等各界名人的传记电影都是颇具影响的传记形式,这一点已众所周知,不必多述。不过,除了这些较为传统平实的作品,另有一类高度文学化、虚构化的文人传记片,如 BBC 制作的关于莎士比亚生平的《新贵》(Upstart Crow,2016,纪念莎翁逝世四百周年而作),它与格林布拉特参与编剧的《莎翁情史》类似,主要材料来自莎翁的戏剧,把戏剧内容、推想的写剧过程和其人生结合起来,是充满笑料的"情景喜剧",主要是靠语言的机巧、幽默取胜,但是每个细节都有来历和出处,都与莎士比亚有关。这说明人们对莎士比亚生平的兴趣一直未曾减弱,即使虚构也具有很强的吸引力,而且不断花样翻新。

当然客观地说,漫画传记需要漫画才能,并非人人都能具备,因此在中国漫画传记尚不发达,目前还是原创罕见,依然是一种新生现象;传记电影当然日益受到青睐,但受到各种限制,精品还比较少见。不过,这些日益复杂多样的传记形式,说明人们的接受趣味和要求各异,层次也各不相同,传记也因此必然呈现多元化现象,此乃时代发展之大势。因而,图像和文字在传记中如何更好地结合,是一个值得深入考虑的问题,也必定有很大的拓展空间。

---

① 雅克·塔蒂,《战俘营回忆录:1680 天》,北京:北京联合出版公司,2016 年。

二　精简化：传记内容的凝聚

虽然伍尔夫、斯特拉奇等"新传记家"早就对传统维多利亚式传记的"臃肿"减负，抵制那种模式化的"臃肿的两卷本"传记，变革那类看似事无巨细实乃树碑立传的所谓详尽实录，转而追求轻快、简洁的风格与戏仿反讽式的艺术实验。但到了二十世纪六七十年代，一些尽职尽心的传记家似乎又故伎重演，以详尽为己任，往往不惜耗费毕生精力投入对一位传主生平资料的收集与撰写，出现了大量大部头、多卷本传记，经典如艾德尔《亨利·詹姆斯传》（五卷）、弗兰克《陀思妥耶夫斯基传》（五卷）、马钱德《拜伦传》（三卷）、施塔赫《卡夫卡传》（三卷），都是鸿篇巨制，当然还有更大量的标准两卷本，如博伊德《纳博科夫传》（二卷）、霍尔劳伊德《斯特拉奇传》（二卷）、艾尔曼《乔伊斯传》（二卷）、戈登《艾略特传》（二卷）等，当然，这些现代传记在写传理念、传主生平与人格揭示等方面与维多利亚时代的传统传记已然不同，但字数依然惊人，翻译成中文，体量可能更为庞大。问题是，在这样一个速读、远读、碎片化阅读的时代，除了专业的研究者，谁能有时间认认真真地读完这些巨传？

所以，一个自然的结果，当然也是传记成熟、适应时代变化的表现之一是，在市场化、艺术化要求下，在避免传材重复的"影响的焦虑"状态下，传记又必然开始瘦身，篇幅缩短、集中于精彩人生部分、新发掘的某些方面，或者说人生的某个阶段、某些身份，而不再生老病死面面俱到，体现了更为专业化的水准和精炼化的品质。一些经典传记早就推出了精简浓缩的一卷版，如上述著名传记家的《拜伦传》《斯特拉奇传》《艾略特传》等，无疑是适应读者和市场需求的策略。当代的传记家（也包括具有现代意识的较早传记家)也倾向于写一卷本传记,如安东尼·伯吉斯《莎士比亚传》、格林布拉特《俗世威尔:莎士比亚新传》、阿克罗伊德《莎士比亚传》《狄更斯传》、达姆罗什《斯威夫特传》《卢梭传》、菲奥娜《拜伦传》、皮特斯《德里达传》、威廉森《博尔赫斯大传》、萨尔迪瓦尔《马尔克斯传》、希芙《薇拉:纳博科夫夫人》等,大致都是三五百页,已经有足够容量了。

俄罗斯传记家巴辛斯基的《另一个高尔基》①就属于这类"专题式"传记,此传是苏俄著名的"名人传记"系列丛书之一,由青年近卫军出版社于2005年以俄语出版。它一反对高尔基的歌颂赞扬,没有把他模式化,而是突出了他的悲观、苦闷、矛盾,以及受到官方的监视、控制等困境,特别是揭示了他的多次自杀行为(或自杀情结),突出呈现了这位"不合时宜"的、富于人性的作家,展现了传记的情节性、戏剧性和历史价值,避免了某些过于平淡的人生阶段和琐细经历,更容易让人印象深刻,显然进行了较鲜明的艺术加工和传材过滤。

米勒的《福柯的生死爱欲》也是一个典型。米勒承认,写作福柯传记非常之难:"为福柯写一部盖棺论定的传记,的确为时尚早。还有太多的证人没有把他们所知道的一切都说出来;而更糟的是,还有太多的资料未曾公开发表。"②因为福柯销毁了大量私人档案资料,也立下了遗嘱:"福柯在1984年去世之前,曾销毁了大量的个人文件。在遗嘱里,他还禁止在他死后发表一切他无意中留存下来的文稿。迄今还没有出现福柯的马克斯·布洛德。"③而且福柯和巴特一样,都试图杀死"作者",取消作者对作品的控制权。米勒要证明的,或其立足点就是,福柯的多数作品、学术

---

① 巴辛斯基,《另一个高尔基》,余一中、王加兴译,南京:译林出版社,2012年。
② 詹姆斯·米勒,《福柯的生死爱欲》,高毅译,上海:上海人民出版社,2003年,页1—2。
③ 同上,页2。

研究与他个人生命经历其实有着密切的关联,极具隐秘的自传性,因此他把焦点集中于福柯的性实验、艾滋病等经历:"福柯,因其对肉体及其快感的彻底探究,实际上已成为一种幻想家;将来,一旦艾滋病的威胁消退,男男女女们,无论是异性恋者还是同性恋者,都会毫无羞耻或毫不畏惧地重复这种肉体试验的。正是这种肉体试验,构成了福柯独特的哲学探寻的主要组成部分。"①福柯的同性恋经历开始于 1975 年首次造访旧金山,正是在那里,在无数公共浴室里,福柯进行了大胆的、放纵的、自由自在的性实验,"毫无顾忌地去满足他对于'各种受禁的快感'的持久兴趣"。② 而这又与福柯的自杀冲动,对暴力、惩罚等问题的思考有关,他一辈子都在尝试和思考自杀与暴力问题,作者把它们关联起来,对这一禁忌方面的挖掘恰恰是理解福柯的关键。

三　创新性：传记的生命之源

当然,从更严肃的意义上讲,传记形式的革新、改进还必须立足于传材的新颖和思想的深度,以及艺术风格与主旨的密切结合上,也就是说,其生存之根还是要靠原创性,这是真正的"创意",大致有两类。

独特传材的原创挖掘永远都不会过时。西方传记家在写传之前,都要强调自己的独创性,必定有新的材料和发现,才敢于写一部新的传记,不然就是重复,没有价值,因此每一部传记都是对之前传记的对话、补充。这类传统传记要严格立足史料基础之上,是传记的主流和传统传记的根基,为后世写作提供了土壤和生存基础。虽然传记要瘦身,但大部头、多

---

① 詹姆斯·米勒,《福柯的生死爱欲》,页 4。
② 同上,页 24。

卷本、事无巨细的传记依然是必要的,它们真正能够激发读者的钦敬或敬畏,面对这些传记家付出的几乎穷尽一生的努力,那些所谓的批评、攻击传记的声音会无地自容。

英国传记家林德尔·戈登的《T. S. 艾略特传:不完美的一生》就是她对之前出版的两卷本艾略特传的浓缩和加工,不过更有价值的是,"在它们的基础上加入了大量的新材料,重写和改写的规模已远超修订"。① 传记家大量参阅了艾略特的读书笔记、手稿、通信等各类档案材料,其中包括不少读者提供给她的资料,更多的则是她在世界各地图书馆搜罗的罕见资料、档案珍藏,这些在书后都有交代,非常严谨,让人一看就觉得踏实可信,是传记品格的保证。戈登毫不避讳,用"直视"的态度比较客观地揭示了艾略特生活中的许多隐秘:"对偶像的祛魅有其勇敢与卑鄙的两面。我们在批评他时也应小心,不能以艾略特对待满脸麻子的年轻人、女性和犹太人相同的方式对他落井下石。我建议的方式是,直视他面上的瑕疵,但并不只盯着瑕疵本身。"②比如因为艾略特和妻子薇薇恩关系紧张、冷淡,罗素乘虚而入和薇薇恩关系暧昧,与此同时罗素还在和另外的几个情人交往,对此,艾略特当然觉察到了,并在《大教堂谋杀案》等作品中进行了隐秘的攻击。艾略特虽然自称创作的"非个人化""客观化",但是《荒原》《普鲁弗洛克情歌》等都是隐含的自传诗,呈现的首先是他自己的"荒原"、"地狱"、爱情前的犹豫等,所以,"玛丽·哈钦森读完《荒原》后称之为'汤姆的自传'。艾肯则认为这首诗描绘了艾略特的'地狱',与

---

① 林德尔·戈登,《T. S. 艾略特传:不完美的一生》,许小凡译,上海:上海文艺出版社,2019 年,"前言",页 1。
② 同上,页 113。

作者'自身的情感发展'相互并行"。① 将这些诗进行自传化解读，其实就是对艾略特的祛魅，因为很多秘密只有作家本人知晓。此外，戈登还告诉我们，艾略特曾创作了不少狎亵的"脏诗"，其中布满身体器官和污秽，像斯威夫特一样；庞德虽然对艾略特的成名功莫大焉，但艾略特有时并不买账，因为庞德是把他看作一架"文学机器"，是收藏家看重的等待升值的宝贝。② 这些都揭示了这位伟大诗人生活中的隐秘角落，令人大开眼界。

　　《马尔克斯传》的作者萨尔迪瓦尔也自述道，他在长达二十年的时间中收集资料，采访了众多相关人物，一遍一遍地验证，费尽心血："我参阅过的书籍几乎汗牛充栋，从一本正经的胡诌之作到十分可信的回忆录，专著和记叙文都有。"③这简直如同"终身苦役"。从他的考证看，马尔克斯"魔幻现实主义"小说的传记性也非常明显，所谓的魔幻只是诱人的外衣和手腕。马孔多来自"马孔多树"，许多故事来自他的外祖父（与人决斗后迁居，有至少十九个私生子，制作小金鱼等，牵着外孙的手去看冰块，是小说中第一代布恩迪亚的原型等），阿卡迪奥被杀之后血流回家中，路线与马尔克斯家的宅院结构也是一样。④ 马尔克斯父亲的婚姻经历也是《霍乱时期的爱情》的来源，即追求一位小姐的曲折经历。所以看这部传记，就像读马尔克斯本人的作品一样，充满离奇的真实故事。威廉森的《博尔赫斯大传》，与同类传记相比，特别揭示了博尔赫斯的生平经历与虚构写作之间的关系，如家族荣誉的影响、失败的恋情的打击、与情敌的隐秘对抗、阿根廷政治的腐败等，让我们看到了这位天马行空的作家与现

---

① 林德尔·戈登，《T. S. 艾略特传：不完美的一生》，页 151。
② 同上，页 103。
③ 萨尔迪瓦尔，《马尔克斯传》，卞双成、胡真才译，上海：上海人民出版社，2008 年，页 23。
④ 同上，页 95。

实的坚实联系。

　　创造性背后其实就是传记家的主体意识与情感投射,在这方面,中国传记有独特的风格表现,即抒情性或意境化。传记虽然以追求客观为要务,但有时也能通过细微的艺术手法别有寄托,从而将传记家与传主的生命相融合,丰富传记的空间。中国是诗的国度,特别强调抒情写意,因此在叙事立传中适当加入几句收敛的抒情和简洁的风景,可以调节过于平实、琐细的资料,避免枯燥,也是必不可少的雅致与表达感情的方式。如黄永玉回忆表叔沈从文的文字就非常动人,他非常推崇沈从文的精巧文字与细腻情感,说了这样一句话:"谁能怀疑他的文字不是爱抚出来的呢?"①"爱抚"一词,实实在在地抓住了沈从文人生与文学的根本,即对人世的爱欲柔情,并以柔婉之笔墨细细地从容写出,这就极具穿透性和情感力度。谈及沈从文的忍耐与内心张力,黄永玉使用了"烧红的故事"这个比喻:"他内心承受着自己骨肉的故事重量比他所写出的任何故事都更富悲剧性。他不提,我们也不敢提;眼见他捏着三个烧红的故事,哼也不哼一声。"②这三个故事中的人物,都是沈从文的兄妹,人生充满悲剧的凄凉,但沈从文硬是把这火含在手中心口,"骨子里的硬度"更反衬了"柔和典雅"中的韧性。所以,即使在沈从文的书信这类平常性、事务性的交流文字中,都能读到无穷的诗情画意,如1979年他给二儿子沈虎雏写信,谈到自己所受的各种命运遭际,最后一段转而写院中景致,"这里在静静秋阳下进入冬天,院子里月季还有卅卌朵在陆续开放"③。这种"静美"似乎

---

　　①　黄永玉,《这一些忧郁的碎屑》,见巴金、黄永玉等,《长河不尽流:怀念沈从文先生》,长沙:湖南文艺出版社,1989年,页452。
　　②　同上,页463。
　　③　沈从文,《沈从文全集》(第25卷),太原:北岳文艺出版社,2002年,页418。

是对其心绪的反衬。金介甫甚至说，"沈从文的交代都写得富于抒情意味"。① 说到底，这与沈从文对传记的本质，即"有情"之风格的深刻把握有关。在谈到自己深受影响的司马迁和《史记》时，他就区分了"有情"与"事功"，认为《史记》列传写人，笔墨不多，"二千年来还如一幅幅肖像画，个性鲜明，神情逼真"，三言两语且毫不粘滞，堪称"大手笔"，这种长处即源自"有情"："诸书诸表属事功，诸传诸记则近于有情。事功为可学，有情则难知"，这种"有情"，"还是作者对于人，对于事，对于问题，对于社会，所抱有态度，对于史所具态度，都是既有一个传统史家抱负，又有时代作家见解的"。② 因此他说，事功为可学，有情则难知来自人生之独特感悟，深得史迁精髓。

高尔泰历时良久完成的自传《寻找家园》中透露的苍凉感和生命意识也常常令人动容。除了对不断受到的政治运动冲击、落魄倒霉的人生遭遇的追溯，其魅力还在于文字的叙述力量，真个是饱经沧桑、力透纸背，单从对敦煌经历的描写看，似乎就比樊锦诗的《我心归处是敦煌》这类表达"无怨无悔"认同境界的自传更要苍冷几层，令人不胜其寒。比如在《沙枣》一篇中，他写自己在晚上劳动归队的时候，由于饥饿难忍，偷偷地跑到荒漠中去摘沙枣，结果在漫天沙丘中迷失了方向，于是尽力辨别方向，想找到到劳改队，这个时候，他写道："月冷笼沙，星垂大荒。一个自由人，在追赶监狱。"③还有比这更无奈和荒诞的吗？高尔泰也非常善于写景，在叙述经历的时候，往往会加入几句景物，很能衬托心境，比如在《寂寂三清宫》中写道："有天深夜，我渴了。到四六五窟去取

---

① 金介甫，《沈从文传》，符家钦译，长沙：湖南文艺出版社，1992年，页253。

② 沈从文，《沈从文全集》（第19卷），太原：北岳文艺出版社，2002年，页318。

③ 高尔泰，《寻找家园》，北京：北京十月文艺出版社，2011年，页129。

我的暖瓶。巨树森黑,月影满地,足音清晰。唐、宋窟檐上,间或传来几声檐马的叮当……甚至那些较大的沙砾从悬岩上落下,打在窟檐或楼道上的细微沙声,也都清晰可闻,使寂静更加寂静,静得像戈壁一般沉重。"[①]在《谁令骑马客京华》中,描写"文革"之后拨乱反正的社会转变,也突出了听觉化的描绘:"历史似在拐弯,发出咔咔的声音。北京城里更响,如同五月的冰河。"[②]这种声音就是解冻的声音,有不可阻挡之势,"许多活埋已久但尚未死去的愤怒、悲哀和疑问,都怯生生地破土而出,像积雪下面的草芽,像音调不定的号角"。[③] 这都是有感而发的抒情,饱含了历史的创伤,不是那种浓妆艳抹的流俗抒情和拙劣的字句雕琢。

近年来从诗歌转向自传散文,耽于回顾苍凉、坎坷、流离人生的北岛的多部自传都是极具"诗性"的人生叙事,语言凝练厚重、意蕴深远、情感细腻无比,比如写老翻译家冯亦代的晚年就很感人:冯亦代的人生几乎可以通过北岛描绘的一个动人画面定格,那是 2001 年,北岛的父亲病重,他回大陆探亲,听说冯亦代中风住院,便在一个严寒的冬日前去探望,来到了"冰窖"一般的病房,他看到了"任人摆布"的冯伯伯,老人终于"从寒冬中苏醒",看到北岛之后竟然号啕大哭,"嚎哭不止,撕心裂肺",值得注意的是,北岛将目光转向了床尾,留意到了"他从床单下露出来的赤脚,那么孤立无援"。[④] 这寒冬病房中"孤立无援的赤脚"恰恰是老人悲凉境况的写照,肉身的脆弱折射的是精神的苦寒、生存空间的艰难。

与抒情性相对的就是反讽性、喜剧性,有些传记家更为超脱冷静,不

---

① 高尔泰,《寻找家园》,页 206。
② 同上,页 353。
③ 同上,页 354。
④ 北岛,《过冬》,香港:《明报》月刊出版社,2011 年,页 93。

被传主所操控，而是审视着传主的各种尴尬与困境，当然也包括自传者对自己的自嘲，或对生活的讽刺。特洛亚的《不朽作家福楼拜》就基本完全仿照传主福楼拜的冷漠风格，客观冷静却充满讥讽。他一开始写福楼拜在童年时就寄希望于写作以寻找生命的意义，"他把别人的东西抄下来，就以为自己在写作了，真是便宜了他"，有趣的是，这种写作方式的效果明显，"前几年内向、萎顿、不起眼的小男孩，慢慢发现活着的理由"，这在福楼拜写给小朋友书信的落款中就可以看到他对语言文字的着迷："你的死党，善于猛拱的脏猪。"①再如，如同英国小说家巴恩斯在"戏仿传记"《福楼拜的鹦鹉》中对福楼拜妹妹和他本人葬礼中"棺材事件"的喜剧化描写，在《不朽作家福楼拜》中，这一尴尬情节同样被戏剧化地呈现出来："掘墓工没算好自己的活计，巨匠的棺木太长，而掘的墓穴太小。墓工笨手笨脚捣弄棺木，结果歪斜着卡住了，头还朝下！……左拉干脆大喊：'够了，够了！'"②而且特洛亚还对此加以更细节化的补充，特别是在这出"洋相"外增加了亲友在葬礼上的种种不当、不敬表现，凸显了这一情节的讽刺意义：在送葬路上，他们大谈烤鱼、烤鸭甚至妓院，令龚古尔非常愤怒，背后也关联到外甥女夫妇对福楼拜财产的挥霍浪费等，所以作者借用了龚古尔日记中的几句："啊！我可怜的福楼拜！在你遗体周围，有如许阴谋诡计、文人资料，你真可以写一本精彩的乡土小说出来。"③世态如此炎凉，巨人作家也无可奈何，他嘲讽了一生，最终还是落入人生滑稽嘲弄的窠臼，如同一部"人间喜剧"。

格拉斯在回忆录《剥洋葱》中则不断进行自嘲和自我消解，暴露自己

---

① 特洛亚，《不朽作家福楼拜》，罗新璋译，北京：世界知识出版社，2001年，页7-8。
② 同上，页469。
③ 同上，页471。

的一系列人生困境。他把回忆视为剥洋葱,在揭除褶皱的过程中,忍受强烈的刺激,"你去切洋葱,它会让你流眼泪",但"只有去剥皮,洋葱才会吐真言"。他完成了对自己"三种饥饿"(即食物、性和艺术)的生动描述,特别是关于饥饿的书写,令人印象深刻:他被关在盟军战俘营,参加了"抽象的烹饪班",身处极度饥饿的境况,俘虏中的厨师给德国战俘们上美食课,造成的反差和张力令人难忘:"他是魔幻大师,只用一只手就能把梦境之中那些肥嘟嘟的牲口按在案板上宰杀。他甚至能以虚无为原料弄出美味来。他把空气搅成浓汤,用三个鼻音发出的词软化石头。"①师傅就在黑板上画出猪的轮廓,一块块加以肢解,并一块块肉地讲解各自的肉质特点,适宜做成什么食物,等等:"他摆弄着想象出来的猪颌,用勺把凝固的脑子从脑壳里掏出,挖空眼窝,给我们看从咽喉上割下的舌头,举起从脂膜剔下的猪颌……一边开始一一列举要往文火炖着的汤里放的配料:葱花、小酸黄瓜片、芥籽、醋腌白花菜芽、剁碎的柠檬皮和粗捣的黑胡椒末,还放上一块瘦猪胸脯肉或颈部的肉一起煮。"②真是惟妙惟肖,色香味俱佳,如在眼前,让他们口水直流。自传以这种方式呈现了从个体到家庭到社会政治的多层次问题,在对自我无知的揭露背后,展现了对纳粹之恶和人们思想的纳粹化过程,以及必然要付出的沉重代价。

　　此外,对优秀传记的一个更高要求是,在爬梳中能够揭示传主生活中隐秘的内在关联,以赋予人生更大的时空结构,构筑生活时空网,从而解释人生不同脉络中的各种"因果缘"。如张新颖的群传《九个人》,从他特别关注的沈从文扩展到沈从文周围的文人交往圈子,建立了更大的人际关系群,如黄永玉等人。其中有一篇写到西南联大时期,沈从文与学生李

---

① 格拉斯,《剥洋葱》,魏育青等译,南京:译林出版社,2008 年,页 166。
② 同上,页 169。

霖灿和吴冠中的关系。沈从文曾鼓动和资助李霖灿等几个青年学生到云南玉龙雪山考察，进行人类学调查和艺术写生，沈从文在一篇小说中写过这个故事。有趣的是，李霖灿到达雪山后，把买的几个明信片寄回学校张贴出来，艺专中正好有个低两级的同学看到了说，李霖灿能，为什么我不能！这个同学，传记告诉我们，就是吴冠中。后来吴冠中千方百计到了玉龙雪山，留下了一些经典画作。人生中充满着各种偶然的因素，传记的职责之一就是把它们聚拢到一起，从而在更远的时空中加以透视，揭示出世相的真面。其实说到底，这就是传记的思想性或智性，它是一条坚实的地平线，承载传记的厚度与筋骨。

汉密尔顿是这样为传记下定义的："传记——也就是说，我们创意性和非虚构性的产物，它致力于记录并解释真实的人生。"[1]根据他的解释，这种创意就是"非虚构式创意"，主要在于叙述方式、语言表达的新奇，带来外在的吸引力，根基则是思想的厚度与深刻性，没有这一点，传记只能是落花流水，转瞬就被人遗忘、抛弃。而这种厚度、深刻和魅力，则源自传记家不懈的努力与选择、建构或掌控能力。如同巴恩斯的捕鱼之喻："对于一部传记，你也同样可以这么做。当拖网装满的时候，传记作家就把它拉上来，进行分类，该扔回大海的就扔回大海，该储存的就储存，把鱼块切块进行出售。但是想想那些他没有捕获上来的东西：没有捕获到的东西往往多得多。"[2]传记写作必然要有所选择加工，也会有所遗漏或故意舍弃，关键在于，伟大的传记总是奠基于尽可能多的传材之上，其立足点是历史的考证与搜集，然而奉献出来的，是精美的艺术品。这就好似苏维托

---

[1] Nigel Hamilton, *Biography: A Brief History*, p. 1.

[2] 朱利安·巴恩斯，《福楼拜的鹦鹉》，石雅芳译，南京：译林出版社，2010年，页40。

尼乌斯《维吉尔传》中的罗马大诗人,他写诗精益求精,会花很长时间不厌其烦地修改,以致有人评价说:"他写诗像雌熊产仔,渐渐地把它们舔出一个模样来。"①母熊把熊仔"舔"成熊样,传记家的任务则是把传主慢慢"舔"成人样,相似之处是,这都需要非凡的耐心和无尽的爱意,所谓传记乃富有人性温度的、"有情"的良心事业。

───────────

① 苏维托尼乌斯,《罗马十二帝王传》,张竹明、王乃新、蒋平等译,北京:商务印书馆,2000年,页371。

第一章　传记文学与生命政治

　　传记一意要文类独立，但始终身处文学与历史之间，是二者的融汇交合，或者说，从宽泛的意义上以及传记的历史发展源流看，三者难以彻底分割，恩怨并非泾渭分明，特别是许多叙事性诗歌、戏剧等文学作品长于以真实的历史人物为对象，在史实基础上进而加以改编、重塑。其中固然有虚构成分，但不容否定的是，这些作品又在很大程度上填补了历史、传记叙述中的罅隙与暗影，在不同时代、出于不同意图、从多个角度凸显了传主的多元丰富意蕴，其实是参与"制造"了历史传主的形象，使其在成为文本传主的过程中愈加棱角分明，也愈益为人所知，这反过来也激发了后世研究者、读者对真实传主生平事实的进一步追索。所以，这类虚构性传记文学的意义不容轻视，理应置于传记的宏大空间和复杂谱系之中进行考察，因为说到底，传记是跨越性、杂糅性的文类，并不如贞女鲁克丽丝般"清白、贞洁"，非现代所谓精细、专门的学科建制所能区隔。更重要的是，正如下文以莎士比亚为中心的历代文史作家所呈示的，鲁克丽丝、秦纳等罗马人物被不断重塑的原因在于，文史家们在他们身上看到了再现历史、映射现实的可能，从身体政治的角度说，个性、艺术、爱欲、伦理、性别、政治、哲学等诸要素都在个体肉身及命运遭际中得以汇聚交织，从而活生生地展演了传记的一大特性：生命政治的剧场。

鲁克丽丝是罗马王政末期的一位贵妇，以贞洁贤淑著称，但被罗马王子塔昆所侮。她的受辱遭遇及自杀引发罗马人对僭主国王、"高傲者"塔昆的残暴统治的反抗，最后罗马人推翻暴政，建立了共和。值得关注的是，鲁克丽丝的形象引发了后世作家、艺术家的极大兴趣，他们从不同角度来重塑这一女性，如李维、奥维德、薄伽丘、乔叟、莎士比亚、米德尔顿及海伍德等。围绕鲁克丽丝形成的诸多文本尚未被系统探讨，但它们具有丰富的跨学科空间，汇聚了女性观念、自我意识、诗画关系、生命政治及政治哲学等多重要素，也展现了这一在文本中被不断"变形"的形象背后的思想对话。

其中，莎士比亚的叙事长诗最为经典，《鲁克丽丝受辱记》是一首"小型史诗"，它聚焦于古罗马"王政"到"共和"的转变这一转折点，而且突出了受辱后的鲁克丽丝对"特洛伊陷落画"的无意发现和引发的思索。作为观画者，她与画中的人物，特别是特洛伊王后赫卡柏取得了深切认同，强烈意识到了人性的复杂多面与自身命运的历史性，因而采取了悲剧式的公开自杀这一复仇方式。同为受害人的智者布鲁图斯则领悟了"鲁克丽丝尸身画"的政治内涵，借此激发罗马民众推翻了塔昆家族的专制统治，使罗马进入了共和时期。可见，在莎士比亚笔下，艺术、政治与哲学具有了内在勾连。而作为伊丽莎白时代的作家，与当时作家喜欢直接或间接介入政治的风尚相应，莎翁在反思罗马历史的同时，也隐含了对当时复杂多变的社会政治的态度，特别是"英格兰共和"问题，这都赋予了作品丰富的内涵。

《鲁克丽丝受辱记》展现的是罗马共和的创立，而在聚焦罗马共和的结束时，莎士比亚在《裘力斯·凯撒》中也重塑了两位历史小人物，即安排了两个关于诗人的插曲：诗人秦纳无辜惨死及无名诗人闯营调和叛将的争执。值得注意的是，这是莎士比亚对普鲁塔克的经典传记《希腊罗马名人传》相关叙述的明显改造，特别是突出了传主的诗人身份。这一加工背后隐含了莎士比亚对伊丽莎白时代诗或艺术遭受的来自宗教、道德、实用及政治等各方面攻击的呈现，即诗被视为"有害"或"无用"的存在。相应地，在《仲夏夜之梦》《裘力斯·凯撒》《暴风雨》等作品中，莎士比亚始终也在以不同方式为诗辩护：诗通过对现实的改造，其实具有服务于道德教化、维护统治秩序的能力，以此吁请社会，特别是狂热的清教徒理性地对待诗及诗人。莎士比亚为诗辩护，就是为诗人辩护，也就是为自己申辩——对作为自由书写的诗人权利的诉求，因而，他实在不愧为我们永恒的"同时代人"。

第一节　被唤醒的幽魂：贞女鲁克丽丝西方"变形记"

鲁克丽丝（Lucrezia，Lucrece）是古罗马王政末期的一位贵妇，以贞洁贤淑著称，她被王子塔昆（Sextus Tarquin）强暴后当众自杀，这一受辱遭遇及死亡引发了罗马人对国王塔昆（Tarquin the Proud）的残暴统治的反抗，最后在智者布鲁图斯（Lucius Junius Brutus）、她的丈夫柯拉廷内斯（Tarquinius Collatinus）的领导下，罗马人推翻暴政，建立了共和（509 B. C.），使罗马进入一个长久的强盛时期。非常值得关注的是，鲁克丽丝这一受辱的女性形象引发了后世文史作家、艺术家的极大兴趣,他们从不同角度、运用不同形式对其进行塑造,典型如李维的《罗马史》(*History of Rome*,约 30 B. C.)、奥维德的《岁时记》(*Fasti*,8 A. D.)、薄伽丘的《名媛传》(*Concerning Famous Women*,1355–1359)、乔叟的《贤妇传奇》(*The Legend of Good Women*,1386)、莎士比亚的《鲁克丽丝受辱记》(*The Rape of Lucrece*,1594)、米德尔顿的《鲁克丽丝的幽魂》(*The Ghost of Lucrece*,1600)、海伍德的《鲁克丽丝受辱记》(*The Rape of Lucrece*,1608)等。此外还有大量艺术家以此为题的经典绘画或雕塑,如帕米贾尼诺(Parmigianino)的《罗马的鲁克丽丝》(*Lucrezia Romana*,1540)、提香(Titian)的《塔昆与鲁克丽丝》(*Tarquinio e Lucrezia*,1571)、雅科波·帕拉玛(Jacopo Palma)的《塔昆与鲁克丽丝》(*Tarquinio e Lucrezia*,1590–1610)、菲利普·伯特兰(Philippe Bertrand,1663–1704)的《鲁克丽丝》(*Lucretia*,1704 年前)等。英国菲茨威廉博物馆的藏品介绍中就提到,其实早在十六世纪,意大利思想家斯皮洛尼(Sperone Speroni,1500–1588)就说过这样一句话:没有人愚蠢到没有听说过她。① 这都充分说明鲁克丽丝形象在西方世界的巨大影响力以及丰富的思想与艺术内涵,颇值得关注。

对鲁克丽丝形象的史传及文学塑造集中在古罗马和深受罗马文学影响的文艺复兴时期,相关作品如此丰富以致难以穷尽,就连经典的新版牛津莎士比亚全集中的介绍也并非网罗殆尽。② 鉴于此,本研究主要聚焦于自李维至海伍德之间的七部最具代表性和影响力的作品,梳理它们如何从不

---

① http://www. fitzmuseum. cam. ac. uk/pharos/collection _pages/italy _pages/914/TXT _BR _SH-914. html.

② William Shakespeare, "Lucrece", in *The New Oxford Shakespeare: The Complete Works*, eds. by Gary Taylor etc. , Oxford:Oxford University Press, 2016, pp. 674–676.

同侧面刻绘鲁克丽丝的品行,剖析各自的创造性与特质,探究作品背后隐含的作者观念或政治文化因素,从而在这一过程中发掘鲁克丽丝在不同文本中被不断重塑"变形"的过程及其蕴藏的丰富内涵。

一

　　从总体上看,这七部作品文体不同,情节叙述与形象塑造也各有侧重。不过,李维《罗马史》对这一故事的记述尤为独特和关键,与后世作家采用的诗歌或戏剧等文学形式不同,它作为以历史或史传形式记录这一事件的最早文本之一,无疑起到了奠基性作用。如论者所言:"李维的记述将鲁克丽丝的悲剧置于了更宏大的历史语境之中,之前是王子塔昆父亲的恶行,之后则是随之而来的罗马的政治变化。"[①]显然,它对此事件进行了完整的交代,简要勾勒了从塔昆阴谋篡权到被流放的整个过程,赋予鲁克丽丝的遭遇完整的结构框架和历史语境,后世的作品基本都是在此基础上进行的演绎生发。如评注家奥基维尔(Ogilvie)所指出的,在李维之前,鲁克丽丝受辱及其导致的塔昆家族的衰亡这一传奇在历史上早已有所记录,如罗马史的第一位记录者费边·皮克托(Fabius Pictor,约 254 B. C. –约 200 B. C. ,其著作已失传),而且不管鲁克丽丝的受辱自杀与塔昆家族被推翻这一关联的历史真实性如何,这一故事都被完美地、不受怀疑地记录和接受下来,其人物被增添了丰富人格,和许多希腊僭主的暴力结局的相似性也被赋予其中,"在此背景下,这

　　① Heather Dubrow, "The Rape of Clio: Attitudes to History in Shakespeare's *Lucrece*", *English Literary Renaissance*, 1986, Vol. 16(3), p. 429.

一传奇的最终样式得以成型"。① 也就是说,李维的讲述就是这一历史事件成熟的、经典的版本。

　　根据李维的记述,塔昆王子的母亲小图里雅可非等闲之辈,而是麦克白夫人一样的强势贪权且极度残忍之人。在塞尔维乌斯·图利乌斯当王的时候,他有两个女儿,即大小图里雅,她们分别嫁给了卢西乌斯·塔克文(作者没有交代他的性格)和阿伦斯·塔克文(性格温良)两位兄弟。小图里雅对柔弱的丈夫不满,因此投向了自己认为更具男子气概和王家血统的姐夫,并反复诉说自己对丈夫和怯懦的姐姐的不满,结果,阿伦斯·塔克文和大图里雅就此死去(言外之意,即被加害),而小图里雅和卢西乌斯·塔克文顺理成章结成了"血色"婚姻,显然,这是根源于权力欲望和罪恶的婚姻,对此,她的父亲即塞尔维乌斯王却并未表示反对。② 之后,在小图里雅不断的咒骂和驱使下,塔克文的欲望和勇气被鼓动起来,并且在她的授意和策动下,发动了政变,杀死了塞尔维乌斯,篡夺了他的王权。而接下来的一幕更是血腥残酷,李维如此描述道:在经过塞尔维乌斯尸体的时候,"丧心病狂的图里雅驱车轧过父亲的尸体,并且她自己被染血弄脏,把父亲血与尸体的一部分由染血的车带到她与她丈夫的家神那儿"。③ 值得注意的是,只是到了这里,李维才明确地告诉我们,塞尔维乌斯竟然是图里雅的父亲,也就是塔克文的岳父,在这一残暴场景之下揭示二者之间的身份关联,显然更具有强烈的情感冲击效果,更富戏剧性。李维对这一丧尽天良行为的解释是,图里雅的举动是源于"她

---

　　①　R. M. Ogilvie, *A Commentary on Livy Books 1-5*, Oxford: The Clarendon Press, 1965, pp. 218-219.

　　②　李维,《建城以来史:前言·卷一》,穆启乐等译,上海:上海人民出版社,2005 年,页 121。

　　③　同上,页 125。

姐姐和丈夫复仇之灵的驱使"，而且结果是，"由于家神的愤怒，如同王权邪恶的开端，同样的下场不久将继之而来"。① 也就是说，邪恶行为最终得到了报应，而报应的最终体现就是，由于塔昆王子对鲁克丽丝的施暴，塔昆家族的统治被罗马民众推翻，遭到了放逐，李维在这一故事中打下了深刻的命运烙印。

就本文关注的鲁克丽丝形象而言，出于对罗马人道德品行的维护，李维着意突出的是鲁克丽丝的贞洁贤淑与刚烈形象。如当王子塞克斯图斯·塔昆与其丈夫科拉提努斯·塔昆等人深夜窥探时，鲁克丽丝"正坐在灯前劳作的侍女们中间专心纺羊毛"②，勤劳而恪守妇德，凸显了罗马社会中典型的"家庭主妇形象"③。这当然更体现在自杀一幕中。受辱之后，鲁克丽丝请来了父亲和丈夫，面对他们，她对自己的遭遇进行了辩解，以证实自己的贞洁，而且还采用了直接引语，她说："只是身体被玷污，但思想无罪；死将为证，伸出你们的右手并发誓罪犯必将受到惩罚！"④众人对她充满同情，并针对她的自责努力加以安慰："思想会犯罪，而非肉体，并且，无意念即无罪过。"⑤但是，她依然选择了自杀，可见这并非单单源于失贞，她即使自认为无罪但依然要接受惩罚，意在为后世妇女树立榜样，她的视线非常长远："今后，将没有任何不贞的女人以鲁克丽丝为榜样活着。"⑥这样，鲁克丽丝就成了"贞洁这一高尚道德价值的高贵模范"（as a noble example of

---

① 李维，《建城以来史：前言·卷一》，页 125。
② 同上，页 143。
③ R. M. Ogilvie, *A Commentary on Livy Books 1—5*, Oxford：The Clarendon Press，1965，p. 222.
④ 李维，《建城以来史：前言·卷一》，页 145。
⑤ 同上，页 147。
⑥ 同上。

the high moral worth of chastity）。①

显然,在鲁克丽丝身上,李维着意强调女性的道德品行,并未像后世的莎翁那样突出她的政治意识,也没有将其作为中心形象过于突出。政治使命则是通过伪装成"傻瓜"的布鲁图斯实现的,这一形象其实是理解鲁克丽丝的关键,不得不加以重视。在他首次出场的时候,李维就交代了其性格:"一个性格与他伪装出的极为不同的青年。"②当他知道自己的家族被舅父诛杀的时候,选择了装傻隐忍,任由舅父占有他的财产,等待着复仇时机,对此李维有明确的叙述:"他故意装傻后,当他允许他自己和他的财产成为王的战利品时,他甚至不拒绝布鲁图斯这个绰号,以便在这个绰号伪装下,他,那个罗马人民著名的解放者,潜藏着等待他的时机。"③这里其实是提前交代了他的历史功绩,通过预叙将其行为、后果及历史形象并置在一起。在陪伴塔昆的两个儿子求神谕时,布鲁图斯对神谕的反应,也是他机智的体现。他原本是作为"弄人"即逗乐者来陪伴两位王子的,但是当神谕告诉王子谁先给母亲吻就会获得罗马最高统治权的时候,布鲁图斯机敏地认为这一答复"另有所指",便"好像滑倒一样,以唇触地,显然,因为大地是全人类的共同母亲"。④ 在这一细节叙述中,布鲁图斯以"狗吃屎"的滑稽行为,获得了神的指示,为他夺取政权提供了命运依据,这一情节也显示了李维在著作中暗含的命运意识,这是他解释罗马历史的视角之一。但是,布鲁图斯一直隐忍不发,只有当鲁克丽丝自杀之后,他的政治嗅觉和才干方显现出来。是他在众人沉溺于哀恸之时手握滴血之刀发表了鼓动复仇

① R. M. Ogilvie, *A Commentary on Livy Books 1–5*, p. 219.
② 李维,《建城以来史:前言·卷一》,页141。
③ 同上。
④ 同上。

的演说，对此，李维同样运用了直接引语："我以这于王室的不公正前最贞洁的血发誓，并使你们，诸神，为证，我将用铁和火从此以尽我所能的暴力追击卢西乌斯·塔克文·苏帕尔布斯和他大逆不道的妻子及其所有孩子，而且我决不容忍他们或任何人在罗马为王。"①布鲁图斯的行为震惊了众人，他们不知道"布鲁图斯心中这一新的天性从何而来"，可见其隐藏之深，但他们的感情显然从"哀伤转为愤怒"，并拥戴号召打倒王权的布鲁图斯为首领。②

以鲁克丽丝和布鲁图斯二人为核心人物，其实彰显了李维的史传意图与策略，对他来说，这部历史是对"世界上最优秀民族业绩的记述"③，而古罗马的辉煌和后世的衰败恰恰也构成了对比，其盛衰的重要根源之一，则在于"道德"：早期罗马人凭借道德和才能建立和扩大了罗马，"随着纲纪逐渐废弛，道德可以说先是倾斜，继而愈加下滑，最终开始倾覆"，这导致了罗马帝国的危机，因此这部"昭昭史册"就构成了必要的教训，教给罗马人应该从这部曲折阴暗的"命运"悲剧中汲取和避免什么。④

在《罗马史》中，李维用四页篇幅叙述了鲁克丽丝的遭遇这一历史故事，有意思的是，同为罗马人的奥维德也对这个故事很感兴趣，将其用诗歌的形式记叙下来，编入关于罗马节日起源的诗集《岁时记》。鲁克丽丝的故事处于此书第二卷的末尾，对应的节日是 2 月 24 日"国王逃逸节"（Regifugium，即"Flight of the King"），篇幅仅有一百七十行（685–855 行），不及莎翁长诗《鲁克丽丝受辱记》的十分之一，甚至少于莎翁笔下鲁克丽

---

① 李维，《建城以来史：前言·卷一》，页 147。
② 同上。
③ 同上，页 19。
④ 同上，页 21。

丝对卧室墙上悬挂的"特洛伊画"的两百多行描绘。虽然短小,奥维德的
故事交代倒也完整,与李维的主体内容类似,也具有历史性。比如,他也先
叙述了国王塔昆获得王权之后的征战状态,以及阿尔迪亚(Ardea)的围城
这一语境,也提及了布鲁图斯的伪装痴傻及亲吻大地的举动,与后文塔昆家
族的残暴、布鲁图斯等人的起事反抗以及塔昆王政的覆灭相照应。显然,这
首短诗对鲁克丽丝形象的描绘构成了最核心的内容,占据大多数篇幅,相较
于李维的记述,最后一节对复仇的描写就非常简略。

　　不过,与李维的最大不同在于,身为《爱经》(《爱的艺术》《爱的治疗》
《恋情集》)三书的作者,虽然字里行间中带有对暴政的揭示与讽刺,但奥维
德主要展现了深谙"爱欲艺术"的大师手笔,用较多的笔墨从声音、动作、神
态、心理等方面对鲁克丽丝进行了极为细腻、生动的文学刻绘,如她用"细
柔的声音"(thinly voiced)与侍女讲话,然后丢掉了纺线"将脸伏在膝头哭
泣",看到丈夫出现在眼前时,她则高兴地"勾住了他的脖子,成为一个甜蜜
的负担"①,这就大大凸显了鲁克丽丝的温柔、贤淑、天真、活泼,当然主要是
贞洁的形象。接下来在描写王子塔昆的欲望时,也细致入微地凸显了感官
色彩,展现了王子对鲁克丽丝肉身的渴求,也借此映衬了鲁克丽丝的美与
德:"他渴慕她的美貌,她雪白的肌肤,／她金色的头发和天生的优雅。／他
渴慕她的话语,声音和无法被玷污的美德"②;回归营帐之后,回忆中鲁克丽
丝的娇容更具诱惑,令塔昆欲火焚身:"她就是这样坐着;就是这样穿着;就
是这样纺织;／她的秀发就是这样披垂在双肩。／这是她的肌肤,那是她的

---

① Ovid, *Fasti*, trans. by A. J. Boyle and R. D. Woodard, London: Penguin Books, 2000, p. 49.

② 同上,页50。

话语,这是她的面容,／这是她的脸颊,这就是她优雅的嘴唇"①。奥维德显然避开了李维式历史叙述的客观冷静,借由鲁克丽丝的身躯,施展了爱欲书写的才华。

同时,与李维笔下的果断刚烈形象不同,奥维德反而突出了鲁克丽丝的柔弱无助。当塔昆持剑闯入卧室相威胁的时候,"她不知所措：丧失了声音和表达的力量,／也失去了想法,心中只有一片迷茫"。② 作者还连用反问句来表现鲁克丽丝的无助,也就是在解释她无奈屈从的原因："她能怎么办呢？反抗？女人会被打败。／尖叫？被他手中的利剑阻拦。／逃跑？他的手掌紧压她的双乳,／这对乳房还是第一次被陌生人触碰。"③她的柔弱还体现在向父亲和丈夫讲述真相时的犹豫难言："她尝试了三次,三次都停下,／第四次才敢启口诉说,但仍未抬眼"④,而且讲述时脸颊绯红,不停啜泣,并略去了事件中难以启齿的部分,在遮遮掩掩中体现了贞女的羞愧与妇德。她最后引刀自戕,就是在以死谢罪,为丧失贞洁名誉而死："'你们宽恕我,'她说,'但我拒绝。'"⑤她的死倒是干脆坚决,没有留下任何余地。另外值得注意的一个细节是,当布鲁图斯站在她的尸身旁发表演讲,并发誓要惩罚塔昆家族的时候,死去的鲁克丽丝竟也似乎受到了感染,对复仇行为表示了赞同(虽然她在死时并未像李维、莎翁等人笔下那样主动要求复仇)："她躺在那里,无光的眼睛随这些话语而动,／看起来在飘动头发以示赞同。"⑥对死后的鲁克丽丝心理行为的描绘,也许正是下文论及的英国诗人米德尔顿采

---

① Ovid, *Fasti*, p. 50.
② 同上,页51。
③ 同上。
④ 同上,页52。
⑤ 同上。
⑥ 同上。

用"幽灵叙事"模式的《鲁克丽丝的幽魂》的灵感来源。

可见，奥维德怀着爱欲之眼，以诗人的细腻笔触，聚焦于鲁克丽丝的形象自身，"其记述更具情感性，提供了更多关于人物感觉的细节，并表达了更多的同情"①，而且他填补了历史叙述中的某些空白，对鲁克丽丝的描绘更加现实化、女性化；特别是，对鲁克丽丝柔弱无助而非果断复仇者形象的强调，似乎又在暗示，她实实在在是一个暴力欲望和道德规约双重压力下的牺牲品，而这本应避免，其死亡背后其实并无后世作家笔下那种深刻的复仇谋划与政治意图，纯粹是一个女性的无奈悲剧。

二

经过中世纪的相对沉寂，鲁克丽丝在文艺复兴时期又得以复活，而且极有意思的是，她首先呈现于意大利作家薄伽丘的《名媛传》中。以《十日谈》这部惊世骇俗的作品引发巨大争议的薄伽丘，竟然也致力于塑造高贵正统的女性，为其立传，有点令人意想不到。《名媛传》共一百零四篇，形式上承继了《十日谈》的散点连缀法，书写了夏娃这第一位"人类之母"以来欧洲各国神话历史上共一百零六位知名女性，篇幅简短，重点在知名度，可谓西方传记史上第一部专门的女性传记合集。鲁克丽丝虽地位不高，但声望甚盛，得以被收入。她的故事属于《名媛传》第四十六篇，完整的标题是"鲁克丽丝，科拉廷内斯之妻"，突出的是她身为妻子的家庭身份。故事是散文体，共三页千字余，尤以鲁克丽丝自杀的刚烈场景最引人

---

① Heather Dubrow, "The Rape of Clio: Attitudes to History in Shakespeare's *Lucrece*", *English Literary Renaissance*, 1986, Vol. 16(3), p. 429.

关注,所以常常成为插图的首选。①

　　薄伽丘开篇就点明了对鲁克丽丝的评价,称之为"罗马贞洁的突出典范和古代美德的神圣荣耀"②,也就是以贞德为其突出特征,看似比较正统,和他在《十日谈》中对男女爱欲的描写与讽刺风格并不太协调。不过,在具体讲述之前,薄伽丘紧接着却发出了一个疑问:"不清楚的是,为什么她会比其他罗马女子显得更可爱,是因为她的美貌还是她的美德?"③从某种层面上说,这也是历代读者可能也颇感困惑的,由此展示了薄伽丘本性上的反思意识与质疑精神。这一疑问直接针对的是塔昆王子为何被鲁克丽丝迷恋这一问题,似乎是薄伽丘关注的要害之一,因为其他情节的叙述都非常简略,相对于前后作家们的描述也无甚特异之处。薄伽丘认为,塔昆王子和一众将领之所以会各自吹嘘自己的妻子的贤淑妇德,"兴许是因为晚宴中喝了过多酒而[头脑]发热兴奋"④,也就是一时冲动的结果;众人对鲁克丽丝评价之高,主要是由于她的美德,即和寻欢作乐的其他罗马妻子相对照,只有她深夜依然在和女仆纺织,"而且没有佩戴任何首饰"⑤,勤劳而简朴;在这个版本中,科拉廷内斯当场就邀请众人到家中,并热情款待,也正是这时,塔昆的欲望之眼就开始紧盯"这位贞妇的美貌与美德",并暗下将其捕获到手的决心⑥。薄伽丘似乎给出了他的回答:塔昆受到了二者的共同诱惑,说明鲁克丽丝的魅惑既在其美,亦源

---

① Giovanni Boccaccio, *Concerning Famous Women*, trans. Guido Guarino, New Brunswick: Rutgers University Press, 1963, p. 101.
② 同上,页101。
③ 同上。
④ 同上。
⑤ 同上,页102。
⑥ 同上。

于其德。

鲁克丽丝的诱惑之大,更证明了她的双重魅力,其实也是名声的一大依据。在薄伽丘笔下,塔昆是隐忍了一些时日才采取行动的,说明这不再是单纯的一时冲动,而确实是"被疯狂所刺激"①,面对鲁克丽丝的魅力,他终于按捺不住,深夜驱驰至科拉廷内斯家中,借由亲戚关系而受到鲁克丽丝的款待。夜深人静,塔昆采取了行动,在受到抵制之后,也是采取了威胁使她丧失名誉的伪造通奸而得逞的,在此,薄伽丘揭示了鲁克丽丝的真实想法:"害怕在她[自杀]死后不会有人为她的清白复仇,她不情愿地将自己的清白之躯委身于奸夫(she unwillingly gave her body to the adulterer)。"②值得注意的是,薄伽丘似乎有意提醒我们,鲁克丽丝处于身心二元斗争之中,心灵与身体在此时并不一致,她无奈交出了自己的"肉身",但要保全的是灵魂的贞洁,并暗中埋下复仇的决心。显然,受贞操观念的影响,鲁克丽丝自认为是有罪的,"深受这邪恶罪行(wicked crime)的折磨",因此在众人面前坦白之后自杀,薄伽丘也采用了直接引语方式,让鲁克丽丝亲口说出了临终的话:"尽管我免除自己这一罪行中的责任,但我不让自己逃脱惩罚,因此今后就不会有妇女以鲁克丽丝为榜样而苟活。"③鲁克丽丝此语及行为基本来自李维,突出了其贞洁之典范,也就是说,她思量的不仅是自己的个人问题,而是事关罗马妇女群体的贞操与名誉,因此不愧为品行高贵之人,是典型的突出国家价值观念的"罗马精神"之体现。事件的结果是双重的,鲁克丽丝恢复了名誉,"罗马赢得了自由"(Rome was

---

① Giovanni Boccaccio, *Concerning Famous Women*, p. 102.
② 同上。
③ 同上。

made free）。① 个体遭际与国家命运被如此紧密地扭结在了一起,鲁克丽丝也因此而扬名。

무疑,约三十年之后,当英国诗人乔叟在诗集《贤妇传奇》中重新讲述这一故事时,异教时代的李维、奥维德是其参照的首要来源,在《鲁克丽丝》这首诗开篇他就直接提到,李维和奥维德都已讲过这个故事。② 而且,虽然身为基督徒,乔叟显然并未受到奥古斯丁这位基督教教父式人物的影响,未陷入鲁克丽丝有罪论的宗教"诡辩"之中。在《上帝之城》中,奥古斯丁从基督徒立场,指出了鲁克丽丝在生存和自杀之间的选择困境,但由此得出结论说,她已经难逃罪人之名,其罪在以下二者之间必居其一:"如果她没有犯杀人罪,那就确证她犯了奸淫;如果她可以清除奸淫罪,那她就犯了杀人罪;这样的两难困境她是走不出来了。"③也就是说,在奥古斯丁的基督教逻辑看来,鲁克丽丝无论如何都是有罪的:要么是因为迎合塔昆的淫欲而犯下了奸淫罪,塔昆的欲望可能"激起了她自己的情欲,于是也乐于交媾",她"因痛悔而惩罚自己",也就是以自杀求得宽恕④;要么她并非淫欲的同谋,而确实是无辜贞洁的,但她的自杀就是杀人,"她把那个无辜的、贞洁的、遭受了暴力蹂躏的卢克莱西亚杀了",同样是一种犯罪⑤。所以鲁克丽丝在死后必定会受到惩罚。由此,奥古斯丁警告基督教妇女,即使受到了侮辱也要活下来,这是证明自己清白的最好方式:"她们不会在自己身上报复别人的罪,不会在自己没有参与别人

---

① Giovanni Boccaccio, *Concerning Famous Women*, p. 103.
② Geoffrey Chaucer, *The Legend of Good Women*, trans. by Ann McMillan, Houston: Rice University Press, 1987, p. 120.
③ 奥古斯丁,《上帝之城:驳异教徒》(上),吴飞译,上海:上海三联书店,2007 年,页 30。
④ 同上。
⑤ 同上,页 29。

的恶行时反而给自己加罪。"①这里所说的贞洁,主要是指心灵的纯洁神圣,它并不因为身体被玷污糟蹋而改变、丧失其神圣的纯净,而且,据奥古斯丁说,"即使身体被迫就范,因为心灵的神圣性保持不变,身体的神圣性也没有遗失"。② 关键的训诫就是,她们不必如异教徒那样用不理性、野蛮的方式对待自己,因为一切都有一个伟大的见证者:"她们面前有上帝自己的眼睛,不需要更多的见证。"③相信上帝、活下来,就是贞洁的明证,如此,被强暴者谁还敢自杀,谁还敢赞美自杀? 不过,仔细审视奥古斯丁看似诡辩的训诫,虽然表面上他大谈上帝、神圣与信仰,其实从现实关怀看,他的观点却是最具人道思想的,是对人之生命存在的最大尊重,他搬出了上帝的超然、神圣视角,超越了世人斤斤计较的贞操问题,实际上是在给受辱的女性以活路,免除她们被伦理绑架的尘世宿命。因而,奥古斯丁在这里并不关注鲁克丽丝受辱背后的政治功能,"尘世之城罗马"的有限易朽命运怎么能跟永恒荣耀的"上帝之城"相提并论?

不过,乔叟也并未沿着奥古斯丁的这条道路去评判鲁克丽丝,虽未明言,无疑可以看出,薄伽丘其实才是他的真正启发者与借鉴对象,正如《坎特伯雷故事》是英国版的《十日谈》,《贤妇传奇》其实就是乔叟版的《名媛传》,在女性对象选择和立意结构等方面二书都极为相似。单就共同关注的鲁克丽丝而言,乔叟也站在了这位女性的妇德一边,并且发现了自己的独特视角与关注点,那就是凸显鲁克丽丝作为女性和妻子的品德("妻子"一词出现多达十次),"赞颂那位真实的妻子鲁克丽丝值得纪念的荣

---

① 奥古斯丁,《上帝之城:驳异教徒》(上),页30。
② 同上,页28。
③ 同上,页30。

耀"①，还就此贬抑男性的恶德，并淡化背后的政治要素。首先，这部诗集描绘的是历代妇女群像，共十位，他称之为"贤妇"（Good Women），如克里奥佩特拉、狄多、美狄亚、菲罗米拉以及鲁克丽丝等，而且每一篇都是以女性之名为题，明显带有为女性翻案、提升女性地位的意图。其次，在窥视场景中，乔叟没有花费笔墨描写其他罗马将领们的妻子的行乐放纵，而是直奔主题，让塔昆和科拉廷内斯直接潜入后者的家中，暗中察看鲁克丽丝的举止，这是在着意突出具有妇德的女性，有意略去了负面的对比形象。其三，在直接刻画鲁克丽丝时，乔叟一方面模仿了奥维德，如写她深夜纺织羊毛、关切军营中丈夫的命运、低头啜泣以掩饰情感、亲吻丈夫等，意在呈现她作为妻子的忠贞、勤劳、得体等形象②，接着也同样借助塔昆之眼，对鲁克丽丝的魅力进行了细腻的感官描绘，即塔昆眼中和回忆中她的容颜、举止、话语和优雅神态等，诗占三十行③，超过全诗（共二百零五行）的十分之一，以其优雅端庄来反衬塔昆的邪念；另一方面，为了凸显自己的"妇德"主题，乔叟又特别细腻地做了修饰加工，如在受辱之后鲁克丽丝发信邀请的众亲友中，增添了她的母亲和朋友，并借女友们的发问让鲁克丽丝诉说缘由④。更值得注意的是，作者还让鲁克丽丝在自杀时刻意保持了得体的形象："在她倒下时，还依然注视／和留意着袍子的端正；／即使在死去的时候她还留心／以免使双脚和其他身体裸露在外，／她如此珍视自己的清白和誓言。"⑤乔叟还特别告诉我们，鲁克丽丝死后，"被

---

① Geoffrey Chaucer, *The Legend of Good Women*, p. 120.
② 同上，页 122。
③ 同上，页 122–123。
④ 同上，页 125。
⑤ 同上。

视为一位／圣徒,罗马法律规定了节日来荣耀她"。① 在这些作家中,只有乔叟将鲁克丽丝"圣化"。

　　最后,从男女对比的角度看,对男性形象的忽略、斥责,为女性申诉辩白也是乔叟的鲜明特点。不像其他作家那样,乔叟甚至有意略去了鲁克丽丝的父亲和丈夫这些正面男性形象,没有让他们直接出场,未描绘他们的反应,对布鲁图斯这位改变罗马政治命运的关键人物,乔叟也仅仅用七行诗简略交代了他如何借助鲁克丽丝的遭遇与形象激发罗马人复仇的举动及其结果,并未刻意凸显他的伪饰、机智、敏锐等政治素养。针对鲁克丽丝为何没有反抗这一质疑,诗人乔叟也直接阐发了自己的态度,设身处地为鲁克丽丝进行申辩,他以愤慨的语气回应道:"什么! 她该与一位强悍的骑士搏斗?／人们很清楚女人并无力量。／她该喊叫,或设计逃脱／从手扼咽喉、剑抵心脏的塔昆那里?"②而且塔昆还以通奸之罪相威胁,将鲁克丽丝逼上了进退两难的窘境,对此乔叟解释道:"那时,这些罗马妻子如此珍爱她们的名声,／又如此恐惧耻辱。"③紧接着,乔叟就对强暴者塔昆王子发出了斥责,而且是采用第二人称的面对面方式:"作为皇家继承人,塔昆／依据血统和权利,应该／像一位尊主或骑士那样表现自己,／你为何侵凌骑士精神?／你为何对她行此坏事?／哎呀,你已然犯下了一桩恶行!"④在诗的最后,乔叟还借助基督的话对男女进行了直接对比,凸显了女性的品德,点明了主旨:"我知道,基督自己曾说过／在以色列的土地上,／根本就无法找到堪与女性信仰的伟大相媲美者;这一点都没撒

---

① Geoffrey Chaucer, *The Legend of Good Women*, p. 126.
② 同上,页 124。
③ 同上。
④ 同上。

谎。/但是至于那些男人，在他们的行径中／人们能窥见多少邪恶啊！"①

三

由上文可以看到，从李维、奥维德、薄伽丘到乔叟，身为女性、妻子的鲁克丽丝的个人形象越来越突出，她的美貌、贞洁、刚烈、柔弱、得体等复杂品行被从不同层面加以揭示，展示了这一形象的多层内涵。不过，依然值得注意的是，虽然作家们对鲁克丽丝充满同情，但在叙述视角上，依然是将她视为被凝视、被书写的对象，并未赋予鲁克丽丝自我表达的权利，没有突出她的主体意识，男性依然是她的代言人。而只有到了莎翁的长诗《鲁克丽丝受辱记》（1594）中，鲁克丽丝才真正被赋予了"眼睛一双""舌头一根"和"思想的大脑"，自觉主动地表达了自己作为女性和受害者的不满与怨诉，在忠贞、刚烈、勇敢、勤劳等之外，更具有了明确的政治意识和策略，体现了个体自我意识与社会公共意识的觉醒。

有意思的是，莎士比亚重写这一故事，却并非直接取材于李维、奥维德、薄伽丘、乔叟等，而是另有版本，即文艺复兴时期在英国影响深远的《愉悦之宫》（*The Palace of Pleasure*，1566 年初版）一书。此书其实就是一部"故事精粹"，乃英国人派因特尔（William Painter）选取李维、薄伽丘、班戴洛等意法作家的历史、小说等各类文本，编译成英文，以愉悦英国读者。第一部开篇第二个故事即《鲁克丽丝受辱》（*The Rape of Lucrece*）。编译者指出，它出自李维的《罗马史》，而莎翁的长诗《鲁克丽丝受辱记》和

---

① Geoffrey Chaucer, *The Legend of Good Women*, p. 126.

海伍德的同名戏剧则都源自此处。① 但是明显可以看到，派因特尔的侧重点不在或不全在鲁克丽丝受辱经过上，而是对其政治后果的强调，这与奥维德、乔叟及其后莎士比亚的处理有所不同。从全部简短的四页篇幅上看，塔昆众将窥妻、鲁克丽丝受辱，与布鲁图斯驱逐塔昆、建立共和这两部分内容大致各半，可见作者非常侧重这一事件的政治功能，特别是突出了布鲁图斯的形象与意义，其实就暗含这位英格兰人对"罗马共和"及共和政体的高度推崇，弱女子鲁克丽丝则被奉为"罗马王政"到"罗马共和"转变的导火索与祭品，因此至关重要，被视为共和的开端。

莎翁叙事长诗《鲁克丽丝受辱记》的创造性则在于，他是以鲁克丽丝受辱后观看卧室中的一幅"特洛伊陷落画"为契机，来展现她对身为"女性"和"罗马公民"身份的自我意识觉醒的。而且，在自我发现和认同过程中，鲁克丽丝的私人身体和个人遭遇变成了一个爱欲对象和政治文本，具有了历史性并产生了政治后果，是"身体政治"的表征，成为罗马政体从"王政"到"共和"转变的关键一环。② 因此说，莎士比亚的《鲁克丽丝受辱记》代表了叙述视角和重心的转向，此诗在当时颇为流行，有批评家就指出："谁不爱看《维纳斯与阿多尼斯》里的爱，或《鲁克丽丝受辱记》中的受辱！"③且侧重智慧的读者更偏爱后者。受其灵感启发，六年之后，年轻的英国作家米德尔顿发表了长诗《鲁克丽丝的幽魂》。此诗共六百二十三行，篇幅虽然仅仅是莎翁长诗的三分之一，但视角却发生了根本变

---

① William Painter, *The Palace of Pleasure* (Vol. I), ed. for the fourth time by Joseph Jacobs, London: David Nutt in the Strand, 1890, pp. lxiii–lxiv (63–64).

② 对莎士比亚如何改造鲁克丽丝及如何借此探讨和介入"英格兰共和"政治问题，下一节将详细论述。

③ Joseph Quincy Adams, "Introduction", in Thomas Middleton, *The Ghost of Lucrece*, London: Charles Scribner's Sons, 1937, p. xviii.

化，即完全以鲁克丽丝的眼光与口吻写出，其实就是死去的鲁克丽丝的自述。也就是说，米德尔顿从莎翁的"叙述体"完全转向了主人公的独白"怨诉"这一流行样式①，"怨诉"部分在莎翁笔下仅占一小部分，即以她的独特眼光和声音进行的两百多行"写画"刻绘，但是在这里，除了简短的"序幕"和"尾声"，诗的正文部分都是托鲁克丽丝之名，是"她用自己的笔"（也就是舌头）写下（说出）的②，篇幅上已经大大增加，性质也完全不同。而且诗中大量出现上帝、天使等词，带有明显的基督教色彩，更贴近作者写作的宗教语境，反而并未突出背后的历史、政治色彩，没有对罗马政治命运作交代，强调的只是她的个人遭遇与意识；相应地，布鲁图斯这一重要人物也并未出现，焦点完全在鲁克丽丝身上。由此可以看到，作家们越来越多地意识到鲁克丽丝自身的意识和主体性，赋予其更突出的个人表达空间和权利意识，而作家则愿意隐藏在人物背后。

为了赋予鲁克丽丝自我表达的权利，作者独具匠心地召唤出了她死后的灵魂，灵魂身份的设置、"幽灵叙事"的策略赋予了她从回顾反思的角度对生前遭遇进行叙述的可能，构成了诗歌的"反观""回忆"这一自传体特征。比如，诗中多处使用了"舌头"（tongue）③等词，彰显了鲁克丽丝的话语意识与表达欲望，"鲁克丽丝，啊，你自己的画像，／因时间这古老的画家而变得黯淡苍白"④，因此她要站出来，以自己的血肉和眼泪为笔墨，重塑自己的形象并加以复仇："这匕首（我的笔），／这血液（我的墨汁），已经对欲望写下了足够的诗行"⑤。诗歌结尾，她在地狱中又坚持要

---

① Joseph Quincy Adams, "Introduction", in Thomas Middleton, *The Ghost of Lucrece*, p. xxxi.
② 同上，页 xxxii。
③ Thomas Middleton, *The Ghost of Lucrece*, p. 18.
④ 同上，页 37。
⑤ 同上。

惩罚塔昆,"通过流泪滴血之舌,/ 首先是她的心,接着是她的眼,又滔滔不绝地诉说"。① 在内容上,她对塔昆的斥责与贬低,对自己天真无辜、遭辱受难的倾诉,对眼泪、血液的描写,都充分表明她的辩护意识,强调了她的贞洁本性与受害者身份,目的就是表达"复仇"欲念。诗歌借助鲁克丽丝的魂灵,对受害与复仇展开了细节化描写:如鲁克丽丝将塔昆视为背信弃义的孩子:"你是我看护的孩子,塔昆:你是他!/ 但你吮吸的不是牛奶,而全是血液和眼泪。"②她对塔昆的称呼出现了多次变化,从"亲属""王子"到"叛徒""猫头鹰""僭主"等,表明了从对他的信任尊敬到愤怒指责的情感态度,同时发出了一连串的质问:"美德、骑士风尚和高贵跑到哪里去了?/ 还有信仰、荣誉和同情?"③作为罪魁祸首的塔昆应当承担罪责,"如果塔昆未曾是'充满欲念的塔昆',/ 贞洁的鲁克丽丝就依然是所见的那么贞洁"。④ 因此她不断质问道:"'塔昆王子':听到你的名字你不感到羞耻吗?/ 罗马,他是你的继承人,称他为儿子你不感觉羞耻吗?"⑤由此她要运用自己的方式惩罚恶徒:"王子塔昆,罗马继承人塔昆,/ 我因此要游荡捕猎你,直到你消散无踪。"⑥显然,在鲁克丽丝看来,塔昆家族被流放、王权被推翻还并不能满足她的复仇欲望,她的真正报复方式,就是用自述的方式写下这些诗行:"塔昆,对于你这位男子中的极恶之徒,/ 我送上这些诗行,/ ……它们由我的灵魂用滴血的手指写成。"⑦塔昆的恶名就得由诗行留存世间,经受世人的评判,这种惩罚才是更致命

---

① Thomas Middleton, *The Ghost of Lucrece*, p. 40.
② 同上,页 12。
③ 同上,页 13。
④ 同上,页 14。
⑤ 同上,页 15。
⑥ 同上。
⑦ 同上,页 37。

的。在尾声中,诗人对鲁克丽丝的品行与行为进行了赞颂。

又七年之后,一部与莎翁长诗同名的戏剧在红牛剧场上演①,并于次年出版,即海伍德的《鲁克丽丝受辱记》,不过有一个副标题"一部真实的罗马悲剧"(A True Roman Tragedie),可见这一题材又从诗歌延展到戏剧之中。从内容架构上看,这部强调"历史真实"的戏剧更接近李维的《罗马史》②,从塔昆篡夺王权开始到失去王权结束,对塔昆王朝的历史做了比较完整的叙述,鲁克丽丝的遭遇则是基本主题。相较于之前的文本,这部戏剧的最大特点是故事的完整、细致,在李维的历史版本的基础上运用充分的想象填补了许多空白,赋予了这一故事更清晰的逻辑脉络,带有总结的色彩,恰恰与李维的《罗马史》一开一合,相互照应,同时也是"以戏剧方式对莎士比亚的模仿",在情节上进行了大大拓展与补充。③ 如戏剧为每个人都赋予了鲜明的形象,给予了充分的展示空间,最典型的当属塔昆国王的妻子、充满野心而残忍的图里雅(Tullia)——罗马版的"麦克白夫人"。谋反前,图里雅面对丈夫塔昆深表对目前身份的不满,并坦言自己得了"心病"(sick at heart),根源在于她长久以来就"渴望成为王后"④,她"高傲的心"不甘屈居人下;她刺激自己的丈夫说,"如果塔昆不是国王,我就不是他的妻子","如果神把我造成男人的话……我早就登上了云端","我并非尘土,却全是火焰"⑤。她清楚要推翻的是自己的父亲,但为了王权这理所应当,"追求王国,必使父子反目成仇……我们应当血腥

①　Allan Holaday, "Introduction", in Thomas Heywood, *The Rape of Lucrece*, Urbana: University of Illinois Press, 1950, p. 28.

②　同上,页 19。

③　同上,页 11。

④　Thomas Heywood, *The Rape of Lucrece*, p. 48.

⑤　同上,页 49。

而无畏"。① 在杀死了父亲之后,她畅言道:"父亲之死赋予我第二次生命,／还好过第一次。"②塞维乌斯被杀之后,被弃尸街道,图里雅的马车经过的时候,竟然践踏了父亲的尸骨,以至鞋子上沾染了血污,但她毫无父女之情,而是无情地说道:"用我父亲的血来洗刷我马车的车钉。"难怪鲁克丽丝的父亲鲁克莱提乌斯听后(暗自)说道:"她是一位好孩子。"③讥讽之意再明显不过。

可以看到,戏剧对图里雅的塑造其实正构成了与鲁克丽丝的鲜明对照,反衬了后者的贞洁、贤淑、荣誉、刚烈等高贵品行,增强了戏剧的张力与效果。因为很明显的是,戏剧为了突出鲁克丽丝的形象,在其出场之前就非常耐心地一步步地进行了铺垫。鲁克丽丝第一次被提及,是通过她的父亲。作为国王塞维乌斯的大臣,鲁克莱提乌斯眼睁睁看着国君被塔昆夫妇所残杀,有鉴于图里雅的残忍,他在独白中谈及自己的女儿:"我有一个女儿,但是我希望事情／会更温和:我的鲁克丽丝／会有这般高傲吗,她的双手／会以自己的鲜血向冥界之神献祭吗?"④显然他对图里雅这位残忍血腥女性的行为感到不寒而栗。鲁克丽丝第二次被提及,正是通过王子塔昆之口,一方面交代了鲁克丽丝与科拉廷内斯的夫妻关系与新婚处境,也表现了塔昆的不正经或浪子本性。当布鲁图斯问,科拉廷内斯是否与塔昆同行去求神谕的时候,塔昆回答说:"科拉廷内斯正被新婚男人共通的疾病所困扰:／他为妻子所苦,他的借口可以预见,／鲁克丽丝不会舍得他离去。"⑤轻蔑嘲弄的话语背后,其实暗含了塔昆对性爱的

----

① Thomas Heywood, *The Rape of Lucrece*, p. 49.
② 同上,页 54。
③ 同上,页 56。
④ 同上,页 54。
⑤ 同上,页 58。

影射与随意态度。

鲁克丽丝的正式出场也与其他所有作品不同。她不是在被丈夫等人窥视的场景中而是以正面直接示人,戏剧表现了她在家中训诫小丑庞培(Pompie)和女仆的情景,让他们注意举止,不要有损害名誉之行,因为"在罗马人眼中的名誉"是她最为珍视的;而且她让小丑留意主人的归来,特别是留意"他带来了什么陌生人"①,说明守贞自持是她的常态,也为后文埋下了伏笔。这样,当众罗马将领来窥视的时候,发现唯独鲁克丽丝与众人放纵玩乐的妻子不同,深夜她还在督促女仆们继续劳作,要求再工作一个小时才能休息,因为"在丈夫离家时,这最适宜于称职的家庭主妇",她还不断表达对丈夫的忠诚与思念;当丈夫和众人现身的时候,她又进行了一番自我倾诉,特别提到:"我们既没有举办宴席、跳舞,没有争吵和骚乱,也没有什么游戏。"(We neither feast, dance, quaffe, riot nor play.)②鲁克丽丝还趁机希望丈夫留下来过夜,但是被塔昆以战事公务拒绝了,不过足以表明夫妻间的亲密情感。

就这样,鲁克丽丝赢得了众人的一致称赞,戏剧家还有意由王子塔昆公开宣布:"这位正直美丽的鲁克丽丝赢得了奖赏。"③很清楚的是,她已然激发了塔昆的欲念,欲火焚身的王子之后骗得了科拉廷内斯的戒指,作为信物进入鲁克丽丝家中。戒指这一情节也是戏剧家的独特设计,一方面说明鲁克丽丝的谨慎持重,另一方面解释了她没有提防塔昆的原因。在塔昆欲求不轨时,戏剧也详细展现了鲁克丽丝如何尽力劝解的过程,如她愿意将这一遭遇视为一个梦,意在为塔昆找台阶,但

---

① Thomas Heywood, *The Rape of Lucrece*, p. 80.
② 同上,页95。
③ 同上,页96。

塔昆不为所动："我一定要享用你的美德、优雅和名声，／即使以整个罗马的毁灭为代价。"①进而鲁克丽丝让塔昆衡量一下行为的后果得失："衡量一下你的罪行，／想一想，我会失去多少而你得到的何等之少。"②塔昆虽然有心理挣扎，但已经欲火烧身，难以自拔，直到最后，他不得已以污蔑通奸、辱没名声为威胁，逼迫鲁克丽丝就范，这一过程在戏剧中被极为详细地表现了出来。

在这部戏剧中，作者也并未完全侧重鲁克丽丝的个人贞操观念，其社会自我与公共意识也不断被强调，二者取得了平衡。如与其他版本不同的是，受辱后鲁克丽丝写给丈夫的信被直接展示了出来：在信中，她告诉丈夫发生了"重大事件"，要求丈夫带着最好的伙伴们，包括布鲁图斯，快速回归罗马家中。事实上我们知道，布鲁图斯一直是被其他人视为傻瓜和疯子的③，由此足见鲁克丽丝对布鲁图斯智者本性的洞察，她在他身上看到了复仇的可能。在众人面前坦陈真相时，她也没有过多的犹豫迟疑，而是细致讲述了自己的遭遇，如塔昆如何用戒指骗取信任，如何潜入卧室，又如何实施的犯罪行为，其中还出现了"塔昆俯身我赤裸的胸脯上"这类直白的话语，不再像乔叟笔下那样加以回避。不过值得注意的是，鲁克丽丝一再强调受玷污的只是她的肉体，而思想则无辜洁白，以此为自己辩白。④ 当然最终她还是果断自杀，因为在她看来这不单单关乎她本人，而是罗马妇女的品行与名声："让全世界都知道，有一位罗马贵妇，／与她的生命相比，她更珍视自己的令名。"⑤这说明鲁克丽丝的自我意识超越

---

① Thomas Heywood, *The Rape of Lucrece*, p. 102.
② 同上，页 109。
③ 同上，页 51—52。
④ 同上，页 121。
⑤ 同上，页 122。

了个人的怯懦羞耻，在大胆地用自己的语言表达女性命运，在舍身维护名声的同时，激励众人完成复仇的重任。因此，戏剧最后又花了不小的篇幅展现布鲁图斯等人驱逐塔昆的过程，并最终由科拉廷内斯的话终结了全剧："向罗马进发，致敬我们的卫士和领袖，／我们已经报复了强暴，惩罚了骄傲。"①

事实上，二十世纪以来，还依然有戏剧家不断将这一故事改编成戏剧上演。如 1931 年、1988 年，奥比（Andre Obey）和托马斯（Bardy Thomas）分别在欧美将其搬上舞台，直至 2007 年，美国女戏剧家卡莉·金博尔（Callie Kimball）又执导了依据莎翁长诗改编的同名戏剧，由华盛顿莎士比亚剧团（Washington Shakespeare Company）在华盛顿上演。② 金博尔的改编尤其值得重视，如评论者所言，此剧特别凸显了女性视角，赋予了女性更多表达声音的机会，增加或凸显了多位女性角色，如鲁克丽丝的两位女仆，以及萨宾娜（代表早期被罗马人抢夺并强暴的萨宾娜妇女）和希尔维亚（罗马祖先罗穆卢斯和雷穆斯的母亲，也是被强暴的女性形象）③；同时也让鲁克丽丝表达了对罗马父权制习俗的指责，如所谓的贞操名誉思想、丈夫的吹嘘、财产观念等："它明确让人们注意，女性所受的伤害不仅来自陌生人，也来自家庭中统治她们生命的男人。"④不过，遗憾的是，这些舞台版都没有出版，我们难以领略其改编技艺。

---

① Thomas Heywood, *The Rape of Lucrece*, p. 139.

② Krystyna Kujawinska Courtney, "Callie Kimball's *The Rape of Lucrece*（2007）：A Woman's Creative Response to Shakespeare's Poem", *Borrowers and Lenders*, 2013（2）, p. 4.

③ 同上，页 6。

④ 同上，页 13。

四

　　前文主要依照时间轴对鲁克丽丝形象的文本化、经典化历程展开了比照解析。依此足以见出，两千五百多年来，罗马历史中的人物鲁克丽丝已然经历了各种"变形"，成为不同文本中的鲁克丽丝，即文史作家、艺术家们发挥创造技艺并表达不同社会观念的载体：历史学家李维细述了这一事件，赋予了它宏大的社会背景和确切的历史语境，在赞颂鲁克丽丝德性的同时，思考了罗马盛衰的命运；爱欲诗人奥维德更关注人性的细腻表现，以自由诗性的角度突出欲望与德性的冲突这一主题；作为文艺复兴时期的人文主义作家，薄伽丘及深受其影响的乔叟则重在塑造身为妻子、女性和基督徒的鲁克丽丝形象，她因美貌与美德而无辜受辱，最终选择自杀以自我祭献，成就了"贞女、圣女"的完美典范；莎士比亚的独特视角与创意在于，他构造了受辱后的鲁克丽丝审视"特洛伊画"这一场景，由此引发了对画中人物的发现与自我认同，由此唤醒了她深潜的女性意识与政治情怀，通过身体政治实现了罗马政体的改变，当然背后也暗含了莎翁对伊丽莎白朝"英格兰共和"的态度等现实政治的关切；无疑，莎士比亚之后，以内视的角度潜入鲁克丽丝的心灵世界，用她自身的视角和声音讲述自己的故事成为主要潮流，米德尔顿在"幽灵叙事"中让鲁克丽丝的幽魂进行复仇就是典型；而海伍德则综合了李维至莎士比亚的材料与手法，将历史叙述、政治哲学、女性意识等戏剧化地展演出来，并填补了诸多罅隙与裂缝，使这一故事更加丰润厚重。

　　因此可见，随着时代的演变、关注点的变化，鲁克丽丝的传记形象也在发生微妙变化，最主要体现在她自我意识与社会公共意识的觉醒上，她被越来越多地赋予了自我思考、自我表达的空间与权利，也从个人贞洁问题转向对社会政治问题的关注，凸显了"性与政治"之间的紧密关联。也就是说，通过后世作家的不断塑造改写，传主鲁克丽丝的灵魂和意识逐渐被唤醒，具有了主体意识和自由观念，从被动的受害者转化成了主动的复仇者，从历史的暗影中逐渐走向前台，成了受人尊崇的"贞女"和"烈女"。

当然，"文本化了的"鲁克丽丝的历史作用被凸显，也为我们提出了一个问题，即鲁克丽丝似乎成了被历史和文学利用的人物，她存在的价值似乎就是被强暴，而后推动罗马政局的改变，而不是为个体自身而存在："如果鲁克丽丝的被强暴是罗马转向共和主义的必要前提，那么就如同她被塔昆和布鲁图斯所利用一样，她也被历史所利用了。"①因此，作为个人特别是女性的鲁克丽丝的人性权利到底有没有被尊重、被真正传达，还是值得商榷的一个疑点。有学者就认为，在这一点上，一贯特立独行、富有个性意识和反讽精神的奥维德倒更为现代，他以戏仿李维的方式对鲁克丽丝的巨大付出"开了温和的玩笑"(Ovid had some mild fun at her expense)，认为她过于遵守奥古斯都时代式的贞德，从而成为可怜的牺牲品②，其代价远非李维、乔叟或莎翁笔下的"贞女"或"圣女"标签所能抵消，这又是鲁克丽丝形象的悲哀和重新引发当代研究的兴趣所在。

总之，在这一文本化的变形过程中，史传、诗歌、戏剧等各种文体都发挥了各自的功能，共同构筑了鲁克丽丝经典而复杂的传主形象，其背后蕴涵的深层意识与文化观念也值得进一步探究。

---

① Heather Dubrow, "The Rape of Clio: Attitudes to History in Shakespeare's *Lucrece*", *English Literary Renaissance*, 1986, Vol. 16(3), p. 437.

② Florence Percival, *Chaucer's Legendary Good Women*, Cambridge: Cambridge University Press, 1998, p. 261.

第二节 从"特洛伊画"到"罗马共和":
《鲁克丽丝受辱记》中的艺术与政治

在刻绘、重塑鲁克丽丝的一系列文史艺术品中,莎士比亚的叙事长诗《鲁克丽丝受辱记》(1594)无疑最为经典,它被称为一首"小型史诗"(epyllion)①,确实有其道理。它形象化地处理了古罗马历史这一史诗主题,特别是聚焦于"王政"到"共和"时期的转变这一转折点,意味深长。② 尤其值得注意的是,它在某些形式上也继承了古希腊罗马史诗的笔法,采用了"写画"(Ekphrasis)③的叙述方式,即通过鲁克丽丝之眼极为细腻地描画了卧室中悬挂的关于特洛伊陷落的一幅画,如同《伊利昂纪》对阿喀

---

① Marion A. Wells, "'To Find a Face Where All Distress Is Stell'd': *Enargeia*, *Ekphrasis*, and Mourning in *The Rape of Lucrece* and the *Aeneid*", in *Comparative Literature*, 54. 2 (2002), p. 98. 本节后文出自同一著作的引文,将随文标出该著名称首字和引文出处页码,不再另注。

② 从历史上看,西罗马(前753–476)共经历了三个阶段,即王政时期(前753–前509)、共和时期(前509–前27)和帝国时期(前27–476)。其中共和时期历时最长,出现的重大历史事件和人物也最多,如多次布匿战争、内战、"前后三雄"等,因此在后来的史书中远比王政时期占有更大的比重。(See Marcel Le Glay et al., *A History of Rome* [3rd ed.], Oxford: Blackwell, 2005.)莎士比亚五部罗马剧中最为成熟的几部主要就集中于共和时期,如《裘力斯·凯撒》《安东尼与克利埃佩特拉》《科里奥兰纳斯》;早期剧作《泰特斯·安特洛尼克斯》大致与《鲁克丽丝受辱记》同期完成,前者虽然叙述的是帝国末期的故事,但表现的是共和精神的没落与帝国的衰亡之间的关系,后者处理的则正是公元前509年共和政体的形成这一关键点。从总体上看,莎翁罗马作品处理的核心便是"共和"与"王政"或"帝制"之间的张力。

③ "Ekphrasis"即"对视觉形象的语言呈现"(Richard Meek, "Ekphrasis in '*The Rape of Lucrece*' and '*The Winter's Tale*'", in *Studies in English Literature*, *1500–1900*, 46. 2 [2006], p. 389),特别是在文学作品中"对某种艺术品而非普通事物的描绘"(Find: 112),它源自希腊语,有人译为:艺格赋词、语像叙事或造型描述。在本文中,用"写画"更为恰当,因为鲁克丽丝是在用诗歌语言描绘关于特洛伊战争的一幅画。

琥斯之盾的描绘，以及《埃涅阿斯纪》对狄多女王洞穴墙壁绘画的描绘。
有意思的是，对这幅画的长篇描绘①又构成了"整首诗的转折点"②，代表
了从个人伦理、家庭问题向社会政治问题的转化，"它使这首诗从家庭的、
抒情的空间转向了政治的、史诗的空间"，从而强调了其政治目的："罗马
共和国的形成"。（*Find*：98）由此可见，解读此诗的枢纽就在于如何理
解这幅"特洛伊陷落画"的发生及其作用：它与此诗的主题有何具体关
联，对鲁克丽丝的自我认识与选择、艺术形象的生成产生了什么作用，最
终又如何影响了罗马历史的进程，并隐含了莎翁对十六世纪英格兰社会
政治的什么态度？③

一

　　显然，这幅以特洛伊陷落为题材的画早就悬挂在了鲁克丽丝与丈夫
柯拉廷的卧室之内，但她长久并未予以关注。而当她遭受王子塔昆强暴

---

　　①　全诗 265 节，每节 7 行，共有 1855 行，而这一部分占 31 节，共 217 行，超过了全诗的十分
之一，且基本居于长诗的中间稍后位置，是为"诗眼"。

　　②　Vicki E. J. Murry, *Shakespeare's Rape of Lucrece: A New Myth of the Founding of the Roman
Republic*, Ph. D. Dissertation of University of Dallas, 2003, p. 16.

　　③　在二十世纪六十年代之前的莎评中，少有人注意诗中"特洛伊画"的问题，少数关注者
也并未给予充分重视，或仅视为"冗余纤靡"之笔。（See Thomas Simone, *Shakespeare and Lucrece:
A Study of the Poem and Its Relation to the Plays*, Salzburg: Institut für Englische Sprache und
Literatur, Universität Salzburg, 1974, p. 66. 本节后文出自同一著作的引文，将随文标出该著名称
首字和引文出处页码，不另注。此书是少有的专门研究《鲁克丽丝受辱记》的著作，较为全面地
剖析了此诗的发生及影响。）应该是受西方学者的影响，梁实秋在译《序》中也指出，"《露克利
斯》是绚烂的，描写的细腻有时超出了必需的范围，例如有关脱爱战争的那幅画布，固然是很巧
妙的侧面写法，写露克利斯的心情，但是未免写得太长了一些。"（莎士比亚，《露克利斯》，梁实秋
译，北京：中国广播电视出版社，2001 年，页 3）此后，逐渐有更多学者关注这一奇特场景以及莎
士比亚作品与绘画等视觉艺术的关系，这类成果近年来颇为丰富，从本文所参考的部分文献可
见一斑。不过，本节在"特洛伊画"的基础上进而指出了"鲁克丽丝尸身画"的生成及意义，可以
看作对此问题的些许推进。

之后,漫漫长夜令悲伤羞愧的她无法度过,在想尽办法排遣悲痛和怨诉时,她才注意到了这幅画:"后来,她终于想起,房里挂着一幅画,/精妙逼真地画着普里阿摩斯的特洛亚。"①此时,读者的注意力便随着鲁克丽丝的眼睛转移到了画面之中,也就开始了"写画"的叙述过程,不过画中呈现的是特洛伊城陷的连续、悲惨场景,而非突出城郭的巍峨、赫克托耳的英勇等形象,这颇值得注意。这也提醒我们要从整体出发留心此诗的简要梗概以及更简略的结尾,再结合古罗马的历史,便可以发现诗歌主题与画面主题的内在关联,或类似的主题结构。

此诗看似是以鲁克丽丝的命运遭际为主要线索和对象,其实背后暗含的是罗马的命运:公元前 534 年,"高傲者"塔昆谋杀了老国王图利乌斯(其岳父),靠暴力夺取了王位,成为罗马王政时期的僭主和最后一位国王;如今,他的后代塔昆王子则靠暴力夺取了人妻鲁克丽丝的贞洁,然而暴行最终被鲁克丽丝公之于众,公元前 509 年,在"智者"布鲁图斯、将领柯拉廷等人的领导之下,民众推翻了塔昆家族的统治并将其放逐,罗马进入了共和时期。在特洛伊的故事中,则是王子帕里斯诱拐了斯巴达王墨涅拉俄斯之妻海伦,夺走了她的贞洁,从而招致希腊大军围城,在"勇士"阿喀琉斯、"足智多谋者"尤利西斯等人率领之下,特洛伊失陷。可以看到,爱欲、女性身体、智慧、政治共同体的命运等构成了它们的内在关联。当然,二者之间还有一个无法忽视的直接纽带:正是特洛伊的失陷才导致罗马的出现,城陷后王子埃涅阿斯率军逃离,经过漫长的漂泊与残酷的战争,最终建立了罗马。这样我们似乎有所理解,诗中嵌入的这幅

---

① 莎士比亚,《鲁克丽丝受辱记》,杨德豫译,见《莎士比亚全集》(卷 XI),北京:人民文学出版社,2014 年,页 152。本节后文出自同一著作的引文,将随文标出该著名称首字和引文出处页码,不另注。

画照应了诗的主题，可谓构思精妙，巧夺天工。

　　但是，我们显然要问的一个问题是，长诗既然以罗马政治命运为主题，莎士比亚为何精心安排了鲁克丽丝这样一个观画人，难道这一观画行为对历史进程具有至关重要的作用？这一问题使我们不得不将目光从画面转向观画者本人，或者说她对此画的独特理解与深切认同。这时我们可以发现，正是鲁克丽丝为我们揭示了对罗马政治命运的深层理解。

　　鲁克丽丝在画前长久凝视，终于从中找到了认同，或者说发现了自身命运与历史的关联，突出表现在现实人物与历史人物在个性、命运方面的相似处境。首先是同为受屈辱者的女性形象，即她自己与王后赫卡柏："鲁克丽丝向这幅精美的巨画走近，／想看看有谁的脸上，汇聚着一切悲辛。／……直到瞥见了赫卡柏，伤心绝望的老妇人。／……鲁克丽丝的目光，在这幅画像上停留，／以她的悲戚来投合这位老妪的哀痛。"（《鲁》：134–135）在感受到深切的同情与认同的同时，她又意识到了艺术和命运的不公，因为画家"给了她这么多苦难，不给她舌头一根"（《鲁》：135），导致"她无法用语言表达自己的痛苦遭遇"。[①] 其次她又发现了特洛伊悲剧的根源，即王子帕里斯的情欲之害，"烈焰烛天的特洛亚，承当这可怕的罪责，／全怪你，痴儿帕里斯，是你的欲焰所招惹。"（《鲁》：136）不难理解，帕里斯的行为恰恰与暴虐荒淫的王子塔昆相似。

　　更值得注意的是她竟然将塔昆与希腊木马计的实施者西农并置在一起进行理解，关键点就是他们的"奸诈"与"伪饰"。（Find：122）初看这幅画，她发现西农的形象"正直真诚"，根本容不下"险恶邪心"，甚至产生了责备画工的念头，因为他"画错"了西农的神情，但突然之间，"塔昆的形影，闪

---

　　① Richard Meek, "Ekphrasis in 'The Rape of Lucrece' and 'The Winter's Tale'", p. 391.

入了她的脑际", "披着戎装的塔昆, 来这里登门造访, ／外表上真诚正直,
内心却凶顽淫荡; ／正像普里阿摩斯接待了西农那样, ／我也接待了塔昆,
使我的特洛亚覆亡"。(《鲁》: 139-140) 也就是说, 奸诈伪饰、包藏祸心是
摧毁她的"贞洁身体"与"特洛伊城"这两座堡垒的致命武器, 这一人性复
杂面的发现使鲁克丽丝打开了天真的"心灵之眼"(the eye of mind), 进而
强烈意识到自身命运的历史性, 即她自己与赫卡柏、罗马与特洛伊的历史
关联, 因此不再轻看自己, 不再纠结于贞洁名誉这一私人问题。可以说,
此时的鲁克丽丝终于发现了真正的自我: "真正的鲁克丽丝并不在其两腿
之间, 而在于其心灵之中。"① 她暗下决心, 要摆脱这被囚禁、被玷污的肉
身, 但首先要在众人面前公开塔昆的罪行, 再自杀以证清白, 而不是默而自
杀、羞愧而死。至此可见, 鲁克丽丝其实颇有教养, 且具有一定的政治意识
或潜质, 而非不谙世事的天真女子。在受辱之前, 就如同智者对一位年轻王
子的教导一般, 她着意由政治统治者的品行和命运等角度对王子塔昆一再
警示劝诫, 及至被迫受辱后, 她亲身体验了人性恶与政治的残酷, 对特洛伊
人及自身的命运产生了深入理解。可以说, 在贞洁贤淑背后, 她被赋予了对
政治统治问题的洞察, 应当可以视为诗人观念或历史进程的代言者。诗人
让她在此大胆打破女性受害者的沉默, 通过讲述真相而将纯洁的灵魂暴露
在世人面前, 突出了女性的身份自觉②, 而即使没有直接揭示其明显的政治
计划, 但已足为布鲁图斯的正义行为做了有力铺垫, 如哈德菲尔德所言,
"鲁克丽丝基本上完成了所有的工作, 就不太需要布鲁图斯做太多了", 她

---

① Margaret Rice Vasileiou, "Violence, Visual Metaphor, and the 'True' Lucrece", in *Studies in English Literature 1500-1900*, 51.1 (2011), p.58.

② 这或许也可以视为莎士比亚对当时与女性地位类似的作家独立地位与话语权威的诉求, 以及通过作品关注社会政治的意图, 因为这是他署名出版作品的开始, 而且诗中多次出现了"沉默""出版""言语""哀诉"等词。

是"共和的真正设计者，不过隐藏在了幕后"。① 而且批评家也已经注意到，鲁克丽丝的自觉意识正是随着赏画而发生的，"直到站在特洛伊陷落画前，鲁克丽丝才开始意识到自己作为作者（主权者）的权力"（the power of author），而通过对艺术品的沉思，她由此被"赋予了权力"（empowerment），因为是画作"教会了她如何正确地'阅读'，也意识到了'书写'自我的权力"。②

　　具体来讲，整首诗着眼于鲁克丽丝作为受屈辱的女性的自我发现上。她原本是父亲、丈夫眼中的财产，是被动的对象，用来公开炫示、展览和出版，她也将自己的贞洁视为丢失的"财富"或"珠宝"，丈夫柯拉廷也被视为"丢失了财宝的商人"。而且不要忘了，如众多批评家所持的观点，正是柯拉廷对她的美貌和美德的"吹嘘式颂扬"（boastful emblazoning）和炫示才招来了王子塔昆（Find：97），导致她被武力侵犯。但她不愿意做王后海伦、赫卡柏那样的被动忍受者，荷马当然也没有给她们自我表白的机会，鲁克丽丝则要发出自我的声音，书写自我的形象与命运。长诗的后半部分因此就集中于她的思索和选择上，而非丈夫等人的具体复仇行为。而且，为了突出她的女性声音和自我意识，诗歌采取了"怨诉诗"（compliant poem）的形式，即人物"通过怨诉从而在复杂处境中重新定位自己"③，既表现了其自我分裂与挣扎，也表现了她理性的身份认同和对行动的抉择。

---

① See Andrew Hadfield, *Shakespeare and Republicanism*, New York：Cambridge University Press, 2005, pp. 140-147. 本节后文出自同一著作的引文，将随文标出该著名称首字母和引文出处页码，不另注。

② Amy Delynne Craig, *Getting the Last Word: Suicide and the "Feminine" Voice in Renaissance Literature*, Ph. D. Dissertation of Princeton University, 2002, pp. 114-115. 本节后文出自同一著作的引文，将随文标出该著名称首字和引文出处页码，不另注。

③ Mary Jo Kietzman, "'What Is Hecuba to Him or ［S］he to Hecuba?' Lucrece's Complaint and Shakespearean Poetic Agency", in *Modern Philology*, 97. 1 (1999), p. 22.

通过语言进行的"抱怨"这一行为非常重要,"它提供了一种诗歌模式,使莎士比亚可以塑造那些通过讲述而非行动而创造自我形象的人物"①,也充分说明了鲁克丽丝面对"特洛伊画"的长篇表白式叙述这一场景设置的重要意义,它给女主人公提供了自我表达的契机,叙事进程常常"被大段的内心独白所打断",而且突出了鲁克丽丝"面对特洛伊陷落而进行的写画式自我认同"②。值得注意的是,通过诗歌表达抱怨主题是当时比较流行的形式,在两三年内(1592–1594)就出现了大约七部作品,梁实秋就认为,莎士比亚可能就受到了同时代作家丹尼尔(Samuel Daniel,1563–1619)的长诗《罗莎蒙德的怨诉》(The Complaint of Rosemond,1592)的影响:"莎士比亚可能是袭取了丹尼尔的技巧与情调,使他的《露克利斯》成为所谓complaint poem 这一类型中的又一杰作。"③更重要的一点是,英国十六世纪出现的这些"怨诉诗"具有了明显的"政治性","抱怨者的个人倾诉不仅暴露了政治的腐败,而且将社会良知的实行戏剧化了"。④

在此语境下,读者便容易理解,鲁克丽丝的私人身体和个人遭遇变成了一个爱欲对象和政治文本,具有了历史性并产生了政治后果,是"身体政治"的表征。她不仅仅是某些批评家所说的"女性的政治代言人"(women's political agency)⑤,而且完全变成了暴政下罗马民众的普遍意识。莫瑞因此认为,被蹂躏的鲁克丽丝就此具有了"公民"之心,这一主题在诗中处于优先地位,而且,莎士比亚挑战了马基雅利维的观点,即政治权力的获得要以

---

① Mary Jo Kietzman,"'What Is Hecuba to Him or [S]he to Hecuba?'",p. 22.

② Jane O. Newman,"'And Let Mild Women to Him Lose Their Mildness': Philomela, Female Violence, and Shakespeare's The Rape of Lucrece", in Shakespeare Quarterly,45.3(1994),p. 304.

③ 莎士比亚,《露克利斯》,"序",页2。

④ Mary Jo Kietzman,"'What Is Hecuba to Him or [S]he to Hecuba?'",p. 26.

⑤ Jane O. Newman,"'And Let Mild Women to Him Lose Their Mildness'",p. 304.

牺牲德性为代价。① 鲁克丽丝未真正屈服于塔昆的暴力，而是努力将对自身美德的维护转化成了对罗马德性的维护，取得了成功。或者应当说，鲁克丽丝从"臣民"转化成了"公民"，从而使罗马获得了自治，这一转化的意义不可估量。

二

受辱后的鲁克丽丝就如同奥维德《变形记》中被姐夫奸污并割去舌头的菲罗墨拉，她化身一只夜莺，倚靠在荆棘刺上，通过不停地刺痛自己而悲鸣，鲁克丽丝则在不停地寻找发泄悲伤的渠道，寻找自己的怨诉之舌，最后在"特洛伊画"前唱出了最后的哀歌，同时竟也化为一件艺术品而被定格。我们此时可以发现，鲁克丽丝自己似乎已然变成了诗歌中的一幅画像，"这脸庞犹如一幅画，画满了人间悲苦，／厄运的深深印记，由泪水刻入肌肤"（《鲁》：147），诗歌就借助她完成了从"写画"到"成画"的过程——莎翁的另一独特创造。也可以说，莎翁这首诗的隐含线索就是在暗中完成这一幅图画，聚焦于对鲁克丽丝肉体和尸身的视觉展示。特别是从叙述结构看，此诗对鲁克丽丝的视觉描绘，起于丈夫柯拉廷对其魅力的"公开展示"，终于布鲁图斯对其受辱尸身的"公开展示"（publishing）。在这两个场景中，鲁克丽丝都像一幅画一般被展现，第一次是通过丈夫的"语言修辞"勾起了塔昆的强烈欲念，第二次是通过"被玷污的肉身"激发了民众对暴政的反抗，她确实都是作为一件艺术品而被爱欲地、审美地和政治地对待的。这样，历史通过诗转化成艺术凝固下

---

① See Vicki E. J. Murry, *Shakespeare's Rape of Lucrece*, abstract.

来,具有了永恒的魅力,因此,"整首诗读起来就像是对一幅绘画作品的描绘"。① 所谓"画中有诗"而"诗中有画",颇类似于莎士比亚后来在《哈姆莱特》中采用的"戏中戏",大大拓展了作品的表现空间和自由度。

但是,值得留心的是,正如鲁克丽丝成为"理想的"观画者一般,她终于超越了视觉表象的局限和障碍,通过高度投入和移情,以及亲身体验,打开了"心灵之眼",进入到艺术语境和诗性空间,辨明了希腊人西农的欺骗者身份和人格,真正理解了塔昆的邪恶本质②,"鲁克丽丝受辱画"历史使命的完成也需要一位真正的赏画人,他要充分理解并实践画中人物的意图,从而对社会政治产生实际影响。莎士比亚借助鲁克丽丝"赏画"这一举动,已经教导了我们如何欣赏艺术品,令她庆幸的是,当时的观者中确实有人领悟了这种读画的机巧,她的牺牲没有白费。也就是说,在"鲁克丽丝尸身画"背后,我们又可以发现它的真正欣赏者、出版者、或曰隐含的操纵力量,那就是布鲁图斯。

布鲁图斯是颇需关注的人物,虽然在诗歌最后才短暂出现,却真正改变了历史的进程,关键在于其智慧、隐忍与洞见。根据李维的记载,他是国王塔昆姐姐塔昆尼雅(Tarquinia)的儿子,也就是国王的外甥,然而塔昆杀害了布鲁图斯的哥哥,他虽心怀不满和怨恨,但正如同被杀父夺权的王子哈姆莱特,他出于自我保护也聪明地掩盖了自己的智慧,伪装成了傻瓜的模样,还放弃了自己的财富,说着白痴的话语,甚至采用了布鲁图斯(Brutus,即"笨蛋"的意思)作为自己的姓氏。③ 隐忍了很长

① Judith Dundas, "Mocking the Mind: The Role of Art in Shakespeare's *Rape of Lucrece*", in *The Sixteenth Century Journal*, 14. 1 (1983), p. 22.

② See Margaret Rice Vasileiou, "Violence, Visual Metaphor, and the 'True' Lucrece", p. 49.

③ See Livy, *Roman History* (Books I–III), trans. John H. Freese and Alfred J. Church, Auckland: The Floating Press, 2009, pp. 43–44.

时间之后，现在他显然认为时机已到，便果断地揭去了伪装："是深谋远虑的权术，把他巧扮成那样，／把他过人的才智，小心翼翼地掩藏；／如今他一下甩掉了那一套皮相的乔装……"①（《鲁》：152）这位深谋远虑者意识到了应将鲁克丽丝的尸身视为富含政治内涵的宝贵艺术品，这可能也是可以改变历史的天赐良机，因此命人将鲁克丽丝血迹斑斑的尸体抬到广场，给罗马民众带来了强烈的视觉冲击。比较之下，虽然同是塔昆统治之下的受害者，他显然是一个理性、审慎而清醒的解读者，不像鲁克丽丝的丈夫柯拉廷与父亲。他们沉浸在巨大的悲哀之中，甚至相互竞逐哀痛的沉重，其实是争相表达自己因丧失"财富"和"名誉"而导致的损失，各自宣布对鲁克丽丝的所有权，沉浸在私人利益世界之中。布鲁图斯则以高度敏感的政治智慧为支点，明确地"将她作为一件政治武器"使用（Getting：128），通过其贞洁行为与受辱尸身的对照，激发民众的愤怒激情。

也就是说，在他看来，鲁克丽丝的身体就构成了一个理想的"政治文本"，一件深富寓意的"艺术品"或"寓意画"，有必要进行"性政治"解读和解码，从而加以利用。他似乎真正理解了鲁克丽丝，知晓她在按照自己的意愿将自我作为"文本"进行书写，她采取了在众人面前当场公开自杀的方式，尸体最后如愿被展示，其实就是"被出版"（published），如同她的丈夫最初通过炫耀式言辞对她的"展示／出版"一样。（Getting：130）事实上，在原诗的开头，莎士比亚正是用了"发表／出版者"（publisher）一词来指称柯拉廷这位不谨慎的炫耀者："Or why is Collatine the publisher／Of

---

① 奸诈者和智慧者的隐藏装扮也是此诗的一个主题：塔昆的隐藏与西农的隐藏，布鲁图斯的隐藏与尤利西斯的隐藏，而且他们构成了对应关系。他们的隐忍伪装都对历史发展具有决定性作用。

that rich jewel he should keep unknown / From thievish ears, because it is his own?"［既然那稀世之珍,是他独占的财富,/ 就应该深藏不露,谨防觊觎的耳目,/ 为什么它的主公,偏将它广为传布?］①在诗的结尾,当塔昆的恶行通过鲁克丽丝的尸体这一视觉形象被公开展示,从而被民众观看时,莎士比亚再次使用了"发表"这一词语:"They did conclude to bear dead Lucrece thence; / To show her bleeding body thorough Rome, / And so to publish Tarquin's foul offence."［决定把鲁克丽丝的遗体抬去游行,/ 游遍罗马全城,展示这流血的尸身,/ 这样向市民披露塔昆万恶的行径。］②可见,受害者布鲁图斯怀着同情之心更好地理解了鲁克丽丝的自杀行动,从而将局外者的悲愤也注入到了她受辱的身体中,这就使其尸身变成了整个罗马受辱的表征,即"一个有力的政治象征"(*Find*:123),从而激起了观看者的强烈同情与愤怒,在实现他们个人报仇意愿的同时,改变了历史的进程。

　　从历史的角度看,一些当代史学家也基本接受了李维的描述,通过历史叙述将鲁克丽丝的遭遇记录下来,充分说明了鲁克丽丝之于罗马共和的意义。③ 大概是鲁克丽丝的遭遇及形象具有的极大道德、政治价值和艺术感,在此诗出版之后还不断有文学家、艺术家将其形象加以塑造。如米德尔顿表现鲁克丽丝复仇的长诗《鲁克丽丝的幽魂》(1600)、海伍德的戏剧《鲁克丽丝受辱记》(1608)等④;英国菲茨威廉博物馆(Fitzwilliam

---

① William Shakespeare, *Shakespeare Complete Works*, London: Oxford University Press, 1966, p. 1087.

② 同上,页 1105。

③ See William Smith, *The History of Rome*, Bedfordshire: Andrews UK, 2010, p. 45; see also Marcel Le Glay et al., *A History of Rome*, p. 29.

④ See Thomas Middleton, *The Ghost of Lucrece*; Thomas Heywood, *The Rape of Lucrece*.

Museum）也收藏有十八世纪早期的一件陶器，上面装饰着由意大利陶艺家格鲁（Carlo Antonio Grue，1655-1723）制作的鲁克丽丝的尸体以及悲伤的家人形象。在当代学者眼中，鲁克丽丝的受辱与死亡也成了罗马历史的一个关键事件和经典意象而被接受。一部论及莎士比亚的罗马主题的专著，封面就采用了提香的那幅《塔昆与鲁克丽丝》（1571），虽然作者并未重视莎翁诗中描绘的"特洛伊画"及"鲁克丽丝画"，但核心论题是鲁克丽丝等形象与罗马共和的关系。① 而哈德菲尔德那部专门讨论莎士比亚与伊丽莎白时代的共和主义思想，并将莎士比亚视为"共和主义者"的著作封面，采用的就是一幅"鲁克丽丝尸身画"。在这幅油画中，洁白胸口插着匕首的鲁克丽丝躺在广场中的棺材上，两旁围着悲痛、愤怒的亲属和军人，复仇的激情显然已被激发。（S：cover）这些后世的艺术品和理论阐释都得益于莎翁的生花妙笔，从而能够将作为历史人物的鲁克丽丝、诗人笔下及艺术家画笔下的鲁克丽丝等多重主体统一起来，使鲁克丽丝肉身的画面特征以及性与政治的关系展现了出来，可以看作是对莎翁处理方式的视觉阐释或有效注脚。

三

　　显然，如前所述，鲁克丽丝的故事和这一女性形象在莎翁之前的历史学家、诗人等笔下早就有所呈现，典型即如李维的《罗马史》、奥维德的《岁时记》以及乔叟的《贤妇传奇》等，并且传播甚广，以至于十六世纪意大利思想家斯皮洛尼戏言道：没有人愚蠢到没有听说过她。但可以肯定

---

① See Warren Chernaik, *The Myth of Rome in Shakespeare and His Contemporaries*, Cambridge：Cambridge University Press, 2011, cover, pp. 35-55.

的是,对"特洛伊画"以及赏画场景的描绘,并将"写画"加工成一个核心情节,进而延伸到"鲁克丽丝尸身画"的生成,以突出艺术在鲁克丽丝命运中的政治意义,却是莎士比亚的创造性发挥。①

　　鉴于"特洛伊画"的动态性和多层次性,有研究者认为此"巨画"不必真实存在,它不必借助于其他艺术家,也并不必然是对现实存在之画的摹写,而完全可以是诗人的虚构,这使得莎翁无须拘泥于个别的对象,"写画"更为自由,但经过这一番处理之后,故事显得"更有效、更真实"②,也更具普遍意义。如果这样的话,我们就要接受这样的观点:似乎莎士比亚"写画"这一技巧完全来自《伊利昂纪》《埃涅阿斯纪》等史诗传统或自己的天才,事实果真如此?

　　直到最近,才有学者指出了莎翁的"写画"技艺与文艺复兴时期意大利视觉艺术之间的直接关联。马拉波蒂指出,莎士比亚在《鲁克丽丝受辱记》和多部剧作(如《奥赛罗》《辛白林》)中都采用了"写画"技巧,其"写画"才能与他对当时意大利绘画的熟悉密切相关。其中有些绘画就直接提供了关于"鲁克丽丝受辱"和"特洛伊战争"的画面:如帕米贾尼诺的《罗马的鲁克丽丝》,提香(Titian)的《塔昆与鲁克丽丝》,雅科波·帕拉玛的《塔昆与鲁克丽丝》,吉西(Giorgio Ghisi)的《特洛伊的西农》(Sinone e i Troiani,1546-1550)与《特洛伊的毁灭》(La caduta di Troia,1546-1550)。③ 这些材料的发现足以让我们对莎士比亚和视觉艺术的关系深信

---

①　See Pia Brînzeu," Shakespeare, the Ekphrastic Translator", in *Linguaculture* 2015. 1 (2015), p. 90.

②　See Sylvia Adamson et al. eds., *Renaissance Figures of Speech*, Cambridge: Cambridge University Press, 2007, p. 120.

③　See Michele Marrapodi, *Shakespeare and the Visual Arts: The Italian Influence*, New York: Routledge, 2017, pp. 146-152.

不疑。因此作者肯定地认为,莎士比亚无疑具有"将绘画技艺带来的视觉效果应用于修辞目的之能力",其作品中"经常包含着对图画的描绘和舞台表现",莎剧"就是持续不断的写画"。① 这充分解释了,诗人莎翁为什么同时也是伟大的画家,能够具备强大的构图能力,将两种或多种艺术合理地镶嵌、混合在一起,以达到共同的叙事目的,或传达其政治理念,如在《冬天的故事》《雅典的泰门》《哈姆莱特》《奥赛罗》等剧中对绘画或雕塑艺术的描绘及完成的政治功能一样。

由是,站在"特洛伊画"和"鲁克丽丝画"这双重画面之前,我们自然就意识到,鲁克丽丝的"观画"和"成画"过程,有关特洛伊的陷落和罗马历史的转折都是通过诗人莎士比亚的词句展露出来的,是莎士比亚精巧地将它们并置在一起。那么,排除了炫耀诗艺或画艺的表层原因,它又暗含了诗人自身的何种深层意图?

最直接的一层关联可能是对"伪饰"的揭露以及对"真面"的辨识。如前所述,在特洛伊的悲惨场景面前,鲁克丽丝终于认识到了密探西农的狡诈与真实面目,从而与塔昆的伪装高贵和内心邪恶对应了起来。而且不止如此,这还大大影响了鲁克丽丝对自身的"纯洁天真"及人类本性的认知,简单地说,就类似于"失乐园",她由此滑入了"堕落的世界","离开了天真的时刻,进入到了性败坏的悲剧时间之中"。(Shakespeare : 121-128)她原本以天真无知的眼光观察人类与世界,一切似乎都是善恶是非分明,她也将自己视为贞洁贤淑的化身,对不期而来的王子塔昆的拜访也并未提防,诗中大量"红""白"等花朵和色彩的比喻都是对其本性的刻画,当然也展示了其变化。诗人开始描绘她的时候,皆是代表"美"

---

① See Michele Marrapodi, *Shakespeare and the Visual Arts: The Italian Influence*, New York: Routledge, 2017, pp. 2-4.

与"德"的红白两色,它们如同"玫瑰"与"百合"组成的军队,共同抵挡塔昆的淫邪欲望,但到最后自杀的时候,她的血液则不是那么完全纯净了:"她的一部分血液,照旧鲜红纯净,／还有一部分变黑了——那污秽来自塔昆。"(《鲁》:148)塔昆的罪恶自不必说,诗人其实也在暗示,鲁克丽丝在被强暴中似乎发现了自己的隐秘罪过或欲望,她的"美与德"好像都变成了诱惑,她也不知道以何种方式应对塔昆的威胁,最终只能"屈服"(yield)接受,成为被动"通奸"的罪人①——这在当时英国的法律和激进的清教徒眼中也是重罪②,自然难以面对这一困境带来的极大羞耻感。因此她试图用指甲撕毁特洛伊画中的美艳海伦,这与其羞愤心理,即导致自杀的原因之一密切相关。

那么,从莎士比亚密切关注的宗教问题看,这也可以看作暗含了诗人对当时英国国教与清教之争的态度。这涉及双方对人性本质的看法以及应对方式。简单说来,英国国教徒认为人性是善恶交织的,因此要以恩典和仁爱来加以拯救,而清教徒则试图进行截然区分,采用二元对立方式对待人性,强调公正与律法,几年之后的《一报还一报》便被看作对这一宗教之争的回应。③ 在此,可怜的鲁克丽丝便可视为自视贞洁的清教徒的一个代表,但她又被自我内心和人性现实的复杂性所冲击,在堕落的世界面前

---

① 这是奥古斯丁在《上帝之城》中从基督教的观点对鲁克丽丝行为悖论的质疑与反思:如果只有塔昆是有罪的,鲁克丽丝的自杀就是不公正的;而如果她给了塔昆"诱惑式的同意",自我惩罚才是恰当的。(See Shakespeare, *The Complete Sonnets and Poems*, Oxford: Oxford University Press, 2002, p.45)

② 详见倪萍,《公义抑或仁爱,律法抑或恩典?——反清教主义历史语境中的〈一报还一报〉》,载《外国文学评论》2015 年第 2 期,页 101。

③ "一本正经的外表下隐藏着罪恶激情的伪君子形象恰恰是莎士比亚时代英国文学中清教徒的典型特征",其中,摄政酷吏安哲鲁"在善与恶、圣徒与罪人之间生硬地做出绝对的区分,这种二元对立的伦理观念暴露出清教主义的弊端"。(倪萍,《公义抑或仁爱,律法抑或恩典?》,页 108-109)

陷入选择的挣扎，因此是诗中唯一以死亡解决冲突的角色①，由此也是差一点因自己针对通奸等"性罪"设下的酷法而死的安哲鲁的先驱形象。有意思的是，安哲鲁没有被处死，他是被代表仁爱与恩典的文森修公爵所赦免，而犯罪者塔昆及其僭政家族也并未被诛杀，而是被"放逐"。在《故事梗概》和结尾中，莎士比亚两次交代了最后的结果："罗马人民怒不可遏，经口头表决，一致同意将塔昆家族的人尽行放逐，国政遂由国王转入执政官之手"（《鲁》：66）；"激愤的罗马人民，众口一词地赞同／将塔昆和他的家族，永远驱逐出境"（《鲁》：154）。这几乎就表明了莎士比亚在宗教之争中的基本态度，并捍卫了自己所肯定的温和宽容立场。

进而，在诗的开端和结尾两次出现的以"一致同意"、"赞同"（consent）来决定塔昆家族命运的决策方式就此也引起了我们的注意，因为这种以公意为基础的施政方式显然有别于王政时代的专权独断，或采取非正当方式谋取权力的阴暗暴虐。也就是说，就诗歌呈现的罗马历史而言，此诗的训诫意义明显：从僭取的政治转向同意的政治，即罗马共和。在这一意义上，鲁克丽丝的身体与罗马国体是相对应的，都作为被塔昆家族暴力夺取的对象而出现。按照当时（以及伊丽莎白时代）的法律，鲁克丽丝是丈夫的"财产"②，塔昆这位"强暴者"则被视为"盗贼"，因为在拉丁语中，"强奸"一词就意味着"偷盗"，那么高傲者塔昆则是罗马整个国家的"盗贼"，即一位僭

① 当然，她死亡的悲剧性因为最后复仇的完成而得到了一定补偿，因此此诗并非完全是悲剧的。值得注意的是，西莫内指出，诗中对鲁克丽丝内心世界冲突、争辩的转向，通过独白反思等对心灵世界、人性善恶、死亡选择的透视，影响了莎翁其后的经典悲剧，如《麦克白》《哈姆莱特》等，主人公们基本都在天主教视野下运用自己的眼睛审视和衡量自我与世界，看到了更深层的阴暗、邪恶与幻灭，充分呈现了"内外宇宙"的复杂及主体自觉的意义。（*Shakespeare*：129–131）

② See Shakespeare, *The Complete Sonnets and Poems*, p. 66.

主。根据奥维德《岁时记》的记述,他正是在妻子的唆使下,谋杀了老国
王——即岳父,取得了王权,诗人就使用了"强暴"(rape)一词。① 因此,鲁
克丽丝的"被强暴"(特别是在家中的婚床上这一私人空间)与罗马"被强
暴"在某种意义上是一致的,都是贪欲者对他人财富、权力的强行占有。在
此诗的概要中,诗人称王子塔昆"当夜,背信弃义地潜入鲁克丽丝的卧室,
强暴地玷污了她"(《鲁》:66),使用的就是"treacherously stealeth into"。②
克瑞格则进一步指出,"强暴"行为在罗马史中是有传统的,"强暴可以说存
在于罗马人的血液之中"(Getting:96),即使不提帕里斯对海伦的诱拐或
"强暴",历史上早期罗马人对邻居萨宾妇女的抢掠已被记录下来,而且变
成了艺术呈现的经典对象。③

　　塔昆家族的被推翻,也就意味着罗马王政时代的结束,权力重新回归到
人民之中,财产被公正地归还给原来的主人,布鲁图斯和柯拉廷也随后共同
担任罗马共和时期的第一任执政官。但是,紧接着,柯拉廷就于公元前509
年被迫辞去职位并离开罗马,这是因为他与塔昆同属一族,而罗马民众对塔
昆之名及其宗族如此痛恨④,竟不愿接受"受害者"柯拉廷的治理了。由是
可知,罗马王政的结束正源于"强暴"这一行为导致的民众激愤,说明暴政
专权带来的是统治的结束或国家的灭亡,而不加克制的情欲对于政治而言
是可怕的硬伤,僭政则会加强这一硬伤的强度。这应当也是莎翁让鲁克丽
丝家中悬挂特洛伊画的一个隐秘意图,它暗示了特洛伊的覆灭及罗马的起

---

① See Catherine Belsey, "Tarquin Dispossessed: Expropriation and Consent in 'The Rape of
Lucrece'", in Shakespeare Quarterly, 52.3 (2001), pp. 320–321.

② William Shakespeare, Shakespeare Complete Works, p. 1087.

③ 典型如意大利雕塑家詹波隆那(Giambologna, 1529–1608)的雕塑《掠夺萨宾妇女》
(1583),法国画家普桑(Nicolas Poussin, 1594–1665)的两幅《抢劫萨宾妇女》(1635;1638)以及雅
克–路易·大卫(Jacques-Louis David, 1748–1825)的名画《萨宾妇女的调解》(1799)等。

④ See William Smith, The History of Rome, p. 46.

点，鲁克丽丝从而可以与画中人物取得更大的认同，并最终生成导致王政结束的"尸身画"。这两个历史事件就隐含在了"特洛伊画"及"鲁克丽丝画"这一显一隐两幅画面之中。

　　但是，作为伊丽莎白时代且被公认关注时政问题的作家，莎士比亚的罗马故事不会仅仅是在还原或解释历史，"如同其历史剧，都铎王朝的政治理念也隐含在罗马剧背后"。① 因此有学者提出，"鲁克丽丝受辱"直接影射的其实是埃塞克斯伯爵对伊丽莎白女王的反叛，不过这一说法因存在一个时间问题上的硬伤而值得商榷。② 仔细看来，除了故事具有的普遍镜鉴作用外，诗作的着眼点和主旨也可以视为在暗中呼应伊丽莎白时代晚期的动荡时局与王权之争，特别是当时饱受关注的"君主制"与"共和"思想之争，也就是说，罗马共和问题的最终指向是"英格兰共和"问题。

　　莎士比亚恰恰处于王权盛极而渐衰或日益受到质疑的伊丽莎白时代，也见证了权位之争的残酷血腥。此诗完成于无嗣的女王统治的晚年，外部，英格兰与西班牙的战争自 1585 年持续到女王统治结束③，内部则是王室政

---

　　① Paul N. Siegel, *Shakespeare's English and Roman History Plays*, London：Associated University Press, 1986, p. 93.

　　② 帕克认为，此诗与英国当时的政局关系非常密切，"鲁克丽丝让人想起伊丽莎白，塔昆则让人想起埃塞克斯伯爵"，因为对鲁克丽丝身体的描写，大量采用了"月亮"（这是伊丽莎白女王的最常用象征）、"女王"、"领地"、"王位"、"纯贞"等极具指涉性的词汇，且二人都无嗣，埃塞克斯则同塔昆一样都是将领和勇士，都领导了围城之战，且从战场上跑回；而且非常相似的是，作为女王宠臣的埃塞克斯争权夺势，不愿驯服，也早就有了政治野心，他曾经擅自闯入女王的寝室，目睹了年老女王的真实面目，并最终在 1599 年发动了叛乱，失败后于 1601 年被处死；此外，在当时的英国人眼中，伦敦就是"第二特洛伊"，他们喜欢将英国与罗马联系起来。（See Barbara L. Parker, *Plato's Republic* and *Shakespeare's Rome: A Political Study of Roman Works*, Newark：University of Delaware Press, 2004, pp. 40-51）不过，虽然作者列举了大量证据并试图辩驳反面观点，还是很难解释一个最大的疑惑：《鲁克丽丝受辱记》完成于埃塞克斯叛乱之前五年，而且在莎翁之前不止一位作家用不同方式讲述这个故事；它可以被解读为对叛乱、权争的预示和警告，对理解全诗很有助益，但完全对应起来似乎就有些牵强了。

　　③ See David Loades, *Politics and Nation: England 1450–1660* (5th ed.), Oxford：Blackwell Publishers, 1999, p. 255.

坛关于继承者的斗争愈发激烈,"未解决的王位继承问题,加之伊丽莎白的年龄,都加强了对女王死后随之而来的政变或者王冠争夺赛的恐惧"。① 时人似乎都意识到了英格兰政坛可能会发生的剧变,但未来的统治者会是什么样子很难预料,如何取得权位也是扑朔迷离,在思想界和文学界,"共和"便成为当时社会的热门议题。

哈德菲尔德通过梳理考证指出,在十六世纪后期的英格兰,"共和文化"成了突出现象或"无所不在"(ubiquitous),一批思想家、历史学家和文学家出版或演出了各类作品:如托马斯·史密斯(Thomas Smith)的《论大众福利》(1549)和《盎格鲁共和》(1583),尼古拉斯·乌达尔(Nicholas Udall)的《共和国》(1553),威廉·派因特尔的《愉悦之宫》(1566),罗马历史学家波利比乌斯(Polybius)《历史》(1568)的英译本,乔治·布坎南(George Buchanan)关于政府特权的《对话》(1579)和《苏格兰历史》(1582),埃德蒙·斯宾塞(Edmund Spenser)的《牧人月历》(1579–1580),菲利普·西德尼(Philip Sidney)的《阿卡迪亚》(1590),托马斯·洛奇(Thomas Lodge)的《内战之殇》(1594),等等。它们通过理论阐释,叙述罗马历史、英格兰历史或虚构影射等来集中探讨政体及王位继承等棘手论题,其主要观点大致包括:国王本是被选出代表大众的,其权力本身并非天赋不可动摇,如果僭越了法律或行为失当,可以通过暴力等手段推翻,重新加以选择;"君主共和"或"议会共和"等混合政体比专制王权更为合理,国王的权力必须加以限制或取消,议会应有更加独立自由的权力,大众要共享治权;与罗马帝国相对,罗马共和是英格兰共和的典范,它对各种社会力量做到了比较完美的平衡;鲁克丽丝、布鲁图斯等共和的奠

---

① Barbara L. Parker, *Plato's Republic and Shakespeare's Rome*, p. 48.

基者受到重视和重新塑造,等等。(*Shakespeare*：17-95)

正是在这种共和文化气候中,莎士比亚受到熏染并逐渐成熟。在由于瘟疫而改写叙事诗之前,他正专注于历史剧创作,如《亨利六世》(上中下)和《理查三世》,这些剧作都是在探讨何为好君王以及王权更迭的问题,塑造了"虚弱却良善的国君"以及"强大却邪恶的国君"：天真的亨利六世属于前者,并且被视为鲁克丽丝形象的前驱,理查三世当属于后一类型。(*Shakespeare*：109-113)而完成戏剧《泰特斯·安特洛尼克斯》及长诗《维纳斯与阿多尼》《鲁克丽丝受辱记》时莎翁正当而立之年,因此哈尔菲尔德认为,在戏剧和诗歌中的"政治选择"越来越明显地揭示出莎翁是"一位高度政治化的、激进而彻底的思想家,感兴趣于共和主义"。(*Shakespeare*：13)

莎士比亚倾向共和有着个人的因素,他属于当时大量出现的接受过古典教育的作家这一群体,但是他们在社会等级中没有明确的地位,因此,哈德菲尔德认为,"许多这类作家转向了共和式政治思想和价值观,特别是莎士比亚这类文法学校毕业的男孩,他们不得不创作多数公众所期望的作品以在伦敦谋生。"(*Shakespeare*：100)当然,莎士比亚不会仅仅止于谋生或追求作家的独立地位,更重要的是,他在两首长诗中向南安普敦伯爵致献,其实也是向公众表明了他是共和派作家,因为后者支持埃塞克斯伯爵,且都被认为对共和政治感兴趣。因此,所有问题的症结似乎就在于专制与共和之争,或个人专权与宪政共治的冲突。① 在此意义上,后期

----

① 稍作引申可以发现,当时社会的许多矛盾都与此根本相关,如作家对贵族恩主的依附,女性对男性的依附,臣民对君主的臣服,海外殖民地与英格兰统治权威的关系,英国国教与罗马天主教之间的张力,岛国英格兰与大陆强国的威胁,等等。这些都是很重要的论题,但限于篇幅和论题的集中性,在此不加详论。

的伊丽莎白女王反而就被视为莎翁两首长诗中私欲强烈、跋扈专断的维纳斯和塔昆，因为在她的统治之下，专权、独断、残暴和腐败也是其特征，她要操纵臣子的婚姻，也要操纵大众的命运，而且对臣民并不太关心；她迫害天主教徒，而莎翁被普遍认为正属于天主教；特别是在王位继承问题上，她监禁和处决了继承人苏格兰女王玛丽。(*Shakespeare*：100-145) 因此，说莎翁此诗以罗马共和主题来表达对君权专制的质疑和对埃塞克斯伯爵的支持，不能说没有道理。因为事实证明，埃塞克斯后来的叛乱就利用了莎剧的"弑君"主题，即 1599 年第一次叛乱前《裘力斯·凯撒》的上演，以及1601 年第二次叛乱前《理查二世》的上演。① 也就是说，在这一可能走向共和的历史时刻，借由罗马故事体现的共和思想，莎士比亚以自己的方式介入了英格兰政权的更迭过程。

四

那么，谁才是"强大而良善"的公正治邦者呢，他需要具备什么样的素养，从而在这个由鲁克丽丝（以及后来的哈姆莱特）看来已经堕落沉沦、颠倒混乱的世界保持清醒，并能够重整人性及政治社会秩序？

在重构人性秩序与政治秩序这相互关联的两个方面上，莎士比亚通过将特洛伊画嵌入罗马历史从而形成的呼应和对照，其实已经给出了积极的回答。因为站在诗人的视角看，人性堕落、社会动荡、政权更迭的根本原因，就在于个体心理及社会秩序的混乱，如果对欲望、荣耀和权力的激情追求过度发展，这些极端的爱欲如果脱离了理性智慧的克制，就会给

---

① 详见张源，《莎士比亚的〈凯撒〉与共和主义》，载《北京大学学报》(哲社版) 2014 年第 3 期，页 52-53。

"灵魂的特洛伊木马"留下契机，必然导致悲惨的后果。海伦和鲁克丽丝都可以视为诱发"特洛伊木马"的要素，她们自身的容貌和贞操自然无罪，但问题是贪欲的王子受到吸引而无法自制，随后引来了大批的军队或反抗者，最终导致统治王朝的灭亡。如此看来，帕里斯和塔昆都是贪欲者、非理性者和僭越者，因为他们的灵魂中留下了欲望的裂隙，最终冲溃了理智的防线。相对而言，"足智多谋的"尤利西斯和"隐忍的"布鲁图斯则是智慧者和理性克制者的典型："巧黠的尤利西斯那温文尔雅的瞥视，／透露着深思熟虑，和从容含笑的节制。"（《鲁》：132）我们知道，正是因为尤利西斯的足智多谋和多次隐忍，木马计才取得了成功，他也最终在特洛伊战后历经各种艰险回到家乡，设计杀死了求婚者，完成了报仇和归家的夙愿。而精于掩饰自我的布鲁图斯"在罗马人中间，一直被看作愚痴"，如今"便一变愚蒙的故态，显出威严和明智"，"现出了本相"。（《鲁》：152）首先，他以大局为重，果断而严厉地制止了柯拉廷等人的无休止哀痛，并聪明地理解并利用了鲁克丽丝的尸身画，从而一步步施展了自己的复仇计划；进而，在惩办仇敌塔昆家族的时候，他也同意了相对温和的"放逐"，显示出了仁爱和恩典；最后，他也并未因为推翻僭主有功而居功专权，而是采取了更为平等的共和制，担任了执政官之一，显示出了高度的政治德性，非有强大的人性克制力量和极大的政治智慧是难以做到这些的。① 那么，从执政者的品行角度，布鲁图斯就足以构成理想的英格兰统治者的一幅借镜，不也正回答了创作初期的莎士比亚关于何为更好的统治者和政体这一极为现实的问题？

----

① 　不仅如此，历史著作告诉我们，布鲁图斯此后还领导罗马军队打败了塔昆的三次反扑，最终彻底将其击败；布鲁图斯的两个儿子也因为参与了塔昆的叛变而被执政官判处死刑，布鲁图斯便是两位执政官之一。（See William Smith, *The History of Rome*, pp. 46-50）

这一现实问题自然是英格兰的王权与议会之争,即宪政共和问题,而从现实的角度看,通向共和的道路异常曲折。从 1215 年约翰王在贵族要求下被迫签订限制王权的《大宪章》及 1265 年议会正式成立,到十五世纪至十七世纪初王权的加强,特别是伊丽莎白女王的强势权欲,二者的斗争日益激烈,但到了 1601 年,女王不得不做出让步,发表了"黄金演讲"(Golden Speech),废除了宠臣的商品专卖权,由此很明显的是,"王权和议会之间的权力平衡决定性地转向了后者"①;继任者詹姆士一世解散议会的莽撞刚愎激化了矛盾,及至 1649 年,在革命中国王查理一世被处死,"英格兰成为共和国"(1649–1660);而"以上帝意志"自命的克伦威尔却以"护国公"身份走向了"专权独裁"并导致王政复辟;再到 1689 年,议会通过《权利法案》,"自由与民主精神取得决定性胜利",才最终确定英国"虚君共和"的君主立宪政体。② 在美法民主革命的世界背景下,十八世纪、十九世纪之后英国选举权等公民权利不断下移并扩大,如沃尔特·白芝浩(Walter Bagehot)在《英国宪政》(1867)中就称英国为"隐蔽的共和国"③,说明民主共和实乃大势所趋,但是要求君主或掌权者转让、分享权力的过程是何等艰难,这既要求当政者的德性又要求社会民众的不断斗争。而莎翁敏锐地把握到了时代的共和趋向与可能,通过《鲁克丽丝受辱记》等作品阐明了对"共和体制"的思考,从而告诉"未来的布鲁图斯们应当从莎剧中吸取教训"。④ 虽然长诗还是他的早期作品,并未展开对共和制度本身存在的问题的反思,如暴民、内外战争、个人独裁等,这些思考

---

① David Loades, *Politics and Nation: England 1450–1660*, p. 257.

② See Kenneth O. Morgan, *The Oxford Illustrated History of Britain*, Oxford: Oxford University Press, 1984, pp. 131–353.

③ 详见张源,《莎士比亚的〈凯撒〉与共和主义》,页 56。

④ Paul N. Siegel, *Shakespeare's English and Roman History Plays*, p. 97.

将通过《裘力斯·凯撒》《科里奥兰纳斯》等关注罗马共和悲剧的戏剧加以深化，但长诗的多次再版（到 1655 年已出九版）及鲁克丽丝形象的深入人心说明，鲁克丽丝、布鲁图斯等人代表的"罗马共和精神"无疑已经成为重要的政治论题而被广泛接受和思考，从而也促进了共和体制本身的不断成熟和完善。

　　当然，如同莎士比亚只能忠实地记录自己的思考而无法预测后世的历史进程一样，这些深隐的多重思想是鲁克丽丝、布鲁图斯等赏画者和参与者不可能完全领悟的，因为作为诗歌中的审视者、反思者和行动者，他们本身正是后世读者凝神关照的对象，并且也召唤读者按照他们解读画作那样来理解他们自身。那么我们可以看到，如果说李维从历史学家和罗马政治的角度，突出了鲁克丽丝为政治牺牲的果敢德性，奥维德以诗人的笔触细腻描绘其中的爱欲激情和布鲁图斯的机智，乔叟从贴近英国现实的角度呈现了故事中的家庭氛围和女基督教徒的忠贞妇德（*Shakespeare*：8-24），那么莎士比亚则巧妙地将艺术、政治、宗教与哲学等要素精细地混合起来，并将一幅"特洛伊画"醒目地置于整幅巨画的中间，构筑了多层次的复杂交织画面①，而且通过高超的艺术呈现了"共和精神"这一时代论题，以微妙的方式介入了对当时政体与权力更迭方式的讨论，使得《鲁克丽丝受辱记》成为鲁克丽丝形象史上的最经典之作，这不能不说是莎翁重述故事的奇妙才能。

　　这时，我们便可以更好地理解梵高在 1880 年写给弟弟的信中提及的莎

---

　　① 蒙田在《随笔集》第一卷中间的文章《论友谊》中也谈到，他受到一位画家的启发，也在写作中"产生了模仿他的念头"，试图用装饰画的方式编织自己的散文（详见蒙田，《蒙田随笔全集》〔上〕，潘丽珍等译，南京：译林出版社，1996 年，页 212）；参见周皓《蒙田：随笔的起源与"怪诞的边饰"》，载《外国文学评论》2015 年第 2 期，页 5-15。

士比亚与伦勃朗之间的内在关联:"莎士比亚具有某些伦勃朗的因素……他的语言和风格堪比艺术家的画笔","莎士比亚像伦勃朗一样美妙!"①这出自天才画家的评论就充分说明了一切:莎士比亚与伦勃朗一样,善于通过"绘/写画"表现人物的自我反思和内心世界,他们都召唤观者与画中人通过内在对话"是其所是"地去展开灵魂交流。对此,莎士比亚似乎早就有过预先回应,据说他留下了这样一句话:"我也是一名画家。"②

第三节 诗人秦纳之死:莎士比亚如何为诗辩护

罗马剧《裘力斯·凯撒》(1599,以下简称《凯撒》)第三幕第三场被莎士比亚安排成了一个奇怪的简短插曲:凯撒被刺亡身,诗人秦纳(Cinna)去参加葬礼,结果在广场上被一众市民误认为是同名的叛党成员秦纳③,虽然诗

① Alex Aronson, *Shakespeare and Rembrandt: Metaphorical Representation in Poetry and Visual Arts*, Essen: Verlag Die Blaue Eule, 1987, p. 12.

② Allan Bloom, *Love and Friendship*, New York: Simon & Schuster, 1993, p. 393.

③ 这位叛党秦纳出现在第一幕第三场、第三幕第一场,分别表现了他在凯撒遇刺前后的举动,即先后参与密谋及实施刺杀。如在刚刚杀死凯撒当场,他就高呼:"自由!解放!暴君死了!去,到各处街道上宣布这样的消息。"(莎士比亚,《裘力斯·凯撒》,朱生豪译,见《莎士比亚全集》[IX],北京:人民文学出版社,2014年,页43。本节后文出自同一著作的引文,将随文标出该著名称简称"《裘》"和引文出处页码,不另注。为了论述的整一性,本文将不同文本中出现的Cinna之名统一译为秦纳)此后莎翁对其再无一字交代。值得注意的是,在普鲁塔克的《布鲁图斯传》中,这位秦纳是位大法官,他其实并未实际参与谋划,而是事后通过攻击凯撒表达了对布鲁图斯等人的支持,同时他也贪恋权位,是被嘲讽的对象。(普鲁塔克,《希腊罗马名人传》,席代岳译,长春:吉林出版集团有限公司,2009年,页1767)但在莎士比亚笔下,他变成了直接参与者,被嘲讽的意味也消失了。可见,在莎翁这里,其主要功能是为后文表现诗人秦纳的命运做铺垫,因为叛党有很多成员,他混杂其中,其实并不重要。顺便值得一提的是,布鲁图斯在刺杀之后喊出的口号则是"和平,自由,解放"(Peace, freedom, and liberty),增加了和平一词。(莎士比亚,《裘力斯·凯撒》,页44)

人百般辩解,申述自己"是诗人秦纳","不是参加叛党的秦纳",但令人费解的是,这一诗人身份竟也激起了民众的愤怒,他们叫嚷着:"撕碎他,因为他做了坏诗;撕碎他,因为他做了坏诗。"①最终诗人秦纳被残忍地撕成碎片,也就是因诗而被牵连,成了政治暴动的悲剧牺牲品。这一幕发生在凯撒遇刺与安东尼、屋大维、雷必多等人向布鲁图斯、凯歇斯等叛党复仇这些重大历史事件之间,似乎无关宏旨、可有可无,因此长久以来未受到读者、批评家的重视,如有论者指出:"可以很容易地将这一主人公从《凯撒》中移除而不会明显改变莎士比亚的叙述。"②这自然让人联系起第四幕第三场关于无名诗人(或称营地诗人、犬儒诗人)的更简短的插曲:他硬生生地闯入布鲁图斯与凯歇斯的营帐去调解争端,显得可笑而不识时务,结果被训斥驱逐。③

　　值得注意的是,这两个插曲都聚焦于诗人,或者说表现了政治社会中诗人的"被动式"命运④,对整部戏的严肃主题而言,似乎属于旁逸枝节,如霍

---

① 莎士比亚,《裘力斯·凯撒》,见《莎士比亚全集》(Ⅸ),朱生豪译,北京:人民文学出版社,2014 年,页 60。

② Sara Soncini, "'This is You': Encountering Shakespeare with Tim Crouch", in *Shakespeare & Contemporary Culture*, 11 (2017), p. 25.

③ 莎士比亚,《裘力斯·凯撒》,页 70。对于这位无名诗人以及背后隐含的"诗人与城邦"的关系,学者张沛曾进行了精彩阐释,见张沛,《诗人与城邦:莎士比亚〈凯撒〉第四幕第三场厄解》,载《外国文学评论》2016 年第 1 期,页 159–171。不过,文章却轻视了诗人秦纳这一形象:"严格说来,'诗人'只有一位,即《凯撒》第四幕第三场中惊鸿一现的无名诗人。"(张沛,页 162)因此,本文更侧重诗人秦纳这一无辜被害者的意义,如皮尤所言,在这两个小人物中,诗人秦纳相对更重要:"秦纳确实比营地诗人更值得分析。"(Thomas Pughe, "'What Should the Wars Do with These Jigging Fools?': The Poets in Shakespeare's *Julius Caesar*", in *English Studies*, 1988〔4〕, p. 313)霍兰德也认为,关于"犬儒"诗人的部分比对秦纳的刻画更短,"也相对不那么重要"。(Norman N. Holland, "The 'Cinna' and 'Cynicke' Episodes in Julius Caesar", *Shakespeare Quarterly*, Vol. 11, No. 4〔Autumn, 1960〕, p.441)当然,更要紧的是,他们都是诗人,二者名称的发音也类似("Cynicke"和"Cinna"):"考虑到此剧的'反诗'特征,他们都是诗人这一点就至关重要了。"(Thomas Pughe, "'What Should the Wars Do with These Jigging Fools?': The Poets in Shakespeare's *Julius Caesar*", *English Studies*, 1988〔4〕, p. 313)

④ 《凯撒》整部戏都突出了"被动性",许多行为都是"被迫"的、非自愿的结果,受武力或非自然力的强迫,如凯撒离家与被刺,诗人秦纳被撕碎,无名诗人闯营被逐,民众被鼓动,布鲁图斯与凯歇斯被复仇,等等。

兰德所言,这是两个"乍看好似离题的衍生插曲",它们与整部戏"顺畅、质朴的结构格格不入"。① 因此不难理解,在《凯撒》的演剧史上,作为小角色的两位诗人的戏份常常被删除,或因为他们与整部戏的观念不符,或由于缺少演员。②

问题是,莎翁为何在戏中费心安排了这两个插曲,特别是他为何改变了普鲁塔克《希腊罗马名人传》中的叙述,充分利用了重名这一偶然因素,借以凸显秦纳的诗人身份,并特别点明了那位无名者的诗人身份,而且将秦纳之死的插曲置于整部戏的中心位置?③ 进一步说,身为诗人的莎士比亚在构思这部罗马剧的时候,是否也在密切关注着伊丽莎白时代诗人(即文学家)的命运,在"权力使艺术之舌扭结"(Art made tongue-tied by authority)④的语境中,在当时英格兰发生的"剧院之战"(The War of the Theaters)⑤及"反对诗的战争"背景下,从而与西德尼的《为诗辩护》(约 1583 年作,1595年初版)等一道,在舞台上呈现并回应那些"文艺复兴时期的恨诗者"(the

---

① Norman N. Holland, "The 'Cinna' and 'Cynicke' Episodes in Julius Caesar", *Shakespeare Quarterly*, Vol. 11, No. 4 (Autumn, 1960), p. 439.

② Thomas Pughe, "'What Should the Wars Do with These Jigging Fools?': The Poets in Shakespeare's *Julius Caesar*", *English Studies*, 1988(4), p. 315.

③ 整部戏共有五幕十七场,第三幕第三场从总体上位于第九场,前后各有八场,居于绝对的中心。它紧随凯撒被刺这一高潮之后发生,将视角从贵族将领及元老院转向了民众与广场,可以说是以反高潮的方式呈现广场上发生的另一种高潮。

④ 莎士比亚,《十四行诗》,梁宗岱译,见《莎士比亚全集》(XI),北京:人民文学出版社,2014 年,页 224。梁宗岱译为:"艺术被官府统治得结舌箝口。"此处笔者据英文稍作改译。

⑤ Tom Cain, "Introduction", in Ben Jonson, *Poetaster*, Manchester: Manchester University Press, 1995, p. 1. "剧院之战"主要指当时伦敦南岸街上并立的"环球、黑衣修士、保罗剧院"(Globe, Blackfriars, Paul's)之间的利益争夺,背后的剧作家,即莎士比亚、约翰·马斯顿(John Marston)、托马斯·德克(Thomas Dekker)与琼生一派成了针锋相对的敌手,并相互以剧作"斗智"(wit-combats),其实也从整体上体现了社会上攻击戏剧的一般境况。See James P. Bednarz, *Shakespeare and the Poet's War*, New York: Columbia University Press, 2001, p. 2.

poet-haters of the Renaissance)①，以自己的方式为诗（特别是戏剧）及诗人辩护？

一　秦纳是谁？

霍兰德早就提醒我们，在莎士比亚那里，"那些看起来离戏剧中心最远的细节却最能阐明其核心行动"。② 剧中出现了两位身份截然不同的秦纳，但奇怪的是民众竟然不加区分地加以仇视，不久又出现了无名诗人闯营的喜剧，这都不由让人心生疑窦，这些设置是否具有深意？ 由此，对两位诗人，特别是更晦暗不明的秦纳的来源及身份进行追索，从而发现莎士比亚进行的独特改造就不无意义。

众所周知，《凯撒》一剧取材于诺斯爵士（Sir Thomas North）据法文版英译的普鲁塔克《希腊罗马名人传》。③ 对照一下普鲁塔克原文的情节可以发现，在诗人形象问题上，莎士比亚其实主要参考了《布鲁图斯传》而非《凯撒传》，并进行了取舍和加工。最突出的改编是，他强调秦纳的诗人身份，同时略去闯入营帐的马可斯·弗浮纽斯（Marcus Favonius）的名字，仅以诗人身份称之。④ 在《凯撒传》中，普鲁塔克如此写道：秦纳本是

---

① Russell A. Fraser, *The War against Poetry*, Princeton, New Jersey: Princeton University Press, 1970, p. 104.

② Norman N. Holland, "The 'Cinna' and 'Cynicke' Episodes in Julius Caesar", *Shakespeare Quarterly*, Vol. 11, No. 4 (Autumn, 1960), p. 444.

③ Plutarch, *Plutarch's Lives* (Volume II), The Dryden Translation, Edited with Preface by Arthur Hugh Clough, New York: The Modern Library, 2001, p. vi.

④ 参考诺斯的译文可以看到，其主要情节、语句与后世的译本没有区别，说明他是遵照原文进行翻译的，涉及到秦纳和无名诗人的部分都无明显改译，由此可以断定剧中改写部分都来自莎翁本人。See Plutarch, *Shakespeare's Plutarch* (Vol. 1), trans. by Thomas North, ed. by C. F. Tucker Brooke, London: Chatto & Windus Publishers, 1909, pp. 105, 138–139, 160–161.

凯撒的朋友,凯撒遇刺前他做了一个凯撒邀请他赴宴的梦,第二天就听说恺撒被刺,尸体在广场被焚化。他出于尊敬赶到广场,"当时他还发着烧",结果他的名字在人群中流传,"就变成了说他是杀害凯撒的人中的一个",因为那人也姓秦纳,"于是人们一拥而上把他给撕碎了"。① 此处,普鲁塔克只提到秦纳是凯撒的朋友,并未指明他是诗人,众人也没有给他辩解的机会。诗人身份是在《布鲁图斯传》中被揭示的:"有个名叫秦纳的诗人,他与这次谋叛罪行毫无关系,还可以说是凯撒的朋友……他离开家要与群众在一起,正好这时大家听到安东尼的演说而怒气冲天。因为他的名字叫秦纳,以为他就是不久之前对凯撒大肆攻讦的人,大家对他痛下毒手,竟然被乱刀分尸。"②但值得注意的是,与《凯撒传》类似,在《布鲁图斯传》中,秦纳也是因为与叛党同名而被处死的,而众人并未追问或并不知晓他的诗人身份,对其诗作也并未做出任何评判,他的死纯粹是民众泄愤的偶然结果。由此可见,在这一问题上,普鲁塔克的侧重点不在诗人身份而是借助秦纳无辜受难的遭遇凸显暴民形象,正如佩林所言:"普鲁塔克重写和重新解释了他所掌握的素材……没有哪个版本像《凯撒传》那样强调民意。"③比如,凯撒因为失去民心而被杀,但一旦身死,"民众的激情再次爆发,而受害者是不幸的'诗人秦纳'"。④ 民众的反复无常历历可见。由此可见,正是莎士比亚让我们充分留意这位倒霉蛋的诗人身份,因为在莎翁这里,诗人秦纳与叛党秦纳同名反而成了次要原因,根本原因

---

① 普鲁塔克,《凯撒传》,见《古典共和精神的捍卫:普鲁塔克文选》,包利民等译,北京:中国社会科学出版社,2005 年,页 416。

② 普鲁塔克,《希腊罗马名人传》,席代岳译,页 1769。

③ 佩林,《普鲁塔克与罗马政治》,李孟阳译,见彭磊主编,《普鲁塔克与罗马政治》,北京:华夏出版社,2019 年,页 4。

④ 同上。

则是其诗人身份，因为他写了"坏诗"。

无名诗人的情况也与此类似，他仅出现在普鲁塔克的《布鲁图斯传》中。当布鲁图斯与凯歇斯在营帐内争吵不休时，一位不知趣而狂妄自大的滑稽人物闯了进去："马可斯·弗浮纽斯曾是小加图热情的崇拜者，但与其说推崇其学识与智慧，不如说遵奉其粗野、暴烈的行事风格，他具有一位哲学家的特征……他视自己愤世嫉俗为高妙，乐得随性自由言谈，有时其发言不仅鲁莽且不合时宜，只有靠人说笑来打圆场。这位弗浮纽斯推开守在门口的僚属进入营帐，用高昂的声调朗诵荷马笔下涅斯托尔的诗句来表明自己的身份：长者有言，汝等休战。卡休斯听到大笑，布鲁特斯将弗浮纽斯轰出去，骂他是寡廉鲜耻的狗和假冒的犬儒哲人。这时他们终结争执并相互告别。"①普鲁塔克道出了他的名字，却没有明确他的诗人身份，只指出他遵奉小加图的哲学，原来是位元老院议员；而莎翁则略去了这些复杂信息以及对其人格的具体描绘，仅称其为诗人，连名字都抹去了，似乎要将其视为"诗人"的代表，凸显其普遍意义。

在普鲁塔克之后，无辜者秦纳如此让人同情，以至于成为叙述凯撒之死时不可缺少的插曲。在《神圣的朱利乌斯传》即《凯撒传》中，稍后于普鲁塔克（约46–120）的苏维托尼乌斯（约69–约160）如此记述道："（群众）遇到赫尔维乌斯·秦纳，便把他杀了。因为姓相同，他们误把他当成了就是前一天对凯撒进行激烈指控的那个科涅利乌斯·秦纳，正要找他算账呢。他们把他的头挑在长矛上游街。"②显然，苏维托尼乌斯在这里没有就秦纳的身份做任何交代，因此不能确知他是不是诗人，或者说，作者对

---

① 普鲁塔克，《希腊罗马名人传》，页1781。译文据英文版做了修正。
② 苏维托尼乌斯，《罗马十二帝王传》，张竹明、王乃新、蒋平等译，页44。

此问题并不关切,重心在民众的复仇。类似地,稍后于苏维托尼乌斯的罗马历史学家阿庇安(约95-约165)也同样没有指出秦纳的诗人身份,而是称其为"保民官"。他写道,民众四处寻找谋杀者,在广场上遇到了"保民官秦纳",他是凯撒的一位亲戚,但因为与之前发表演讲攻击凯撒、支持刺杀者的"大法官秦纳"同名,结果:"他们不等着去听关于名字相同的解释,就像野兽一样,把他撕为碎片,以致连他身上的一块肉也找不着来埋葬了。"①

可见,在普鲁塔克及其同时代人那里,或者没有指明秦纳的诗人身份,或者并未对此进行强调,这一诗人身份的意义在他们那里没有得到凸显。后世历史学家蒙森在《罗马史》中简略地提到了秦纳其人:"盖乌斯·赫尔维乌斯·秦纳(Gaius Helvius Cinna,约死于〔罗马建城纪年〕710 年即〔公元〕前44年)的小史诗'斯麦那'(Smyrna)虽然大受诗社的赞扬,可是在它那父女恋爱的乱伦题材和用于此诗的九年辛劳上,也带着当时最不良的特色。"②虽然作者注明了秦纳的死亡年份,正是凯撒死亡的那年,但没有明确地写出秦纳因何而死,即是否与凯撒被刺有关。

鉴于这一形象的复杂性,后世研究者曾对历史上那位被民众处死的秦纳的身份,特别是他是不是诗人进行过考证。据笔者所见,只有极少数学者否认秦纳的诗人身份。如库克指出,莎士比亚将护民官秦纳(Helvius Cinna the tribune)等同于写下小型史诗《士麦那》(Smyrna)的诗人秦纳(Gaius Helvius Cinna the poet),其实二者并非同一人,死的是凯撒的朋友护民官而

---

① 阿庇安,《罗马史》(下卷),谢德风译,北京:商务印书馆,1979 年第 2 版,页 225。
② 蒙森,《罗马史》(第 5 卷),李稼年译,北京:商务印书馆,2014 年,页 508。

非诗人。① 大部分学者则视秦纳为诗人。如科尔在此剧的评注中指出，这位秦纳便是诗人秦纳，他是凯撒的朋友。② 摩根依据豪斯曼（A. E. Housman）的考证认为秦纳既是写下《士麦那》的诗人，同时还是一位"护民官"，但被误认为是"执政官"秦纳。③ 毛勒也认为秦纳就是罗马诗人盖乌斯·秦纳，其《士麦那》讲述的是密耳拉与父乱伦的故事④，莎士比亚在文法学校必定了解这位诗人，奥维德的《变形记》（卷十）便是对其诗歌《士麦那》的借鉴与改造。⑤ 不过毛勒并没有说明诗人秦纳是不是护民官。由此可见，如今研究者基本已达成共识，无辜受害的秦纳就是一位诗人，莎士比亚没有犯错。但他们可能没有意识到的是，正是经过莎士比亚的改造，才出现了民众因为秦纳是诗人而非叛党成员而将其处死的情节。

也就是说，与普鲁塔克类似，莎翁也"重写和重新解释了"他所掌握的资料，"他并非仅仅采用这些插曲——他改造它们以适应自己的需要"。⑥ 也只有到了莎士比亚这里，才着意凸显了秦纳因为诗人身份而被撕裂的可悲命运，这正是问题的关键，因此难说其后的批评家不是受到了这一改造的影响，从而设法去证实秦纳的诗人身份。对莎翁笔下两位诗人的插曲，批评家从不同角度曾给出解释。有学者强调暴乱及其后果：

---

① W. A. Cook, "Shakespeare's Cinna — Tribune not Poet", *Shakespeare Quarterly*, Vol. 14, No. 1（Winter, 1963）, p. 97.

② Blanche Coles, *Shakespeare Studies: Julius Caesar*, New York: Richard R. Smith, 1940, p. 208.

③ J. D. Morgan, "The Death of Cinna the Poet", *The Classical Quarterly*, Vol. 40, No. 2（1990）, p. 558.

④ Margaret Maurer, "Again Poets in Julius Caesar", *The Upstart Crow*, 2009, Vol. 28, p. 12.

⑤ 同上，页6。可参奥维德，《变形记》，见奥维德、贺拉斯，《变形记·诗艺》，杨周翰译，上海：上海人民出版社，2016年，页273-279。

⑥ Norman N. Holland, "The 'Cinna' and 'Cynicke' Episodes in Julius Caesar", *Shakespeare Quarterly*, Vol. 11, No. 4（Autumn, 1960）, p. 439.

"秦纳的暴力死亡这一插曲象征了凯撒遇刺之后罗马随之爆发的政治混乱,因此是莎翁史传写法的典型例证,他倾向于展现'重大'事件之于普通人生活的影响。"①霍兰德认为,"秦纳的插曲是凯撒之死的缩影,从而将布鲁图斯的动机与暴民的动机等同,并由此确立了戏剧对暗杀的态度"。②也就是说,在霍兰德看来,莎翁遵从了但丁、乔叟等传统观点,认为"凯撒是位'伟大的君王'而布鲁图斯是邪恶的谋杀者","犬儒诗人的插曲则揭示了分裂的主题,即理想主义者布鲁图斯与现实主义者凯歇斯的分裂,这构成了他们共有的悲剧"。③而按照皮尤的看法,两位诗人的插曲则"是对主要事件的间接评论","诗人秦纳的故事意在展现安东尼通过广场演讲进行大众——操控的效果,营地诗人情节则意在显示布鲁图斯心灵的混乱状态"。④当然,也有学者敏锐地意识到,莎翁此剧看来是"在思考剧烈变化时代中诗歌的价值问题"⑤,也就是说,如同西德尼的《为诗辩护》,《凯撒》这部戏就是"莎翁的《诗辩》"(Shakespeare's *Defense of Poetry*)。⑥因此,考虑到死者、被嘲弄者的诗人身份,莎翁对这些过程的着意刻画,以及当时诗(包括戏剧等文学创作)所处的被攻击、被钳制的语境,莎士比亚借此呈现诗及诗人的命运,从而为诗进行辩护的意图就不得不受到重视。

---

① Sara Soncini, "'This is You': Encountering Shakespeare with Tim Crouch", *Shakespeare & Contemporary Culture*, 2017(11), p.25.

② Norman N. Holland, "The 'Cinna' and 'Cynicke' Episodes in Julius Caesar", *Shakespeare Quarterly*, Vol. 11, No. 4 (Autumn, 1960), p.443.

③ 同上。

④ Thomas Pughe, "'What Should the Wars Do with These Jigging Fools?': The Poets in Shakespeare's *Julius Caesar*", *English Studies*, 1988(4), p.316.

⑤ Margaret Maurer, "Again Poets in Julius Caesar", *The Upstart Crow*, 2009, Vol.28, p.5.

⑥ 同上,页6。

二　反诗战争

缘此，就不能将莎士比亚如此表现秦纳之死、无名诗人受辱仅仅视为他作为诗人的自嘲，或"借由公开的渠道打趣那些抨击他的批评家"①，这两幕精心设置显然带有超越个人利害的普遍效果，他要借此呈现诗在伊丽莎白朝的真正处境，其实有着具体的历史指向。研究者指出，十六世纪十七世纪在英格兰出现了"对世俗诗歌与戏剧的攻击"，即"反对诗的战争"，或曰打压文学的现象。② 诗在当时的社会中处境微妙，一方面被教会（主要是天主教）和官方所用，是信仰传播、权力控制、娱乐风雅的渠道，另一方面又不受信任，常遭来自清教③等方面的攻击与压制。其中戏剧行业地位更为低下，如在十七世纪初的一首讽刺诗中，"演员就与杂耍

---

① Dana Jackson, "From History to the Stage: An Account of Shakespeare's Adaptation of *Julius Caesar*", http://www.shakespeare-online.com / essays / fromhistorytostage.html［2019-12-08］.

② Russell A. Fraser, "Preface", in *The War against Poetry*, Princeton, New Jersey: Princeton University Press, 1970, p. vii.

③ 关于清教是否独立的教派，学界存在争议，如托德认为，它从属于英国新教，被纳入国教内部，只不过是其中极端要求改革的一类信徒，他们相对来说具有更严苛的道德要求以及对宗教仪式进行简化的决心："（当前研究）最大的进步是将清教徒重新置于伊丽莎白女王和都铎王朝初期之英国的新教主流之中。清教徒正越来越不被作为一个异化的对立群体来描述，而是被当作既定秩序的一个部分来描述，他们起到了文职官员和牧师的确立新教教义的作用，而他们又是新教教义的最佳代表。清教徒远远不是英国国教的热切的革命本体，他们构成了英国国教内一个'道德上的多数派别'，一把'福音新教会锋利的刀刃'。"（玛戈·托德，《基督教人文主义与清教徒社会秩序》，刘榜离、崔红兵、郭新保译，北京：中国社会科学出版社，2011 年，页 6-7）而之所以发生清教革命，即清教徒与国教（也包括天主教）之间的冲突，实质在于对基督教人文主义的不同态度："只要英国的新教教义在改革者对基督教人文主义的假定之内运作，清教徒和英国国教徒就能在英国建设新耶路撒冷当中进行合作。只是当劳德和查理竭力争取控制权并要人们信奉国教，试图将主流思想引向一条显然是专制主义的渠道时，清教徒才与英国国教徒作对为敌。"（玛戈·托德，《基督教人文主义与清教徒社会秩序》，页 33）因此可以说清教是新教中的极端派，它们之间的区别也不应受到忽视。

艺人、扒手、劣币制造者这类名声不佳的家伙相提并论"。[1] 柏拉图以降社会对诗的攻击与驱逐已成常态,但在此时的英格兰,清教与天主教之争、资本主义实用精神对贵族和流民慵懒浪费习气的纠偏等现象,都赋予了这一争端深刻的背景,关系到英格兰的经济走向与政体稳定,因此受到各方面的密切关注。如果对这些攻击进行概括,大致可以分为几个相互关联的维度:从宗教角度攻击诗渎神不敬;从道德角度攻击诗败坏德性、腐化人性;从实用角度攻击诗的无用与浪费;从哲学角度攻击诗轻浮虚假、悖离真相;从政治角度攻击诗导致瘟疫、引发暴乱,从而加以审查控制;等等。

教会人士从宗教角度对诗的攻击出现最早、力度最大。早在十六世纪早期的英格兰,英文《圣经》(《日内瓦圣经》即以此为基础)的翻译者、宗教改革者、清教徒廷代尔(William Tyndale,约 1494–1536)和科芬代尔(Miles Coverdale,1488–1568)就认为"诗歌和通俗罗曼司是有害的",主要是它们"败坏年轻人的心灵",激发虚荣观念,而"有害的观点和对教义的错误判断"会对心灵产生诱惑。[2] 另外,它们缺少价值,"将读者的注意力从根本的事情转向了次要的事情",关注"低等的或次等的真实"。[3] 也就是说,与宗教经典相比,世俗诗歌一无是处:"圣典意在我们的拯救;而世俗诗歌则因为没有那么庄重,仅仅是为了似是而非的娱乐。"[4]这一批评直指诗的"无用"和"有害",很有代表性。英格兰对戏剧的正面攻击基本是在十六世纪七十年代开始的,因为传统上戏剧与宗教起源和天主教仪式有

---

① 　Russell A. Fraser, *The War against Poetry*, Princeton, New Jersey: Princeton University Press, 1970, p. 16.

②　同上,页 3。

③　同上,页 4。

④　同上,页 51。

关,如"弥撒以象征性的而又是高度戏剧性的方式再现基督受难"①,所以被天主教会所容纳和利用;而随着 1572 年 8 月 24 日法国爆发的残杀新教徒的"圣巴托罗缪大屠杀",清教和天主教矛盾大大激化,"英国新教徒对天主教的愤怒和他们对女王的忠诚都变得深沉、激烈了"。② 所以直至此时,英格兰的舞台剧才被划归为"不思悔改的娱乐形式"(unregenerate forms of entertainment)。③ 弗雷泽通过考证认为,对戏剧的第一次指控发生在 1577 年 11 月 3 日,在伦敦的圣保罗十字(Paul's Cross),布道者认为伦敦之所以发生瘟疫是由于戏剧之罪:"罪的来源是戏剧;因此导致瘟疫的是戏剧家。"④而且,就在同一年,清教徒诺斯布鲁克(John Northbrooke)发表了英格兰第一篇攻击戏剧的论文《论反对掷骰子、跳舞、戏剧、插戏及其他闲散娱乐》("A Treatise Against Dicing, Dancing, Plays, and Interludes, with Other Idle Pastimes"),"斥责戏剧及'其他闲散的娱乐',从而引发了一场关于戏剧的主要的、决定性的和具有灾难性后果的激烈争论"。⑤ 因为这背后隐含了他强烈的反天主教倾向。不久,英格兰就出现了被称为"恨诗者高森"(the poet-hater Gosson)⑥的斯蒂芬·高森(Stephen Gosson, 1554–1624),他一度写诗和戏剧,但后来转向了教会,成为"严厉谴责戏剧者"。⑦ 西德尼

---

①　安东尼·伯吉斯,《莎士比亚传》,刘国云译,北京:北京出版社,1987 年,页 71。本节后文出自同一著作的引文,将随文标出该著名称简称"《莎》"和引文出处页码,不另注。

②　J. E. 尼尔,《女王伊丽莎白一世传》,聂文杞译,北京:商务印书馆,1992 年,页 245。

③　Russell A. Fraser, *The War against Poetry*, p. 12.

④　同上,页 13。

⑤　同上。洛兹在专著《莎士比亚为诗辩护》中也指出:"关于舞台演出的真正战争起源于1577 年约翰·诺斯布鲁克的书面论文,他攻击了舞台表演及其对安息日的损害等。"(Diana Akers Rhoads, *Shakespeare's Defense of Poetry: A Midsummer Night's Dream and The Tempest*, London: University Press of America, 1985, p. 3.)

⑥　Russell A. Fraser, *The War against Poetry*, p. 151.

⑦　同上,页 162。

的《为诗辩护》就是针对他的《恶习学校》(*School of Abuse*, 1579)而进行的辩护。在这之后,攻击者与辩护者就分成了两派:"高森、斯塔布斯(Stubbes)、维特斯通(Whetston)、丹汉姆(Denham)以及兰金斯(Rankins)加入了诺斯布鲁克的攻击者阵营,洛奇(Lodge)、西德尼(Sidney)及纳什(Nash)则为辩护者发声。"①

由此,戏剧与罪恶、惩罚被联系在一起,剧院被视为"邪恶之根源",甚至招引上帝的惩戒:"1580 年 4 月 6 日伦敦发生的地震就被视为上帝对戏剧不满的证据。"②1583 年,伍斯特主教巴宾顿(Gervase Babington)在一篇文章中"强烈谴责戏剧为一种性欲兴奋剂(sexual excitant)"③,也就是诲淫诲盗之作,诱发人的欲望。在莎士比亚去世的 1616 年,一位无名氏在《上帝与人之间的盟约》中将戏剧表演视为"撒旦的商店或学校,它诱惑学徒和年轻学者去学习引诱、通奸的艺术与魔法",它使用的就是"愚蠢的、邪恶的言辞……姿态和行动……肮脏的交流方式"。④ 这种将戏剧视为撒旦的论调,非常符合当时清教徒的思维,因为他们通常将敌对的天主教"敌基督"化。1620 年乘坐"五月花号"逃离英格兰奔赴美洲,并定居普利茅斯的布拉福德有亲身经历,他在回忆录中以受迫害的清教徒身份对天主教徒等"敌基督"进行指控,认为他们就是受古蛇撒旦诱惑的背叛者,给信徒强加了"各种廉价、邪恶的典礼仪式",带有"偶像崇拜"色彩,事关"流行于英格兰的瘟疫",因此他们要坚定"福音真理","坚持以上帝的话语为权威,不掺杂人的'创

---

① Diana Akers Rhoads, *Shakespeare's Defense of Poetry: A Midsummer Night's Dream and The Tempest*, London: University Press of America, 1985, p. 3.

② Russell A. Fraser, *The War against Poetry*, p. 26.

③ 同上。

④ 同上,页 17。

意'"。① 这就不难理解，为何虔敬的清教徒要对具有天主教仪式感、偶像崇拜色彩并带来"瘟疫"的戏剧进行不遗余力的攻击了。而就在 1616 年，一位基督教神职人员下令"禁止在俗牧师进入他管辖内的剧院"。② 伦敦的一位牧师罗伯特·希尔（Robert Hill）则公开宣称，在占据人生时光的"十宗罪"中，"居首的就是阅读空幻之书"（The first is Reading of vaine Bookes）。③

　　道德角度与宗教维度类似，意在批评诗带来的道德污染、虚假欺骗等后果。高森在牛津大学的导师雷诺兹（John Rainolds）认为在戏剧中男人扮演女人的行为"非常病态"，戏剧表演如同传染性"瘟疫"，激起的是"懒散，这一甜蜜的罪恶"（idleness, a sweet evil）。④ 道德家亨利·克罗斯（Henry Crosse）也散布一种说法，认为诗就像"传染性空气，会带来大的瘟疫"。⑤ 这与清教布道者的指控一致，尽力夸大诗的负面影响，视其为恶的根源。当然，"瘟疫"一方面确实是指当时经常发生的致命疫病，如布罗代尔指出，自 1486 年到 1551 年，英格兰就发生五次"时疫"，而且"疫病最初几乎总在伦敦发生"；自 1593 年到 1665 年，鼠疫在伦敦也发生五次，死亡达 156 463 人，无疑这加剧了人们的恐惧和道德审视，隔离、禁行等都是必然手段，比如 1637 年的佛罗伦萨，商业活动和宗教典礼都被取消，更何况戏剧演出这种聚集性行为。⑥ 而从隐喻的角度看，"瘟疫"的现实表现其实就是道德与行

---

① 威廉·布拉福德，《普利茅斯开拓史》，吴丹青译，南昌：江西人民出版社，2010 年，页 8-9。

② Russell A. Fraser, *The War against Poetry*, p. 25.

③ 同上，页 17。

④ 同上，页 60。

⑤ 同上，页 17。

⑥ 布罗代尔，《15 至 18 世纪的物质文明、经济和资本主义》（第 1 卷），顾良、施康强译，北京：生活·读书·新知三联书店，2002 年，页 89-99。

为失范，因为当时的剧院经常爆发混乱，"由于观众不守规矩，爱德华六世禁止在格雷酒馆的私人大厅上演戏剧"。[1] 也由于剧场常常发生秽乱行为，高森就致信"伦敦的淑女市民"和一位道德家，警告"年轻的女士避离剧场"。[2] 因为在当时的伦敦，"剧院与妓院都位于伦敦的同一地点，即城郊"，周围遍布的是"疯人院、绞刑架、监狱和麻风病院"等，同样都被视为"威胁国家、道德和社会秩序的存在"，而且"在伦敦剧场和戏剧表演中，常常聚集着妓女和老鸨"，观戏者的眼睛同时也是"猎妓者的眼睛"。[3] 当剧作家马洛于1593年因斗殴去世之后，鲁迪尔德（Edmund Rudierde）就评价说，马洛是"一位诗人，一位下流的编剧者"，将敌意引入和平生活，"是欺骗人们的骗子"。[4] 在这里，我们似乎听到了审判秦纳的罗马市民的愤怒声音，预感到了秦纳的当代命运。此外，用丑闻损害大人物的名誉、嘲弄名人的人格，也是戏剧被禁的原因之一，官方"禁止公开表现'大人物的过失或丑闻'"。[5]

　　宗教、道德维度背后，无疑与当时英格兰人的实用精神、经济利益、地位诉求等密切相关。随着宗教改革和资本主义的发展，人们对物质财富与世俗成功的渴望大大加强，从而导致对诗的非功用性的不满，因为在十六世纪的英格兰，"金钱已经成为'世界之灵魂'（the world's soul）"。[6] 阿克罗伊德在经典的《伦敦传》中指出，守护伦敦的主神"一向是金钱"，如十五世纪时利特盖特这样评价伦敦，"没钱我就跑不动"，而诗人蒲伯后来则祷告："看啊，那是伦敦的声音：'挣钱，再挣钱！'"[7]《希腊罗马名人传》的译者诺斯爵

---

[1]　Russell A. Fraser, *The War against Poetry*, p. 31.

[2]　同上，页32。

[3]　Joseph Lenz, "Base Trade: Theater as Prostitution", in *ELH*, 4 (1993), pp. 835–837.

[4]　Russell A. Fraser, *The War against Poetry*, p. 23.

[5]　同上，页130。

[6]　同上，页55。

[7]　彼得·阿克罗伊德，《伦敦传》，翁海贞等译，南京：译林出版社，2016年，页46。

士基于节俭的原因要求人们"远离戏剧"。① 改革者克罗斯也指责说，诗人们用形象、隐喻等浮夸修辞夸夸其谈，但"根本没有任何出产"（yield no fruite at all），也就是说，"缺乏有用性"（lack of utility）是指控理由之一。② 为了打击惰怠耗费的"非生产性职业"、推动勤奋致富，英国下议院在 1572 年专门就《反流浪法》展开了辩论，其中对"流浪汉"进行了界定："议员们决定将演员、饲熊人、击剑者、杂耍艺人、吟游诗人以及行乞的学者归入无益于社会之列，因为，他们没有一份合法的职业。"③据奥布里说，反天主教的霍布斯对自己曾"花了两年的时间阅读传奇故事和戏剧"一事甚感后悔④，也就是说，霍布斯认为"传奇故事和戏剧"让自己误入歧途和光阴耗费。十七世纪初，詹姆斯一世统治时代的一位成功商人（靠煤炭和硝发财）就讥讽式地提出，诗人"应当被放到一堆公鸡、网球、猩猩、猴子、狒狒、鹦鹉和玩偶之中"。⑤ 这就是典型的商人思维与实用意识，将诗人视为某种产品或娱人者。因此说，诗人受歧视和他们的经济地位密切相关，在日益商业化的时代，商人地位逐渐上升，金钱决定了一切。可怜的诗人，往往也是"贫穷"的诗人，他们被视为不事劳动的闲散人员，不配得到实物。更有甚者，他们被认为不但不创造财富，还浪费时间和金钱。莎士比亚的第一对开本出版的 1623 年，诺维奇市就决定遵循一项法令，"禁止幕间剧演员进入该市"，主要是因为戏剧演出会浪费工人的工资，使他们不安心工作。⑥ 也就是说，在他

---

① Russell A. Fraser, *The War against Poetry*, p. 57.
② 同上，页 4。
③ 玛戈·托德，《基督教人文主义与清教徒社会秩序》，页 201。
④ 约翰·奥布里，《名人小传》，王宪生译，北京：时代华文书局，2014 年，页 198。
⑤ Russell A. Fraser, *The War against Poetry*, p. 8.
⑥ 同上，页 75。

们看来,文学就是对时间的浪费:"时间流逝在剧院,而时间就是金钱。"①

在宗教、道德和实用层面之外,从哲学角度对诗的虚幻性、非真实性的攻击早就在柏拉图之后形成了传统,在此无须多言。攻击者的要点在于,诗无法呈现世界的真实本质,它用浮夸、虚饰、形象化的修辞展现世俗的假象和肉身的物质性,背离了神性与精神性,提供的是"次等真实"(the secondary truth)②,或者说表现的"最多是真相的冰山一角"(no more than a cantle of truth)③,结果反而混淆视听,引发暴民的混乱与无序,非但无益,相反会产生有害的结果。其背后的逻辑,就是柏拉图以降的"文学有害"观,特别是对灵魂的腐化,"他们将精神与文字对立,强化了文字对精神本身的破坏与腐蚀力量。"④

可见,归根结底,"宗教、道德上有害""现实上无用""本质上虚假"是指控诗的几大罪证,但它们的一致性在于,无论从正面还是反面,"诗因为无用而被反对"(Poetry... is rejected as it is useless)⑤,"有用性是判断诗或戏剧的最主要动机"⑥。或者可以说,"虚假""无用"也正是"有害"的一种表现,这就是所谓诗的"坏",它们内在地相通,而且最终会通过政治方式体现出来:"经济考量,在十七世纪转化成了政治行为,在攻击舞台问题上扮演了决定性角色。"⑦这和当时的政治动荡、权力更迭、清教革命、阶层流动、

---

① Russell A. Fraser, *The War against Poetry*, p. 53.
② 同上,页 44。
③ 同上,页 180。
④ 同上,页 77。
⑤ 同上,页 9。
⑥ 同上,页 5。西德尼对根诗者加诸于诗的谴责曾做了总结,与此类似:无用;虚假;腐化,"使我们传染上许多瘟疫性的欲念";早就被柏拉图所驱逐。(西德尼,《为诗辩护》,钱学熙译,北京:人民文学出版社,1964 年,页 44-45)
⑦ 同上。

资本主义发展有内在关联,攻击者从宗教和世俗等角度对诗提出各种要求或限定,最终官方会动用权力来限制、打击戏剧或诗歌,这构成了当时的常态。

事实上,在上述言语、文字攻击之外,对戏剧的实际审查行动在莎士比亚出生之前,即十六世纪中期就已经开始了,这源自当时的新教改革,他们想设法消除天主教的偶像崇拜。如在 1548 年的约克郡,就有三部戏被查禁,因为"它们将童贞女的死亡、加冕戏剧化了"。① 伊丽莎白女王即位之后,基于宗教或政治问题进行的审查更为突出,在 1558 年她登基第一年就发布告示说:"禁止未经审查的幕间剧和戏剧,特别是有关宗教和政策问题者。"②当然,伊丽莎白并未彻底禁戏,她是"谨慎而务实""折中"的改革者,站在国教立场,力图平衡、调和各方面的冲突,安抚天主教和清教,斡旋内政与外交,并大力发展经济。③ 当时的伦敦经济繁荣、商业气息浓厚,如 1566年,托马斯·格雷欣创立了伦敦交易所,1570 年女王将其钦定为"王家证券交易所",附近则是英格兰银行和各种高雅商店。④ 允许其存在但是要加以审查控制,是伊丽莎白的文学政策。因此,宗教剧之外,商业世俗戏也不能免除审查或被禁演的命运。此时,专业的世俗化剧院开始建立,如红狮剧场(Red Lion,1567 年)、幕墙剧场(Curtain,1577 年)、玫瑰剧场(Rose,1587年)等。⑤ 但枢密院成员不免"对大批民众聚集在公共剧院这一新现象感到

① Janet Clare, 'Art made tongue-tied by authority': Elizabethan and Jacobean Dramatic Censorship, Manchester: Manchester University Press, 1999, p. 23.

② 同上,页 26。

③ 彼得·阿克罗伊德,《莎士比亚传》,覃学岚等译,北京:北京大学出版社,2014 年,页 18–19。

④ 详见布罗代尔,《15 至 18 世纪的物质文明、经济和资本主义》(第 1 卷),页 658。

⑤ Janet Clare, 'Art made tongue-tied by authority': Elizabethan and Jacobean Dramatic Censorship, p. 29.

担忧",害怕出现公开的混乱失序。① 在1575年,伦敦市政委员会甚至要推动一项举措,"将所有的演员都逐出城市"。② 由于对瘟疫、混乱的恐惧,议会禁止戏剧演出确实是当时的常态:"在瘟疫严重的时候,戏剧演出经常被取消,可能议会正乐得利用这一机会来管控剧院和观众。"③1580年4月,枢密院在接到剧院发生混乱的报告后,以避免"滋生和扩大传染"为由禁演了一段时间。④ 进入十七世纪,枢密院对大众通俗戏剧的限制更加严格,如1600年6月,枢密院颁布了更多禁令,仅有环球剧院(Globe)和幸运剧院(Fortune)被允许演出,小旅馆院子中的演出,原本是长久存在的风俗,现在也被禁止。⑤

更有甚者,在1570年左右,英格兰出现了专门审查戏剧的官员:"戏乐官(the Master of Revels)变成了国家的戏剧审查者,地方政府停止了之前审查戏剧的权力。"⑥1579年,埃德蒙·迪尔内(Edmund Tilney)被正式任命为戏乐官,他有权监禁不服从其权威的演员或剧作家。⑦ 有意思的是,在莎士比亚的《仲夏夜之梦》中,就出现了这一角色,忒修斯授权戏乐官来选择婚

---

① Janet Clare, 'Art made tongue-tied by authority': Elizabethan and Jacobean Dramatic Censorship, p.30.

② Russell A. Fraser, The War against Poetry, p.124.

③ Janet Clare, 'Art made tongue-tied by authority': Elizabethan and Jacobean Dramatic Censorship, p.30.

④ 同上。

⑤ 同上。

⑥ 同上,页31。这一职位到了1624年就变成了"宫务大臣"(Lord Chamberlain)。

⑦ 同上,页33。当然,戏剧之外,其他著作也在审查之列,如历史著作。1587年,枢密院就指令坎特伯雷大主教暂停了霍林希尔德《编年史》(Chronicles)第二版的发行,要求其中某些部分进行删改,删改之处就涉及流行的历史话题,如作者对"苏格兰和爱尔兰最近发生的事件的探讨"。(同上,页47)

礼之前娱乐众人的方式。① 反映在现实中，如十六世纪九十年代印刷的戏剧中，莎士比亚的《理查二世》(*Richard* Ⅱ)就出现在出版前被审查的戏剧登记条目之中。② 而且，莎士比亚的历史剧往往有几个不同的版本，就是"审查干涉的明显例证"③，如《亨利六世》(第二、三部)，而在《理查二世》中，"废黜一幕"直到詹姆斯一世时代才出现在 1608 年的四开本中。④ 类似地，《亨利四世》在 1597 或 1598 年受到审查，因为剧中大量表现了叛乱的场景，"在有关王子德行方面也有违传统道德观念，具有颠覆性"⑤；喜剧角色福斯塔夫的名字也因为影射现实人物，而从"老城堡"(Oldcastle)改成了"福斯塔夫"(Falstaff)。⑥ 从戏乐官的使命就明显可见，"对商业剧院上演的戏剧内容的系统审查就变成了国家控制的一种必要手段"。⑦

　　非常有意思的是，莎翁的同时代作家本·琼生完成了一部《蹩脚诗人》(*Poetaster*)并于 1601 年上演，背景显然是当时英格兰发生的"剧院之战"，即竞争对手们对琼生等讽刺戏剧家的攻击，不过背后则暗含了"诗的地位"或诗人在社会中的地位问题。⑧ 值得留意的是琼生在戏剧的结尾添加的一行字："本剧得到了戏乐官的允许。"⑨这就是戏剧在当时被审查的一个典型

---

① Janet Clare，'*Art made tongue-tied by authority*'：*Elizabethan and Jacobean Dramatic Censorship*，p. 31.

② 同上，页 38。

③ 同上，页 60。

④ 同上，页 68。

⑤ 同上，页 89。

⑥ 同上，页 98。

⑦ 同上，页 33。当时，除了戏剧演出之前的审查，还有出版之前的审查："伊丽莎白时代的戏剧要经受两种不相关联的审查：演出之前戏乐官的审查，以及出版之前教会审查者的审查。"(页 37)

⑧ Tom Cain，"Introduction"，in Ben Jonson，*Poetaster*，Manchester：Manchester University Press，1995，p. 1.

⑨ Ben Jonson，*Poetaster*，p. 276.

例证。巧合的是,为了呈现伊丽莎白时代诗人的处境,琼生也将戏剧的场景设置在了古罗马,展现了"奥古斯都时代罗马的诗与政治"的关系,当然琼生并非"仅仅将奥古斯都时代的罗马与伊丽莎白晚期的伦敦进行简单对照,他同样想展示二者之间的连续性"[1],也就是统治者及大众对待诗人的态度。戏剧一开始,青年奥维德就有借诗扬名之心:"当这身体落入火葬之时,／我的名字还将活着,我的精髓渴求成功。"[2]但是仆人告诉他赶紧把诗扔得远远的,快捧起一本法律书,因为父亲来了,老奥维德对儿子写诗行为非常不满,并严辞威胁:"我想首先把你送到火葬堆去。"[3]他还从现实的角度警告说,诗人虽然身后留名,但活着时往往穷困潦倒,诗歌并不能给诗人带来现实的名利。[4] 甚至诗人贺拉斯也承认了文学的无用性:"伟大的凯撒无法用文字来征战。"[5]老奥维德的朋友卢普斯(Lupus)也应和这种观点,对戏剧进行攻击:"这些演员都是愚蠢的一代,对城邦有很大伤害,也极大地败坏青年士绅……而且使贵族们在大众面前显得荒唐可笑。"[6]最后,"帝国诗人"维吉尔从政治高度对讽刺玩世的演员进行了定性:"这会伤害或损毁国家政体。"[7]可见,演戏看似小事,实则不可轻视。

显然,这些攻击基本都是柏拉图观点的承继,而且可怕的是,攻击竟然变成了现实。因为奥古斯都发现自己的女儿茱莉亚和奥维德一起演出了内容放纵的戏剧,即战神玛斯与爱神维纳斯私通,背叛了身为丈夫的武尔坎,结果他们都受到奥古斯都的惩罚:奥古斯都原本下令要杀死自己的女儿,

---

[1]　Tom Cain, "Introduction", in Ben Jonson, *Poetaster*, p. 7.
[2]　Ben Jonson, *Poetaster*, p. 77.
[3]　同上,页 83。
[4]　同上,页 88。
[5]　同上,页 164。
[6]　同上,页 85。
[7]　同上,页 230。

最后判为监禁①；奥维德则遭受了被流放的命运，奥古斯都对他发出了警告："因为你在排解我女儿的低沉情绪时犯下了严重错误，我将你流放，禁止你的双足用任何方式踏上帝国领地，不然要遭受极刑处罚"②。另有两位演员，一位被判鞭挞，一位被封口沉默。③ 可见，奥古斯都对诗人的审判，依据就是道德标准："他们崇拜蠢行、邪恶，／好似不存在道德一般／……这表明，他们的所谓知识只是无知。"④与奥维德相对照的就是诗人贺拉斯与维吉尔，他们遵奉皇帝的道德观念进行写作，致力于赞颂英雄美德、帝王的公正，不断表达忠诚之心，因此受到了奥古斯都的礼遇。⑤

　　批评家认为这部戏具有明显的针对性和当下指涉性，剧中罗马诗人与琼生时代的诗人相并列：贺拉斯就等同于琼生本人⑥，"爱欲诗人"奥维德则被视为诗人马洛和莎士比亚的映射：奥维德被奥古斯都流放，而马洛翻译了奥维德的作品，他那些非传统的叛逆行为以及斗殴而死的离奇结局，都说明在琼生看来"他与奥维德有更多相似之处"。⑦ 剧终时，奥古斯都又对戏剧家和演员进行了最终的训诫："听到这些噪杂刺耳的节奏，／是对我们耳朵的折磨与摧残。／他们用低劣和可耻的行为，／使所有真正的艺术和知识受到轻蔑。"⑧也有批评家莫瑞斯（Francis Meres）将奥维德与莎士比亚相关联：在《维纳斯与阿多尼》《鲁克丽丝受辱记》以及朋友间私下传播的十

① Ben Jonson, *Poetaster*, p. 197.
② 同上。
③ 同上，页 230。
④ 同上，页 200。
⑤ 同上，页 209–221。
⑥ Tom Cain, "Introduction", in Ben Jonson, *Poetaster*, p. 2.
⑦ 同上，页 19。
⑧ Ben Jonson, *Poetaster*, p. 259.

四行诗中可以看到,莎士比亚与奥维德诗风接近,纤巧、甜美而智慧。① 而且显然,莎士比亚多部作品直接取材于奥维德。因此,"奥维德在十六世纪九十年代的英格兰被禁,与历史上的奥维德在奥古斯都时代的罗马被禁无甚二致"。② 虽然琼生自比他崇敬的导师贺拉斯,还翻译了后者的《诗艺》③,但不得不注意的是,琼生的生存环境其实更加严峻:"伊丽莎白时代的讽刺诗人面临真正的危险:贺拉斯从来没有因为写讽刺诗而被囚禁,但是琼生在 1597 年曾因此入狱,并在 1605 年将再次入狱。"④

这类视诗歌、戏剧为"有害的娱乐形式"的攻击此后越来越经常发生,并在半个多世纪之后取得了压倒性胜利:"1642 年 9 月 2 日,议会下令关闭英格兰的所有剧院。"⑤希望以此避免"上帝的愤怒"(the wrath of God)。⑥这是在清教徒因为瘟疫而暂时关闭剧院后最极端的例子,被称为文学的"黑暗时刻"(The Day of Darkness)。⑦ 当然,后来禁令被解除,但这一事件足以说明戏剧被当成了替罪羊从而被仇恨的现象,而且不仅是戏剧,它还自然延伸到普遍的文学现象,"关闭剧院的运动与反对诗的战争是同一个"。⑧

总之,"关于诗歌地位问题的讨论在十六世纪最后三十年达到了高潮"。⑨ 毫无疑问,这正是莎士比亚创作的关键时期,处在这样的时代,鉴于其诗人身份、文坛交往及对政治的高度敏感,他对这些现象不可能视而不

---

① Tom Cain, "Introduction", in Ben Jonson, *Poetaster*, p. 23.
② 同上。
③ 同上,页 11。
④ 同上,页 18。
⑤ Russell A. Fraser, *The War against Poetry*, p. 13.
⑥ 同上。
⑦ 同上,页 77。
⑧ 同上,页 16。
⑨ Diana Akers Rhoads, *Shakespeare's Defense of Poetry: A Midsummer Night's Dream and The Tempest*, London: University Press of America, 1985, p. 3.

见,"莎士比亚能够知晓这些关于诗的争论"。①《凯撒》恰恰在 1599 年这一世纪末上演,将其看作莎翁对长期持续的诗的战争或其与政治社会之纠葛的一种表态,就并非没有道理,这些因素其实在莎翁笔下都有隐秘的呈现。值得进一步注意的是,莎士比亚对普鲁塔克进行了更为大胆的改造,特别是增添了很多细节,如四位市民与秦纳的对话,这一设置不容忽视。仔细读来,四位市民代表对诗人秦纳的要求其实就暗含了对他的指控,也就是各界对诗的指控的象征。他们先后对秦纳提出了一连串的问题:"你叫什么名字?/你到哪儿去?/你住在哪儿?/你是一个结过婚的人,还是一个单身汉子?"②并分别要求他"直接地、简洁地、聪明地、如实地"(directly and briefly, wisely and truly)③——回答,这其实可以理解为大众对诗人创作的要求与标准,相应地攻击了诗的不同方面:隐晦、浮夸、自作聪明,特别是虚假。而秦纳的表现正好呼应了这些指控,因为他并没有按照问题的顺序回答,而是在重复了所有问题之后,面对愤怒的民众,竟然自作聪明地颠倒了回答的次序,先回答了最后一个,承认自己是"一个单身汉子"。这一回应其实已经激起了市民无来由的不满与威胁,市民乙说道:"那简直就是说,那些结婚的人都是稀里糊涂的家伙;我怕你免不了挨我一顿打。"④在这种情况下,秦纳最后才亮出了自己的名字,结果刚说出口,这位市民乙就愤怒异常:"撕

① Diana Akers Rhoads, *Shakespeare's Defense of Poetry: A Midsummer Night's Dream and The Tempest*, p. 6.

② 莎士比亚,《裘力斯·凯撒》,见《莎士比亚全集》(Ⅸ),朱生豪译,北京:人民文学出版社,2014 年,页 59–60。

③ William Shakespeare, *Shakespeare Complete Works*, London: Oxford University Press, 1966, p. 836. 朱生豪译为"爽爽快快、简简单单、明明白白,而且确确实实",稍显繁复,且没有表达出 wisely 一词的机智之意,因此稍加改译。

④ 莎士比亚,《裘力斯·凯撒》,页 60。

碎他的身体;他是一个奸贼。"①这个时候,秦纳以自己是诗人为由进行辩解,没想到反而火上浇油,竟然因为"做了坏诗"(bad verses)遭受无妄之灾。类似地,无名诗人也是因为"坏诗"而被凯歇斯嘲讽:"这个玩世的诗人吟的诗句多臭!"(How vilely doth this cynic rime!)布鲁图斯斥责诗人的理由则是无用、愚蠢、不合时宜:"在这样战争的年代,要这些胡诌几句歪诗的傻瓜们做什么用?"②(What should the wars do with these jigging fools?)他的态度非常冷酷,根本不给诗人一点颜面。可见这些对诗人的指控,既批评其艺术上的差,更指向道德上的恶,总之是坏而无用。

当然,仅罗列反对诗的战争,似乎是片面的,忽视了当时王公贵族庇护作家的现象,或他们对诗的作用的肯定。比如,1531 年,维弗思(Juan Luis Vives)在教导公主玛丽的书中就"包含了对将诗人列入课程中的合理性的讨论"。③ 艾里奥特爵士(Sir Thomas Elyot)在《统治者之书》(*The Boke Named the Governour*,1531,此书在 1580 年前印刷了八次)中就"为诗人辩护,称其为统治阶层适宜的教导者"。④ 而且,如前所述,伊丽莎白的宗教文化政策相对开放包容,连清教徒布拉福德都称其为"宽厚仁慈"的女王而寄予希望。⑤ 不过,虽然女王站在国教立场,愿意"容纳大多数教派的基督徒",但是对狂热的清教徒非常警惕,"沉默寡言的爱国天主教徒较之大吵大闹的好斗新教徒更能为伊丽莎白的基督教所容纳"。⑥

---

① 莎士比亚,《裘力斯·凯撒》,页 60。
② 同上,页 70。
③ Diana Akers Rhoads, *Shakespeare's Defense of Poetry: A Midsummer Night's Dream and The Tempest*, p. 2.
④ 同上,页 3。
⑤ 详见威廉·布拉福德,《普利茅斯开拓史》,页 9。
⑥ 安东尼·伯吉斯,《莎士比亚传》,页 71。

因此,压制和驯服清教徒就是一项艰巨的任务,而允许剧院存在就是向清教徒表明宗教和文化立场的方式。当然,在莎士比亚时代,戏剧审查是有针对性的,一些剧团被官方允许和支持,如莎士比亚的剧团,当然他也比较好地适应了政治气候及其变化。如在 1603 年,伊丽莎白女王去世、詹姆斯一世即位,莎士比亚的剧团改名为“国王剧团”(King's Men)。① 在伊丽莎白统治晚期,莎士比亚的剧团在宫廷每年演出三次,而到了新王统治初期,“演出超过了它的四倍”。在 1594 年至 1602 年间,伊丽莎白女王每年给莎士比亚剧团人员 35 英镑,在詹姆斯一世治下,则每年额外增加了 131 英镑津贴(1603 年至 1607 年),让他们有特权去购买皇家服饰。②

　　诗并非不被王公贵族们看重的另一个重要依据就是,女王伊丽莎白自己也是诗人,并且被认为是优秀的诗人:“在伊丽莎白一世活着的时候,以及死后几十年,她都被誉为一位出色的诗人。”③而且她在西德尼、斯宾塞、莎士比亚、多恩等诗人之前就开始写诗,甚至可以说,“她对英国诗歌想象国度的统治还要长于对国家的统治。”④她的诗都是短诗,大致 2 行到 32 行,并非为了公开出版,而是在私人圈子里以手稿方式流传,内容上基本属于宫廷诗、随感诗,以及为了交际目的的应景之作。⑤ 如早年被囚禁于伦敦塔时,她把短诗刻在窗子上,并在诗的结尾注明了自己当时的身份:“囚徒

---

① 　Russell A. Fraser, *The War against Poetry*, p. 132.

② 　同上,页 133。

③ 　Ilona Bell, “Elizabeth Tudor: Poet”, Donald Stump, Linda Shenk, Carole Levin eds., *Elizabeth I and the 'Sovereign Arts': Essays in Literature, History and Culture*, Tempe: Arizona Center for Medical and Renaissance Studies, 2011, p. 105.

④ 　同上。她的诗在当时及其后都广受赞誉。到了二十一世纪的当下,这一身份又重新受到重视:“身为作家和诗人的伊丽莎白的声誉如今正在恢复。”(同上,页 106)

⑤ 　同上,页 106。

伊丽莎白"(Elizabeth the prisoner)。① 显然,这类诗带有自我警示的作用,同时也带有自我的戏剧化,有表演意味。后来被詹姆斯一世处死的冒险家罗利爵士,曾一度是伊丽莎白女王的宠臣,二人也时有诗歌唱和。② 显然,诗歌是伊丽莎白女王处理与大臣关系的一种方式,也就是一种统治艺术的表现:"在伊丽莎白作为未来的女王而处于无权状态之时,她就意识到,诗歌'能够成为'一种行动方式。"③"诗歌不仅能够反映形成其戏剧化状态的私人环境,还能改变历史状态。"④因此,女王从来没有放弃写诗,也充分重视诗(当然也包括戏剧的作用),利用了诗歌的修辞策略与表现力量,"她也鼓励和启发臣民们用英语去写那些强有力的、复杂的、睿智的、多面的诗歌"。⑤ 也就是说,虽然诗很大程度上受到钳制,但不得不承认,"伊丽莎白朝是英国诗歌史上最具创造性和多产性的时期之一",诗的繁盛与人文主义者和新教改革者对英语这种语言的广泛使用及地位提升有关,"他们开始用英语来教学和传教",而"长久以来英语的地位远低于拉丁语和希腊语"⑥;同时,世俗化和民族化则是促进戏剧发展的重要因素:"宗教改革将英语剧从宗教主题中解放出来,并为戏剧家提供了世俗情节;与此同时,由与罗马脱离关系而催生的英国民族主义又促使作家们到英国历史中挖掘故事与人物"。因此从这一角度看,莎士比亚又有幸躬逢戏剧盛世:"伊丽莎白女王统治的后二十年和詹姆斯一世统治的前二十年见证了英语文学

---

① Ilona Bell,"Elizabeth Tudor: Poet",p. 108.

② 同上,页119。

③ 同上,页122。

④ 同上。

⑤ 同上,页123。

⑥ See John A. Wagner, *Voices of Shakespeare's England: Contemporary Accounts of Elizabethan Daily Life*, Oxford: Greenwood, 2010, p. 116.

史上最精彩戏剧的写作和演出。"①

　　但是很显然，寻求庇护同样是文学缺乏独立性的一种表征。这源于当时的等级制度，如特权观念、血缘传统、贵族身份，而文学家则地位卑微，文学仅仅是点缀。贵族写诗，主要是为了附庸风雅、炫耀才华，或追求娱乐，当不得真，更不是为了谋利："一位绅士在屈尊写诗或作剧之前，首先要宣布文人职业乃是耻辱。他则以天才的、漠然视之的业余爱好者自居。"②他不像文人为了金钱而写作，受到生存问题的限制，"除非为了娱乐，否则他根本不会创作"。③ 这是他身为贵族的优势和优越感，也是歧视普通文人的原因。因而，在这种状态之下从事文学写作，必然要考量政治语境或与权力之间的关系，也就是说"审美政治化（politicized aesthetics）"和"政治审美化"（aestheticized politics）④构成了其基本面貌："文艺复兴时期大部分重要诗人都一度服务于强有力的统治者，他们的语言也必然要符合权力话语。"⑤恩主对诗人的影响自然不可避免："诗人发出的声音代表的是恩主的思想而非知识革新者的理念。"⑥如在斯宾塞的《仙后》（The Faerie Queene, 1590-1596）中，"诗中所有德行高尚的女性都被视为伊丽莎白女王的形象，她个人具有调解一切政治争端的能力"。⑦ 而在西德尼的《五月女神》（The Lady of May, 1578）中，伊丽莎白女王就被塑造为五月女神而被赞颂。⑧ 但

---

　　① See John A. Wagner, *Voices of Shakespeare's England: Contemporary Accounts of Elizabethan Daily Life*, p. xxiv.

　　② Russell A. Fraser, *The War against Poetry*, p. 149.

　　③ 同上。

　　④ David Norbrook, *Poetry and Politics in the English Renaissance* (Revised Edition), Oxford：Oxford University Press, 2002, p. 13.

　　⑤ 同上，页 5。

　　⑥ 同上，页 3。

　　⑦ 同上。

　　⑧ 同上，页 82。

即使如此,被"视为理想朝臣"的西德尼也未能完全赢得女王的信任,"她不愿意在重要的外交或军事事务上信任他"。①

三　莎士比亚的诗辩

埃德蒙·斯宾塞曾感慨说:"无与伦比的诗啊,你的地位何在?"②可见,当时的有识之士都深刻感受到了诗所遭受的压力与控制,并力图用各种方式为诗辩护。在《蹩脚诗人》中,琼生借助笔下的人物对诗人进行了赞颂,女主人寇伊如此称赞奥维德等客人:"说真的,他们是我所认识的人中最好的男士。诗人!"③她对自己粗俗的丈夫阿尔卑乌斯非常不满,竟然说出了如下的话:"难道没有人能让皇帝把我的丈夫变成一位诗人吗?"④如果说这种称赞带有喜剧效果,那么西德尼无疑是最严肃的为诗辩护者的代表,为了回应那些"憎恨诗人的人"⑤,他针对性地写下了经典的《为诗辩护》。西德尼一开始就感叹说,在这样敌视诗的社会,自己竟然"因失足而陷入了诗人的称号"⑥,由此不得不为诗进行辩护,其辩护理由可以概括为几点:其一是诗赋予无知者知识,而且是哲学家、历史学家等借用的形式,即进行学术写作的"伟大护照"。⑦ 其二,诗通过模仿和再现进行创造,"目的在于教育和怡情悦性"。⑧ 其三,更重要的一点是,与

---

① David Norbrook, *Poetry and Politics in the English Renaissance* (Revised Edition), p. 89.
② Russell A. Fraser, *The War against Poetry*, p. 134.
③ Ben Jonson, *Poetaster*, p. 115.
④ 同上。
⑤ 西德尼,《为诗辩护》,钱学熙译,北京:人民文学出版社,1964 年,页 41。
⑥ 同上,页 2。
⑦ 同上,页 2–5。
⑧ 同上,页 11。

天文学等"手段性的科学"不同,诗的目的在于促进人的自知,"在道德和政治问题上的自知",也就是以善好为归宿。① 而且,诗与历史的不同在于,诗可以通过模仿和加工,对丑恶、残酷的事物进行改造,呈现事物的美好方面,从而"在吸引人向往德行方面是无与伦比的"。② 第四,诗人并未撒谎,因为"他并不当它真实的来叙述"。③ 至于柏拉图,"他所防范的也是诗的滥用,而不是诗"。④ 说到底,在西德尼看来,诗不仅不是无用,反而是有大用,不仅无害,反而有益,"诗人其实是真正的群众哲学家"。⑤ 因此,"亚历山大抛下了他的老师、活着的亚里士多德,但携带死了的荷马"。⑥

　　那么莎士比亚如何回应这一重大问题呢? 在第六十六首十四行诗中,莎士比亚写下了名句:"权力使艺术之舌扭结",它表达了诗人对社会不正义现象的愤愤不满,甚至因生厌而欲图弃世。不过克莱尔认为莎翁除了这句之外,对艺术受制于政治"这一问题显然保持了沉默"。⑦ 这一判断自然并不准确。莎士比亚其实始终都在关注并表现诗与城邦的关系这一根本问题,《凯撒》之外,亦有《仲夏夜之梦》(1594)、《爱的徒劳》(1598)、《雅典的泰门》(1607)、《冬天的故事》(1608)、《暴风雨》(1611)等,其中《仲夏夜之梦》和《暴风雨》最为典型。如洛兹所言:"莎士比亚深切关注诗在公民社会中的位置。《仲夏夜之梦》和《暴风雨》揭示了他对

---

① 西德尼,《为诗辩护》,页 15。
② 同上,页 31–34。
③ 同上,页 46。
④ 同上。
⑤ 同上,页 54。
⑥ 同上,页 51。
⑦ Janet Clare, ' *Art made tongue-tied by authority* ': *Elizabethan and Jacobean Dramatic Censorship*, p. 39.

这一问题的复杂思考。"①通过这些戏剧,莎翁探索了此类问题:"诗人对公民社会的威胁,诗人平衡现实与理想的能力,以及诗人撑持道德的能力。"②他也同意一些批评家的看法,认为从总体上看,"《仲夏夜之梦》是对政治问题的诗性解决,也是对诗的辩护"。③ 具体来看,莎士比亚借此展演了戏剧的几大功能,也就是其"有用性",如娱乐功能、以虚幻映射真实的能力、维护政治秩序的效果。

批评家公认此戏乃为一位贵族婚礼而作,因此,剧中的婚礼、上演的戏剧、演员与观众的关系等就都与现实的宴乐情境与喜剧氛围构成了直接对应。忒修斯代表雅典城邦对待戏剧的官方态度:"政治的诸多要求,包括它审判艺术的权力,都在忒修斯身上得以体现。"④而他显然是认可戏剧的作用的,因此宫中有专门的"戏乐官"菲劳斯特莱特,目的自然是戏剧的娱乐、消遣作用。在第五幕,为了打发时光,忒修斯问道:"我们应当用什么假面剧或是舞蹈来消磨在尾餐和就寝之间的三点钟悠长的岁月呢?"⑤这个时候,戏乐官就请出了手艺人剧团进行演出,最终获得了忒修斯的赞赏。

不过,戏剧受到认可并不那么容易,因为在手艺人排练及演出的过程中,演员和观众都对戏剧演出可能带来的负面效果及如何处理进行了讨论,实际上就涉及对戏剧的攻击与相应辩护:"剧中那些手艺人对他们的

---

① Diana Akers Rhoads, *Shakespeare's Defense of Poetry: A Midsummer Night's Dream and The Tempest*, p. 1.

② 同上,页 2。

③ 同上。

④ 同上,页 31。

⑤ 莎士比亚,《仲夏夜之梦》,见《莎士比亚全集》(Ⅱ),朱生豪译,北京:人民文学出版社,2014 年,页 216。

演出的辩护正可以视为莎士比亚对自己戏剧的间接辩护。"①比如波顿等人意识到，他们演出的《最可悲的喜剧，以及皮拉摩斯与斯提柏的最残酷的死》中会出现自杀、狮子等可怕场景，"这是太太小姐们受不了的"，也会出现假扮墙头、月亮的情节，处理办法就是在开场诗中对其非真实性做出说明，从而避免对戏剧的指责。② 为了应和婚庆的氛围与观众的心理，他们还把原本的悲剧故事以喜剧的方式呈现了出来，使其成为"悲哀的趣剧"，并未引起惊恐，"那些泪都是在纵声大笑的时候忍俊不禁而流下来的"。③ 尤其值得注意的是这种以喜剧方式处理悲剧的策略："通过喜剧化塑造，莎士比亚让观众避免了悲剧的冒犯。"④而根据柏拉图的观点，悲剧会展现城邦的冲突本质，僭越城邦的法律，并引发恐惧或暴政，因此最应取缔："悲剧是僭政的先行，因为它迎合被其他体制所压抑的欲望，这种欲望对道德品行而言是危险的。"⑤莎士比亚既指出了人们对这一问题的畏惧，同时又通过辨明悲剧的实质消除了这一畏惧。如是，莎士比亚解除了人们的忧惧，引导其控制不当欲望，维护了城邦的秩序，达到了为诗辩护的目的。对照《凯撒》一剧，秦纳之死是惨烈的悲剧，而接下来无名诗人的情节则是宽容的喜剧，以和解结束。这就从正反两个角度，展现了诗人在政治社会中的可能命运，也是在引导公众形成对待诗人的柔和理性态度。

---

① Diana Akers Rhoads, *Shakespeare's Defense of Poetry: A Midsummer Night's Dream and The Tempest*, p. 31.

② 莎士比亚，《仲夏夜之梦》，页182-184。

③ 同上，页217。

④ Diana Akers Rhoads, *Shakespeare's Defense of Poetry: A Midsummer Night's Dream and The Tempest*, p. 35.

⑤ 同上，页85。

其实,莎士比亚为诗辩护的真正依据是诗在调和城邦法律与个人欲望之间的冲突时发挥的作用。莎翁在此让诗人承担了更重要的功能,即驯化激情与欲望,使其服从于城邦政治:"通过赋予诗人一种与雅典政治秩序相兼容的功能,他尝试达成诗与政治的和解。"①《仲夏夜之梦》中有两个角色可以被视为"诗人"的化身,相应地也出现了两个"戏中戏"。一是仙王奥布朗,他让迫克通过魔药制造了"戏中戏",即两对青年男女和仙后都违背自己的意愿展开了错乱的爱情追逐喜剧,当他们从这种如梦如戏的状态中回转过来,就恢复了理性,从而正视自己的情感。特别是狄米特律斯放弃了对赫米娅的追求,接受了海伦娜,而拉山德和赫米娅则承认了违背雅典法律而私奔的事实,最后忒修斯宽恕了他们并使其得偿所愿。可见,莎士比亚在此强调了诗人在驯化灵魂秩序中的作用,而非政治统治者忒修斯,后者更像是一位观戏者,并从中得到了教训,从而改变了自己的政策:"莎士比亚让诸仙而非忒修斯负责使欲望服从秩序,是因为他想指出,如果不是诗人的话,恋人们的故事就会像皮拉摩斯和提斯柏的故事那样变成悲剧。"②这也正是莎翁让手艺人剧团演出另一部"戏中戏",即《皮拉摩斯与斯提柏》这部爱情悲剧的原因,它正好与此爱情喜剧形成了对照。只有在诗人式仙人安排的戏剧化虚幻语境中,一切才都是可控的、可操纵的,也就是在此诗梦般的世界中,青年们才安全地表现自己,展现了专断操纵对自由恋爱精神的危害,而最终一切都得到妥善解决,回复到了理性的状态,从观察可能的错误走向了正确的选择,这区别于现实政治社会的不可预测性或不可控制性。在演出《皮拉摩斯与斯提

---

① Diana Akers Rhoads, *Shakespeare's Defense of Poetry: A Midsummer Night's Dream and The Tempest*, p. 34.

② 同上,页54。

柏》问题上，织工、演员波顿更像是导演，而在洛兹看来，"他在多个方面都像一位诗人"。① 他认为自己理解戏剧，也懂得观众对待戏剧的恐惧态度，由此通过开场诗解释了戏剧的虚假性质，虽然他无法改变故事的悲剧结局，但采用了喜剧化的方式加以呈现，从而使观众消除了畏惧，呈现了诗人的主动权。在剧中，这一切又都服务于忒修斯的统治，虽然经过了一些波折，但最终各种矛盾被化解，一切都被驯服于法律之下。而对莎士比亚时代的观众来说，这一切又都构成了一部更大结构的戏剧，由莎士比亚执导，从而与现实中贵族的婚姻形成对照：后者也要服从英格兰统治者的权威与法律。

　　诚如阿兰·布鲁姆所言："剧场就是城邦的缩影。"②戏剧是在以虚构的方式模仿现实政治，诗的看似矛盾的性质其实又内在统一："诗可以代表不真实的梦，也可以代表包含了更高真实的梦。"③归根结底可以说，莎士比亚通过戏中戏要说明的是，戏剧并不对城邦构成威胁，它只是某种艺术想象，并不可怖，它提供娱乐和认知社会的手段，而且对现实不造成破坏，它也会服务于政治目的，成为社会教化的手段，一切都在统治者的掌控之中。由此，戏剧根本无法也不应被禁，从伊丽莎白时代的现实语境看，这根源于人们无法扼杀的观戏、演戏本能，更根植于伦敦这座戏剧之城"本质的戏剧性"：在这里，"街头是永恒的舞台"，节日庆典（如圣巴塞洛缪节）、监狱礼拜堂和刑场都在不断满足伦敦市民"爱看戏""好暴力"

---

① Diana Akers Rhoads, *Shakespeare's Defense of Poetry: A Midsummer Night's Dream and The Tempest*, p. 75.

② 阿兰·布鲁姆，《爱的阶梯：柏拉图的〈会饮〉》，秦露译，北京：华夏出版社，2017 年，页 85。

③ Diana Akers Rhoads, *Shakespeare's Defense of Poetry: A Midsummer Night's Dream and The Tempest*, p. 62.

"嗜好绚丽多彩的仪式和崇尚夸诞的藻饰"的脾性。① 而且显然,相对于现实中上演的各类悲喜剧,戏剧则文雅得多、安全得多,也实用得多。从这个意义上说,莎士比亚确实属于斯宾塞、西德尼、本·琼生等"政治诗人"一脉,而绝非单纯的"自然诗人":"不少文艺复兴时期的伟大诗人都是政治家,他们试图通过自己的写作来影响公共事务。"②

　　如果说,在《仲夏夜之梦》中,诗与政治依然是分裂的,似乎诗人还超越于政治家之上,那么,《暴风雨》则将二者统一,"通过将诗人变成现代政治家从而解决了《仲夏夜之梦》提出的问题……这部戏将政治智慧融入诗中并用诗制造出解决政治问题的最好的可能方式"。③ 所以批评家会将《暴风雨》中的普洛斯彼罗"视为莎士比亚本人或某种诗人"。④ 因为在《暴风雨》中,魔法师般的诗人承担了更直接的政治功能,即政治冲突的解决者:"普洛斯彼罗最终将他的知识运用于实际政治,获得了对米兰和那不勒斯的真正统治。为此,他召唤了诗的力量。"⑤对此,托维有专文论述。⑥ 诗的力量也就是魔幻的力量,普洛斯彼罗穿上法衣,就像全能的上帝或剧作家一样任

---

① 彼得·阿克罗伊德,《伦敦传》,页 121-144。

② David Norbrook, *Poetry and Politics in the English Renaissance* (Revised Edition), p. 1.

③ Diana Akers Rhoads, *Shakespeare's Defense of Poetry: A Midsummer Night's Dream and The Tempest*, p. 2.

④ 同上,页 1。

⑤ 同上,页 97。

⑥ 托维认为,莎士比亚的《暴风雨》是对柏拉图《理想国》针锋相对的回应,从而为模仿诗辩护:"莎士比亚故意大量使用苏格拉底所禁止的模仿形式",如出现了对"女人(特别是恋爱中的女人)、奴隶、恶人、疯子和工匠"、"动物的喧闹、自然现象的声音(比如雷声)、可用道具(比如轴和滑轮)模拟的声音,另外还有乐器的声音"的大量模仿,这些都是苏格拉底所禁止的;而且,《暴风雨》中的乘客可以分为三组,分别对应《理想国》中依据不同天性而构成的不同等级;最终在"集哲人和诗人于一身"的"作为普洛斯彼罗的莎士比亚"的高妙戏剧艺术之下,冲突得以解决,作为"城邦的隐喻"的"航船"走上了正途,从而"以苏格拉底之道成功捍卫了模仿诗在最好城邦当中存在的权利"。详见托维,《莎士比亚对模仿诗的辩护:〈暴风雨〉与〈王制〉》,戚瑞译,载彭磊选编,《莎士比亚戏剧与政治哲学》,马涛红等译,北京:华夏出版社,2011 年,页 2-55。

意操纵着人物，通过自己的法术将政治悲剧转化为了爱情和政治喜剧，其实就类似于仙王奥布朗让迫克制造的那幕"戏中戏"。如他所言，他已经凭借"法力"将一切"妥善地预先安排好"，虽然有沉船海难，"但这船里没有一个人会送命"。① 他让篡夺权位的弟弟安东尼奥流落到这荒岛，使参与阴谋的那不勒斯王阿隆佐经历了"丧子之痛"等被设定好的悲剧事件，又让安东尼奥等人谋杀阿隆佐的阴谋原形毕露，也就是使众人的邪恶都在此展演但并不能真正得逞，最终由他出面阐明真相、加以训诫并予以宽恕。最后魔法解除，戏剧圆满收场，"诗人"回归城邦面对现实，他恢复了对米兰的合法统治权，政治秩序和伦理秩序被重新整顿，所有人，包括精灵爱丽儿、怪物凯列班都获得了"自由"。② 也就是说，在这部晚期戏剧中，莎士比亚更进一步，大胆地展现了诗人的无限能量，赋予其各种品质，"将诗人、政治家和哲人等同，这符合文艺复兴时期将三者关联起来的一般观念"。③

总体看来，在处理诗在政治社会中的地位时，《暴风雨》比《仲夏夜之梦》和《凯撒》都有所发展，因为在《仲夏夜之梦》中，"通过将诗人与政治家分开，从而暗示了诗与政治之间的冲突"，《凯撒》凸显了诗人在政治社会中的不合时宜与无用，而《暴风雨》则"通过诗性哲人王联结了二者，从而解决了冲突"。④ 也可以说，《仲夏夜之梦》喜剧式地提出了对诗的指控与不解，并试图进行辩解，《凯撒》则主要通过秦纳直接地呈现了诗人在政治社会中的危险处境，其悲剧命运发人深省，直到《暴风雨》这部晚期剧作，莎士比亚

---

① 莎士比亚，《暴风雨》，见《莎士比亚全集》（Ⅷ），朱生豪译，北京：人民文学出版社，2014年，页9。

② 同上，页78–79。

③ Diana Akers Rhoads, *Shakespeare's Defense of Poetry: A Midsummer Night's Dream and The Tempest*, p. 97.

④ 同上，页183。

才最终以"奇迹剧"的方式提升了诗人的地位,展现了其处理道德、政治问题的能力,表达了为诗人正名的美好愿景。奥布朗、波顿、秦纳、无名诗人以及普洛斯彼罗等诗人的化身都表明,诗人可以拥有智慧、美德与能力,"诗人有能力带来美德,因为他既拥有关于事物本质或理想的知识,又拥有关于世俗现实的知识"。① 这大致可以视为莎士比亚为诗辩护的基本理路。

结　语　秦纳身后

当然,不得不注意的棘手问题是,政治问题、道德问题的诗性解决,关于"诗的战争"的理想化处理,依赖的都是魔法、梦境与幻觉,而在历史和现实中,诗人则遭遇了巨大困境或挑战,这就超出了诗人作为人的能力:"诗人本是人,自有其知识的局限,但是在《仲夏夜之梦》中,戏剧家就像上帝一样,具有某种使事情往好的方面发展的气度。"②《暴风雨》更是如此,这是莎翁赋予诗人的超人能力。因此,《凯撒》的独特之处就在于,莎士比亚似乎并未完全赞同西德尼倡导的诗"有助于提升德行"(promoting virtue)的功能③,也就是说,"莎翁如果不是在嘲讽西德尼的绝对观点,就是在提出质疑"④。如关于营地诗人一幕:他将普鲁塔克笔下的哲学家形象转化成了诗人,安排他去调和将领之间的冲突,然而他并无普洛斯彼罗

---

① Diana Akers Rhoads, *Shakespeare's Defense of Poetry: A Midsummer Night's Dream and The Tempest*, p. 186.

② 同上,页 90。

③ Margaret Maurer, "Again Poets in Julius Caesar", *The Upstart Crow*, 2009, Vol. 28, p. 7.

④ 同上,页 8。

式的魔法，因此形象滑稽，结果无效，这显然超出了诗人的掌控能力。①
可见，与那些反诗者或诗辩者不同，他们在诗的"有用性"方面其实有着
共通之处，即无论是从负面的"有害"或正面的"无用"角度，"他们都相信
戏剧有力量以深远的方式对观众施加影响"，莎士比亚在此要表明的似乎
却是，"戏剧是无权无力的，而且委实与权力体系无涉"，它远非强有力的
发挥社会文化功能的形式，"无法以任何有目的的或决定性的方式对观者
施加影响"。② 莎翁以退为进，恐怕就是在各种攻击、利用和罅隙中以低
调的方式为诗争得生存的空间。由此毛勒认为，"根据大多数标准，诗无
法辩护。它并非任何通常意义上道德的与有益的"。③ 这两位诗人一死一
活，命运不同，关键其实在于受宗教、道德或政治激情操控的人们能否以更
理性的方式理解诗人：暴民因为误解和偏见撕裂了秦纳，而在饮宴一幕中
已经平静下来的叛将则接纳并款待了"无名诗人"。④ 因此可以说，戏剧本
身无罪，真正有问题的恐怕是观者的眼睛或意图，如果说诗、剧被认为会导
致"身体的和道德的腐化"而受到攻击，也是因为"它被观众的眼睛所腐蚀，
并恰恰映射了观看者腐化的双眼"。⑤

　　客观地说，这恐怕才是莎士比亚委婉地提出的真正问题：诗人需要
被世人理解、宽容和接纳，理性、平和、科学而非谴责、狂怒、迷信才是解决

---

　　① Margaret Maurer, "Again Poets in Julius Caesar", p. 9.

　　② See Paul Yachnin, *Stage-Wrights: Shakespeare, Jonson, Middleton, and the Making of Theatrical Value*, Philadelphia: University of Pennsylvania Press, 2015, pp. 2-3.

　　③ Margaret Maurer, "Again Poets in Julius Caesar", p. 14.

　　④ 按普鲁塔克记载，当晚凯歇斯与布鲁图斯设宴，这位"诗哲"再次不请自来："弗浮纽斯沐浴完毕来到他们当中，布鲁特斯大声叫唤说是他不在邀请之列，然后吩咐奴仆将他安排在上席的位置。他硬要挤进来，躺在他们两人的中间，欢乐的饮宴在诙谐的谈话中度过，表现出机智和富于哲理的素养。"(普鲁塔克，《希腊罗马名人传》〔第3卷〕，席代岳译，页1769)不过，莎士比亚并没有将这一幕展现出来，也许在他看来，无名诗人未被叛将推出斩首已是格外的宽容和恩典？

　　⑤ Joseph Lenz, "Base Trade: Theater as Prostitution", p. 852.

诸种灾难和争端之道。正如 1665 年至 1666 年伦敦的瘟疫与大火,起初,"道学家将火灾和瘟疫的联袂降临诠释为上帝因伦敦的罪孽与肆淫而激怒,施降惩罚",但这引发了理智者如克里斯托弗·雷恩、埃德蒙·哈雷的质疑,1660 年已经成立的英国皇家学会就承担起以科学方式探究和解决问题的重任,所以说,这场瘟疫和大火"最大的功劳在于促进科学进步"。① 戏剧的命运同样如此,伊丽莎白女王去世之后,戏剧界就试图改变自己的形象,努力变得"文雅化",如"从公共剧院转向私人剧院,从南岸自由区移往黑衣修士庇护区",设法"改善场所、提升观众,以及美化自身形象"。② 此后内战中虽清教徒关闭剧院但无法将其根除,"戏剧转而秘密演出",屡禁不止,而最重要的变化是,王政复辟之后,剧院得以重开,"较从前更出色,胜过一千倍",如热衷记述一切琐细见闻的日记家塞缪尔·皮普斯(Samuel Pepys,1633–1703)所亲历,"现今一切都讲文明,见不到鲁莽的迹象",颇可称道的正是,"戏剧变得文雅"。③

　　因此,从历史、现实乃至未来的角度看,具有理性、务实和人文思想,适应了伊丽莎白时代的"经济转型",虽被认为倾向于天主教,但对新旧信仰、权力关系、文化观念更迭独具慧眼和春秋手笔的莎士比亚④,可能更深刻理解了诗人秦纳的悲剧命运及无名诗人的尴尬处境,对其无奈境况的揭示或许才是对诗的真正辩护,以此隐秘地回应来自清教徒的攻击⑤、民众的指责

---

① 彼得·阿克罗伊德,《伦敦传》,页 189。

② Joseph Lenz, "Base Trade: Theater as Prostitution", p. 845.

③ 彼得·阿克罗伊德,《伦敦传》,页 143。

④ 详见彼得·阿克罗伊德,《莎士比亚传》,页 17。

⑤ 布鲁姆等评论家意识到,莎士比亚善于在戏剧中隐秘地训导"清教徒的激情",典型即《一报还一报》(1604):维也纳公爵文森修通过一系列计谋,试图在爱欲与婚姻方面抵挡住以"道貌岸然"的大臣安哲罗为代表的"清教徒的极端行为的威胁",为此他煞费心机,因为"清教徒最难说服,他们以道德优越这种强烈的自我满足感出发"。(详见布鲁姆,《莎士比亚笔下的爱与友谊》,马涛红译,北京:华夏出版社,2012 年,页 70–71)

与政治的钳制。安东尼·伯吉斯就指出,在 1599 年,莎士比亚将目光投向古罗马,完成了《凯撒》这"第一部罗马剧",是因为他不得已避开"历史剧","当局全面禁止出版涉及英国历史的任何书籍",涉及这一问题的许多作品都被焚烧,如"海沃德博士那部关于废黜理查二世的书",但他又不能忘情于现实,所以就想从历史中"寻找与眼前这个危险的时代相仿的事件",裘力斯·凯撒遇刺就是现成的题材。① 因而,他有意突出两位诗人的遭遇就不能说只是一种偶然或即兴插曲。莎剧研究者科尔就提醒我们说:"有意思的是,人们发现莎士比亚极有可能出演了秦纳这一角色。'撕碎他,因为他做了坏诗'这句,就让我们呼吸到了一丝伊丽莎白时代的气息。根据某些批评家的看法,莎士比亚本人就深受质疑,因为他'谋杀了'凯撒。"②这样,秦纳这位历史小人物的死,通过莎士比亚的手笔呈现了重要意义,或者说,诗人莎士比亚与笔下的诗人角色暗中相合,借此隐秘地表达了自己的态度。皮尤认同于此,认为如此推测可能并不过分:在 1599 年此剧由新落成的"环球剧院"演出时,"出演两位诗人角色的并非他人,而是作者自己。这一幕在他的观众心头可能从未消失"。③

很难说莎士比亚改变了诗在当时的处境,但诗人的可怜身影确实从未在我们的心头消失。奥逊·威尔斯 1937 年的纽约演出版中就呈现了诗人秦纳的命运一幕,"借此展现大众-歇斯底里和大众-暴力"(mass-hysteria and mass-violence)④,表达了反法西斯主义思想,产生了极佳效果,而在其背

---

① 安东尼·伯吉斯,《莎士比亚传》,页 176–179。

② Blanche Coles, *Shakespeare Studies: Julius Caesar*, New York: Richard R. Smith, 1940, p. 209.

③ Thomas Pughe, "'What Should the Wars Do with These Jigging Fools?': The Poets in Shakespeare's *Julius Caesar*", *English Studies*, 1988(4), p. 322.

④ 同上,页 315。

后,纳粹德国焚烧书籍、攻击艺术的举动说明,"对诗歌和诗人的压制是政治灾难的象征"。① 不能不提到的是:"直到 1968 年,源自伊丽莎白一世统治时期的戏剧审查行为才最终被取消。"②这时,距莎翁笔下的诗人秦纳之死,已近四百年,距罗马诗人秦纳之死,已逾两千年。

作为这个小人物的形象演化与现代命运,最后值得一提的是,剧作家蒂姆·克劳奇(Tim Crouch)为英国埃文河畔的"皇家莎士比亚公司"(RSC)编导了《我,秦纳(诗人)》③一剧,戏剧于 2012 年 6 月 13 日在天鹅剧场(Swan Theater)首次演出。这是一部单人独幕短剧(共 49 分钟),将被误杀的诗人秦纳作为主角,准确地说是作为唯一角色突出出来,通过他的自白和命运探讨一系列核心关系:诗歌与政治,语言与行动,自我与社会,以及专制与共和。与莎剧的明显不同是,这部戏聚焦于秦纳在走出房间、迈向广场之前的心理活动。戏中,诗人秦纳躲在房间里苦吟,而重大历史事件正在门外的世界发生:凯撒三次拒绝安东尼代表民众提出的加冕要求,最后被布鲁图斯等人刺杀在元老院,在安东尼的鼓动下,罗马民众将布鲁图斯等人视为叛徒而展开了复仇。这个时候,诗人走出房门迎接死亡的命运,戏剧也戛然而止。

事实上,虽然秦纳躲在房间,行动上保持了对政治的审慎距离,但纸页上写下的都是反抗专制、维护共和、追求自由的词句。在他的笔记本上,与"凯撒"(Caesar)、"加冕"(crown)等词对应,他写下了"我是自由的"(I am

---

① Thomas Pughe, " ' What Should the Wars Do with These Jigging Fools?' : The Poets in Shakespeare's *Julius Caesar*", p. 322.

② Janet Clare, ' *Art made tongue-tied by authority* ': *Elizabethan and Jacobean Dramatic Censorship*, p. viii. 另参 Nigel Hamilton, *Biography: A Brief History*, p. 204.

③ 有趣的是,克劳奇非常关注莎剧中的小人物,完成了"我,莎士比亚"(I, Shakespeare)实验戏剧系列,包括《我,马伏里奥》(I, Malvolio)、《我,班柯》(I, Banquo)、《我,卡列班》(I, Caliban)、《我,豆花》(I, Peaseblossom),以及《我,秦纳(诗人)》(I, Cinna [The Poet]),以第一人称自述的方式将这些小人物推向了前台。此剧中,秦纳多次强调了自己的身份:诗人,而且也在标题的括号中特别加入了"诗人"这一身份。

free)、"共和国"（republic）等词语①，并对"共和国"进行了解释："它意味着一个每个人都平等的地方。在这里，通过民主体系，权力为人民所拥有。"②他也希望自己能身处真正的共和国与人平等地生活，但又意识到自己与实际政治行动之间的距离，因此写下了"诗人秦纳"（Cinna the Poet）与"懦夫"（coward）等词。③ 最终，他通过那只买来的鸡占卜，预见到了自己的必死命运，决然走出屋门，接受莫名而来的"横死"，并让观众和他一起写下了"秦纳之死"（The Death of Cinna）④，作为他正在完成的诗歌的标题。

显然，秦纳站在了维护共和的布鲁图斯等人一边，从戏剧一开始，他就对权势日盛、具有称帝野心的凯撒带有敌视："和凯撒一起下地狱吧！裘力斯·凯撒。"⑤说明他已经意识到，通过文字思考的诗人难逃专制统治的压力："在这里，有些词语并不自由。有些词能导致你被杀。在这里，有些词能导致他人死亡。"⑥戏剧显然强调了诗人代表的共和精神，以及为此而死的决心，他变成了共和的献祭者和牺牲品，是为共和而不是凯撒而死。从这一意义上看，那些为凯撒报仇的暴民其实并没有认错人，即使他不是那位真正的叛党秦纳而是诗人秦纳，事实上在内心和笔尖上已经犯下了谋杀凯撒的罪行。不知被视为"共和主义者"⑦的莎士比亚在铺排诗人秦纳命运的时候，心中有没有掠过这一丝念头。

①　Tim Crouch, *I, Cinna (The Poet)*, London：Oberon Books, 2012, pp. 17–21.
②　同上，页 21。
③　同上，页 24。
④　同上，页 43。
⑤　同上，页 17。
⑥　同上，页 22。
⑦　Andrew Hadfield, *Shakespeare and Republicanism*, New York：Cambridge University Press, 2005, p. 13.

第二章　捕获作家：游弋在传记之海

　　传记既然与小说密不可分，探讨传记就不能一叶障目、自欺欺人，或有意避开小说等虚构文类，特别是擅长虚构叙事的小说家传主，唯有在这一张力关系、角力场的较量竞逐中，传记乃至小说的性质才更能凸显。巴恩斯曾以捕鱼比拟作传，也就是说，无论是凌虚而行的小说写作，还是考古发掘式的传记记忆，以及其他任何生命形式与历程，包括有意无意、或潜或显的精神思维层面，都是传主生命之海的一部分，都被容纳在这一看似无垠、其实有限的人生结构之内，无疑具有了某种"结构性真实"。① 传记之网就变成了无形的天罗地网，比铁匠赫淮斯托斯捕捉阿芙洛狄忒与阿瑞斯的大网还要神通广大。传记写作与研究的艰难在于，能否将此网张得足够大，在"一网打尽"的传材中尽情筛选。事实上，在大多数时候，传记家和研究者都如同一叶扁舟，飘摇游弋在无尽的生命传记之海，尽力

---

　　① 详参拙文《"原罪"抑或"合法性偏见"：当代西方自传批评辨析》，《国外文学》2017 年第 2 期，页 16-24，《新华文摘》2017 年第 21 期全文转载，页 87-90。

去辨别方向，撒下千疮百孔的渔网。本章关于福楼拜、卡夫卡及格拉斯的寥寥记述，就是"老渔夫"般搏斗后残留的小鱼细虾及"鲸鱼"的骨架。

福楼拜的整个人生平淡无奇，其传记也因而构成了"传奇"。他基本过着半隐居的生活，冷眼观世，但因其不朽的作家地位、"纯粹"的文学姿态、"避世"的生活状态，也颇能获得读者与传记家的青睐，生前身后都留下了各类传记文本。在这些传记中，最值得关切的正是福楼拜的人格形象：在不同的传记家笔下他呈现出什么样的"面相"，其间是否有差异，原因何在，福楼拜在作为自传的海量书信中又是如何认识与表达自己？如是等等，其人生之网已足以令人眼花缭乱。因而，关于福楼拜的传记与其书信应互为参照，相互验证，这样，传记与自传、旁观与自审，就共同构成了通向福楼拜人生图景的"交叉小径"。

通向福楼拜幽径的读者中，青年卡夫卡无疑是忠于也乐于读懂他的一位，书信、日记中不断出现朗诵、阅读福楼拜的书信及小说（特别是《情感教育》《布瓦尔与佩库歇》《包法利夫人》）等作品的记录。[①] 如 1912 年 6 月 6 日，卡夫卡记载道："我在读福楼拜的信：'我的小说是我依附着的岩石，我对世界上发生的事情什么也不知道。'——类似于我 5 月 9 日给自己记下的内容。"[②]可见他与福楼拜早已是心有灵犀，或者不如说，在面对人生（关键是婚姻）与写作的关系上，福楼拜是卡夫卡暗暗参照的对象与导师，有写于 1913 年 7 月 21 日的日记为证。当时，已经求了婚的卡夫卡深陷拉伯雷《巨人传》中的智者巴汝奇"成婚与否"的旋涡，因此收集列

---

① 关于二人之间的文学因缘与精神承继，可参：Charles Bernheimer, *Flaubet and Kafka: Studies in Psychopoetic Structure*, New Haven and London：Yale University Press, 1982.

② 卡夫卡，《卡夫卡全集》（第 6 卷），叶廷芳等译，石家庄：河北教育出版社，1996 年，页 226。

举了所有赞成和反对结婚的说法,共计七条,其实基本都是反婚姻一派的观点,其中就少不了福楼拜,在这位老光棍身上,卡夫卡也许找到了自我,坚定了对文学的认同。[①] 不过,区别可能在于,与自称上帝般超越、冷酷,试图与文人世界保持距离的福楼拜有所不同,卡夫卡把一个自我深埋沉潜在所有的文字语词,无论是所谓的小说虚构还是书信日记等非虚构之中,再以另外一个自我／他者的角度进行上帝般审视,夸张地说,即将所有的文字书写都"变形"成了"隐秘自传"。这时我们就会留意到,在卡夫卡的作品,特别是日记、书信等自传中遍布关于身体的描写,而其中关于手的直观描写与比喻颇多。无疑,手是连结他的身体与思想,也就是人生与写作的媒介,他着意双手表现出来的能力及局限,其实是近取譬于身,在人生与写作之间进行选择和思考。手作为一种介质,提供了理解卡夫卡的一条细微路径,也就是幻化成小说中的"K"与人格化的助手之间的分裂式喜剧关系。因而,在《城堡》等小说中,严肃的主人公"K"与滑稽助手们的纠葛常常会构成叙事的关节,使小说充满鲜明的喜剧色彩,这种描写正是卡夫卡"上帝般"旁观者身份的表现,使他让自传式的自我 K 在喜剧情景中接受考验。同时这也可以看作是卡夫卡以坚韧的精神对世界和人生的积极理解。以这种解读来回应卡夫卡,兴许是进入卡夫卡"自我密码化"世界的可能路径之一。

同为德语写作者,君特·格拉斯虽然延续了"卡夫卡式"对荒诞世界的讽喻,不过其来源和指向更为具体,聚焦于二战前后德国民众的纳粹化,在剥切这一历史记忆"黑洋葱"的过程中进行忏悔反思。其晚年自传《剥洋葱》堪称典型,体现了现代自传的基本要素与特征：身份认定、自我

---

① 卡夫卡,《卡夫卡全集》(第 6 卷),页 253。

意识与对话。通过回忆与对话，他进行着自我身份的建构，即对自己作为"无知少年"的历史身份与对作为"回忆的老者、忏悔者"的当下身份的认定。在这一过程中，他实现了自我暴露与自我解释，体现了鲜明的自我意识与主体精神。由此反观回溯又可以发现，格拉斯的早年小说《铁皮鼓》看似夸张、荒诞、嬉戏，具有魔幻风格，其实却掩藏着最严肃的真实，可以称为一部"隐秘自传"。自传《剥洋葱》的出版揭示了二者之间的紧密关联：它们在典型意象、叙述形式、叙述事件、意旨主题等方面都有着直接的对应关系。这说明，格拉斯先是借助小说来剥离自我的面具，表达深层的隐秘忏悔，晚年的自传则指出了通向所谓小说虚构世界的路径，从而将自我生命及全部的生命写作牢牢固定在历史之锚上。

第一节　福楼拜的"面相"：传记与书信的比较考察

小说家转战传记战场，将小说笔法与观念施展于传记之中，从而深度影响传记的理念与走向，是二十世纪后期以来的普遍现象，英国作家朱利安·巴恩斯就是一例。如前所述，正是在以颠覆性、解构性的"仿传体"为福楼拜拟传的时候，他采用了捕鱼这一比喻，强调了传记家对传材的捕获、加工、处理等普遍现象。显然，传记家从事传记写作，必然要面对关于传主的各种资料，首先他要尽量多地"捕获猎物"，然后再从中挑选可用的材料。其中，他必须直面的至关重要的问题就是，如何甄别材料的真假，如何决定用弃？传记家与自传者都面临这种考验。关于福楼拜的多部传记与其书信式自传的比较考察，就为我们提供一个典型例证。

一　传记里的福楼拜

福楼拜的传记已有多部出版,如法国的左拉、萨特、特洛亚,英国的巴恩斯,以及中国的李健吾等。大致说来,作为福楼拜的好友,左拉的中篇传记乃最早成文之一,属于亲历见证,价值甚高;萨特的传记有其哲学意图在,且主要关注福楼拜的青少年时代,不够完整,意在借此阐发其存在主义思想,主观性尤其明显;特洛亚的传记比较传统、客观,连笔法都模仿福楼拜,冷静而简洁;而小说家巴恩斯的传记则最为复杂,是小说、批评、传记的结合,但富有想象力,是对福楼拜的解构性阐释,后现代意识鲜明。有意思的是,早在二十世纪三十年代,中国翻译家、学者李健吾(1906－1982)就已凭《福楼拜评传》(1936)①闻名,此书出版甚早,在国内影响颇大,它属于学术评传,侧重作家福楼拜的文学创作,以及对其作品的分析阐释,个人生平的内容较单薄;而且,一个比较明显的问题是,传记家与传主缺乏距离感,他对福楼拜显得过于敬仰,以仰视的态度为其立传,少了冷静的判断与批评意识,对此不再详述。不过,就福楼拜而言,一人多传现象颇值得分析。

爱弥尔・左拉(Émile Zola,1840–1902),是福楼拜(1821–1880)的朋友和晚辈,与福楼拜有较密切交往。值得后人庆幸的是,在他的法国作家合传《法国六文豪传》(即夏多布里昂、司汤达、巴尔扎克、雨果、圣伯父及福楼拜)中包含了这位外省隐士作家的生平。虽然左拉将此中篇传记分为两部分:"作家"与"人",在第一部分主要评析了福楼拜的几部经典作

---

①　李健吾,《福楼拜评传》,桂林:广西师范大学出版社,2007 年。

品，即《包法利夫人》及出版后的风波与影响，《情感教育》《萨朗波》《圣安东的诱惑》等，在论辩的基础上高度评价和维护了福楼拜的文学成就，不过在情感上明显偏向于作为人的福楼拜。在转入第二部分开始就声称："如果我写回忆录，这也许是其中最激动人心的篇章之一。我想回忆居斯塔夫·福楼拜，我刚刚失去这个大名鼎鼎的、我非常珍视的朋友。也许次序有些凌乱，我没有别的奢望，只想准确和完整。我觉得我们有责任真实地树立这个伟大作家的形象。"①

当然，事实上，在福楼拜这里，创作、个性与人生密不可分，因为他已然把创作视为了人生最重要的部分，精细严格到无以复加，因而基本上平均七年才能完成一部作品。左拉提供的一个独家轶事就非常典型，说明福楼拜如何看重细节，如何对作品苛求完美：晚年的福楼拜创作《布瓦尔与佩库歇》的时候，原本取名《我的两个老实头》，一次聚餐中，左拉告诉他自己给《卢贡大人》的人物找到了一个名字，即"布瓦尔"，结果，"福楼拜变得很古怪。我们吃完饭的时候，他把我拉到花园尽里，非常激动地恳求我把布瓦尔这个名字让给他"。② 不然就不再写小说。这种认真到偏执的态度，正是福楼拜的为人为文风格。

因为是同时代友人的即时回忆，所以这篇传记虽然篇幅不长、内容稍显凌乱，但价值颇高，与龚古尔兄弟日记中的记述类似，都属于或更接近第一手的亲历见闻。福楼拜之死是左拉这篇回忆录的缘起，所以花了较大的篇幅进行铺叙，字里行间充满伤感哀惋之情，也试图还原福楼拜生前临死之状况，以资纪念。比如他记述了福楼拜死亡的过程，这珍贵的材料来自福楼拜

---

① 爱弥尔·左拉，《法国六文豪传》，郑克鲁译，合肥：安徽文艺出版社，2011 年，页 182。左拉在福楼拜去世后不久就写下了这篇回忆文章，也就是 1880 年底。

② 同上，页 204。

最倾心的弟子莫泊桑的转告：

> 他的腿像折断了一样，他坐在房间角上的土耳其沙发上。突然，他一声不出地往后倒了下去：他死了。无疑，他看到自己死去……血液升到脖子，这是中风，形成黑色的一圈，仿佛这条项链把他扼死了。这是好死，令人羡慕的大棒一击……①

左拉的语调和态度是颂扬和纪念这位友人，所以有意思的是，他甚至艳羡福楼拜未经折磨的突然离世方式。同时，一以贯之的是，左拉在和福楼拜直面的庸俗社会进行抗辩，为这位友人大鸣不平，斥责、嘲讽世人对待大作家的冷漠与不解。如同"作家"部分所述，福楼拜生前作品受到误解和攻击，死后境况更是显得凄凉：教堂的唱诗班滑稽可笑，"五只做工很粗糙的、砖色的、像拐杖头一样的脑袋，歪着的嘴巴唱出拉丁文。这没完没了。他们唱错了，忘了词句，就像蹩脚演员不知道自己的角色"。②这激起了左拉的强烈愤怒，也为福楼拜感到可叹，他批判了一辈子的愚蠢无知，如今在他的尸首前生动地展演了出来；更可气的是，同时代的作家也保持了对福楼拜的冷漠，只有爱德蒙·龚古尔参加了葬礼；最可悲的是故乡卢昂，"整个卢昂没有给它最著名的孩子之一的遗体送行"。③

这场闹剧式的葬礼还在继续，而且紧接着就发生了尴尬不堪、羞辱逝者的"大事"：

---

① 爱弥尔·左拉，《法国六文豪传》，页185。
② 同上。
③ 同上，页186。

当人们将棺材下到墓穴时，棺材太大，是个巨人的棺材，怎么也放不进去。几个掘墓工是由一个瘦人定好的，他戴宽边黑帽，像从《冰岛魔鬼》中走出来的面孔。掘墓工默默地使劲干了几分钟。可是棺材头朝下，既上不来又放不下去，只听到绳子在吱扭叫，木头在嘎嘎响。真是难以忍受。①

"够了"！谁都难以忍受这种窘境，何况是面对这样一位睥睨一切的"巨人"作家，左拉和朋友离开了，"留下我们的'老人'在那里，斜斜地插进泥土里"，左拉的"心都碎了"。② 这确实是一个极其意想不到但是又极具象征性的场景，似乎冥冥之中揭示了福楼拜的命运，他嘲讽尘世的一切，但并不被人认可接受，生命结束之后，命运还给他开了这样一个滑稽的玩笑，让他依旧像一根长矛一样"斜斜地"刺向虚无的大地与天空。难怪在之后的传记中，如巴恩斯、特罗亚的传记，这一"棺材事件"都是要浓墨重彩地加以叙述的。而作为当事人、见证者的左拉为我们提供了这一珍贵的片段——似乎没有这一遭遇，福楼拜的人生就谈不上"完美"。

当然，限于结识福楼拜较晚（1869 年），此时已是这位巨人的晚年，所以有些信息来自友朋的讲述，而左拉更愿意叙述自己眼中亲见的福楼拜，这一部分虽然简略，但也有值得注意之处。尤其是左拉回顾福楼拜生平点滴的气息，他描述了福楼拜晚年幽居的房间，此时他已经不愿走出房间，甚至"厌恶散步"，古怪到反常，"以至于他甚至不能看别人走路，否则会感到神经性的不适"，他的房间则弥散着写作者的气息，"这个房间乱七八糟，地毯用旧了，几张旧圈椅、宽大的土耳其长沙发、发黄的白熊皮，

---

① 爱弥尔·左拉，《法国六文豪传》，页 187。
② 同上。

这一切散发出工作、同难处理的句子激烈搏斗的气息"。① 也可以说，福楼拜与句子搏斗了一辈子，也同庸俗乏味的社会角力了一生，这些都弥散在他的书房里，更隐藏在他苦吟雕琢的字里行间。

在这些文字世界中，福楼拜的语言修辞精细工整，雕琢韵律，体现出强烈的自我克制能力，即"为艺术而艺术"的客观、上帝般居高临下的视角；为了材料的精确严密，他进行的是"考古风格"的写作，也就是一定要占有最充分准确的材料，为此，"一个图书馆的书最后都可以让他找遍"②；而在现实之中，他就不再如此雅致庄重，往往话语粗俗、充满淫猥之辞，从而构成了更为直接的发泄爆粗的渠道。对此，我们在福楼拜自己的私人书信里可以得见，也留存在左拉等人的记忆之中。晚年时候，每到周末，福楼拜都会约请龚古尔、莫泊桑、都德、屠格涅夫以及左拉等人相聚，即著名的"星期天聚会"，在这里，"大家常常用的是淫猥的语言"，不过可以理解的是，很难还原。③ 从深层的角度看，这种粗俗、狂暴行为其实是福楼拜愤世嫉俗的表现，作为出身外省且深受浪漫主义熏陶的"市民"，他对资本主义没有一丝好感，"一有机会便情绪上来，要杀死资产者，打倒他们"。④ 这导致的一个后果是，他从未受到国家的重视，除了失去大部分财产之后，在朋友的帮助下获得了三千法郎的抚恤金，"他不是科学院院士，而且永远也不会是"，1866 年，第二帝国给他授勋，结果 1874 年他坚决解下了绶带，因为帝国刚给"一个混蛋 X 授了勋"。⑤

福楼拜对现代社会的敏感还在于，他认为自己是它的对立面和批判

---

① 爱弥尔·左拉，《法国六文豪传》，页 189。
② 同上，页 206。
③ 同上，页 191。
④ 同上，页 194。
⑤ 同上，页 212。

者,因而也处处受到冷遇和攻击,所以一旦有人关注乃至赞颂他,他就非常激动:他会把别人写的关于他的文章揣在口袋里,"相隔十年,他能凭借记忆重复别人写下的关于他的作品的句子,对赞扬依然很感动,对批评感到战栗"。①

就这样,缓缓地,"从大腿到腰部,再到头部,福楼拜变成了一尊大理石像"。②

不过具有嘲讽意味的是,福楼拜身后,其作品的经典地位已无可撼动,大概依然还歪斜在墓穴中、似乎挣扎着仍要起身战斗的"文学巨匠"当可瞑目了;而作为"人"的福楼拜的形象却不断被嘲弄、利用或解构,大理石的光泽日渐褪去,肌理上的皱纹与斑点开始显露。

不知为何,萨特对福楼拜一直满怀偏见。萨特曾完成了多部传记,如《波德莱尔》《圣热内》《家庭里的白痴》以及自传《词语》等,其实都是其存在主义思想的展演。特别是在后期,他把更多精力放在了传记写作上,认为传记更能充分表达他的思想。《家庭里的白痴》(*The Family Idiot*,写作于二十世纪五六十年代,共花费了萨特七年多时间,1971 年出版第一、二卷,1973 年出版第三卷,第四、五卷未成)以福楼拜为传主。在 1971 年《关于〈家中的低能儿〉》的访谈中,萨特详述了对福楼拜及其书信的认识,以及研究福楼拜的动机。他坦言,在二十世纪五十年代之前,他曾多次阅读福楼拜,但始终对福楼拜充满"敌意"与"反感"。至于原因,他解释说:"这是因为他把自己放进人物里面,因为他自己既是虐待狂又是被虐待狂,他就同时让我们看到他的人物既很不幸又招人反感。"③不过,在

① 爱弥尔·左拉,《法国六文豪传》,页 197。
② 同上,页 209。
③ 萨特,《萨特散文》,沈志明、施康强译,北京:人民文学出版社,2009 年,页 204。

1954 年,法国共产党员罗杰·加罗蒂提议他们分别用马克思主义和存在主义解释某个人物,萨特选中了福楼拜作为阐释对象,运用的却是"精神分析法和马克思主义方法"(其实就是他的存在主义方法),此后,他花费了七年多光阴,直到七十年代初,才完成这部书稿的大部分内容。

虽然萨特反感福楼拜在对象身上投射个人的感情,但在他的福楼拜传中却自始至终表达的是他个人眼中的福楼拜,仅仅是把传主当作阐释自己思想的工具而已:"我愿意人们把我的研究著作当作一部小说来读……同时我希望人们在读它的时候想到这都是真的,这是部真实的小说。"①这一悖论式的修辞说明了想象力与虚构在这部传记中的力量:"就整体而言,这本书写的是我想象中的福楼拜……我同时认为这也是福楼拜的本来面目,他就是这个样子。我在从事这项研究时,每时每刻都需要想象。"②当然,萨特借口需要想象,也有另外一层因素,在他之前,关于福楼拜的传记与研究虽然有一些,但并不丰富深入,因此需要进行填补。顺便一提的是,二十九岁的李健吾在写作出版《福楼拜评传》时,虽然已是福楼拜逝世五十五年之后,但已比萨特早几十年,所参照的主要也是福楼拜的书信,传记文献非常之少。这种所谓的"想象",其实就是"解释"与"关联",以旁观者、后知者的优势角度把传主的人生前后联系起来,从而对其行为与命运给予合理的解释:"如果我建立了这一关系,那是因为我想象了它。一旦我把它想象出来,这就可能给我一个真实的关系。"③这一想象过程,就需要传记家的介入,设身处地地想象传主的状态,萨特称

---

① 萨特,《萨特散文》,页 207。
② 同上。
③ 同上,页 208。

之为"情感同化法"①，以此赋予传主人生的"真实"。

　　萨特认为，对于福楼拜的软弱人格与失败的人生，他的父母要承担责任："我没有过分攻击他的父母。我认为他们造就了福楼拜，即一个曾经是不幸的，后来又把神经性官能症作为摆脱不幸的办法的人。所以我让他们承担大部分责任。"②换句话说，这整个家庭环境都要承担责任："父亲滥用权力，母亲令人大大失望，她几乎没有感情——福楼拜的孤僻倾向来源于此——长子则引起福楼拜的嫉妒心，以某种方式毁了他的一生，虽说这里没有当兄长的过错。"③萨特对福楼拜的母亲特别反感，认为她起的负面作用最为强大，而萨特认为自己则是另一类典型，因为有充分的家庭之爱和鼓励而形成了自信、独立、主动、肯定的完整人格。所以，在写作福楼拜传的时候，他也在以自我为参照，渗透了自己的人生经验。

　　萨特也认为，福楼拜的自我带有强烈的想象性："福楼拜却自愿使他的自我成为想象物。"④过度沉溺于想象就是自我施虐，因此，"他的不幸里既有痛苦，也有想象"。⑤ 也就是说，福楼拜具有"受虐待狂"意识，把自己想象成世界的受害者，心理敏感，极度自尊又极度自卑，是自恋式人格，并以此作为逃避世界的理由，言谈中充满对世界的轻视与敌意，虽自我标榜、超越世俗，但在内心深处又非常向往。因此，萨特指出，福楼拜的人生是"失败者"的人生，比较"女性化"即被动性，"失败"是其关键词，这一意识隐含在福楼拜的内心深处，并在字里行间表露出来，如在文学作品中（萨特特别以《包法利夫人》为例）多采用"被动动词"，其人生也是逃避隐

---

① 萨特，《萨特散文》，页 208。
② 同上。
③ 同上，页 209。
④ 同上，页 212。
⑤ 同上，页 213。

居,缺乏主动抗争精神。

与萨特相比,特洛亚(1911—2007,俄裔法国作家,十月革命后自俄国流亡于法国)则是职业传记家,其传记属于通俗传记一脉,大多生动形象,戏剧性强,多以文学方式进行处理。[1] 其《不朽作家福楼拜》(1988)相对而言最为正统,基本按照时间顺序叙述评析福楼拜的一生,也最为完整。在此传中,特洛亚大量引用了福楼拜的书信等自传文字,如将《十一月》这类自传体小说也视之为自传材料,让福楼拜进行自我说明、自我确证,显得相对客观。

不过,如前所述,在客观描述背后,也隐含着传记家的个体意识,如前文述及的对福楼拜葬礼中"棺材事件"的描写,自然是来自左拉的第一手记录,但得到了强调和补充,特别是在这出"洋相"外增加了亲友在葬礼上的种种不当、不敬表现,凸显了此一情节的重要意义:世态如此炎凉,巨人也无可奈何,福楼拜嘲讽了世界一生,最终还是落入反被人生滑稽嘲弄的窠臼,如同一部"人间喜剧"。[2] 可以说,特洛亚的描述更为全面周延,给我们交代了事件的整体场面,而且都别具深意,可见特洛亚的戏剧意识与文学敏锐性。

值得注意的是,特洛亚将传主定位为"作家"这一主要身份,贯彻始终的基本是对与身为作家的福楼拜有关的生平经历的描述与分析,如作家身份的确立、作品创作过程、创作思想、影响流变等等,这是全书的大部分内容。因此,此传呈现的福楼拜因痴迷于写作而感人,堪称文学的殉道者、文

---

[1] 另有《巴尔扎克传》《风流作家莫泊桑》《正义作家左拉》《波德莱尔传》;《天才诗人普希金》《幽默大师果戈理》《世界文豪屠格涅夫》《普罗作家高尔基》《契诃夫传》;关于陀思妥耶夫斯基、托尔斯泰、帕斯捷尔纳克等俄苏作家的传记,以及《彼得大帝传》等俄国帝王传记,数量甚巨。

[2] 亨利·特罗亚,《不朽作家福楼拜》,罗新璋译,北京:世界知识出版社,2001 年,页 469—471。

字的苦吟者，是一头"隐居的熊"。总体而言，简略地说，此传材料丰富翔实，立论客观准确，特别是运用了多方面资料，如杜刚的《文学回忆录》，福楼拜外甥女卡罗琳的回忆录，高莱夫人的书信，以及龚古尔兄弟日记等等以为佐证，保证了这部传记的经典地位。

巴恩斯是当代实验小说家，其《福楼拜的鹦鹉》(1984)一书实非正统传记，乃以福楼拜生平传记为构思的小说(后现代文本)，具有传记成分，或更简单地说，是关于传记的小说。由此书可得出结论：传记不可信，传记之真不可能，因此它恰恰是对传统传记的挑战与质疑，是穿着传记外衣来反对传记的解构之作。福楼拜不过是其道具，因为他是著名作家，富有魅力，有探究的空间，因此成为文学反讽、解构的对象。也可以说，这是一部向福楼拜致敬的作品，不过是以滑稽讽刺的另类方式。

但是，本书精彩之处的相当部分还是来自福楼拜本人的书信，虽然巴恩斯非常机敏，善于玩世，手笔高妙，但与福楼拜相比，二者之才性高下立判无疑，传记家不过是在阐释一种理解福楼拜的方式而已。当然，这种阐释也并非全无价值，因为文学家往往是隐晦而神秘的，需要由传记家承担向世人解释的任务，虽然已经是经过加工和组织的变形解释。值得关注的特别是其写作手法，作者进行了多种实验：如虚构(叙述者、情节)、修辞(反讽：如第五章《无巧不成书》中列举了多个"反讽"或"巧合"的例子)①、叙述视角转化(让福楼拜情人高莱夫人现身，通过她的书信表达她自己对福楼拜的认识，谈福楼拜的虚荣、欺骗婚姻、性无能，等等，这就突破了单一的视野，使得此书具有对话与旁证意识)、归纳(动物化)、引文(书信)、考据(鹦鹉)、辞典、试题、传记(年表)，等等。

---

① 朱利安·巴恩斯，《福楼拜的鹦鹉》，石雅芳译，南京：译林出版社，2010年，页80。

因而，这其实是一部实验传记，带有戏弄恶搞的性质，用传记家汉密尔顿的术语说就是"恶搞传记"（spoof biography）[1]，有拿福楼拜开涮的意味。从一开始描述的后人树立的福楼拜的易朽雕像情节就定下了讥讽的基调，特别是关于福楼拜死后墓地上的棺材事件，更具戏剧性：福楼拜妹妹的葬礼与后来福楼拜本人的葬礼，都出现了尴尬的巧合事件，掘墓人偷工减料，墓穴太小而棺材大，横竖放不下，捣鼓半天，棺材歪歪斜斜卡在墓穴中。[2]人死之后又一次经受了折磨与嘲弄，令人啼笑皆非。这显示了作者鲜明的主体意识，即对福楼拜人生的参悟与讥讽：福楼拜嘲弄人生，结果也被人生所嘲弄。

对这一场面的强调确实是传记家们的敏锐洞察，站在后世旁观者的角度看才能有这样的视野。因此说，作者们并没有把传主的生活局限于其生平之内，而是进行了后延，将后人的态度与评价贯穿其中，使得传主的生前身后生活产生交织，并交互对话，这就将某个个人的生活纳入到了人类无尽的、绵密的网罗（就像捕鱼之喻，传主就是传记人生之网的一个猎物）之中，成为茫茫宇宙中的一个小点。如此历时性"宇宙视点"，使得再伟大的人物也会显得寻常一般，左拉塑造的"巨人"雕像、特罗亚笔下的"不朽作家"都成了茫茫人海中一个易朽的世俗凡夫，当然，反过来说，这才是福楼拜的本相。

二　书信里的福楼拜

相对于私密日记，同为非典型自传形式的书信在当代恐怕是最濒危的一种。在现代生活中，电话、电邮、短信、微信等逐步代替了传统的书

---

[1]　Nigel Hamilton, *Biography: A Brief History*, p. 216.
[2]　朱利安·巴恩斯，《福楼拜的鹦鹉》，页80-87。

信，其趋势已不可阻挡。因此，对书信的保存、整理与研究就显得更为迫切。其中文学家的书信往往别有风味，他们与亲友间的私密书信，正展现了作者"正襟危坐"之外的另面人格，这是此类书信的绝大价值。然而，与日记还有所不同的是，书信要面对具体的人，因此会有更多的修辞性，他们对文字会更谨慎小心，善于编织自己的形象。龚古尔兄弟在日记中记载（1867 年 3 月 6 日），福楼拜和他们的朋友法国公主玛蒂尔德曾对文学家圣勃夫说："如果有一天后人研究我们的书信，圣勃夫先生，他们会看到我们曾和不少坏蛋握手言欢。"①

　　比如爱默生在自我剖析时就曾说："为什么我的杂乱的日记内没有玩笑？因为它是独白，人在独处时是严肃的。"②也就是说，如果日记是人的独语，面对自己的真实面目而无法幽默开怀，书信可能会更能表达人的性情，特别是嬉笑游戏、玩世不恭的一面，因为有听众，特别是亲朋熟友，会肆无忌惮，同时也会刺激人的自我表现欲，在他人面前做自我表演，甚至说些夸张、出格的话，以强化自己的人格特点，获得自我认同（希望别人看到的一面）。杨正润曾指出书信作者这种鲜明的身份意识："在书信中，因为收信者同信作者之间有着特定的关系，这是自传者同读者所没有的，所以信作者的身份意识总是自觉而强烈，但他并非展示自己的一切身份，而总是针对收信者的身份，显示相对应的身份，也通过对这一身份的证明和维护，显示出他的人格和个性。"③也就是说，面对不同的收信人和对象，他会表现出自己的不同侧面，而从整体上看，这就恰恰构成了作者的

---

　　① 龚古尔兄弟，《龚古尔日记》，见罗新璋选编，《龚古尔精选集》，吕永真译，济南：山东文艺出版社，2000 年，页 675。

　　② 爱默生，《爱默生日记精华》，倪庆饩译，北京：东方出版社，2008 年，页 15。

　　③ 杨正润，《现代传记学》，南京：南京大学出版社，2009 年，页 368。

完整人格。

因此说，福楼拜传记虽多，但都难抵其书信的史料价值。其传记之所以精彩，其中的闪光之处也往往来自福楼拜的书信引言，它们构成了传中的点睛之笔。这就不难理解萨特为何特别看重福楼拜的书信，他甚至认为福楼拜在书信中呈现的就是那一个无隐的自我，坦白澄澈，与一般人半遮半掩的书信不同："他在书信里就像躺在精神分析医生的长沙发上那样把自己和盘托出。相反，举例说，乔治·桑一直在书信里躲躲闪闪。在她那里，写作起着审查作用，在福楼拜那里恰恰相反：人们有了他的十四卷书信集，便对这位老先生了如指掌。"①福楼拜的书信卷帙浩繁，多达数十卷，堪称宝藏，惜乎国内独立成书的译本也仅有节选的《福楼拜文学书简》。

不过，令人好奇的是，福楼拜的书信是否构筑了一个更完整的自我，呈现了他生平与人格的各个侧面？其书信中的文学家福楼拜形象自不必多言，字里行间充满大量对文学见解与写作精神的阐发，尖利而颇有趣味，语言叙述本身也富含文学性。而生活中的福楼拜则更令人好奇。研究福楼拜的书信，更令人感兴趣的也正是福楼拜世俗、粗野的一面，通过他对自我这一面的描述，读者可以更好地理解其人格，丰富对人性复杂性的理解。这种粗俗，表现在他的语言使用、行为举止和心理描写中。和许多文学家一样，他喜欢夸张，喜欢"惊人之语"，所以常用特别暴露之词及惊奇之比喻，乐于引起震惊之感。例如，在阅读莎士比亚之后，他对法国文学进行抨击："想到拉辛啦高乃依啦那些胸像，我们还捧住不放，我直想怒吼！我要'把他们碾成粉末，用来粉刷茅坑的墙壁'！"②（1851 年 1 月

---

① 萨特，《萨特散文》，页 218。
② 福楼拜，《福楼拜文学书简》，丁世中译，北京：北京燕山出版社，2012 年，页 29。

29 日,致路易斯·高莱夫人)我们借此便能想象其激愤、夸张的样子。他说自己:"性喜揶揄,以表现人身上的'兽性'为乐。"①(1852 年 1 月 16日,致路易斯·高莱夫人)他还对朋友说:"只有暴烈的消遣,才能使我脱出绝望。再说,我的天性并不快乐。低级滑稽,淫言秽语,你愿怎么想就怎么想……"②(1852 年 1 月 16 日,致恩斯特·费多)如此等等,举不胜举。左拉不便记述的粗俗一面,其实都保留在福楼拜自己的书信之中了,这也恰恰是传记"角力场"中的"合力"互补之典型表现。

福楼拜在众人面前喜欢高谈阔论,言语粗俗,且大叫大嚷,是为了显示自己的超越、高蹈,及对俗世的鄙夷,他也自称是一头熊,喜欢躲在自己的洞穴里。除了少女时代的初恋,他似乎完全弃绝了浪漫的想象,与情人高莱也主要是肉体关系。除此之外,有了生理需要,他就在妓女那里获得满足,不必付出感情,因为感情是昂贵的,也容易受到伤害,他的自尊不允许自己涉猎风险,因此,把自己置于高处,俯视众生,这是福楼拜的敏感与脆弱的表现方式。福楼拜不是左拉那类愤世嫉俗、剑拔弩张的人,他能量有限,也有自知,仅仅是试图冷眼旁观罢了。福楼拜的粗俗,起自对人生的厌倦感,也源于对中产阶级(布尔乔亚)的讥讽,因此产生降格意识,不管不顾地呈示一切。他的厌世,也源自他的失败,他的人生是失败者的人生:少年愚鲁,在兄弟之争中落败(哥哥聪明听话用功,继承父业成为医生);父亲不喜、任其而为,母亲行为怪异、引导了他的封闭孤僻;疾病强化了他对世界的敌视心理,得以某种程度上逃避人世之斗争,成为作家;他终生不婚,缺乏真正的疼爱与关怀。他是以愤恨的态度面对这个世界的,因此充满辛辣的讥讽,也由此而玩世不恭。

---

① 福楼拜,《福楼拜文学书简》,页 75。
② 同上,页 136。

正是因为厌世感、虚无感，福楼拜的作品才充满欲望的斗争，才致力于人的庸碌、虚空与失败等核心主题。但是，福楼拜又对自己的物质——肉体等自然生理层面不加避讳，甚至有意夸大其词，以博得别人的好奇与惊讶，又从不愿意承认自己受制于这种外在的、世俗的事物，他的大胆暴露，其实正表明自己对此的轻视与睥睨，这都属于陷入物欲漩涡的"布尔乔亚阶级"，他终生都在力图超脱于这一阶层，至少或尤其是在心理层面上。他将自己凌驾、超越于这些卑污、粗俗的生活，也就带着玩世不恭的态度对其加以披露。也就是说，在他身上，似乎有两个自我，一个是生活在充满欲望喧嚣争斗的现实中，去体验一切；另一个却站在高高的云端，以超越的道德高度审视自我，嘲弄着自我以及这一自我所代表的阶层。他始终将自己认同于天上的"超越者自我"，也就不承认对现实的屈膝投降，现实中可怕的失败了。

但是，福楼拜的双重性在于，他的虚荣、虚伪和粗俗同样令人难解。对福楼拜的粗俗诡谲以及背后所表露的虚荣，龚古尔兄弟认识很清，在其日记中记述最多，这一"合力"正构成对福楼拜人格的补充验证："福楼拜其人不如他的作品那样高明，他是这方面一个令人惊异的例子。"①（1862年3月23日日记）这句话似乎可以作为萨特《家庭里的白痴》的一个注脚。1862年5月21日的记录最为详细，阐发了龚古尔兄弟对福楼拜仔细观察与了解后的真正、深入的认识，即触及了福楼拜的另外一面："福楼拜其实是个天性粗犷的人，能吸引他的是粗粝的而不是精细的东西，只有巨大的宏伟的夸张的东西才能打动他。"②如此，我们似乎就更可以体悟福楼拜作品中的夸张色彩、极度离奇和极度的琐碎与平庸风格了。

---

① 龚古尔兄弟，《龚古尔日记》，页538。
② 同上，页545。

　　福楼拜看似超脱，其实在内心深处（特别是后期）难舍对名望与利益的追求，暴露出其虚荣的一面，龚古尔兄弟对此很不客气地进行了记录分析。其日记说："还有一种现象：他虽然口头上讲对成功漠不关心，甚至轻视，你会发现他为了获得成功，也有一些手腕、秘密、内心活动和巧妙的处世手段，不过他的做法完全是光明磊落的。"[1]说明福楼拜也有心机，并非完全的隐逸者。"他这个人发表见解时慷慨激昂，好似这些见解是他个人的，其实主要是从读书中汲取的。他虽然标榜自己特立独行，你任何时候都会看到他害怕公众舆论，这是内地人对外界一切舆论怀有的畏惧。总之，他的才华并不像他的作品显露的那样好。布封说：'天才就是坚韧的毅力。'他就是这句名言的绝好证明。"[2]作为外省人，他内心的怯懦与敏感被龚古尔兄弟看了个透，另有一例为证：福楼拜好友布耶对龚古尔兄弟说，福楼拜给杜刚朗读《圣安东的诱惑》，后者冒昧地批评了几句，结果竟使福楼拜先生大病三个月，患上了黄疸。[3] 可见，福楼拜其实是一个敏感脆弱的"野人"！龚古尔兄弟对福楼拜的判断，还包含对其艺术感的否定，他们讽刺说："福楼拜没有任何艺术感觉。……他之喜爱艺术，犹如野人爱看一幅油画，却倒拿着看。"[4]（1862 年 12 月 29 日）他们披露说，福楼拜家里根本没有值钱的艺术品，对艺术的评论也多是盲从定见，而没有自己的发现和独到的见识。说实话，在这一点上，福楼拜恐怕真的难以与龚古尔兄弟相比，他们是艺术家和艺术品收藏者，为此不惜花费大量钱财。

---

[1]　龚古尔兄弟，《龚古尔日记》，页 546。
[2]　同上。
[3]　同上。
[4]　同上，页 570。

　　龚古尔兄弟听说福楼拜以三万法郎的价格把《萨朗波》卖给了书商（实际是一万法郎,福楼拜想借此炒作,抬高身价）,对此行为非常鄙夷:"他这个人表面上非常坦诚,但我已预感到他还有另外一面,这一面如今对我已显示出来,使我对这种朋友产生不信任感。"①(1862 年 10 月 20日)在他们看来,福楼拜并没有按照自己说的潜心著述,而是耍手腕做广告。一个月后与福楼拜会面中的冷淡场面也加深了这种印象,"这个人表面上为人坦率,热情洋溢,常常公开宣称他不看重成功、评论文章、广告,现在我开始认为他身心深处有着诺曼底人的气质,十分狡黠,十分自命不凡"。②(1862 年 11 月 21 日)具体来说,"他心底里欢迎人家的赞扬,渴望与外界建立关系,像他人一样对成功孜孜以求,虽作出谦虚姿态,却全力以赴地与雨果进行面对面的竞争"。③(1862 年 11 月 21 日)不料《萨朗波》出版后遭遇批评界的口水讨伐,这刺激了福楼拜的自尊,他便与圣勃夫辩论,试图说服对方。龚古尔兄弟还提到:"他的自尊心越发膨胀,快到爆破的地步。他对我们说,他曾大刀阔斧,修改费多的《法尼》。此后,费多向他求教越来越少,水平遂大降。"④(1862 年 12 月 6 日)所以在龚古尔兄弟看来,"福楼拜始终有点这样的虚荣心,虽然天性直率,但他讲他的深切感受也好,心灵的痛苦或欣喜也好,并不是完全真诚的"。⑤(1865 年 5月 9 日)这就把福楼拜的虚荣定格、普遍化了,因而他们定性说:"福楼拜,我可以用一句话来评定他:一个有天才的人……不过是外省的天

---

①　龚古尔兄弟,《龚古尔日记》,页 560。
②　同上,页 562。
③　同上,页 563。
④　同上,页 567。
⑤　同上,页 641。

才。"①(1862 年 12 月 27 日) 言外之意,依然是不入流、未见过世面的庸人凡夫。当然,龚古尔兄弟对福楼拜的讥讽,也源自他们的人生态度,即激愤与讽刺,他们是社会意识很强的文人,要暴露社会的阴暗与古怪,名人的怪癖自然也不例外,当然,对他们本人的隐私与缺陷也毫不客气。所以顺便值得一提的是,龚古尔兄弟的《日记》丰富异常,也极具价值,其中有对社会风情状态的描画,对社会的忧虑与沉思,有对文人政客的刻写,更有两人的自我坦白,可惜因为译本欠缺,尚难窥其全貌。

问题依然是,那个叫"福楼拜"的人到底是谁?

虽然留下了直白、丰富的书信,不过可以肯定的是,福楼拜也没有想让后人了解他的全部,他依然保留了自己的一隅隐秘空间,因为他把一部分信件烧毁了,当时还邀请莫泊桑前来陪伴襄助。所以萨特才敢放言,他本人没有任何隐瞒意图,因为他没有烧毁自己的信件,将其完整地保留下来,以供世人研究。因此,作家的书信、日记等自传文字,要与传记参照阅读,避免被作者牵着鼻子。

无论如何,福楼拜都是复杂而矛盾的存在。而且有趣的是,这位人生的嘲讽者、自诩的超越者,他用全部的著作在说明人生的空虚、乏味、无聊、失败,他自身却也难免被这种嘲讽之剑所击中,反而成了其著作的一个现实注脚(巴尔扎克也是如此,其一生恰恰是《人间喜剧》的一部,而且堪称其中最鲜活、最典型的一部)。用他自己的话说:"啊,现代社会所欠缺的,不是一位基督,一位华盛顿,也不是苏格拉底或伏尔泰,而是缺一位

---

① 龚古尔兄弟,《龚古尔日记》,页 569。

阿里斯托芬。"①（1852 年 12 月 16 日，致路易斯·高莱）他想做这样一位阿里斯托芬，结果，却也被高高在上的"阿里斯托芬"所操纵、所嘲弄。毕竟，人都会受自己视域和趣味的圈囿而难以客观："当世人对人类的灵魂能不偏不倚，如同物理学家研究物质一样客观，那就前进了一大步！这是人类超越自身的唯一办法。做到这一点，自己的作品像一面镜子，能清楚地看到纯粹的自我。人就像上帝一样，须从高处来评判自己。"②（1853 年 10 月 12 日，致路易斯·高莱）传主难以做到这一点，单个的传记家也难以胜任，传记批评家就应当承担此重担，"螳螂捕蝉，黄雀在后"，从更高妙、更超然的角度进行审视，施以"同情式"的解读。

第二节　喜剧式分裂：卡夫卡的自我形塑

其实，卡夫卡的上帝就是古希腊喜剧家阿里斯托芬笔下的那类神或上帝，他始终以分裂的方式面对、剖解和裎示自我。他乐于"睡在自己旁边"，窥视着自己的梦和梦中的自己，而后在用一只手抵挡人生的时候，用另一只手"草草"记录下一切，而他所谓的"草草"就已经是人间写作的极致。在这种状态下，可以说卡夫卡的全部写作都源于他自身，包括非虚构的日记、书信，以及所谓虚构的小说。顺着这只手的指引，或许能寻觅到进入卡夫卡迷宫式城堡的一条细微路径。

---

①　福楼拜，《福楼拜文学书简》，页 91。

②　同上，页 21。

一　卡夫卡的自传意识

马克·哈曼的《从人生到艺术：卡夫卡日记中的自我形塑》是对卡夫卡进行自传式阅读的代表文献,他指出了卡夫卡在真实自我和虚构自我之间角力的复杂纠葛关系。他首先指明了卡夫卡的自传意识："尽管卡夫卡从未写出自传——他一直渴望能沉溺其中,但他在日记中却一再返回这一如今非常热门的自传问题。"①事实上可以看到,卡夫卡在日记中确实不断探讨自传问题,并喜欢解析他阅读过的自传作品,同时,其日记本身就是自传的一种样式,以更初始、朴质的方式替代了正式自传,成为直接的、连缀式的自我记录。不过,卡夫卡并不满足于这类私密性的自我呈现,他要更艺术性地表现自我经历与内心体验,既逃避又展现生活现实,也就是说进行"文学变形",日记就是他的"文学实验室"(literary workshop)②,以此为基础或阶梯,他"梦想遁入文学性的自我形塑(self-stylizations)"。③ 因此,卡夫卡许多作品的自传色彩就比较明显,如《判决》《乡村医生》《乡村婚礼筹备》《十一个儿子》等,提供了解读其内外世界的重要切口。

反过来看,作为其生活记录与文学思考的日记(及书信),也并非简单平实的铺叙,其实同样充满艺术性和思想性,卡夫卡崇敬文字,他写下的每一行字都是艺术,都是深思熟虑的结晶。只不过日记、书信与其人生

---

① 　Mark Harman, "Life into Art: Kafka's Self-Stylization in the Diaries", in Roman Struc and J. C. Yardley eds., *Franz Kafka (1883–1983): His Craft and Thought*, Waterloo, Ont., Canada: Wilfrid Laurier University Press, 1986, p. 101.

② 　同上,页 102。

③ 　同上,页 101。

更为贴近,可以让我们更好地理解他"人生转化成艺术"(life into art)的
"化蛹成蝶"的细微过程。因此,卡夫卡的日记就成为关于"自我认识和自
我塑造"的艺术,是一个结合点和出发点,"由于缺乏一种自信的身份感,卡
夫卡在日记中探索了多种潜在的自我(a variety of potential selves)"。① 如
儿子、情人、丈夫、职员、作家,等等,日记中也就布满"反省式的自我隐喻
〔introspective metaphors of the self)"。② 即如下文所述,随处可见的分裂
式"手喻"自然是其中的一种表现。

　　遗憾的是卡夫卡的日记书信等珍贵文献尚未受到充分重视,仔细阅
读爬梳,就能发现隐藏的自我写作奥秘。如 1911 年 1 月 12 日,他在日记
中写道:"在这些天里,我没有写下许多关于我的事情,部分是出于懒惰
〔我现在白天睡得那么多那么死,我在睡觉的时候身体更加重了),但部
分也是因为害怕泄露我的自白。这种害怕是理所当然的,因为一种自白
只有这样才能最终通过写作确定下来。"③这一自述已非常坦率,他的写
作就事关个人的秘密,是自我表达的编码,为此他又在遮掩和暴露之间纠
葛不已。这也导致他不断阅读他人的自传,并对其特质进行思索。他在
1911 年 10 月 26 日写道:"我感到慰藉的是我在写关于肖的自传评论。"④
肖,即爱尔兰戏剧家萧伯纳,卡夫卡在萧伯纳的自传中试图找到精神安
慰,因为他读到萧伯纳在青年时代由母亲养育,而对父亲毫无助益的经
历,深有同感。卡夫卡似乎从中获得了少许抚慰,但更多的是感慨与无
奈,因为他自己无法这样生活:"我过着一种可怕的替补式的生活。"⑤他

---

① 　Mark Harman,"Life into Art:Kafka's Self-Stylization in the Diaries", p. 101.
② 　同上。
③ 　卡夫卡,《卡夫卡全集》(第 6 卷),页 28。
④ 　同上,页 95。
⑤ 　同上,页 96。

对自己的生存状态非常不满，别人的成功与安然更令他不安，他甚至还给父母朗读了这一段，或许想求得理解。卡夫卡的这段自传评述恰恰说明了自传的参照与认知功能，当然，他也并非没有意识到自传修辞的变形与加工，即悖离事实真相的现象。1912 年 1 月 3 日，日记中就分析了对自传记忆出现偏差的认识："在一部自传里，在那些按事实来说应该用'有一次'的地方，却大量地用了'经常'两字，这是不可避免的。因为人们总是知道，回忆来自模糊，这模糊被'有一次'这个词炸得粉碎。而虽然有'经常'这个词，但也没有得到保护。但至少在写自传的人看来，这模糊得到了保存，并让他越过局部。而这些局部大概在他的生活中根本就没有存在过，但对他在他的回忆中即使用一种感知再也接触不到的那些事情的一种补偿。"①用"经常"来"补偿"或填补人生与记忆的空当，这恐怕是自传最不可避免的真相，不过这一行为看似"造假"，其实又反过来体现了另一种时空中的真实，即自传者在当下写作状态中的真实，即自我想象的真实，或"想象自我曾经真实"的真实。

这就是一种变，是自我在人生时空结构中不可避免的演变，"捏造真实"并不颠覆捏造者的当下真实，多元化、多重性的自我身份是在流动中建构的，如同始终在燃烧更迭但永未消失的、唯一的太阳。对此，在 1911年 12 月 23 日的日记中就有所显露："写日记的人的一种优点在于：他对变化有着冷静清晰的意识，他无时无刻不面临这种变化。"②卡夫卡对这种变化中的自我统一有清醒的把握，并且指出，"在日记中人们找得到这样的证明：人们本身就生活在今天看来是不堪忍受的处境里，环顾四周，记下观察的感受，就是说执笔的右手像一天一样地移动着，今天我们虽然

---

① 卡夫卡，《卡夫卡全集》(第 6 卷)，页 185。
② 同上，页 162。

通过通观各种可能性对当时的状况变得更为聪明了,但因而更有必要去确认我们当时在纯粹无知的情况下却仍然不懈追求的那种无所畏惧的精神"。①

因而不难理解,青少年卡夫卡读了相当多的传记,特别是各类自传、回忆录、日记、书信等。阅读的目的之一,就是将他人的生命经历先于自己的生活,使自己可以寻找到模仿的先驱,取得认同。因此,如前所述,他喜欢福楼拜这位独身者、家庭依赖者,也曾记录下陀思妥耶夫斯基惨死在租赁的四楼的不幸命运,颇有落魄文人自况自怜的意味。他阅读歌德的自传与日记,并施以同情性的理解,如 1911 年 12 月 26 日,谈到了读歌德自传《诗与真》的评论②;1910 年 12 月 19 日则记述说:"读了一点儿歌德的日记。那遥远的地方已经静静地记录下了这样的生活,这些日记燃烧着火焰"③。几乎一年之后,他又提及歌德的日记,说明这一阅读是持续的,在 1911 年 9 月 29 日的日记中,他就表达了对日记的辩护意识:"歌德的日记。一个不写日记的人,对待日记会采取一种错误的态度。比如说,当他在歌德日记里读到:'1797 年 1 月 11 日,整天在家里忙于各种不同的整理工作',比如,在他看来,他本人在一天中还从没有做过这么少的事情。"④在克尔凯郭尔这位精神的友人身上,他找到了更多的心灵回声,所以 1913 年 8 月 21 日写道:"我今天得到克尔凯郭尔的《里希特选集》。如我知道的,他的情况与我的情况尽管有本质的区别,但非常类似,至少他处在这个世界的同一边。我确认他像一个朋友。"⑤当然,在某些传奇人

---

① 卡夫卡,《卡夫卡全集》(第 6 卷),页 163。
② 同上,页 172。
③ 同上,页 22。
④ 同上,页 54。
⑤ 同上,页 258–259。

物身上，他也能获得人生的振奋与激励之情，因此在 1913 年 10 月 15 日日记最后一句，谈及了俄国革命家克鲁泡特金："忘不了克鲁泡特金！"① 这是因为，卡夫卡喜欢阅读克鲁泡特金书写跌宕起伏革命经历（如被捕与越狱等惊心动魄事件）的《我的自传》。所以，难得在卡夫卡的文字中找到"感动""动情"这类字眼，此乃日记之功，即 1913 年 11 月 19 日所记："读日记使我感动。是我在当代一点儿也没有安全感的缘故？一切对我来说都是虚构。……我感到毫无意义的虚空。……"② 在这虚空荒诞的世界中，日记和自传成了他精神的短暂慰藉和依靠，当然，并不能完全替代和弥补这空虚与厌倦感："我突然想起，我的生活，随着它的时日越来越深地朝着细微末节里千篇一律化，跟惩罚性的作业十分相似……"③（1914 年 1 月 24 日）

所以，卡夫卡始终在寻求写作，寄希望于神秘的文字的力量，将其视为挖掘自我、记录自我、拯救自我的方式。早在 1910 年 12 月 16 日日记中，就铭刻下了他的决心："我不会再丢下我的日记。在这里我必须紧紧地抓住自己，因为只有在这里我才能做到这些。"④ 显然，写作或闲暇时，他都在审视着这个显得神秘的自我，因为他的书桌上有一面镜子："唯有在我的写字桌上堂堂正正地放着一面刮胡子用的圆镜子。"⑤（1910 年 12 月 25 日）也就是说，他每时每刻都会用眼光打量自己。结果是，他的自传念头越来越强，到了 1911 年 12 月，便产生了写自传的念头："不管怎样，在这个将我从办公室工作解放出来的时候，我也许将马上满足我写一部

---

① 卡夫卡，《卡夫卡全集》（第 6 卷），页 263。
② 同上，页 268。
③ 同上，页 289。
④ 同上，页 20。
⑤ 同上，页 24。

自传的愿望。"①也许自传计划只是因为易写才吸引他,显得轻松自如:
"写自传倒是一种巨大的快乐,因为它的进行那么容易,就如记下众多的
梦境,而且还可能有一种完全不同的、巨大的、永远影响着我的成果,这成
果也许对每一个其他人的理解和感情都有所收益。"②他甚至称自己为
"自传作家":1912 年 9 月 15 日,他的妹妹瓦莉订婚,卡夫卡在日记中感
慨说有"独特的自传作家的预感"。③ 然而事实上,卡夫卡并未真正动笔
写自传或回忆录,留下的只是日记、书信这些自传类材料,不过他对此也
非常重视,似乎是为自传做准备,1912 年 2 月 25 日就要求自己抓住日记:
"从今天起抓住日记! 定时地写! 不放弃! 即使不能得到精神与肉体上
的拯救,那么,我想无论什么时刻它也是值得的。"④之所以"值得",是因
为卡夫卡内心和大脑沟回中有太多复杂得无以比拟的念头,不挖掘出来
岂不可惜:"在我的脑袋里有着庞大的世界,但如何解放我自己和解放它,
而不撕成碎片呢? 宁愿上千次地撕成碎片,也不要将它阻拦或埋葬在我
的体内,我就是为此而生存在这里的,这我完全清楚。"⑤(1913 年 6 月 21
日) 最终,他用各类文字将自己的独特体验在纸页上撕切成碎片,编织了
一幅无形、漂浮、破碎而坚韧的自我画像。

　　但也有批评家指出,"文学是一种欺骗,这种信念位于卡夫卡诗学的
核心"。⑥ 从《审判》(*The Trial*, 1914) 开始,他就在误导读者相信其作品
人物与作者本人的一致性,试图将读者引入歧途,在真实与虚假之间隐藏

---

① 卡夫卡,《卡夫卡全集》(第 6 卷),页 156。
② 同上,页 157。
③ 同上,页 235。
④ 同上,页 201。
⑤ 同上,页 248。
⑥ Mark Harman, "Life into Art: Kafka's Self-Stylization in the Diaries", p. 102.

自我。但是任何简化、极端化的解读对卡夫卡都是误读，在卡夫卡那里，虚实无疑始终扭结在一起，从其开始写作的 1910 年，关于写作是"欺骗行为"还是"真诚诗学"的竞赛就开始了。[1] 他在探索和记录"本然的自画像"（spontaneous self-portraits）的同时，就在"创造后来的虚构性自我（fictional selves）的蓝图了"。[2] 卡夫卡想跳脱自我的局限，但又无法摆脱自我之根，其生命体验是写作的根基，因此就更多地采用隐喻式的手法，求助于形而上的意象，其体验的独特性加上修辞的艺术性构成了他的风格。"卡夫卡任由日记中的缰绳去自由想象，这种想象通常是从'处于中间'的地方开始的。"[3]不是从处于"根部"的现实，而是从"处于中间"的语言、意象、情节开始，缘此，卡夫卡的作品常常产生突兀的、令人惊异的效果，《判决》《审判》和《城堡》等都是如此。

在这虚实天地之间，卡夫卡尽力操控着自己的作品及其中的人物，他既潜入其中，又身在其外，但是，"不管具有如何晦暗的寓言性，卡夫卡的小说……总是某种形式的'浪漫化自传'（romanced autobiography）"。[4]这是他独特的诗学，即"自我风格化"，也一直保持着自我探索的习惯，"迟至 1923 年，卡夫卡还在通过实验室自我这一中介持续地探索其自传式困境"。[5] 因此，卡夫卡不仅将生活转化成艺术，艺术反过来也影响和预示了其人生，即"生活模仿艺术"："卡夫卡运用早期小说中的比喻来解释其不断恶化的身体和精神状态。"[6]如"伤口"等比喻，这类创伤、疾病与

---

[1]　Mark Harman, "Life into Art: Kafka's Self-Stylization in the Diaries", p. 103.

[2]　同上。

[3]　同上，页 105。

[4]　同上，页 108。

[5]　同上，页 109。

[6]　同上。

痛苦最终真实地呈现在他的人生中。如此，在卡夫卡这里，人生与艺术就完全融为一体，人生变形为艺术，同时艺术也侵入人生，虚实的界限被打破，这构成了其作品与人生的特有魅力。

二　分裂与整合：卡夫卡自传中的"手喻"

在这个自我撕扯、自我揭示的角力过程中，卡夫卡痛苦挣扎，日记、书信等自传给我们留下了其思想踪迹，也呈现了他最初的文学意象。从他的一个简单但又重复出现的意象入手，便可以抓握住卡夫卡的思想脉搏，这就是无处不在的"手喻"。可以说，在卡夫卡的作品，特别是日记、书信中，遍布关于身体的描写，而其中关于手的直观描写与比喻颇多，也极精彩，如："这个故事里的零乱的句子带着许多空当，都可以将两只手伸进去了。"[1]（1911 年 11 月 5 日）再如："现在是晚上，在我从六点不到的时刻学习好了之后，我注意到，我的左手怎样在片刻的时间里出于同情而用手指抓握住右手。"[2]（1911 年 11 月 16 日）如是等等，都颇惊艳。卡夫卡的手有何独异之处，他为何对此如此倾心？按常理推之，独特的东西才会触动人、吸引人。如依照纳博科夫的解释，果戈理有一个引人注目的鼻子，"他那又大又尖的鼻子不但很长，而且很灵活，青春时期，他（像某个业余的柔体杂技演员）能将鼻尖和下唇恐怖地触碰到一起；这样的鼻子是他最了不起、最重要的外部器官"。[3] 因此他对鼻子尤其关注，并写出了《鼻

---

[1]　卡夫卡，《卡夫卡全集》（第 6 卷），页 113。
[2]　同上，页 130。
[3]　纳博科夫，《尼古拉·果戈理》，刘佳林译，桂林：广西师范大学出版社，2010 年，页 5。

子》等精彩故事，乃至"我们将在他全部的想象性作品中碰到鼻子主题"。① 而从卡夫卡的照片和传记描述中看，其双手似乎并没有什么不寻常，远不如那双大"眼睛"更富神情、更迷惑人。由此问题就在于：卡夫卡缘何一而再、再而三地以"手"作为审视与表现的对象，手与其精神有何内在关联，或者说，关注卡夫卡的"手喻"对理解他的写作与思想有何助益？

诸种"手喻"散布在卡夫卡文字各处，显示出四处抓握的双手的踪迹。聚拢来看，大致可以分为两类：一是对肉体之手的直接呈现；二是在比喻层面上对写作之手的描写。但是二者都可以看作由手而生发的对自身存在状态的譬喻，因为在"人生"和"写作"之间，手是连接的筋脉，"写作的手"在完成"手的写作"。手是卡夫卡握笔写作的工具，文字在手中被勾画出来，但他又常常意识到手的无能，其实是深感生存与写作的无能，这种感觉又通过对手的表达来体现。通过手这一介质，似乎可以探入卡夫卡写作与生存的内在空间。

第一类贴近的是肉体之手，说明卡夫卡始终在用手来尺量与现实人生的距离。1912 年 12 月 31 日的新年之夜，卡夫卡给恋人菲利斯写信道："在这新年伊始的几个钟头，我没有更大更愚蠢的愿望，只想把你的左手腕和我的右手腕牢牢地拴在一起。"②将双方的"左手腕与右手腕拴在一起"，真是一个怪异的比喻。他为何有此念头？原来卡夫卡在一本书中读到，一对恋人就是这样被送上绞架的。可见，有意无意之间，卡夫卡将自己的婚恋视为奔赴刑场，严肃而悲壮。他对婚姻如此敏感焦虑，因此也特

---

① 纳博科夫，《尼古拉·果戈理》，页 5。
② 卡夫卡，《卡夫卡全集》（第 8 卷），叶廷芳等译，石家庄：河北教育出版社，2000 年，页 188。

别留心其他已婚者的表现。在 1913 年情人节给菲利斯的信中就特意提到，他在报上看到一幅新婚王子夫妇的照片，他们非常亲昵地在公园散步，"臂挽着臂，这还不够，手指还缠在一起。这缠绕在一起的手指，如果我没有看上五分钟，那就一定是十分钟"。① 显然，卡夫卡是通过这紧绕的手指来理解新婚夫妇的，在信中他还画上了两幅图作为对照：一幅双手缠绕，另一幅仅仅两臂相挽，后者代表的是他和菲利斯的关系。

1913 年 6 月，卡夫卡向菲利斯求婚，在他笔下婚姻关系也是通过手来确定的。在三十岁生日这天致菲利斯的情书中他如此写道："从现在起我们就确定，正式地相互把手放在对方手中。你还记得我的长长的、骨节突出的、长着孩子和猴子一样手指的手吗？你就是把你的手放进这样一只手中。"② 求婚，这是卡夫卡人生中的一件大事，为此他已经做过了万般思量，而双手相握则是密切关系的表征，所谓"执子之手，与子偕老"。但这也让我们想起了新年之夜书信中行刑般的"手喻"。即使是喜事，卡夫卡还是郁郁寡欢，而且他着意让对方注意到自己那并不令人感到愉快和信任的手。卡夫卡的不自信、对婚姻的犹豫怀疑，通过手这一细节凸显了出来。1916 年 9 月 13 日致菲利斯的信表达的是同样的意思："你的手指肯定是被施了魔法，不然怎么能这么神奇地把流出去的钱又弄回来。在这方面我有一双典型的平庸无奇的国家公务员之手。"③ 在此后致恋人密伦娜的书信中又这样写道："我不会斗胆地向你伸出手去，姑娘，这是我肮

---

① 转引自尼尔斯·博克霍夫，玛丽耶克·凡·多尔斯特编，《卡夫卡的画笔》，姜丽译，北京：生活·读书·新知三联书店，2010 年，页 38。

② 卡夫卡，《卡夫卡全集》（第 8 卷），页 402。

③ 卡夫卡，《卡夫卡全集》（第 9 卷），叶廷芳等译，石家庄：河北教育出版社，2000 年，页 100。

脏的、颤抖的、爪子般的、局促不安的、又冷又热的手。"①可见，在处理人生事务时，卡夫卡自认为是平庸无能的，他也有意地对此进行疏离，那种翻云覆雨的手并没有长在他的身上。

但是他又不能没有手、没有身体，不然就变成了游荡的幽灵，无法抓握住世界。手给了他依附世界的现实感。在大概于1921年致布洛德的信中，他谈到奥地利作家克劳斯的作品，给予了很高的评价，特别是其中的真实："那里至少有着像我正在写的手一样的真实，并且有着如此清晰、如此令人惧怕的本人的肉体的质感。"②正在写作的手代表的就是直观的真实感和肉体性，它不需要对镜自照，低头就能看到。但他又将手的真实感和文学的真实感相提并论，话语间隐含了对肉身虚假感的掩饰，说到底，他对肉体知觉也是不信任的。

既然并不愿意磨砺自己的双手去抓握婚姻、金钱等诸类可见的事物，那卡夫卡相信什么，期望什么，或者说，希望自己有什么样的"手"呢？毫无疑问答案是：写作之手。这就体现在第二类"手喻"中，即与写作有关的手，自然也与灵魂有关，处理的是不可见的思想和深层的意识。卡夫卡对此常有议论和思虑。

在开头所引日记中，他用手来衡量词句的密度，已经非常留意手的文字编织与测量功能，关键是如何发挥其功用。这其实是他早年思想的延续，在1903年给朋友波拉克的信中他就说过："在异乡，所有词汇四处流散，我无法把它们抓拢来凑成句子，而一切新鲜的事物都施加着压力，使人无法抗拒，使人看不到它们的边际。"③这是从事写作之初的卡夫卡对

---

① 卡夫卡，《卡夫卡全集》（第9卷），页269。
② 卡夫卡，《卡夫卡全集》（第6卷），页428。
③ 同上，页20。

自己能力的期许和怀疑,也就是他能从那深邃的思想或梦幻世界中带来什么。十年之后,已经写出了《判决》《变形记》等名篇的卡夫卡依然处于焦虑之中 。1913 年 2 月他致信菲利斯道:"我多么希望自己有一只有力的手,只为能认真地进入那不相连贯的思想中去。"①只有用这种有力的手,才能提起锋利的斧子(笔),"劈开我们心中冰封的大海"②,从而将深藏的东西挖掘出来。这样的书才符合卡夫卡的要求,即成为"咬人的和刺人的书",不然,"如果我们读一本书,它不能在我们脑门上猛击一掌,使我们惊醒,那我们为什么要读它呢?"③他对别人的作品的要求也是一样,如在评论一位朋友的文章时就认为,"还需要在文法上做一番小小的加工,需要一只极其温柔的手"。④

　　可见,卡夫卡对文字的要求很高,既要深邃尖锐,又要紧凑绵密,细腻精致,或者说,既要勇猛粗粝又要温柔魅人,确实不易。但正因为不易,才更见其可贵,而且,发掘他所能探测和触及的不可见之物才能体现其超越于世俗物欲的独特价值。1921 年 10 月 18 日的日记就是最直接的表述:"某一个人,他的生命并没有生机勃勃便完结了,他需要一只手稍稍地击退对他命运的绝望——这种发生很不完美——但他却能用另一只手记下他在废墟之下看到的东西,因为他比其他人看到的东西更为异样,以及更多,可是他在生前已经死了,而且是那种真正的幸存者。在这里,前提是,他不需要两只手和比他所有更多的东西去与绝望斗争。"⑤在这里,他已经意识到了自己的必然分裂,作为一个"活死人",他的肉身在人世,灵魂

---

① 卡夫卡,《卡夫卡全集》(第 9 卷),页 276。
② 卡夫卡,《卡夫卡全集》(第 6 卷),页 26。
③ 同上,页 25。
④ 同上,页 223。
⑤ 同上,页 438。

潜入梦境和死界，一只手草草地应对现实，一只手则记录灵魂之所见。因为潜入得如此之深，他认为自己看到的更异样而且更多，如此方能达到"劈开内心"的震惊效果。书要劈开读者，首先要劈开作者自己。卡夫卡的双手伸向了不同的方向。

其结果自然是悲剧，生之悲与文之悦如何能分得开？所以才有 1922 年日记中这样的话："一个特别的我：右——手——不——知道——左——手——干——什么。"①1917 年以来，卡夫卡病情日重，写作时断时续，足见出他的无力感。这恰恰与 1911 年 11 月 16 日的日记形成鲜明的反差："我的左手怎样在片刻的时间里出于同情而用手指抓握住右手。"②在十年前，他还算是被缝合在一起的整体的人，内心的两个部分还在相互同情，而如今，他的内在世界已经四分五裂，相互之间无法正常地对话沟通，难以自控。

如此看来，1911 年日记中所说的"零乱的句子带着许多空当"之喻就具有了预言的性质。他将文章比喻成人的身体，句子之间的断裂就类似于身体的伤口，那是手直接可以塞进去的黑洞，如同幽暗的深渊，这就让人想起《乡村医生》中孩子身上盛开的"美丽的伤口"和卡夫卡久病不治的肺病。卡夫卡致力于缝合文句的裂隙，换来的却是肉体的创伤和精神的崩溃，二者之间进行了隐秘的替换。他实在做不到左右逢源。

卡夫卡试图推开人生，掩门写作，但他仍属于人生与写作无法分割的一类人，因为其写作都是从其内心深处升腾起来的，具有高度的自传色彩。因此对此最好的解读，按照赵山奎（Josky，中国的"约瑟夫·K"）的

① 卡夫卡，《卡夫卡全集》（第 6 卷），页 464。
② 同上，页 130。

说法,就是"心连着心的阐释"①,也就是依照卡夫卡解读自己的方式来解读,让卡夫卡和他的书的"两颗心像一颗心一样跳动"。②

同样敏感的本雅明可谓卡夫卡的解人,他早就敏锐地指出了卡夫卡文字中"姿势"的重要。他说,卡夫卡如同表现主义画家格列柯(El Greco)一样,"在每个姿势后面撕开一片天空",这种姿势富有强烈的戏剧性:"每个姿势本身都是一个事件,甚至可以说是一出戏剧。这戏剧发生的戏台是世界剧场,冲着天堂开放。"因此决不能低估姿势的意义,"姿态在卡夫卡那里最为关键,是事件的中心"。③

也就是说,卡夫卡摆弄着自己的身体,特别是手,使其做出种种"姿势",其实就如同舞台上的戏剧表演,不过这种表演既是人生表演又是写作表演,目的在于传达他的书写信念或状态,是一种符号。除了上述"手喻"的例子,更典型的一个出现在1920年致密伦娜的信中,在这份自述和自绘中,卡夫卡把自己的身体摆在画布上,来直观地呈现自我撕裂的痛感:

为了让你看到一些我的"工作",我附上一幅图。这是四个木桩,穿过中间的两个木桩伸出两根棍,"犯罪者"的双手就被固定在这两根棍上;穿过外侧两个木桩的棍子是给脚准备的。当罪犯被固定好时,木棍就被慢慢往外推,直到他从中撕裂。④

[见下图]

---

① 赵山奎,《传记视野与文学解读》,北京:北京大学出版社,2012年,页100。
② 同上,页98。
③ 本雅明,《弗兰茨·卡夫卡:逝世十周年纪念》,见汉娜·阿伦特编,《启迪:本雅明文选》,张旭东、王斑译,北京:生活·读书·新知三联书店,2008年,页130。
④ 转引自尼尔斯·博克霍夫、玛丽耶克·凡·多尔斯特编,《卡夫卡的画笔》,页40。

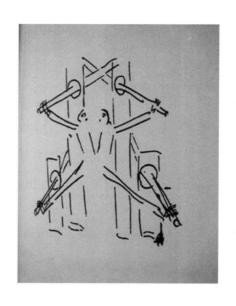

卡夫卡将写作视为行刑,如同耶稣被钉上十字架般的折磨,他也在写作中经历被车裂的痛楚。在这幅书信的配图中,四肢伸开被木桩固定的卡夫卡,就如同背靠背的两个大写字母"K",但正在被分割开来,远离了对方。或者说,这也像极了"Kafka"这一姓氏被"F"从中间一分两半,成为被撕裂的象征。

而按照传记家阿尔特的解读,卡夫卡对"手势"的关注,与他重视戏剧化效果有关,这是卡夫卡在戏剧和电影欣赏中逐渐形成的一种经验和意识,即力图将作品直观化、动作化,以达到更好的效果。阿尔特指出,卡夫卡对戏剧、电影和绘画的关注是持久的,在他上大学前,在家里经常为妹妹朗读和写作剧本,并进行演出活动:"这往往都是些喜剧或哑剧习作(《骗子》《照片说话》)。有时他把简单的文学作品搬上舞台,譬如汉斯萨克斯的狂欢节中民间讽刺滑稽戏剧和笑剧,这都是他在九年制高级中学六年级时读过的。"①这种兴趣和训练对之后的写作有深远的影响："卡夫卡对舞台美学有一种独特的感受能力，在后来的年月里他铺陈他的长篇小说的场景，如同舞台上的戏剧场面，从而也把这种能力用在文学写作上，它把小说中的人物变成展现表情和姿势的手势语舞台上的演员。"②不仅如此，在生活中他也不时地展露自己的表演才华："已经是成年人了，他还在洗澡间……用高超的表演技艺向她们演示一些电影场景，在这种时候他总是尽情享受自己平时受到压抑的'模仿欲'。"③这种表演行为说明了卡夫卡"对做手势的喜爱……身体的手势语言在这里再现了无声影片的表达形式，后来卡夫卡的作品也喜欢模仿这样的表达形式。"④

　　换句话说，卡夫卡的一生不也如同一场默片表演？他躲在阴暗之处，制造了许多洞穴和身居其中的人物，而他们的手势恰恰是卡夫卡姿势的种种投影。仅以自传性文字为例。1912 年 2 月的一则日记就借助手势描述单身汉的处境："独处的男人们试图将自己禁锢得更紧，他们将双手插在口袋里。这是狭隘的愚蠢。"⑤卡夫卡自己何尝不是将双手藏起以躲避世界？1921 年 10 月的日记同样意味深长："这位男子将那位可怜的乞丐踢出门外，然后独自装成行善好施人的样子，将布施的东西从自己的右手交到自己的左手。"⑥这位"自我布施者"似乎可以看作是孤独而分裂的卡夫卡的自我怜悯。卡夫卡的自我表演也令人印象深刻，他将其捕捉住并记录下来，就是在突出其戏剧效果。如 1912 年 5 月日记中有这样一

---

① 彼得-安德烈·阿尔特，《卡夫卡传》，张荣昌译，重庆：重庆大学出版社，2012 年，页 45。
② 同上，页 216。
③ 同上，页 45。
④ 同上，页 203。
⑤ 卡夫卡，《卡夫卡全集》(第 6 卷)，页 206。
⑥ 同上，页 440。

句："现在晚上，由于无聊，我先后三次进浴室洗手。"①为了摆脱无聊而洗手的行为恰恰是无聊的进一步体现。1914年6月的日记也很精妙："我双手放在裤子口袋里，就仿佛它们是掉进去的，但却是那么松弛，好像我不得不将口袋轻轻翻起，双手又很快地掉了出来似的。"②这句话应是卡夫卡精心修辞的结果，手的自由运动很容易让人想起自由落体运动，产生一种失重感或无根的漂浮感，就像是无意识的自然动作。这只手如同一只软体动物，脱离了人的身体，却自有其生命，也就等于进入了幻觉或梦境，这恰恰是卡夫卡沉溺其中的世界……

由此卡夫卡堪称"身体写作"的作家，他以肉身来体验存在、承担痛楚，并将这种体验转化成文字，直到耗尽身体的最后一丝能量。但他又在实施分身之术，以灵魂之眼旁观肉体之身，如同观察另外一个自我，肉身具有充分的自由和独立，卡夫卡对此有充分的认识和同情。他以手为媒，使之联结肉身（肺是代表）和精神（大脑为代表）。大脑进行指挥，手负责记录，但手有时并不能完成书写的任务，令大脑太过疲惫痛苦，于是肺主动出来承担任务，以肉身的伤口来承担精神之痛，手则趁机跃入创伤所开放的深渊，渐行渐远……也将伤口撕扯得更大更宽。手探索的踪迹留下的是一行行血肉文字，它们反过来变成尖刺，扎向了写作者本身。卡夫卡在充分运用自己的身体，也就是在耗尽自己的身体，如他所言，他在不停地切割自己的身体，用长长的熏肉切刀，肉一片片随之飞去……

对此卡夫卡比任何人都清楚，并有着非常清晰的表述。1918年6月，他在疗养院给朋友写信，就谈到自己的肺病："肉体的疾病在此只是精

---

① 卡夫卡，《卡夫卡全集》（第6卷），页227。
② 同上，页317。

神的疾病的溢堤泛滥而已。现在如果想把它逼回到河床中去,脑袋当然就要反抗,因为正是它在痛苦不堪的情况下抛出肺病的……"①饱经双重折磨的卡夫卡似乎还有心情以玩笑的口吻描述自己的状态,采取的正是旁观者的立场。在大约 1920 年写给密伦娜的信中,他又对此做了更详细的解释:"大脑已经不再受得了压在它上面的忧虑和痛苦,它说:'我不干啦。这里还有谁愿意为保持整体而出力的,它便可以从我的负担中取走一份,这样便可以再坚持一会儿。'肺自告奋勇,它自己不会因此而损失过多的。大脑和肺之间的这种谈判(是在我一无所知的情况下进行的)也许是很可怕的。"②最"可怕"的是什么? 可能并不是疾病本身,而是其之所以产生的原因,也就是说身体器官自行独立,使他无法掌控。他在1919 年致布洛德的信中就说过:"当我的胃使我疼痛时,它就真的不再是我的胃了,而是别的什么东西,在本质上和一个有意要痛打我的陌生人没有分别。所有的事情可不都是这样? 我只是由尖刺组成,它们深深扎入我的身体,于是我想要用力反抗,可是这只不过让尖刺更好地扎进去。"③"胃"和"肺"的比喻义是一样的,即所有的"现世"的事情,代表的是卡夫卡肉身的反抗。

　　真正的尖刺其实就是通过手和笔进行的写作活动,是卡夫卡痛楚的深层精神根源。因为他以写作为使命和志向,但写作并没有一直给他带来满足,反而让他在黑暗的世界越陷越深,几近疯狂,这构成了深刻的悖论。1922 年 7 月 5 日致布洛德的信中他如此谈论自己的写作:"写作维持着我……当然我的意思并不是说,要是我不写作,我的生活会更好。相

①　卡夫卡,《卡夫卡全集》(第 6 卷),页 310。
②　卡夫卡,《卡夫卡全集》(第 9 卷),页 218。
③　卡夫卡,《卡夫卡全集》(第 6 卷),页 327。

反,不写作我的生活会坏得多,并且是完全不能忍受的,必定以发疯告终。"不写作会发疯,但写作"报偿"给他什么呢:"这一夜我像上了儿童启蒙课似地明白了:是报偿替魔鬼效劳。报偿这种不惜屈尊与黑暗势力为伍的行为,报偿这种给被俘精灵松绑以还其本性的举动,报偿这种很成问题的与魔鬼拥抱和一切在底下还正在发生,而如果你在上面的光天化日之下写小说时却对此一无所知的事情。"①这段话应该引起足够的重视,卡夫卡这里已经阐明,他进入写作就是脱离白昼进入黑夜虚空,与"魔鬼"交流对话,释放被禁锢的"幽灵",描绘的是"洞穴"中的世界,这似乎是与魔鬼共谋的行为,虽然充满痛苦和恐惧,但他无法拒绝,因为他认为自己与别人看到的不一样,而且更多:"没有什么比一个人的小说更美丽,更与他彻底绝望相称的地方能埋葬他。"②小说就是卡夫卡的坟墓,文字就是碑文,他以此来建构一个世界,将自己封闭其中。

这种选择最可怕的地方在于,他不仅不能掌控自己的身体,而且也不能从根本上操纵文字,四散漂浮的词语也自有其生命,如何能被轻易地捕捉并编织呢? 现存卡夫卡日记的最后一则这样写道:"在写下东西的时候,感到越来越恐惧。这是可以理解的。每一个字,在精灵的手里翻转——这种手的翻转是它独特的运动——变成了矛,反过来又刺向说话的人。"③这是 1923 年 6 月 12 日,离卡夫卡遁世还有一年,他更加深刻地意识到,他的手终究无法敌得上"精灵"之手,文字变成了伤害自己的武器。这可以理解为,也许卡夫卡最终失望于写作,体悟到文学、文字并不

---

① 卡夫卡,《卡夫卡全集》(第 7 卷),页 25。
② 卡夫卡,《卡夫卡全集》(第 8 卷),页 196。
③ 卡夫卡,《卡夫卡全集》(第 6 卷),页 475。

能给他带来所谓的救赎，"通过写作我没能将自己赎回来"①，无法真正传达他对世界的独特恐惧之感（这是另一个值得进一步探讨的问题：卡夫卡到底在那个世界中看到了什么，令他如此恐惧绝望？），反而将他拖入了更深的恐惧、幽暗之中。

意识到写作的无望和无力，对生活的渴望就占了上风，这特别表现在他对爱情、父子关系和身体的态度转变上。1923 年他在海滨遇到了有着"如此温柔的双手"②的多拉，遭遇了迟暮的爱情，虽然因为多拉父亲的干扰没有结婚，但他对此十分珍惜，并打算和多拉一起开一家酒店，自己当侍者。在书信中、在生活中，他也一反与父亲的紧张关系，试图寻求和解，如 1924 年 5 月的信中写道："亲爱的父亲，这也许会中你的意的，我喝啤酒和葡萄酒。"③而在去世前一个月听到医生告诉他病情有所好转时，他竟然喜极而泣。他试图推开"孕育着死亡的文字"④，向恋人、父亲和自己的身体伸出和解的手，可惜已经迟了。

萨弗兰斯基在理解尼采的时候说到："他先写自己的生命，然后用身体和生命写作，而最后他为自己的生命写作。"⑤有所不同的是，卡夫卡最后为了自己的生命试图放弃写作，他想返归自我的生命。但我们知道，这恰恰就是卡夫卡的真实生命，不可能再有别的生命，最要紧的一点是，其身心挣扎撕扯、双手互搏的过程被他用手细密地记录了下来，成了巨大的财富。通过这些文字，卡夫卡向我们伸出了手，邀请我们与他"手挽手"地进入其中，去探究他曾经沉潜的那个世界……

---

① 卡夫卡，《卡夫卡全集》（第 7 卷），页 486。
② 凯西·迪亚曼特，《卡夫卡最后的爱》，张闶译，南京：江苏人民出版社，2012 年，页 11。
③ 卡夫卡，《卡夫卡全集》（第 8 卷），页 231。
④ 彼得-安德烈·阿尔特，《卡夫卡传》，页 617。
⑤ 萨弗兰斯基，《尼采思想传记》，卫茂平译，上海：华东师范大学出版社，2007 年，页 13。

三 "K"与他的助手：卡夫卡的喜剧意识

在《城堡》第十六章，卡夫卡式的主人公、土地测量员 K 遇到了被他驱逐的一个助手，他们进行了一番对话。老助手杰里米亚告诉 K，另一个助手阿图尔已经去城堡状告 K，"'那么你呢？'K 问。'我可以留下，'杰里米亚说，'阿图尔也代我去告状。''你们究竟告我什么呢？'K 问。'告你不懂开玩笑，'杰里米亚说"。①

非常有趣的是，"不懂开玩笑"被当作了 K 的罪状，而并非杀人放火等严重的罪过，这多少有些滑稽，也令人难以理解。但是，我们知道，这就是卡夫卡的风格，在很多细节上，他对我们的理解力提出了挑战。不过，对这一罪状，杰里米亚又做了进一步的解释，或者是给出了他的一个解答，这其实也就是向 K 坦白他们被上司派来做助手的理由，上司曾告诉他们："最重要的是，你们要叫他开心一点。根据我接到的报告，他把什么事情都看得太严重。他现在到村里来了，就以为这是了不起的事，其实这根本算不了什么。你们应当使他明白这一点。"（页 181）

这样，"不懂开玩笑"就被进一步解释为对待事情太过严肃、太自以为是、缺乏幽默感，这是 K 不能令人放心也不能让人忍受的一点。如此一来，助手们能帮助 K 的，其实不是实际的测量工作，而是给他带来欢乐，使他开心，在他高度严肃紧张的神经中注入轻松的药剂。为此，两个助手确实煞费苦心，他们装疯卖傻、恶作剧、扮演丑角戏，许多行为都孩子般地天真幼稚。当然，他们没有成功，因为太过严肃、太过执着，并因此显

① 卡夫卡，《城堡》，高年生译，北京：人民文学出版社，1998 年，页 181。本节后文凡出自此书，只在引文后注明页码，不另注。

得有些急躁正是 K 的本性。K 并不能和他们分享游戏的乐趣,他用尽全力在追求自己的目的,但对他们无可奈何,很多时候只能是听任他们为所欲为。除了气恼,他从他们那里大概得不到任何安慰,更别说令他心情舒畅了。因此,K 很少笑,很少有高兴的时候,似乎其他人都明白自己生活在戏剧之中,而只有 K 不是在演戏。女友弗丽达显然也与 K 的过度严肃不同,她试图对 K 进行劝解,说他"把助手的淘气行为也许看得过于严重了……更明智的做法是一笑了之。她有时就忍俊不禁"。(页98)读者可能也往往会产生弗丽达那般忍俊不禁的态度,不过,K 可体会不到,他也不愿如此,所以后来发生了 K 将助手们解雇并驱逐的事件,使他们几乎冻死在体操室外,差点酿成悲剧。

这样 K 和助手们即主从人物之间形成了难以消解的思想张力。K 有自己的世界观,并固守自己的理念,难以被改变,自然也因此饱受这个世界的挫折。而助手们则属于另外一个更高的、神秘的世界,这个世界有着不被 K 理解的神秘法则,它监视并控制着 K,他们是其中的执行者。K 对此却一无所知,他费尽心机想进入这个世界,但其行为的严肃性在助手的胡闹嬉戏中逐渐被消解。二者的这种关系贯穿在作品的始终,使得作品从整体上呈现出一种独特的喜剧效果。

毫无疑问,指出卡夫卡作品的喜剧风格,这与读者通常接受的"卡夫卡式"荒诞、阴郁的风格难以吻合,甚至根本背离。但我们知道,所谓荒诞、痛苦的悲剧与嬉笑、滑稽的喜剧其实可以看作一体两面,从不同的角度来看,可能会产生不同的体验。对于卡夫卡的《城堡》等作品,确实可以从喜剧的角度进行解释。

从文本层面上看,这种喜剧性来自作者"上帝"般的旁观身份。柏格森说,当你作为一个旁观者,无动于衷地观察生活时,许多悲剧就会变成喜剧。哈罗德·布鲁姆的理解则更富针对性，他说："如果卡夫卡的法庭和城堡里的仆役们有位上帝的话，这上帝可能正是阿里斯托芬。"①如果作品中那神秘的力量——且称之为"上帝"——是喜剧家阿里斯托芬，他冷酷地操纵并旁观着对可怜的主人公 K 的种种戏弄，那真正的阿里斯托芬其实就是卡夫卡。他将 K 与助手等人物搬上他的舞台，"上帝"般任意操纵，"欣赏着正在尘世上演的一幕幕人间喜剧"。② 所以，早在二十世纪四十年代，一位批评家就这样理解卡夫卡："卡夫卡的处理方式以及他的整个态度，使我们看到故事细节都是带有一些喜剧性的，而从某种角度看，整个作品本身就是喜剧式的。"③所以作者用了"悲喜剧"（Tragi-comedy）这一词来描述卡夫卡的作品。美国作家欧茨则认为，"除非读者自己认同于苦恼的主人公"，《城堡》和《诉讼》"都不是悲剧"，它们是"对智者为探询自己的心灵而进行的喜剧式——可笑斗争"的精彩表现。④莱雷则将卡夫卡置于喜剧文学的历史传统之中进行定位，找到了他的前驱和后继者："对卡夫卡而言，人既非悲剧式的也并不可怜：他是喜剧式的，是一个玩笑。如果卡夫卡的先驱是斯威夫特，他的后继者就是贝克特。"⑤确实，冷眼旁观会使得许多事情变得具有喜剧效果，特别是从全能的上帝的角度观照人世，更能发现其中的可笑与滑稽，尤其是其中的不协调之处。卡夫卡其实就有这种心理，有研究者指出，"卡夫卡的书信和日

① 哈罗德·布鲁姆，《西方正典》，江宁康译，南京：译林出版社，2005 年，页 358。

② Harry Steinhauer, "Franz Kafka: A World Built on a Lie", *The Antioch Review*, Vol. 41, No. 4 (1983), p. 405.

③ R. Jarrell, "Kafka's Tragi-Comedy", *The Kenyon Review*, Vol. 3, No. 1 (1941), p. 119.

④ Joyce Carol Oates, "Kafka's Paradise", *The Hudson Review*, Vol. 26, No. 4 (1973–1974), p. 639.

⑤ Patrick Reilly, "Kafka", in Harold Bloom ed., *Bloom's Modern Critical Views: Franz Kafka*, New edition, New York: Infobase Publishing, 2010, p. 188.

记表明,他心中充满了对各种事物的对立面的认识,充满了对大大小小的人生的讽刺"①,甚至堪称"本世纪最出色的讽刺作家"②。

卡夫卡正是如此冷静、超然地处理他的作品的。他将自传式的主人公 K 置于戏剧舞台中央,以一种神秘而冷酷的力量来控制他,操纵他,逗弄他。整个故事的展开过程就类似于舞台情景的不断被揭示,除了处在聚光灯下的主人公,其他的一切都隐藏在暗影里,他视力所及极其有限,控制者根据需要向他开放舞台的其他部分,各种人物轮番登场,其实都是在他面前进行的有目的的假面表演,所以他不断面对各种出其不意的事件,频频感到震惊与不解,并陷入各种困境,而他自己却对一切几乎一无所知。这个时候,卡夫卡在注视着 K,就如同清醒地做梦,或具有分身之术,他自己既是演员又是旁观者,这是卡夫卡式的恶作剧(或自我试炼,即观看自己受难、受捉弄),他的视线在这种境遇中就具有了喜剧式的审美观照,虽然更多的是一种包含无奈和绝望的喜剧感。这也符合他"人生如梦"的潜在意识,"无怪卡夫卡感觉世界建立在一个谎言之上"。③

在《城堡》中,K 与助手的关系恰恰构成了理解作品的重要关节,其实也就是这种喜剧性的主要来源。从身份上看,杰里米亚和阿图尔本应是 K 的助手,但二者的这种主从关系从来都不是完全固定的,他们显然具有 K 意想不到的能量,并不被 K 所控制,地位往往会发生突然的变化或颠倒,令 K 和读者都措手不及,产生滑稽与荒诞的效果。

---

① Freda Kingsford Rohl, "Kafka's Background as the Source of His Irony", *The Modern Language Review*, Vol. 53, No. 3 (1958), p. 380.

② 同上。

③ Harry Steinhauer, "Franz Kafka: A World Built on a Lie", p. 399.

在这一关系中,对"助手"形象的发现和关注特别具有启发性。本雅明是在卡夫卡逝世十周年的纪念文章中提到这一现象的:"这些'助手们'属于贯穿卡夫卡整个作品中的人物群。"[1]他将助手形象视为卡夫卡创作体系之中的一个特殊类型。昆德拉则更为明确:"城堡派来的两个助手兴许是卡夫卡诗学上的最重大发现,是他幻想之境的最神奇处。他们的存在不仅令人惊讶无比,而且满载丰富的涵义:……他们是穿越正剧场面的天真的小丑;……然而却具有卡夫卡所特有的喜剧性。"[2]这就直接点出了助手形象的丑角性,以及由此带来的喜剧效果。助手形象确实神秘,他们没有固定的人格气质,可以随意赋形,就如同法力无边的撒旦,会变身各种形象对人进行诱惑或威胁。这样,K 和助手们的关系就变得扑朔迷离起来。一开始,他们不请自来,随着 K 的到来而现身,而 K 并没有认清他们的身份。他们行踪诡秘,制造各种麻烦,如影子一般跟随着K,与其说是来帮助 K 的,不如说是来监视他,来捣乱的。他们使 K 丧失了任何一点隐私(甚至当 K 和弗丽达在地板上打滚的时候,他们整整一晚就一直坐在旁边的柜台上注视着,就好像这也是他们必须履行的职责一样),K 的个人行为的自由受到了限制。他们也制造了各种笑料,比如,当 K 向信使巴纳巴斯介绍两个助手的时候,"这两个家伙正搂抱在一起,脸贴着脸微笑着,这种微笑究竟是表示恭顺还是嘲讽,那就不得而知了"。(页 18)这就是典型的助手们的行为方式,他们似乎过着 K 控制之外的生活,他们的活动如多肢的动物一样向四面八方伸展,注意力从不集中在一个地方,因此,在 K 的眼中显得如此滑稽、荒诞而神秘。他们在 K 的面前演出,一切就像"一场滑稽戏"。(页 17)

---

[1]　本雅明,《启迪:本雅明文选》,汉娜·阿伦特编,张旭东、王斑译,页 125。

[2]　昆德拉,《被背叛的遗嘱》,余中先译,上海:上海译文出版社,2003 年,页 53–54。

　　按照老助手杰里米亚所言,他们这么做,其实是奉了命令,要给 K 带来欢笑,调节他过于严肃的生活,试图缓解他阴郁的心理,而这却正是 K 所不知晓的隐秘任务。这样,K 就成了任人操纵的木偶,自己在明处,别人在暗处,他对自己的真实处境昏暗不明,常常落入各种陷阱。他也真的成了聚光灯下的演员,助手们虽然是舞台上的配角,但是他们所掌握的秘密显然比 K 还要多,因此在主人 K 面前,他们甚至有高人一等的感觉(如杰里米亚既是助手,又是城堡派来的密探,最后还变身为贵宾饭店的客房服务员,大大地超越了 K 的地位),在悠然自得地执行轻松的任务。所以当 K 四处碰壁陷入困境的时候,他们也不会忧虑悲伤,顶多是一只眼睛流露出同情的目光,而另一只眼睛则狡黠地相互嬉戏,而严肃的 K 却无法欢笑起来。这就是卡夫卡所设置的 K 的生存处境。

　　以上现象,如果用文学中“天真遭遇经验”,即成长主题来解释,其实也未尝不可。卡夫卡的主人公 K 往往带有天真、正直、单纯、严肃的性格,他根本不会预料到社会的种种丑恶,或者是社会的喜剧化与荒诞性,总是以孩子式的信任的、无辜的姿态来应对,结果自然是挫折重重,被社会的各种阴险、圈套、恶作剧所折磨。助手们就承担着阻碍者的功能,是对主人公的人生历练,在这些过程中,K 经历着自我成长,并付出自己的代价。但是 K 自己无法从超越的角度看待自己的成长,不能置身度外,所以他往往自觉陷入阴暗的悲惨境地,苦恼无比。其实,从操纵者和旁观者看来,这也许不过是人生中无伤大雅的恶作剧与必不可少的笑料而已,是不必如此严肃深沉而悲观地看待的。卡夫卡大概是想以这样乐观的态度理解他所面对的世界,以此来超越他自己。这样,人生的悲苦就在主人公 K 的跌跌撞撞中被不断的笑声所取代。

　　但对卡夫卡来说，宗教式的解读似乎更能切近其内在的心理空间。在其作品和话语之中，可以发现他在不断地对上帝创造的世界进行自己的解释。他曾说："我们的世界仅仅是上帝的一种坏情绪的产物，他倒霉的一天而已。"①这句话足以使人绝望至极，把我们都看成偶然的、不成功的存在，受到上帝的神秘操纵。卡夫卡其实就非常喜欢从偶然的角度理解人、塑造人的形象，小说中常常出现偶然、怪诞的情节，K 的那些莫名其妙的经历就是典型的例证。但卡夫卡又试图苦中作乐，站在上帝的角度进行自我审视，发现其中的喜剧因素，"在现在这样一个不信上帝的时代，我们必须快乐"。② 这是雅诺施记录的卡夫卡的谈话。如此，我们就可以理解卡夫卡的挚友布洛德和同为犹太人的本雅明对卡夫卡喜剧风格的宗教式解读趋向了。卡夫卡逝世后不久（1926 年），布洛德整理出版了《城堡》，在"第一版后记"中，他从尘世和宗教视角的差异来解释卡夫卡作品的悖谬风格："所有诽谤的言论和意见只能表明人的理解和上帝的仁慈安排之间的差距，不过这是从井底之蛙的角度，从人的立场来看的。"而在上帝面前，人总是不可思议地不在理，这种扭曲关系和差距，"通过合理途径不可克服，再也没有比用迷人的幽默……表达得更好的了"。在这种描述中，"上天有时甚至呈现出一种极其可鄙、悲惨、混乱或乖戾或无意义的淘气（那两个助手）或庸俗、但始终难以捉摸的景象"。因此，布洛德认为，《城堡》"简直炉火纯青地表现了上述种种评价和直觉对人的所有这些戏弄，表现了人生的一切精神上的抑制、模糊不清的事物、堂吉诃德式的行为、困境乃至不可能的事以及我们在混乱之中模模糊糊意识到的更高的

---

① 本雅明，《启迪：本雅明文选》，页 125。
② 卡夫卡，《卡夫卡口述》，雅诺施记录，赵登荣译，上海：上海三联书店，2009 年，页 91。

天上秩序"。① 在布洛德看来，卡夫卡是在以喜剧的方式呈现人的局限
与上帝神秘的力量之间的反差，因此他用了"幽默""淘气""戏弄"等词
语。本雅明的解释也正与布洛德相呼应，在给朋友的信中他说："任何
一个能够看出犹太神学的喜剧一面的人就同时拥有了理解卡夫卡的
钥匙。"②

　　拿着这把"钥匙"，我们试图来开启卡夫卡的思想空间。进一步说，
这种喜剧意识也应当被看作是卡夫卡对待人生的态度的体现，是他给自
己的警示。哈罗德·布鲁姆对卡夫卡的解读可谓精到，他发现了卡夫卡
身上的"经典性忍耐"，即对急躁的嘲讽、对忍耐的坚信："卡夫卡坚持认
为，焦躁乃万恶之首，是人生唯一的原罪。"因此，卡夫卡总是劝告人们，
"耐心高于一切"。③ 确实，雅诺施就记录了卡夫卡博士曾经对他的告诫：
"耐心是应付任何情况的巧妙变法。……耐心是实现一切梦想的唯一的、
真正的基础。"④在卡夫卡留下的格言式文字中，我们也可以看到他对此
的清晰态度："人类有两大罪恶：急躁和懒散。由此便产生所有其他的罪
恶。由于急躁，他们被逐出天堂；由于懒散，他们无法返回。或许只有一
大罪恶：急躁。由于急躁他们被驱逐，由于急躁他们无法返回。"⑤因此有
研究者认为，卡夫卡在作品中表达出了悲观之外的希望心理，日记中常常
表达出"人属于上帝"的思想，上帝才是拯救者，人所能做的就是谦逊与

---

① 马克斯·布洛德，"第一版后记"，见卡夫卡，《城堡》，高年生译，页283。
② See Gilles Deleuze, Felix Guattari, *Kafka: Toward a Minor Literature*, Minneapolis：
University of Minnesota Press, 1986, p. xviii.
③ 哈罗德·布鲁姆，《西方正典》，页354。
④ 卡夫卡，《卡夫卡口述》，页188。
⑤ 卡夫卡，《卡夫卡文集》(第四卷)，祝彦、张荣昌等译，上海：上海译文出版社，2002年，
页321。

忍耐："谦卑、耐心以及对过度依赖纯粹人类力量的心理的自我克服，这些毫无疑问是达到希望之乡的首要条件，而这种希望正与快乐相邻。"①失去了这种耐心，生活就变成痛苦和磨难。

　　卡夫卡严格的生活准则，在劳工工伤保险公司长年的辛勤工作可以看作他实践自己信念的明证，虽然他并不真心热爱这份工作。但他更主要的是以文学的方式来表达这一思想，并从中获得精神的支撑。卡夫卡对文学的执着，对文学的耐心，也就可以被视作寻求自我拯救的道路，是对生命过程的积极理解。他不厌其烦、煞有介事、用"法律和科学方面的术语"②极为精确地讲述最复杂最怪诞的故事，并以此与我们比耐心，他其实也是在考验自己的耐心。"忍耐与其说是卡夫卡心目中的首要美德，不如说是生存下去的唯一手段，就像犹太人的经典性忍耐一样。"③理解这一点是非常重要的，人既然要生活，就要忍耐生活中的一切，包括不可避免的单调、贫乏，当然还有欢乐与幽默，要勇于接受和理解生活的多元本质。

　　主人公 K 恰恰是因为过于急躁而丧失了自己的优势，这是值得警惕的人生教训。作为"幽默精神的化身"④的两个助手的任务是逗他开心，"他们来自城堡，可能是在以和善的幽默方式来为 K 指出进入城堡的道路，使 K 能够接受人的存在处境"⑤。但是 K 不能领悟，他以他的严肃、独断和自我中心，误解了喜剧化、漫画式的助手们，忽略了他们带给他的信

---

① H. S. Reiss, "Franz Kafka's Conception of Humour", *The Modern Language Review*, Vol. 44, No. 4 (1949), p. 534.

② 纳博科夫，《文学讲稿》，页 222。

③ 哈罗德·布鲁姆，《西方正典》，页 365。

④ H. S. Reiss, "Franz Kafka's Conception of Humour", p. 535.

⑤ 同上，页 536。

息，也就错过了他们提供的机会。莱雷认为，卡夫卡写的是人的无知、虚妄、自以为是的状态："卡夫卡的基本模式是喜剧式的：一场危机将主人公导向犯罪感或疏离状态，主要是因为主人公提出的傲慢要求。"①虽然他不断修正这些要求，但是他从未完全放弃。

这样就可以认为，助手们的存在是为了对 K 进行试炼，是卡夫卡有意设置的障碍。其实 K 非常需要助手，需要他们的幽默和玩笑，这是调剂甚至摆脱他的孤独、严肃、单调生活的最好方式，可惜他深陷自我世界之中，难以用超越的眼光清醒地面对自己的处境，成为"不懂玩笑"的痛苦者。阅读卡夫卡的作品可以发现，除了《城堡》之外，其他作品也描写了类似现象。如《美国》《布鲁姆菲尔德，一个上了年纪的单身汉》等，卡夫卡也通过卡尔、布鲁姆菲尔德等 K 式的主人公与助手的关系来刻画其人格，达到了相似的喜剧效果。

在《美国》中，鲁宾逊和德拉马契这两个流浪汉式的人物显然属于助手形象系列。当主人公卡尔·罗斯曼经历了初到美国的惊险一幕之后，开始了走向拉姆塞斯的旅程。他在旅馆中偶尔碰到了这两个小伙子，结果就再也无法摆脱他们的纠缠。卡尔与鲁宾逊和德拉马契的关系在小说中占有相当的篇幅，构成了小说叙事的重要部分。面对天真幼稚缺乏人生经验的卡尔，两人对他开始了肆无忌惮的欺骗与捉弄。他们剥掉了卡尔漂亮的上衣，将它卖给老妇人，从中克扣了钱款；他们让卡尔为他们支付饭钱；他们趁卡尔不在，乱翻他的箱子——卡尔唯一的财产；卡尔好不容易摆脱了他们的纠缠，在西方饭店找到了电梯工的工作，酒鬼鲁宾逊前来骚扰讨钱，德拉马契也在打探他的消息，最终卡尔因为鲁宾逊的胡闹被

---

① Patrick Reilly, "Kafka", p. 189.

开除；卡尔被莫名其妙带到了鲁宾逊和德拉马契服侍的肥胖的女歌手布兰娜达身边，出逃不成功，被强迫代替他们做了仆人……这一系列的情节其实就如同滑稽戏，荒诞故事接连不断，而这两个年轻人则完全是一副混世者的丑角模样。他们贪吃贪睡，嬉皮笑脸，没有一点严肃和正经，一切都玩世不恭的样子。更主要的是，他们神秘莫测，身份不明，且随意转换，似乎熟悉社会的一切，好像经历了许多个世纪的生活一样，只有卡尔被蒙在鼓里，任人操纵，似乎任何行为的结果都在别人的操控之中，助手们只不过是他的引导者而已，使他屡屡遭到戏弄。

　　即使受到戏弄，卡夫卡笔下的主人公 K 们还是需要那些助手，那些出于 K 们的内心需要而被召唤而来的助手。《布鲁姆费尔德，一个上了年纪的单身汉》就是由孤独而产生幻想的典型。莫名其妙出现在老光棍房间的两个赛璐珞小球，其实就是助手们的物化形象，它们被老光棍召唤而来，就为了缓解老光棍的寂寞与孤独。他正因为自己生活的单调而考虑养一只小狗之类的宠物，但是又害怕宠物带给自己的烦恼，无法召之即来挥之即去。两个小球因此出现了，它们似乎在给老光棍逗乐，与他捉迷藏，但是又显得不愿意受到主人的控制，和主人开起了玩笑。两个小球也许并不存在，只是孤独的老光棍想象中的产物，如梦幻剧一般，是他内心情感压抑的宣泄方式。老光棍办公室里的两个实习生则是两个小球的人化形象，两个小球被老光棍设计捉住送人之后，两个实习生就出场了。为了工作需要，老光棍通过多次申请而将他们安排到自己的办公室里，结果却是自找麻烦。他们脸色苍白，身体孱弱，简直还是孩子，表面上对老光棍毕恭毕敬，而背后却不停地做着各种古怪的动作，如偷偷交换邮票，偷偷追求女工，上班总是迟到，搂在一起鬼鬼祟祟地说话，如此等等。老光棍需要他们，而他们显然无法提供所需的帮助，一旦出现就几乎完全在老光棍的控制之外，让主人陷入困惑和矛盾。

在这些作品中，助手们化身各种形象不断卷土重来，与 K 们构成了颇具喜剧化的关系。卡夫卡不断地重述这种关系，则给我们提供了解读的线索。过度的严肃就会使人限于孤独与悲观之中，如同堂吉诃德需要桑丘，K 们也需要助手，他们是 K 在幻想中召唤来的人生伴侣，在给自己制造障碍的同时，也使他在这个过程中理解生活的意义。因此有评论家指出，在卡夫卡看来，"一个人如果要忍受恐惧与荒诞，或准确地说，如果他要克服畏惧和孤独，就必须以这种(幽默)精神看待他的经历"。① 卡夫卡在以这种冷眼旁观的方式指出人在生活中的真正处境，并试图通过小说来说服自己，改变自己，进行着自我的心理调节，因此可以理解，卡夫卡首先或几乎完全是为自己而写作的。

当然，针对卡夫卡曾经通过朗读《诉讼》第一章而引得朋友哈哈大笑同时自己也发笑的这一文学史细节，可以发觉卡夫卡不止在作品中，在生活中也试图注入欢笑的因素。因此昆德拉评论说，"他们的笑是有理由的，喜剧跟卡夫卡式的本质是不可分的"。② 读者诸君也就未必一定要始终愁眉苦脸地去阅读卡夫卡，他给人们带来的乐趣与欢悦不下于其思想的沉重晦暗。正如德勒兹与加塔利指出的，在严肃、愤怒之外，我们要关注的"另外一面就是喜剧与欢乐对卡夫卡的作用"。③ 不然我们就如同卡夫卡的主人公 K 们，像碗里的鱼一样陷入生活的玩笑之中，而自己却不能发现其中的有趣之处。似乎就可以说，不懂卡夫卡的喜剧与幽默精神，就无法真正读懂卡夫卡。以这种阅读方式来回应卡夫卡，也许正是卡夫

---

① H. S. Reiss, "Franz Kafka's Conception of Humour", p. 536.

② 昆德拉，《小说的艺术》，董强译，上海：上海译文出版社，2004 年，页 130。

③ Gilles Deleuze, Felix Guattari, *Kafka: Toward a Minor Literature*, p. 95.

卡试图追求的效果，兴许能博得他鬼魅的一笑，因为他已然派出了 K 和助手们充当他的使者。

第三节　君特·格拉斯的自传忏悔：
从《剥洋葱》返观《铁皮鼓》

　　卡夫卡的幸运在于，身为犹太人的他并未亲身经历纳粹德国的屠犹与种族灭绝暴行，而他的众多亲属、恋人、朋友都在这一历史惨剧中丧命。不过，卡夫卡已然洞察或预见了世界的荒诞与人性的阴暗，对于会像狗甚至不如狗一样横死的命运也不会大感惊异。卡夫卡死后三年方出生的君特·格拉斯（Günter Grass，1927–2015）则结结实实属于"希特勒时代的孩子"[①]，从头到尾体验了德国的纳粹化及民众被纳粹化的过程，他自己也被历史的齿轮卷入这一阴暗的漩涡，特别是曾身为纳粹"党卫军"的一员，并终身为此悔恨、自责、忏悔。从战后不久即完成的早年成名作《铁皮鼓》到晚年去世之前九年自忏的《剥洋葱》，格拉斯始终在伴着回忆的鼓点剥切自己良心的洋葱。

　　《剥洋葱》无疑是当代自传中难得的经典，它体现了现代自传的基本要素与特征：身份认同、自我意识、多重对话与忏悔自辩。通过回忆与对话，他进行着自我身份的建构，即对自己作为"无知少年"的历史身份与对作为"回忆的老者、忏悔者"的当下身份的认定。在这一过程中，他展开了自我

---

　　① 古多·克诺普，《希特勒时代的孩子们》，王燕生、周祖生译，北京：人民文学出版社，2006 年。

暴露与自我解释，体现了鲜明的自我意识与主体精神。由此返观其写作经历可以发现，格拉斯的小说《铁皮鼓》看似夸张、荒诞、嬉戏，具有魔幻风格，其实却掩藏着最严肃的真实，可以称为一部"隐秘自传"。自传《剥洋葱》的出版揭示了二者之间的紧密关联：它们在典型意象、叙述形式、叙述事件等方面都有着直接的对应关系。这说明，格拉斯先是借助小说来剥离自我的面具，表达深层的隐秘忏悔，晚年的自传则指出了通向小说世界的路径。

一　《剥洋葱》的"自忏"与"自辩"

论后现代主义者，常常以"剥洋葱"为喻，意为层层剥离之后，并无真正的核心，以此喻指后现代思想的消解中心与颠覆意识。不过，君特·格拉斯将其自传取名《剥洋葱》，用意显然相反，他在年近八旬之时对自己的人生经历进行回顾与总结，正是要说出心底想说的话，大胆地解剖自己，并暴露隐藏在记忆褶皱中的阴暗层面，就如他所言，"因为前车已然倾覆，我后来才亡羊补牢"①，自传就可以看成其人生经历的忏悔与弥补。这一回顾的过程正如剥洋葱，需要勇气和毅力，"你去切洋葱，它会让你流眼泪。"但"只有去剥皮，洋葱才会吐真言"。（页5）他不畏惧辛辣的气味，要层层检视自己，显示出了真诚的姿态。

不过，如同所有自称真实客观而毫不隐瞒的自传一样，《剥洋葱》也要接受读者与批评家的检视、质疑与对话。事实上，甚至在2006年出版之前，此书就受到了很大的关注，在出版之后更是引起了广泛的反响。尤其是在欧美各国，许多重要的报刊都发表了书评和介绍文章。批评者与

①　君特·格拉斯，《剥洋葱》，魏育青等译，南京：译林出版社，2008年，页4。本节引文如出自此书，随文注出页码，不另注。

支持者各执其辞,看似都有道理,大家关注的焦点就是格拉斯在二战中参加纳粹党卫军(Waffen-SS)的经历,也即"党卫军事件"。反对者大多认为他并没有真正地进行忏悔和暴露,自我掩饰和辩解的成分较大。如丹尼尔·约翰逊(Daniel Johnson)就指责道,"对于其纳粹经历而言,从道德的角度评价看,《剥洋葱》是失败之作——甚至可以说是不光彩的失败",他甚至断言,"全书就是一个长长的辩解"。① 而且人们对格拉斯将自己隐瞒了这么久感到不满,因此无法原谅他,甚至要求他归还诺贝尔奖。肯定者、支持者则主要以他当时少年无知为理由进行辩护,强调他如今敢于自我揭露、为集体罪行承担责任的勇气。著名作家拉什迪(Salman Rushdie)在接受 BBC 采访的时候谈到,格拉斯的行为是值得原谅的,因为那时他仅仅十七岁。美国作家约翰·欧文(John Irving)则认为格拉斯一直都是一位大胆的作家,并称他为英雄。

可以看出,这些评论大多是从政治、道德的角度进行的,着眼于格拉斯的纳粹身份是否有罪以及他是否进行了真诚袒露与忏悔的问题。这些确实是这部自传的热点问题,不过,这种讨论容易脱离具体文本,变成纯粹的道德与人身评判。如果换个角度,从自传文体自身的特性出发加以审视,如身份、自我意识、记忆、对话等,也许会给我们的理解带来另外一些启示。

自传是个体的回顾性叙事,正如提出了"自传契约"的自传研究专家勒热讷所言:"当某个人主要强调他的个人生活,尤其是他的个性的历史时,我们把这个人用散文体写成的回顾性叙事称作自传。"②既是回忆,自

---

① Daniel Johnson, "Many Layers but no Heart", *The Telegraph*, 2006 - 9 - 24.
② 菲力浦·勒热讷,《自传契约》,杨国政译,北京:生活·读书·新知三联书店,2001 年,页 3。

然就无法避免记忆自身的种种特点，其中有真实的客观呈现，也有记忆的选择与"屏蔽"，难免出现遗忘与变形的情况。而自传又是自我意识的结果，是自传者实现当下自我认识的方式，这一认识必然带有鲜明的主体性与当下性，影响着自我表达的客观角度。在这一意义上，自传就不止是一般客观的自我认识与自我表达，而是一种自我建构和对自我的解释。居斯塔夫（Georges Gusdorf）认为这正是自传的独特之处："它不是给我们展现个人生涯客观的阶段——这是历史家的任务——而是揭示创作者给他自己神话般的故事赋予意义的努力。"①当然，并非只有具备"神话般的故事"的人才有资格写作自传，因为自传是目前所有文类中"最民主的写作形式"②，也是一种"人权"，所有的人都有资格写作自传，居斯塔夫强调的是自传对于个体自身显示出的独特意义，具有无法替代的重要性。波乔科兰德（Diane Bjorklund）也同意这种观点，认为自传"是人们如何阐释和说明他们的生活的一种记录"，通过自传，"我们探究，也可能是创造人生的意义"。③

　　进一步说，自我意识的核心就是身份（identity），即对个体在社会中的角色的认定，这一认定包括自我认定和社会认定，对自传而言，主要是个体的自我认定。这一身份正是自我建构与自我解释的中心，它是人的自我意识的普遍而突出的表现，是个体存在的基本要素："所有的人，在他

---

① Georges Gusdorf, "Conditions and Limits of Autobiography", in James Olney ed., *Autobiography: Essays Theoretical and Critical*, Princeton: Princeton University Press, 1980, p. 48.

② Margaretta Jolly ed., *Encyclopedia of Life Writing: Autobiographical and Biographical Forms*, London: Fitzroy Dearborn Pub., 2001, p. 77. 这是现代自传研究者的基本观点，如弗肯福里克也指出："如今人们对自传的呼吁，部分与它的民主潜力有关，这种呼吁建议每个人，无论男女都可以有一部自传。"（Robert Folkenflik, "Introduction: The Institution of Autobiography", in Robert Folkenflik ed., *The Culture of Autobiography: Constructions of Self-Representation*, Stanford: Stanford University Press, 1993, p. 12）

③ Diane Bjorklund, *Interpreting the Self: Two Hundred Years of American Autobiography*, Chicago & London: Chicago University Press, 1998, pp. ix-x.

们作为人的能力范围内都有一个关于自我的独特概念，或者更准确地说，一个'自我身份'。"①"身份"正构成了自传的核心概念，与自传难以分割，"谈到自传，叙述和身份就密不可分地联结在一起"②，自传者总是以一定的身份进行写作，他在自传中将自己描述成什么样的人，依赖于他的身份认同，而且他试图让人们接受他的这种身份。从这个意义上说，自传者对人生经历的回忆、选择、组织，对自我的解释，都与对身份的建构有关。而这一身份建构，往往充满着有意识的"对话"③，这种对话既是"现在之我"与"过去之我"的对话，同时也是自我与读者、社会等他者的对话。在对话中，他展示并维护自己的身份，并回应他人的质询，表现出鲜明的主体性与自我意识。

对读者而言，他们所关心的大概正是自传者的自我身份认定与社会认定之间的张力，其间有相互一致的地方，也可能有差距和断裂，甚至截然不同。也正是在这一差异和矛盾的地方，凸显了自传的特点，也显示出人性的复杂层面。这样说来，格拉斯的《剥洋葱》所引发的争论，从自传的角度看，正是由此而生。

进一步言之，自传者对自我身份的认定往往是多重的，就格拉斯这部回忆录式自传来说，就存在作为叙述对象的"历史主体身份"和作为叙述者的"当下身份"，它们构成作者自我建构、自我解释和自我对话的两个重要方面。就前者而言，格拉斯在自传中记述了自己从十岁到三十二岁

①　Michael Mascuch, *Origins of the Individualist Self: Autobiography and Self-Identity in England, 1591–1791*, Cambridge: Policy Press, 1997, p. 18.

②　保罗·约翰·埃金，《自传的起源：叙述身份与拓展自我的出现》，姚君伟译，《国外文学》2000年第3期，页3。

③　"对话"是巴赫金的重要概念，也是他论述自传时的基本思想，在《审美活动中的作者与主人公》以及《小说的时间形式和时空体形式》这两部著作中，他分析了自传的"自我客观化""自我审美化"现象，也梳理了欧洲自传中自我意识的发展，这都是其对话理论的运用。

的经历，其中的身份定位与描述也是多样的：他既是处于青春期的少年、一位艺术追求者和作家，又是参加了希特勒少年团、青年团直至党卫军的战士。但总体而言，在格拉斯的意识中，他所呈现的自我是一位处于战乱和动荡人生中探索挣扎的"无知少年"，这应当是他的主导身份。这样，对战争前后的经历及其影响的叙述占据了整个自传的大部分。他常常以第三人称称呼当时的自己，如"他""叫我名字的男孩""傻小子""那个男孩""使用我这个名字的年轻人"，名称虽有差别，但用意相同，都是借以拉开距离进行自我审视，并强调当时的年龄。他以"现在之我"与"年轻之我"展开对话，更多的时候是"盘问"和质询，以揭示当时的隐秘心理与行为。他不惮于暴露当时的罪行，因为他清楚，对于那个年轻、无知、"少不更事"的"自我"，还存在取得谅解的可能，因为他还没有形成独立的个性与人生观念，也就是说，还没有成熟的自我意识，这使得他容易受到外在因素及人的本能的诱惑，难免犯下罪行和恶行。

　　具体到备受争议的"党卫军事件"，格拉斯参军时是在二战后期，当时十七岁，智性上尚未成熟。而且令人痛楚的事实是，许多更应该理智成熟的成年人，包括著名哲学家、教授等高级知识分子，不也都受到了疯狂纳粹的蛊惑而"精神失足"？格拉斯其实在《铁皮鼓》《剥洋葱》《猫与鼠》等经典作品中不断影射性地加以批判嘲讽，矛头指向的无疑就是所谓大哲人海德格尔，就差直接点出姓名了，这一问题颇值得深究。格拉斯显然属于典型的"希特勒时代的孩子们"①，长期在纳粹军国主义和种族主义

---

　　①　这是德国作家克诺普对那一代人的称呼，在《希特勒时代的孩子们》一书中，他通过采访和调查，细致分析了纳粹时期青少年的真实心态与境遇，指出他们受到政治欺骗与思想控制，并成为纳粹的牺牲者和献身者的遭遇。也就是说，这些天真无知的青少年，既是战争的帮凶又是受害者，在纳粹暴行中，他们应当承担集体罪行的责任，但并非罪大恶极的战犯，也值得同情，尤其是每个人的行为都需要具体地区别对待。这大致是人们对集体罪行中个体责任的基本看法。

思想的熏染和教化之下，十岁参加希特勒少年团、十四岁参加青年团、十七岁参军，无时不在被"洗脑"的过程中。处在当时的历史环境下，他们很难在政治问题上作出正确的判断，保持"政治正确"的立场，或者说对纳粹思想进行反叛和斗争。格拉斯以这样一个少年的身份对自己进行回顾、描述和定位，实际上反映了一种比较客观的态度，展示了他当时的真实处境，可以说是相当坦诚的。反过来，如果他将自己塑造成一位反抗者、思想独立者，那才令人难以置信。

　　但是，他必须面对读者和批评家的质询，并与之对话，因为他们的视角不同，而且对他要求得更多。由于他承认了自己参加党卫军的经历，他理所当然地被定位为"纳粹"，被贴上了这一代表罪恶的身份标签。这就意味着他被看成是屠杀的凶手，至少也是帮凶，要为此承担责任，却并不关心当时他的具体处境如何。即使格拉斯声言他在战争中没有开过一枪，没有杀过一人，也有人并不想因此赦免他的罪行，如在《华盛顿邮报》中就有这样严厉的批评，作者认为，格拉斯仅仅指出"他清楚地记得自己从来没有开过一枪"，但是"他并没有将纳粹信条在他们这些拥护它的人中滋生出来的自豪、傲慢以及残忍召唤出来"，而且"在书页间萦绕着一些未曾说出的事实"。[1] 他认为格拉斯肯定隐瞒了自己的某些罪行，至少是内心中罪恶的念头。《经济学人》中的文章则指出了格拉斯叙述的有意选择，认为他可能完成了对自己"三种饥饿者"（即食物、性和艺术）身份的描述，但是却留下了一个疑团："为什么他对作为战斗者的那几个月的回忆显得如此单薄？"将矛头也指向了这一纳粹战士身份。

　　也就是说，格拉斯虽承认自己曾为纳粹，但侧重强调自己当时只是一

---

[1]　Joel Agee, "The Good German", *The Washington Post*, 2007 - 7 - 8.

个"少年"，他披露这一经历，带有自我暴露和忏悔的意识，同时也是自我的辩护和解脱。而批评者着眼的是这一刺目的"纳粹"身份，从而以政治和道德的标准要求他承认所犯的罪行，由此产生了双方在身份认定上的差异。事实上，格拉斯肯定也已经预料到了他会受到各方面的攻击与质疑，这可能也是他迟迟没有将此事件公之于众的原因。现在，他既然克服了恐惧，说服了自己，也就有了直面历史和现实的勇气，甚至说在自传中也准备好了他的答复：他对自己当时身份的描述就是答案。他大概不可能再提供更多或更好的解释了。大概正是在这一点上，他希望读者可以对他产生"同情的理解"或谅解，而不是严苛的指责与抨击。

作为回忆者、叙述者的格拉斯的身份同样也值得关注。格拉斯在年近八十杖朝之年时回顾生平，这一回顾者的身份非常明显。由于时间的距离和历史处境的差别，他在审视早年自我时取得了优势，即一种客观的、清醒的"外位者"身份，也获得了自我忏悔与批判的角度。但是，又正如他在自传中多次申述的，回忆"爱捉迷藏"，是"最不可靠的证人"（页52），由于记忆的这种缺陷，他在"剥洋葱"时常常陷入遗忘和混乱，这也给他叙述中有意无意的遗漏模糊提供了理由。也就是说，一位陷入遗忘的"老者、忏悔者"构成了他的当下身份。由此出发，我们可以解释自传中出现的一些现象。

既已时隔半个世纪之久，格拉斯在回顾往事时，自然带有了客观审慎的姿态，形成了自我的内在对话。那个十几岁的少年在他眼中就成了剖析的对象，使自传带有明显的自我暴露、自我批判和自我忏悔色彩。其自我暴露，主要体现在对青春期性意识和性活动的揭示，如强烈的性欲、习惯性自慰、对女性的幻想，以及后来和女性之间的性关系，这类描述在自传中都是比较直接的。自卢梭以来，对性的暴露便成了自传中一个惯常的主题，这一私人生活的揭示，足以显示自传者的真诚态度和无畏勇气，他往往会因此受到读者的尊敬。格拉斯也是如此，他的自曝隐私也足以为他赢得读者的信赖，从而建立与读者之间更紧密的关系。而且从忏悔的角度看，性的恶行远比杀人罪行轻得多，在这方面更少罪感，不必担心受到过多的指责与批判。

更重要的是，针对最为核心的纳粹事件，时间的距离、历史的变迁为格拉斯赢得了自我审视、自我批判的有利契机，使他能够以忏悔者、批评者的姿态出现，也就是说，能够以"过来人"的眼光反观自身经历，在历史的"债与责"问题上取得了自我解释的话语权。毫无疑问，格拉斯清楚自己纳粹经历的严重性，也并不否认自己应当承担的责任，"自称当初无知并不能掩盖我的认识……即使能以没动手干坏事为自己辩白，但还是留下一点儿世人习惯称为'共同责任'的东西"。（页106）不过，在暴露自己当时的活动时，他往往带着双重的姿态。一方面，他承认自己确实是自愿参加各种团体，"毫无疑问，我当初是自愿从军，自愿拿起武器的"。（页63）另一方面，他也不断地解释缘由，强调作为少年他受到的各种蛊惑与引诱，如纳粹制服的诱惑、摆脱家庭逼仄生活的愿望、追求冒险生活等，同时，他清楚地指出，这是他们那一代人无法逃避的命运，即使不愿参加，也要受到强制与逼迫。另外，他一方面叙述参加活动时的热切、激情与快乐，充满狂热的爱国主义和牺牲精神，另一方面也流露出不满、怀疑甚至反叛的精神，如叙述参加活动的无聊、冒险时的愚蠢，称制服为"屎褐色"，帽子为"带把的屁股"（页77），还特别描述那位拒绝持枪操练、坚称"这事咱不干"的男孩，称赞其敢于顽拒的执拗精神，带有反英雄主义的个性色彩，表现出叙述者对当时行为的讽刺与否定，以及自己的自愧不如。这样一来，格拉斯笔下呈现的少年，就并非一个坚定的信仰者和甘于牺牲者,而是带有人的根本天性与本能,在极权与病态的社会下,依然葆有可贵的人性。可以看出,通过这样一种叙述,格拉斯在建构同时也是在解构自己的纳粹身份,使这一身份带有了分裂意识和内在张力。这就使作为叙述者的格拉斯占据了道德上的优势地位,在表达自我忏悔的同时,也为自己的少年生活取得了辩解、澄清的因由。

　　客观地说,格拉斯当时的心理、行为确已难以再现,其叙述的真实性、客观性也难以考证。他自称在参军之后曾记有日记,但是已经遗失,也就是说,唯一可以参照的原始文献已不复存在。仅有的对自传真实性的制约大概只能来自人的道德良知,以及自传契约的客观要求。但是它们也必须与人性固有的弱点,即自我隐瞒、自我掩饰和自我美化的倾向进行斗争,同时还要与记忆的缺陷进行斗争。就格拉斯而言,其自传是否存在隐瞒和美化我们尚难评定,但是,记忆给自传带来的困扰却是非常鲜明,这也成为批评者攻击的借口。塞巴斯蒂安·福科斯(Sebastian Faulks)称,就大部分内容而言,"此书事实上是一部关于遗忘的回忆录",在很多时候,"他就耸耸肩膀。他已经记不住了"。① 也有人认为,此书"不仅是一部自传,还是关于记忆力的一种思索"②,即探讨记忆的机制与存在的问题。对于这一点,格拉斯也是反复申述并明确承认的,他在叙述中常常表达记忆的模糊带来的困扰,使他的回忆似是而非,在某些问题上存在着遗忘的情况。这种记忆力带来的问题似乎不必过于深究,它毕竟属于生理现象,是人无法摆脱的。不过,问题不仅仅在于生理遗忘,还在于其叙述的选择性或"屏蔽"意识,这一点成为批评者的焦点。有论者认为"格拉斯的选择性以记忆的缺陷为借口",自传虽带有某种"温和的自我批评",

---

①　Sebastian Faulks, "*Peeling the Onion* Review", *Sunday Times*, 2007 - 6 - 24.

②　Ian Buruma, "War and Remembrance", *The New Yorker*, 2006 - 9 - 18.

但他提供大量并非重要的细节，以此来逃避问题的中心。① 威廉·格雷莫斯(William Grimes)在《纽约时报》发表书评，认为格拉斯的叙述中充满着"本来会发生的和可能会出现的事情"，而不是事实的东西，如同格林兄弟的童话一般，尤其是当触及罪行，在描述战时的经历时，他"喜欢用含混不清的叙述模式"。② 2007年，丹尼尔·约翰逊再次撰文批评格拉斯，认为"《剥洋葱》不是一个人要迎合读者进行的良心忏悔，而是一个絮絮叨叨的讲故事的老手自负的表现"。③ 也就是说，他们认为格拉斯借助回忆来玩"记忆的把戏"，以此作为自我逃避、自我隐瞒的渠道。这样一来，在批评家那里，记忆的生理问题变成了真诚与否的道德问题。格拉斯对此种批判将作何感想，我们不得而知，但是可以认为，对于一贯自称为"战后德国的良心""纳粹时期不幸历史的代言人"④，并长期致力于批判纳粹统治与战争罪恶的作家，在他自己看来，该说的、能说的都写在自传中了，如同他在交代写作自传的理由时所说的："我要说出最后的话。"(页4)如果是这样的话，他所等待的就只是历史与世人的评判。

　　格拉斯层层叠叠剥洋葱，我们也将其自传层层剥离。总体看来，从自传的角度出发，如果说要确定它的核心的话，那就是自传者对个体身份的自我认定，对格拉斯来说，就是他对自己作为"无知少年"的历史身份与对作为"回忆的老者、忏悔者"的当下身份的认定。在此基础上，以记忆

①　John Vinocur, "Grass's Lapses in Recalling the Past Are Puzzling", *The New York Times*, 2006 - 8 - 29.

②　William Grimes, "Grass's Fact and Fiction, Fighting to a Draw", *The New York Times*, 2007 - 6 - 27.

③　Daniel Johnson, *The Scotsman*, 2007 - 6 - 30. http://www. complete-review. com/reviews/brd/grassg1. htm.

④　William Grimes, "Grass's Fact and Fiction, Fighting to a Draw", *The New York Times*, 2007 - 6 - 27.

为工具，怀着对话的态度，他建构着这种身份，也以此面对世人的评判眼光。姑且撇开受到道德争议的"党卫军事件"，作为一部自传，可以说《剥洋葱》体现了卢梭、歌德、富兰克林等人开创的现代自传的基本要素与特征，其中有对个体经历的细节描述和场面刻画，有忏悔精神与鲜明的自我意识，在身份建构中也进行着自我的解释；同时它也充分暴露了自传写作中一贯存在的问题，即回忆的缺陷与主体性问题，也就是客观化与真实性的困境。不过，"诗与真"的纠葛是自传的永恒难题，难以轻易解决。对于现代读者和研究者而言，探究自传者对自我形象、身份的描述与解释，分析它与人们的普遍评定或社会认定之间的张力，可能更有意义，由中可以更深入地发掘人性的多重层面，尤其是人性的弱点与缺陷，达到对人自身的深层认知。从这个意义上说，《剥洋葱》构成了现代自传的一个典型个案，依然值得认真去剥切。

二　格拉斯的隐秘忏悔：从《剥洋葱》返观《铁皮鼓》

细心的读者可能又会发现，格拉斯的经典小说《铁皮鼓》看似夸张、荒诞、嬉戏，具有魔幻风格，其实却掩藏着最严肃的真实，可以称为格拉斯的一部"隐秘自传"。它与自传《剥洋葱》恰恰构成了密切的互文关系，通过后者来解读前者，等于寻觅到了进入格拉斯写作世界的钥匙。甚至不夸张地说，如果《铁皮鼓》是侏儒奥斯卡的《剥洋葱》，那么《剥洋葱》则是作家格拉斯的《铁皮鼓》。侏儒与巨人之间，只有一步之遥，一纸之隔。因此，这两部作品其实可以看作格拉斯自传的两个版本，无论在叙述形式（"自白体"）、叙述视角（"自我客观化"）、叙述时间（"二战前后"）、叙述事件（核心是"纳粹化"及反思），还是典型意象（"洋葱"）等方面都非常相似，这"揭示出其早期虚构作品实乃意想不到的'文学忏悔'"。① 也就是说，《铁皮鼓》主要源自格拉斯的个人经验，只不过以怪诞的故事形式披上了一层外衣，在此背后，他表达了对纳粹时期经历的沉痛忏悔和反思，并由此具有了普遍意义，发人深思。不过，虽然学者们都认识到，自传的出版"会为格拉斯的早期作品重添色彩"②，"罪责与羞耻"的问题贯穿于他的全部作品，但至今学界尚未有人认真研究两部作品之间的关系。在格拉斯已然逝去的今日，通过这样的返观式阅读进入他的思想和人格世界，不失为对他的最好纪念。

布劳恩其实指出过，从整体上看，格拉斯的写作主要围绕其自我经历与见闻构思："其虚构性写作总体上看都在围绕着作者的自我呈现这一问题展开。"③这确实是格拉斯文学写作的一大特征，其自我呈现过程，按照他自己的修辞话语，用"剥洋葱"这一意象来指代最为恰切。洋葱意象因2006 年出版的自传《剥洋葱》而广为人知，但我们发现，早在此前四十多年出版的《铁皮鼓》(1959)这部代表作中，他已经充分采用了剥洋葱的意象，其中的一章就被命名为《在洋葱地窖里》，二者之间由此被建立了一条明线。当时是二战结束之后不久，杜塞尔多夫的"洋葱地窖"得以开张，它名为酒馆，不过最独特之处在于，既不提供酒水，也不供应食物，客人付费之后得到的唯一服务就是可以切洋葱。几十个战后德国人在地下

---

① Rebecca Braun, "'Mich in Variationen erzählen': Günter Grass and the Ethics of Autobiography", p. 124.

② Stuart Taberner, "'Kann schon sein, daß in jedem Buch von ihm etwas Egomäßiges rauszufinden ist': 'Political' Private Biography and 'Private' Private Biography in Günter Grass's *Die Box*(2008)", *The German Quarterly*, Vol. 82, No. 4 (2009), p. 504.

③ Rebecca Braun, "'Mich in Variationen erzählen': Günter Grass and the Ethics of Autobiography", in Birgit Dahlke, Dennis Tate, and Roger Woods, eds., *German Life Writing in the Twentieth Century*, Rochester, N. Y.: Camden House, 2010, p. 130.

室里使劲地切起洋葱,随后难得的泪水在刺激之下喷涌而出,他们也打开平常闭锁的心扉,互相倾诉各自的秘密:多半是战争时期的过失与罪行,以及战后的创伤与痛苦。经过如此的宣泄之后,他们受伤的灵魂会得到恢复,然后走到阳光下过正常的生活。格拉斯设置这一剥、切洋葱的怪异场景,就是意在阐明,对于犯下了集体罪行的德国人而言,自剖、忏悔、坦诚极为必要,只有敢于直面自己的过去与内心,才可能走向理性的生活,避免重蹈覆辙。可见,从二战之后从事写作开始,"剥洋葱"就成了格拉斯的使命,他一直以语言为工具,致力于剥离面具、撕扯伤疤、还原历史,以此刺激人们的眼泪与神经,复苏一度被阉割、压制的人性与理智。也可以说,他的全部作品本身就类似于一个个洋葱,被摆在读者面前,以此来诱发人们的忏悔与反思。

　　从具体文体上看,自传体往往是表达忏悔、自剖的主要叙述形式,《铁皮鼓》就是如此。与后来的《剥洋葱》一样,它的文本形式就是一部"供状"和"忏悔录",是以主人公奥斯卡之名进行的自我叙述与剖析,或曰奥斯卡的一部详细的个人自传。作品开篇第一个词就是"供词"①,非常醒目、直接地交代了整部作品的文体。此时,三十岁的奥斯卡被控谋杀了护士,被强制关押在一个"疗养与护理院",在面对指控的语境下,他让护理员买来了数百张"清白"的纸,"以便施展记忆力",并以极大的耐心开始了自传书写。在这个洋葱式的自传结构内,奥斯卡展开了他的回忆与剥离,层层交织,步步推进,基本以时间为序,交代了出生前后五十多年(1899 年到 1954 年,即二十世纪上半期)的历史:外祖父母的身世、自己的出生(1923 年)、停止长个(1926 年)、母亲的婚姻悲剧、战争

---

① 君特·格拉斯,《铁皮鼓》,胡其鼎译,桂林:漓江出版社,1998 年,页 1。

期间作为鼓手随剧团演出、战后开始长个（1945 年）、以作石匠、模特和敲鼓谋生、陷入谋杀案、将被无罪释放，直到开始写作自传（1954 年）等经历的前因后果。在这个线索复杂、形式荒诞的故事中，个人遭遇、家族悲剧、民族冲突、政治斗争、纳粹战争、战后复苏等等历史内容都汇聚在奥斯卡浓缩性的个人世界中，通过他的经历与见闻加以传达。故事的结尾依然是以他的自我交代这种自传形式结束，这是他的三十岁生日，在身体和心灵上都已然长大成人，不能再以侏儒和孩子的方式躲避世界，如今他将要无罪出狱，但今后何去何从："结婚？独立生活？出国？当模特儿？买个采石场？集合门徒？成立教派？"①奥斯卡带着疑惑结束了供述，留给他的是对代表"魔鬼""罪恶""人性幽暗"的"黑厨娘"的无尽恐惧，全书也以此终结。

与此相似，格拉斯在《剥洋葱》这部晚年自传中进行了直接的自我剖白，虽然他已年近八十，但这部自传的叙述时空和主要情节基本与《铁皮鼓》相应，集中于青少年时期。格拉斯没有追溯家族的历史，而是直接从自己的童年开始，他相继自愿参加了希特勒少年团（1937 年）、青年团（1941 年），直至主动成为党卫军士兵（1944 年），随即在战争中被俘，被释放后在战败的德国寻找职业来谋生（1946 年之后），做过矿工、石匠、雕刻家、画家，大致在三十岁（1957 年）开始写作《铁皮鼓》（1959 年出版），自传也就此结束，此时他三十二岁，与奥斯卡基本平行。而且，在很多细节上二者也是完全的对应关系，如都出生在"但泽"这一民族矛盾激烈的是非之地，父母一方是德国人、一方是但泽人，都经历了纳粹化逐渐渗透的过程，最终参加了纳粹的军队，在战争中未曾开枪杀人，战后经历了困

---

① 君特·格拉斯，《铁皮鼓》，页 644。

苦时期，之后活跃于杜塞尔多夫，选择了以艺术（雕刻、绘画、写作）方式谋生，都有过偷盗、偷情等行为，因此都身负罪责感，在心灵的折磨下以文字的方式进行倾诉……而且，在《剥洋葱》的具体文本中，格拉斯也不时直接点明《铁皮鼓》中的自我根源及艺术变形："他把自己双重的自我紧闭在书里"，"我对参战人员作了调整"，"我写这种耻辱，写这种尾随着耻辱而来的内心羞愧……"，"我对自己同样也手下留情，以便时不时地在作品中把自己抬出来，在不同领域里粉墨登场，或画，或写"，他甚至和《铁皮鼓》的编辑与译者一起去寻访故乡，"参观了与这部长篇小说中跳跃式变化的情节有关的各处作案现场"①，等等。

　　值得注意的还有其中隐含的象征性对应关系。奥斯卡在三岁时（1926 年）停止长大，直到二十三岁时（1945 年）又恢复生长，这段时间对应的正是格拉斯人生中最阴暗的一段时期，他自 1927 年出生直到1945 年德国失败，基本都处在思想没有自由、理性判断丧失、个人被权力操控的时期。其寓意在于，奥斯卡侏儒式的身体残缺，正是格拉斯这代人"精神侏儒"的象征，他们作为"希特勒时代的孩子们"完全生活在意识形态高压的笼罩之下，不断被纳粹洗脑，并参与到对世界的破坏之中，成了其罪恶的帮凶，这足以令人羞耻，如同发育不良的侏儒。战后奥斯卡开始长个，从九十多厘米长到了一百三十多厘米，而且致力于寻找"清白"和消毒，写下了自己的一生遭际，他的肉体与灵魂都在逐渐恢复常态，如玛丽亚对他所言："现在你三十岁了，奥斯卡。现在，你变得理智的时间慢慢地到了。"②这无异于格拉斯对自己的告诫与警示，"人生始于三十"，他开始《铁皮鼓》的书写，就是要清理难堪的过去，寻求智

---

① 君特·格拉斯，《剥洋葱》，页 58。
② 君特·格拉斯，《铁皮鼓》，页 633。

慧与光明。奥斯卡无疑就是格拉斯青年时期的写照,难怪在 2006 年 8 月 21 日的《明镜》封面上,刚出版了《剥洋葱》的格拉斯被塑造成了一个怪异的形象：老年的头颅被放在青年士兵的身体上,上面则印上了醒目的"鼓手"二字。①

毫无疑问,格拉斯写作的目的在于嘲讽、批判专制暴政及其帮凶,特别是那些思想上的狂热主义者,他们甘愿放弃自我的判断与人格,盲目地听命于领袖或权力,对自己的恶行不加反思。如奥斯卡的父亲马策拉特,他逐渐被纳粹同化,先是把家里贝多芬的画像换成希特勒,后来则入党,戴上了徽章,最后在盟军攻陷城市之后被打死,这一悲剧具有代表性。但必须注意的是,格拉斯社会批判的前提是自我解剖与自我批判,他首先要把自己置于被审判的地位,挖掘出曾经的过失、人格的缺陷,以示自我的觉醒与理性的复苏。他经历了思想的蒙蔽和战争的创痛,一度未经召唤而主动从军,奔赴东线战场,战后才意识到了理智的回归,具有了表达自我的强烈需要。基于这种惨痛的经历,对青年时代的他来说,写作,而且首先进行自我书写,就是他还债与自我救赎的一种方式。

在第二部自传《盒式相机》(2008)中,格拉斯通过孩子们对他的认识与分析,从侧面表达了他写作的基本动机与境况,其核心理念就是,"写作即还债,即忏悔"："他总是说：'必须通过工作来偿还'。我们每个人都知道,他后来是怎样不得不把自己年轻时候穿着短裤经历的那些事情,全部通过工作来偿还。纳粹的所有那些前前后后的破烂事。他对战争的了

---

① Richard E. Schade, "Layers of Meaning, War, Art: Grass's 'Beim Häuten der Zwiebel' ", *The German Quarterly*, Vol. 80, No. 3 (Summer, 2007), p. 280.

解,他害怕什么,他为什么能够幸存下来……"①这是晚年格拉斯对自己写作意图的最直接袒露,也就构成了解读其早期作品的重要线索。《盒式相机》的最后一段话,更像是格拉斯的临终遗言,他通过写作与忏悔,希望得到世人的理解与公正对待:"是他,只能是他,继承了小玛丽的遗产,那个盒式相机,还有其他东西,都藏在他那里:为了以后,因为在他的内心深处始终还在滴滴答答,不得不通过工作来偿还这些,只要他还活着……"②这里的"相机"与"洋葱"意象一样,都代表历史或对历史的记录和见证,它们不断地刺激人的良知与记忆,让人不要忘记罪行和创伤,以免重蹈覆辙。这就等于为格拉斯的全部写作赋予了一个大的结构,即他基本是从自我出发,返归个人记忆,并且通过个人的经历与见闻再现历史,无论形式如何怪诞、情节如何夸张,都不过是表达时代与历史本身的荒诞、非理性,书写的目的就是通过荒诞式的呈现来反思荒诞的人性,令人在苦笑中回味艰涩、荒唐甚至血腥的记忆。

　　但要警觉地意识到,格拉斯在小说中的"反省"或"忏悔"是隐蔽的,服从于他对正面自我形象的塑造。从整体上看,格拉斯的主要作品都是围绕着二战前后的经历或有关耻辱的行为而展开的,代表如"但泽三部曲"《铁皮鼓》(1959)、《猫与鼠》(1961)、《狗年月》(1963)等,这种污点带来的"羞耻感"是他无法绕开、难以化解的心灵伤疤。格拉斯认为,"罪行"也许可以通过惩罚和善行而得以缓和平息,但耻辱却"要求不断地对自我形象进行修复"。为了重塑自我身份或"好名声",他必须通过不断的叙述和反思来弥补、修正,足见他对这一经历的耿耿于怀,也可以说,格

---

① 格拉斯,《盒式相机》,蔡鸿君译,南京:译林出版社,2012 年,页 184–185。
② 同上,页 202。

拉斯那些以耻辱为主题的小说"本身就是作为作者的修补行为而发挥作用的形式"。① 不过这些小说往往采取荒诞不经、风格诡异的形式，而且直到二十世纪七十年代，格拉斯才在自述性的文字中提及自己的战争经历，但都未曾明言纳粹党卫军之事，2006 年之前关于他的多部传记也都未能揭示出格拉斯的这一隐秘经历②，可见他一直处于自我隐瞒还是暴露的天人之战中，他要塑造和维护一个充满良知和正义的知识分子形象，以隐秘的方式赎还内心之债。直到《剥洋葱》的出版才最终揭开了那最隐秘、最辛辣、最关键的一层，格拉斯终于可以坦然面对自我和世界了。如同奥斯卡敲了几十年的鼓，他剥了几十年的文字洋葱（心灵洋葱），终于触及内核。《剥洋葱》就是那致命的一刀，解开了格拉斯六十年的心结。

　　问题可能在于，既然格拉斯早已觉醒，具有了强烈的忏悔意识，那他为什么没有在《铁皮鼓》中更加直白地剖露自己，而是借用了侏儒奥斯卡等人物，正式的自传不是可以更好地表达其忏悔、反思意识吗，他为什么采取怪诞化小说的形式？

　　可以这样理解，格拉斯采用假面人物代替自己发声，采用小说形式表达自我的真实，有其心理的复杂性，当然也有社会因素的影响。须知，在战后的任何时代，纳粹党卫军这一身份都是非常敏感的，一旦公开承认，必将面临巨大的社会压力，特别是在战后初期。有学者指出，在德国，直到二十世纪八十年代，知识界和媒体才开始直面战争中的纳粹行为，如

---

① Stuart Taberner, "'Kann schon sein, daß in jedem Buch von ihm etwas Egomäßiges rauszufinden ist'：'Political' Private Biography and 'Private' Private Biography in Günter Grass's *Die Box*(2008)", *The German Quarterly*, Vol. 82, No. 4 (2009), p. 505.

② Richard E. Schade, "Layers of Meaning, War, Art：Grass's 'Beim Häuten der Zwiebel'", *The German Quarterly*, Vol. 80, No. 3 (2007), p. 287.

"最终解决""大屠杀"等，九十年代之后，他们开始通过回忆过去、反思历史等试图重构"正常"、理性的德国身份，"只有通过对历史的重新阐释才可以重塑德国人的身份"。① 自传《剥洋葱》在 2006 年出版，也是应和着二战结束六十周年这一历史事件的，当然也并不排除这种可能，即记录格拉斯从军经历的斯塔西档案（Stasi files）将在 2007 年解禁面世，那时格拉斯的纳粹身份就无法再隐瞒，倒不如主动交代。② 无论如何，在当时，刚步入文坛的格拉斯虽然有自觉的倾诉、反省欲望，但是有碍于个人身份、国家形象、道德伦理的指责，他还是难以直面。小说则可以给他提供诉说的机会，既能传达出自我的真实感受，同时又一定程度上避免了直接遭受的危险，这样《铁皮鼓》可以充分运用小说机巧，使描述更加详细、直露甚至夸张，以增强震撼力。也就是说，奥斯卡的形象设置具有吸引力，他可以传达格拉斯的经历与观点，很大程度上是他的化身，但因为身份独特、与作者的形象相差太远，很难使人将其与格拉斯本人联系起来，不会将作者置于危险境地，叙述会更加自由。

如列奥·施特劳斯所言，政治的压力促使哲人完善了其写作艺术，也就是"采取字里行间的写作方式"，如此既能够写作又避免危险。其表现方式，或者是通过反常人物传达其隐微意图，"昔日最伟大的著述中出现如此多有趣的魔鬼、疯子、乞丐、智术师、醉汉、享乐主义者、小丑，是很有道理的"，或者是运用文笔的技巧，"晦涩的构思、矛盾、笔名、对过去陈述的不精确的复述、怪异的表达式，等等。……它们则是具有唤醒作用的绊

---

① Katja Fullard, "Memory and Identity in Autobiographical Texts by Günter Grass and Dieter Wellershoff", *Rocky Mountain Review*, Vol. 64, No. 1 (2010), p. 72.

② 同上，页 82。

脚石"。① 小说也往往如此，君特·格拉斯对政治的危险深有体会，他曾感慨道："我来自一个焚烧书籍的国家。我懂得焚毁可恨的书籍的欲望依旧是(或再一次成为)我们时代精神的一部分……更糟糕的是，对作家的迫害，包括暗杀的威胁和暗杀行为本身，在全球都有上升趋势。"②经历了纳粹统治的格拉斯在强烈的政治和历史意识促动下，决定用语言这一工具作为坚持真理的方式，但也要讲究策略与方式，不然自身处于危险境地，其理念也就难以传达。直到晚年，超脱生死利害、平静淡然的老年时代来临，他才通过自传将《铁皮鼓》中的本事和盘托出，将自我与这部小说更紧密地联系起来，其实也是在强调小说的现实指涉性与历史价值，希望读者重视。同时，当代的读者因为远离那段历史，也更容易对忏悔者寄予同情和谅解，"在这种语境下，格拉斯忏悔录的出版可能就不会激发来自左派的激烈批评"③，格拉斯人生历史的艰难一页也许就可以这样翻过去了。

　　从作品看，奥斯卡的独特身份也给予了他有利的叙述视角。他既是历史的参与者，又似乎游离于社会之外，是一个冷静的旁观者。他不断地变化叙述角度，第一、第三人称相互交织，使其自白忏悔和自我对话融汇在一起，这利于他对自我的呈现，以及对自我的客观化审视，凸显出批判的视域。也就是说，格拉斯在塑造这一人物的时候，将自己青年时代的经历与写作时的反思结合了起来，已然将审判的言辞置于奥斯卡身上。如此，当初的疯狂与当下的清醒被并置在一起，呈现了时代的荒谬与错位，

　　① 列奥·施特劳斯，《迫害与写作艺术》，刘锋译，北京：华夏出版社，2012 年，页 18-30。
　　② 格拉斯，《未完待续……》，见穆易选编，《给诺贝尔一个理由：诺贝尔文学奖获奖演说精选》，北京：中国广播电视出版社，2006 年，页 52。
　　③ Katja Fullard, "Memory and Identity in Autobiographical Texts by Günter Grass and Dieter Wellershoff", *Rocky Mountain Review*, Vol. 64, No. 1 (2010), p. 82.

也使得读者在阅读之中对这一经历有了更好的判断。当然，毋庸置疑的另外一点就是，格拉斯将"自我经历虚构化"，可以使故事更具普遍性，从而实现其"警示世人的公共目的"。①

总之，从效果上看，具有以"真诚坦白"为特征的"晚期风格"（late style）②的《剥洋葱》，确实丰富了《铁皮鼓》的思想内涵，它标识了后者显而易见的内在自传性，使早期实验风格的《铁皮鼓》由此更富魅力，拉近了读者与它的距离，使人们能够从真实人性的角度对作者进行解读。正是在此张力关系之中，格拉斯将历史与现实、真实与虚构、准确与荒诞、个人与社会融汇在了一起，它们共同指向的就是格拉斯本人的反思与忏悔意图，树立了他"自我反思"式的公共知识分子形象，塑造了"正义与良心的化身"、"民族的道德指引者"③身份，由他的坦白而引发的"格拉斯事件"（Grass affair）也比较容易得以平息，并未导致公众出于感性的角度对其全部作品和一生努力的否定。④ 进一步说，这一关系构成了一个典型范式，它提供了解读格拉斯"全部作品"——大都源自格拉斯的生平，可以视为系列性自传——的基本方式，"他在 1959 年到 2006 年写下的书页，出版的文字，以及雕刻的自画像共同构成了一个值得进一步剥切的洋葱"⑤，读者可以通过格拉斯借由小说来进行的自

① Stuart Taberner, "'Kann schon sein, daß in jedem Buch von ihm etwas Egomäßiges rauszufinden ist': 'Political' Private Biography and 'Private' Private Biography in Günter Grass's *Die Box* (2008)", *The German Quarterly*, Vol. 82, No. 4 (2009), p. 506.

② 同上，页 508。

③ Rebecca Braun, "'Mich in Variationen erzählen': Günter Grass and the Ethics of Autobiography", p. 125.

④ Muriel Cormican, "Review of *The Cambridge Companion to Günter Grass*", *South Atlantic Review*, Vol. 76, No. 1 (2011), p. 144.

⑤ Richard E. Schade, "Layers of Meaning, War, Art: Grass's 'Beim Häuten der Zwiebel'", *The German Quarterly*, Vol. 80, No. 3 (2007), p. 296.

我塑造，即将过失与耻辱感通过各个不同的人物形象进行的文学转化，在重读中发现其多重内涵，特别是伦理寓意。[①] 可以说，在文字之鼓的敲击之下，促使人们去剥离自我的面具，正是格拉斯带给后人的思想冲击或遗产。

[①]　Stuart Taberner, "'Kann schon sein, daß in jedem Buch von ihm etwas Egomäßiges rauszufinden ist': 'Political' Private Biography and 'Private' Private Biography in Günter Grass's *Die Box*(2008)", p. 506.

第三章　传记修辞：哲学-政治-诗学

传记无疑是一种深陷现实世界之网，在各种爱恨、利益、压力中游走的非虚构叙事，必然要直接介入到伦理、政治、名利等肉身生存处境，也不得不以自己的方式进行回应，这是传记的艰难之处，当然也是其智性、勇毅等魅力的施展之所。也就是说，传记既要揭示传主在各种力量中生死角力的生命过程，其写作自身与接受过程也是这一角力的延续和拓展，并且将更多的生命与声音卷入这一充满对话、争辩、毁誉的传记共同体之中。可以说，这就是传记的哲学，即本性。

从这一角度看，巴赫金的"狂欢化""对话"等理论对传记写作与批评具有特定的借鉴意义。其理念在于，以平等和民主为基本精神，打破等级和地位的限制，对某些权威的、高等的、精神性的人或事物进行"降格"，通过"脱冕""相对化""物质-肉体化"等降格方式，使某些传主从高高在上的位置中降落下来，回归地面，显示出人性的本来面目，从一个方面实现追求真实性的传记理想。巴赫金还以对话理论为依据，以

"自我客观化"和"自我审美化"为基本标准，区别了自传中的各种形态，将具有对话性的文学自传凸显了出来。他着重分析了欧洲从古希腊罗马到中世纪自传的历史发展和类型，并由此指出了欧洲自我意识由公共性向私人性转化的历程。强调自传的对话性和文学性，使其自传观带有了理想色彩，但对话和自我意识观念对当前的自传研究有着重要的启迪。

必须承认，自传的基本视角是回顾，它带有"晚期叙述风格"特征，如总结、对话、忏悔、辩解等，这是自传者回归自我，寻找起源，自我体认的时机。"反讽"可谓其中一大特征：反讽可以用来修正事实、破解"神话"，体现自传者的成长；反讽也体现了自传者的怀疑与求真精神，使其具有了哲学视野，呈现出知识爱欲的智性上升过程；反讽修辞也服务于自传者的自我形塑。理解自传中的反讽，也是探索人性深渊的必要视角之一。

具体到美国作家索尔·贝娄的《拉维尔斯坦》，虽然存在争议，但此书无疑是关于芝加哥大学著名政治哲学教授阿兰·布鲁姆的"狂欢化"、对话式哲学传记。从"古怪"一词出发，贝娄呈现了这位好友完整、丰富而真实的人格形象与思想世界：从其"肉身性"开始，逐步推进上升到政治、哲学等公共层面，直到最后要面对的死亡问题。这一传记叙事顺序，恰恰符合布鲁姆本人所强调的人性的自然秩序。不过，作品又暗含了身为知名小说家的贝娄与传主布鲁姆的内在对话，是"诗与哲"古老论争的现代演绎，使其处在了思想史的这一伟大链条之中。

第一节　狂欢与对话：巴赫金的传记遗产

一　"狂欢化"与传记文学

真实性是传记的首要条件与特征，它要求传记应当客观、准确地呈现传主复杂多面的生平与人格，避免成为被过度过滤的纪念碑式、歌功颂德式谀颂传记，传记的这一基本要素与诗学理想似乎已是众所周知。但是，我们还不得不承认，虚假性同样是传记的"顽疾"，受到各种因素的影响，传记写作极容易陷入夸大、隐瞒与伪饰等误区，出现不真实的现象。因此，传记写作总是处于真实与虚假的纠葛之中，徘徊在历史性与文学性之间。在影响传记真实性的因素之中，传记家对传主的过度尊崇与有意美化是重要的一个，这在为某些伟人、名人、成功人士、长者等写作的传记中更为明显。在这类传记中，传记家怀着仰视的态度，试图为传主树立纪念碑，不免会掩盖或捏造一些事实，将传主神圣化，使其远离了作为"人"的基本特性。这就降低了传记的独立品格，不利于传记的发展。传记要具有生命力和吸引力，就必须摆脱这种不利因素，走出虚假性顽疾的阴影。

对此，巴赫金的"狂欢化"理论无疑具有一定的借鉴意义。在《拉伯雷的创作与中世纪和文艺复兴时期的民间文化》这部著作中，巴赫金鲜明地提出并集中阐述了狂欢化这一重要的文化与诗学理论，他从各个角度全面而翔实地分析了狂欢化文化的表现特征，如广场语言、民间节日形象、筵席形象、怪诞人体形象、物质-肉体下部形象、拉伯雷的形象以及他那个时代的现实。概而言之，平等关系、相对性、更替性、人民性是狂欢精神的内核，表现在巴赫金对各种"降格"现象的精彩分析中。在巴赫金的理论中，狂欢化不是毫无秩序的混乱，而是从民间文化的角度对一统性的官方、教会等权力的消解，在特殊的"时空体"中破除等级区分，建立平等的社会关系，其中最重要的就是人的平等，在人性或人的本质层面上的平等："人回归到了自身，并在人们之中感觉到自己是人。"①而要实现平等化，最主要的就是对某类人进行"降格"，使他们回归现实、回归地面："降格，即把一切高级的、精神性的、理想的和抽象的东西转移到整个不可分割的物质-肉体层面、大地和身体的层面。"②这些"下部"层面本来是人所固有的，但是被权力、地位、财富等区隔，使得部分人可以高高在上，忘却了这些属性。在狂欢文化中，一切又都被颠倒过来，或者说又回到了应然的平等状态，原来的国王可以作为奴隶出现，如在《巨人传》中被打败的国王要去卖酱油，所谓的神圣之物也变成世俗的物体，如高康大将巴黎圣母院钟楼上的大钟摘下作为自己母马的铃铛，这都是典型的降格行为。

　　对传记文学来说，最具有借鉴意义的是狂欢精神所体现的平等与民主精神。在狂欢化这一语境下，人们被取消了地位的差异，实现了平等，高贵神秘之物也实现了降格和诙谐化，在这个时刻，可以把任何人当作处于有限、俗世状态的肉身之"人"看，而非单纯的仰视与崇拜。由此，传记可以更加接近真实性的本质要求，去除歌颂的腔调，避免伪饰与夸张。同

---

① 巴赫金，《拉伯雷的创作与中世纪和文艺复兴时期的民间文化》，《巴赫金全集》（第六卷），李兆林等译，石家庄：河北教育出版社，1998年，页12。

② 同上，页24。着重号为原文所有，下同。

时,摆脱了严肃面目的传记有了更大的表现空间,更加细节化和生动化,文学性也更强。应当注意的是,这里的所谓降格也并非恶意的贬低或攻击,而是将传主从过高的、不应有的地位拉下,使其降落到地面,以真实的面目、平等的身份示人,增加传记的真实感、亲近感和文学性。可以说,一部传记就构成了一个特定的"时空体",在这一特定的狂欢化语境下,传记家和传主进行着狂欢式的表演。考察世界传记文学,可以发现,许多优秀的传记都包含了这种狂欢精神,带有狂欢化的色彩,并因此而独具魅力,提升了传记的品格,这对于今后的传记写作和传记诗学的建构无疑具有重要的启迪。

对国王"加冕-脱冕"行为的戏仿,是狂欢化"降格"精神的突出体现。"没有敬畏的特殊节日、对严肃性的彻底摆脱、平等放肆狎昵的氛围、猥亵所具有的世界观性质、丑角式的加冕与脱冕、欢乐的狂欢节战争和殴打……"①,这是狂欢化节日的典型情境,在这一场景中,"官方世界,教会及国家及其规范和价值体系仿佛暂时停止了。世界被允许越出常规"②。最突出的是,通过"加冕-脱冕",国王被脱去王冠,成为平民甚至奴隶,小丑乞丐可以加冕成为国王,身份的转化带有鲜明的颠覆性,同时暗含着死亡与新生相互转化的寓意。对传记来说,所谓"脱冕"就是以平民的身份看待国王,暂时回避他／她的高贵地位,以普遍人性的角度、平等的精神对其行为和心理进行审视。传记家普鲁塔克是伟大的先驱者之一,在《希腊罗马名人传》中,他描写了众多的帝王与英雄,突出了他们的高贵与英勇,但是在公开的社会、政治身份之外,他还关注他们的私人身份与生活轶事,描写他们的普通生活与独特个性,毫不回避传主们的弱

---

① 巴赫金,《拉伯雷的创作与中世纪和文艺复兴时期的民间文化》,页294。
② 同上,页300。

点与缺陷，对他们进行有意的"脱冕"。比如对罗马执政官伽图，普鲁塔克一方面写出了他的精明强干，同时又指出他的残忍无情、热爱声名、追求财富、贪图女色的性格特点。有一个例子可以说明伽图性格的双重性，他驱逐了一个被认为可以担任执政官的人，因为那人在白天当着女儿的面拥抱自己的妻子，伽图说，除非雷声轰鸣，他决不拥抱妻子，但是他又开玩笑地说："天一打雷他就是个幸福的人了。"[1]严酷与温情系于伽图一身，这是处境和身份使然，在第一种情形下他以执政官的公开身份现身，必须严厉无情，而在后种情况下则是关爱妻子的丈夫身份，是脱冕了的常人，就可以逾越法则。这样，普鲁塔克将传主脱冕，对其降格，进入了狂欢化的语境，展现出了真实复杂的传主形象。当然，要这样做并不容易，作为具有至高地位的传主，君王们往往成为被赞颂、被历史化的对象，因此"在罗马以后这类传记通常非常乏味，成为君王或国家的编年大事记"。[2]到了二十世纪初，这种状况开始改变，"新传记"中斯特拉奇的《维多利亚女王传》就是一个典型的例子。

维多利亚女王是英国著名的君王之一，一生经历了许多重大事件，其漫长的统治时期就是著名的"维多利亚时代"。但是斯特拉奇的关注点并非女王的政治功绩和历史事件这类宏大叙事，对此他几乎没有提及，传记着重描绘的则是维多利亚同她的丈夫亚尔培亲王的婚姻生活，这主要通过挖掘她的个人生活和种种轶事来加以呈现。在他的笔下，维多利亚在很大程度上是作为一个富有个性的女性而非庄严的君王而出现的，诸种轶事和私人事件都在说明和解释她的性格。其中"维多利亚和亚尔培

---

[1]　普鲁塔克，《希腊罗马名人传》（上），陆永庭、吴彭鹏等译，北京：商务印书馆，1990年，页363。

[2]　杨正润，《现代传记学》，南京：南京大学出版社，2009年，页130。

吵架"的故事就是最典型的一个事件,虽然这一事件后来被认为是"不大可靠,也许是无稽的",但是斯特拉奇认为它恰恰"常常概括了事实的精华",足以呈现传主的性格,所以仍然予以采用,故事如下:

> 有一天亚尔培大怒,关到自己的房间里,维多利亚,同样气忿,敲门要进去。"是谁?"他在门里问。"英国女王,"她回答。他不动,又是一阵如雹的敲门声。这样问,这样回答,重复了许多次;可是最后停了一停,接着是轻一点地敲了一下。"是谁?"又一次狠狠地问。可是这一次回答却不同了。"你的妻,亚尔培。"门立刻开了。[①]

斯特拉奇采用这个故事,就是典型的脱冕行为,以英国女王身份自居的维多利亚多次被丈夫拒绝,却以妻子的身份被接纳,在她脱冕之后得以回到真实的生活之中,其柔情和女性色彩在最后的回答中显露无遗。在这一事件中,我们看到的是具有普通人性的女王,在去除了威严的面具之后,妻子的身份给人以亲切真实的感觉,也给人以深刻的印象。对斯特拉奇来说,这一故事因此特别具有传记价值,是深入传主内心世界、塑造传主人格的最好材料。斯特拉奇的这部传记在众多维多利亚女王传中能别具一格、卓然独立就在于此。

茨威格的《玛丽·斯图亚特》同样也是"脱冕式"传记的典型。苏格兰女王玛丽一生经历坎坷,她出生后一周就继承了苏格兰王位,后来却从尊贵的女王沦为阶下囚,直至被处死,其间充满复杂的历史和政治事件。

---

① 斯特拉奇,《维多利亚女王传》,卞之琳译,见卞之琳,《卞之琳译文集》(中卷),合肥:安徽教育出版社,2000年,页413。

但是在茨威格这里，他并没有把这位高贵的女王神圣化的意图，而是将其作为一位个性丰富的女性进行深入的精神分析，突出了情欲对其命运的重大影响。茨威格把她看作一个有七情六欲的常人，在强烈情欲的驱动下，她做出了许多不理智的行为，其中就包括炸死自己的丈夫达伦雷而与情人、宠信的大臣博斯韦尔结婚，这种反常的、疯狂的行为与她的女王身份是极不相符合的。一般纪念碑式的传记通常会掩盖这些事件或对此轻描淡写，但是它们却构成了茨威格描写的重心，他将这种事件和女王的命运联系起来，对其进行人性化的解释，从而为读者留下了一个美丽、大胆、心狠、欲望强烈的女性形象。

　　脱冕一般主要针对君王，这是一类特殊的传主。在传记写作中，更多的传主则是将相、英雄、名人、成功人士等，因为他们的成就与社会地位，传记家一般对他们都是青眼相加，虚美隐恶，突出正面，弱化缺陷，着力打造令人景仰的丰碑。但是在传记真实性的要求下，与君王一样，他们也需要被降格，在狂欢精神中归于民主化和相对化："在狂欢化世界里，对人民不朽的感受是跟对现存权力和占统治地位的真理的相对性之感受结合在一起的。"①在这里，一切都被相对化和平民化，所谓的权威、贵胄失去了他们原有的特权与地位，要接受人民世界的普遍法则，这种相对性、民主性正是传记这一文类的突出特征。勒热讷在《论自传》中呼吁说："自传是一种人权。成为你自己的生活的主人！"②将自传写作与基本人权联系起来，高度肯定了自传的民主化、人性化价值。豪威尔斯则称自传是文学中"最民主的领域"，波乔科兰德非常赞同，认为自传研究不应再拘泥于

---

①　巴赫金，《拉伯雷的创作与中世纪和文艺复兴时期的民间文化》，页 296。

②　Michael Mascuch, *Origins of the Individualist Self: Autobiography and Self-Identity in England, 1591–1791*, Stanford, Calif. : Stanford University Press, 1996, p. 11.

"高雅文化"或伟人、名人、富人①，任何人的自传都是能够"迷人的"，不管乍看起来是多么"简单甚至庸俗"②。对此，弗肯福里克明确地指出：

> 如今人们对自传的呼吁，部分与它的民主潜力有关，这种呼吁建议每个人，无论男女都可以有一部自传，同时它还与一种"颠覆"史传的观念有关，这样就可以授权每个人来讲述他／她的故事(包括口头上的)。③

自传如此，传记亦如是。在传主的选择、传记的写作中，都应当以民主的精神加以处理，任何人无论贫富贵贱都可以入传，而且是以普通人的身份入传，传记家也应当与传主建立平等的关系，不卑不亢，相互尊重，相互独立。所谓"伟大""渺小"都是相对的，都是针对人的某些方面而言的，有人说过，"仆人面前无伟人"④，传记家面前的传主也是一样。再伟大、再严肃的人物也会显露出他的人性一面或某些弱点，传记家对此不能视而不见，而是应当如实地记录下来，唯有如此，传主形象才会更真实，这丝毫不会贬低传主的人格，反而显得更加可信，更具有教育意义。传记家伍尔夫也曾指出过二者的关系："无论是朋友还是敌人，是赞美还是批评，他们现在都是平等的。在任何情况下他都保留他的自由和独立判断的权

---

① Diane Bjorklund, *Interpreting the Self: Two Hundred Years of American Autobiography*, Chicago & London: Chicago University Press, 1998, pp. 9-10.

② 同上，页 15。

③ Robert Folkenflik, ed., *The Culture of Autobiography: Constructions of Self-Representation*, Stanford, Calif.: Stanford University Press, 1993, p. 12.

④ André Maurois, *Aspects of Biography*, Cambridge: The University Press, 1929, p. 22.

利。"①正是这种自由独立精神保证了传记的独立品格和魅力，才不至于沦为专为某些人吹捧立碑的工具。

选择平凡人、普通人作传主，是传记民主素质的一种表现。作为传记家的约翰逊博士就实践着这种理念，他的《诗人传》中传主大多是伟大的诗人和作家，如斯威夫特，但是也不乏平凡之人。《塞维奇传》写的就是一个贫穷的诗人，因负债入狱，最后死于狱中，他在文坛上并没有多大名气，但是约翰逊还是给他立了传，对传主寄予了一定的同情。中国现代传记的开创者之一朱东润在妻子死后写下了一部《李方舟传》，作为一位家庭妇女，传主并没有什么惊天动地的大事，之所以入传，主要是出于传记家的纪念本能，平凡的生活、琐细的往事由此都具有了不可估量的意义。

现代传记的奠基者之一，约翰逊的传记家鲍斯威尔则是传记民主化的更典型例子，其传记更具现代色彩。在《约翰逊传》开篇他就明确阐述了自己的传记理念和取向："我写的不是对他阿谀奉承的颂词，而是他有血有肉的生活与生命。他虽然伟大，并不是白璧无瑕。以他的成就和身份而言，他可以接受任何赞颂而当之无愧；但是任何一张图画，有明亮部分自然也有阴暗部分。当我毫无保留地描绘他，当然也不能例外，何况，我这样做，正是遵循他生前对我的身教与训诲。"②鲍斯威尔正是这种观念的身体力行者。他因为敬重约翰逊，不辞劳苦从苏格兰跑到伦敦，进行贴身跟随，为约翰逊写作传记，因此还被人讽刺为"傻瓜"和"马屁精"。但是在传记书写中，他却尽力以平等姿态对待约翰逊，他没有刻意去为尊者、长者避讳，其笔下的约翰逊，不止博学睿智，而且行为古怪，缺点和可

① Virginia Woolf, "New Biography", in J. L. Clifford, ed., *Biography as an Art: Selected Criticism 1560–1960*, New York: Oxford University Press, 1962, p. 127.

② 鲍斯威尔，《约翰逊传》，罗珞珈、莫洛夫译，北京：中国社会科学出版社，2004 年，页 2。

笑之处随处可见。可见，鲍斯威尔不仅写出了约翰逊的文坛领袖身份，也写出了他作为独特的个体所具有的诸种个性人格，在这一方面将他纳入了普通大众，使人对这位老博士的真实人格有了亲切生动的认识，传记也因此赢得了读者的广泛赞誉。

美国学者艾尔曼是乔伊斯专家，他殚精竭虑写作的《乔伊斯传》也被认为是当代传记的杰作，除了资料的翔实外，这主要得益于艾尔曼对乔伊斯的态度。他并没有因为喜爱乔伊斯而有意将其美化，为其避讳，而是将乔伊斯的多疑、古怪、冷漠和"浪子"的一面呈现出来，尤其是描写乔伊斯的猥亵、低俗行为，淫秽的书信，对妻子的不忠与非正常考验等。然而这无损于乔伊斯的伟大作家地位，反而使读者更深入地了解了他的内心世界，也可以更好地理解其作品的思想内涵。英国学者派因特尔[①]写作的、被誉为"二十世纪最伟大的传记之一"的《普鲁斯特传》同样堪称当代传记的典范。派因特尔十四岁开始阅读《追忆似水年华》，成年后经历了将近二十年的收集、阅读和写作，终于完成了这部两卷本传记巨著。其影响之所以深远，关键在于他对普鲁斯特隐私的毫不客气的暴露，如同性恋、恋母情结、窥淫癖，以及一些怪诞变态的行为，如喜欢雇用战士裸身绕着卧室奔跑，他在一旁观赏；他还喜欢捉活老鼠，而后用钉子把它们钉住；他甚至把母亲房中的家具搬到妓院，供那里的妓女使用。可见，派因特尔没有屈服在普鲁斯特的文学大师光环之下，而是悬置了景仰的心态，以极大的道德勇气，以完全平等的身份对其进行研究。如此呈现的普鲁斯特令人难以置信，甚至惹恼了法国人，但他确实又是真实的，这使我们得以窥见这位天才作家生活的另一面，也体会到了人性的复杂与深不可测。

―――――――

① 乔治·派因特尔(George Painter, 1914-2005)，英国传记家、学者，著有《普鲁斯特传》(*Marcel Proust: A Biography*, 1959)，乃普氏传记之经典。

通过脱冕、相对化、民主化等方式，可以实现对传主外在身份的降格，即把君王、伟人、名人从高高在上的位置拉下，取消地位和等级差别，以平等的人的身份待之。然而这还不够，传记还应当将探究的目光深入到人的身体与行为内部，对人自身进行降格。也就是说，传记不止要描写传主的精神与思维世界，还要特别注意他们的物质与肉体世界，既关注其灵魂，又重视其肉身，因为灵肉结合正是人本质的存在方式，唯有如此才能将一个人的真实面目呈现出来。否定了肉体性这一点，人就变成了虚假的人，传主也就变成片面的、毫无生机的石像，结果"总是千篇一律，人人死后一律都是智仁皆备的完人"。① 在狂欢精神中，所谓的"物质－肉体化"式降格，主要是指对人的动物性、生理性的强调，对人的自然本能、人性欲望的肯定，正是在这一层面上，人摆脱了道德的限制和伪善的面具，处于基本的平等、自然状态。因此在狂欢的氛围里，世界和人变得"物质化、肉体化、人性化和欢乐化"②，它冲击的是那种"麻木的、凶狠的虔诚式严肃性"，颠覆的是道貌岸然的虚伪，平常被压制的"反面"和"下部"开始争取自己的权利，如"屁股将最先坐下"，"肚子要作领导"，"夸张的鼻子突出出来"。

在传记中，就表现为传记家的"视线下移"："视线下移之所以必要，为的是让倦于仰望的眼睛得到休息。"③这里的"下"，不仅是空间上的下部，也是指价值高下之下，指的是传记家对传主的身体相貌、饮食习性、生活细节的关注。这些方面往往被历史所忽视，因为它关注的是具有重大历史意义的事件，记录人物的历史价值层面，通常又都是以正面赞颂为

---

① 郁达夫，《传记文学》，《郁达夫文论集》，杭州：浙江文艺出版社，1985 年，页 573。
② 巴赫金，《拉伯雷的创作与中世纪和文艺复兴时期的民间文化》，页 304。
③ 同上，页 359。

主。而通过"视线下移"，传记家可以收回对那些神圣、权威、著名人物的盲目信仰的目光，也调整人们惯常从精神、上部的角度评价人的习惯，从反面、侧面或自下而上对其进行重新审视，从而实现对传主的全面认识与准确评价。

一个著名的例子是"凯撒的手臂"。在罗马传记家苏维托尼乌斯的《罗马十二帝王传》中，有一个情节是写凯撒遇刺后的情景，凶手们都逃逸了，只有凯撒的尸体躺在那儿，"最后，三个年轻的奴隶把他放在轿里，一只胳膊搭拉在轿外抬回家中"。[①] 对凯撒死相这一细节的敏锐捕捉，赢得了许多传记理论家的高度赞赏，如美国传记理论家坎道尔就对"一条胳膊"这一点赞赏不已，称之为"这一条没有被遗忘的胳膊是苏维托尼乌斯天才的印记"。[②] 高贵英武、不可一世的凯撒在世时是何等威严，然而一条垂下的胳膊却一下子就使他降落到人世凡尘，凸显了人的肉体性本质：脆弱、无奈和死的必然，不由令读者感慨良多。同样精彩的还有被刺时凯撒"以袍遮体"的细微举动，"他左手把长袍下摆拉到脚上，以便把自己身体的下半部盖好，倒下去时体面些"[③]，这一细节与乔叟笔下自杀时的贞女鲁克丽丝类似，至死还在有意无意地保持自己的体面，因而也见出了人性的"柔软"与伦理意识这一共通之处。

鲍斯威尔对约翰逊的直白式"肉体性"描绘也是传记史上的经典。在他笔下出现的这位文学泰斗，满脸疤癣，一只眼睛失明，体躯肥胖，走路如陀螺旋转，衣着邋遢，给人印象最深的是他的饕餮之相："他一坐在餐桌

① 苏维托尼乌斯，《罗马十二帝王传》，张竹明、王乃新、蒋平等译，北京：商务印书馆，2000年，页42。
② Paul Kendall, *The Art of Biography*, London：George Allen & Unwin Ltd, 1965, p. 35.
③ 苏维托尼乌斯，《罗马十二帝王传》，页42。

上,立即全神贯注;看起来就好像要死命盯住他的餐碟……在他咀嚼时,前额青筋爆现,呼吸沉浊,嘘嘘可闻。"①鲍斯威尔还大胆地写出了这位尊长和妻子的甜蜜温情之态,以及他对性方面诱惑和冲动的自我克制,饱受抑郁病困扰的痛苦,各种古怪的行为。这样呈现出来的约翰逊博士,就是有血有肉、人格丰满的形象,他不是枯燥乏味的学究,也不是不食人间烟火的圣人,而是五毒俱全之人,"人所具有我无所不有"。可以说,人的肉体性正是构成全部人格的不可缺少的方面,与人的精神层面形成一枚硬币的两面,二者不可分割。所谓"食色性也",写出了食色,就写出了真实人性的一面,从而更加接近人的本原。

对此,有研究者曾明智地指出:"那种单维度的描绘,写到某个人,而他又从不在人群中行走,这是可怜的作品和恶劣的艺术。"②也就是说,写到人,而不将他作为真实生活的人来写,不写他的吃喝拉撒和生活习性,不写他的相貌和身体,就等于塑造了一个毫无人性的空壳,这样的传记是不能令读者产生兴趣的。他也举了美国总统乔治·华盛顿的"一双大脚"为例,如果我们知道华盛顿有一双在他那个年龄令人奇怪的大脚,"我们并没有从这一点得到什么启发,但是我们会因为一个活生生的人出现在我们面前而感到温暖;我们少了一点崇拜,多了一点兴趣"。③华盛顿总统的这双大脚因此对传记就具有特别的意义,突出了这双大脚,就突出了传主的人性层面,高不可攀的总统就变成了活生生的人,读者也会因为在伟人身上发现了与自身相似的身体特征而倍感亲切,从而产生积极

　　① 鲍斯威尔,《约翰逊传》,页107。

　　② Leon Edel, *Telling Lives: The Biographer's Art*, Washington: New Republic Books, 1979. 转引自杨正润,《现代传记学》,页117。

　　③ 同上。

的认同感。

如果说新闻记者被尊为"无冕之王"的话，那么传记家同样有权赢得这一称号，他们都是以真实性、准确性为基本目的的，只不过传记作品的文学性更强，更容易出现虚假的现象。但是真正优秀的、正直的传记家，都应当恪守"传记家的誓言"，敢于以狂欢的精神，对任何传主进行脱冕、相对化、民主化、物质-肉体化，对其进行降格，结合传记的文学化手法，尽可能在最大程度上实现真实、客观、生动的传记理想。传记史上的这些杰作为我们提供了不少先例，这都值得当代传记家和传记理论家的重视，从中吸取经验，丰富传记写作理论，提升传记品格。

另外，值得说明的一点是，传记的"狂欢化"与传记的基本功能，如纪念功能、教谕功能、英雄崇拜功能，以及传记的伦理性要求并不相悖，反而可以更好地实现这些功能与目标。也就是说，从狂欢化的角度出发写作的传记，能够尽可能地做到真实客观，不虚美、不隐恶，一方面，这是对传主的最大尊重，另一方面，这类传记更容易吸引读者的兴趣，使其产生信任感，更利于吸收传主人格的力量，发挥传记的社会功能。这远比那些一望而知其假，令人敬而远之甚至不屑一顾的虚假传记要有价值的多。

二　对话与自我意识：巴赫金的自传观

目前，对巴赫金的最基本理论，如对话、复调和狂欢化理论的探讨已经非常丰富。但遗憾的是，这些论述还主要集中在文论与小说等方面。诚然，巴赫金的论述对象基本都是以欧洲小说为基础，重点是陀思妥耶夫斯基、拉伯雷等代表性的小说家，但是，巴赫金在论述过程中又涉及了各种文体，自传就是其中极为重要的一类，而这一论题至今尚未得到充分研究。

巴赫金对自传的论述集中在《审美活动中的作者与主人公》以及《小说的时间形式和时空体形式》这两部著作中,时间是二十世纪二十至三十年代。在概念的使用上,"自传"和"传记"二者在巴赫金的论述中同时出现,后者出现的次数还要更多一些,不过巴赫金重点关注的还是自传问题:"我们下面讨论传记形式,将只着眼于传记能够服务于自我客观化,即能成为自传的方面,亦即考察主人公和作者在形式中可能重合一致的问题。"①可见,虽然他更多地使用传记而不是自传这一概念,但是在多数情况下,他的论述对象实际上指的是自传,即传记中"自我客观化"的形式,因此我们将论述的主题称之为巴赫金的"自传观"。

二十世纪后半叶以来,自传逐渐摆脱了受冷落的沉寂处境,作为一个独立的文类,成了西方学术研究的一大热点。目前,与研究初期对自传的独立性和真实性的怀疑与论争相对应,自传研究中的自我问题越来越多地得到了研究者的关注②,它巧妙地避开了传统的"诗与真"问题的纠缠,注重从自我意识、自我认同与自我表现的角度,也即自传者如何认识、如何定位、如何呈现自己形象的角度来分析作者和传主的关系,真正切入了自传这一文类的核心。小说和自传在这一问题上颇有共通之处,其根本问题都是作者与主人公的关系问题,具体到自传就是"自传者和他对自身的审美表现的关系"③,这正构成了巴赫金研究的出发点。

---

① 巴赫金,《巴赫金全集》(第一卷),晓河、贾泽林、张杰等译,石家庄:河北教育出版社,1998年,页249。

② 尤其是二十世纪七十年代后期以来,自传与自我表现问题的研究呈现热潮。See Karl Joachim Weintraub, *The Value of the Individual: Self and Circumstance in Autobiography*, Chicago : University of Chicago Press, 1978; Robert Folkenflik ed., *The Culture of Autobiography: Constructions of Self-representation*, Stanford, Calif. : Stanford University Press, 1993; Diane Bjorklund, *Interpreting the Self: Two Hundred Years of American Autobiography*, Chicago: University of Chicago Press, 1998.

③ Carolyn Ayers, "Looking Back through the Loophole: The Discourse of Contemporary Intellectual Autobiography in Joseph Brodsky and Paul Autser", *Dialogism*, 3 (1999), p.82.

受康德美学观念的影响,巴赫金比较侧重文学的形式性与审美特征,并且注重从哲理思辨的角度探究问题。在自传与文学的关系问题上,他认为前者主要侧重伦理性和认识价值,而后者则是审美性和艺术价值。可以看出,他倾向于把自传纳入历史和社会范畴,轻视其文学价值,这种偏见正是早期自传观念的体现。① 根据他的对话理论,文学作品的作者对主人公应当有一种原则性的超视,二者不能完全同一,否则就变成了独白。而在自传中作者原则上没有多少外在于主人公的因素,二者基本是同质的:"这里不存在审美视角和生活视角的原则对立,不存在这种区分,因为传记是个混合体。"②正是由于自传中"原则上不存在两个意识相互对立的自我界定"③,自传被他看作是一种片面而幼稚的行为:"在传记中作者是幼稚的,他同主人公有亲缘关系,他们可以交换位置。"④不过这并没有导致他对自传的否定,因为他非常清楚,自传是诗与真的复杂矛盾体,是文学与历史的结合,其内在的张力和对话性不断构筑和加强它的审美因素,作者总有一种外位的倾向和努力:"他不把自己全部都交付给传记,而是在内心留下一条可以超越现实的通道"⑤,正是从这个角度,巴赫金建立了自传与文学的关联,从而区别于单纯的历史材料。

有两个概念对我们理解巴赫金的自传观比较重要:"自我客观化"和"自我审美化"。巴赫金指出,他是在"自我客观化"的意义上探讨自传的,主要针对"我如何描述自己"的问题,这是使自传归属于文学门类的

---

① See William C. Spengemann, *The Forms of Autobiography: Episodes in the History of a Literary Genre*, New Haven: Yale University Press, 1980.

② 巴赫金,《巴赫金全集》(第一卷),页 261。

③ 同上,页 262。

④ 同上。

⑤ 同上,页 262-263。

重要途径。自我客观化就是形成"主体自我"和"客体自我"的区分，产生自我观察的视域，它和"外位性""超视"有相同的内涵："我们把传记或自传（生平的描述）理解为距离最近的一种外位性形式，在其中我可以把自己和自己生活艺术地客观化。"①在这种情况下作者本人和传主这两个"自我"不是完全的同一，作者由此具有了外位性的立场，他借助他人的目光来自我审视、自我反观，有利于避免个体视角的狭隘和偏颇，更为客观准确。因为避免了功利性目的，这也有利于构筑自传的审美和艺术价值。可以看出，巴赫金从一开始就以对话的立场研究自传，把自传纳入他整个的对话场域之中，从而将具有对话性、反思性的自传与其他独白式、公开化的话语如报告、讲演、申辩等区别开来。"自我客观化"与对话思想相结合，贯穿在巴赫金的整个思想之中。

在"自我客观化"的基础上，自传要获得文学价值，主要是通过"自我审美化"进行的，这也是巴赫金将自传纳入文学研究的重要依据之一。在《审美活动中的作者与主人公》（1920 年代）中，巴赫金着重探讨了艺术形式与自我审美化问题。自我审美化过程也就是自传获得文学价值的过程，它以自我客观化为基础，从外位性的立场对自我的行为和体验加以审美表现。巴赫金指出，主人公获得审美意义的条件，包括多种因素。如在空间形式上的内外之别："一个人在审美上绝对地需要一个他人，需要他人的观照、记忆、集中和整合的能动性。"②此外最重要的因素就是"主人公的涵义整体"，即主人公的价值立场和选择，这包括很多的要素："行为、自省自白、自传、抒情主人公、传记、性格、典型、身份、人物……"③

---

①　巴赫金,《巴赫金全集》(第一卷),页 249。
②　同上,页 133。
③　同上,页 236。

对于这些要素,巴赫金进行了区分和辨析,主要指出了自省自白和自传的差异,以及它向后者的转化。前者主要包含"伦理价值"(ethical value),后者则侧重"审美价值"(aesthetic value),在古代尤其如此。① 中世纪之前的自省自白是单一的独语,是完全的内在化或公开化,没有内外的区分和对话,有很强的宗教色彩,因此不能构成真正意义的自传:"在自省自白中既没有主人公,也没有作者,因为不存在实现他们相互关系的立场;不存在价值外位的立场;主人公和作者溶为一体。"② 而自省自白向自传的转化则发生在中世纪的末期和文艺复兴的早期:"这里在带有一些与人抗争色彩的自白基础上,出现了最早的传记价值:心灵开始得到具体的体现,只是不在上帝身上。"③ 如阿伯拉尔的《我的灾难史》(Historia Calamitatum),就是对他和爱洛依丝爱情悲剧的回顾,借以表达他的抗争意识。

这里出现的"传记价值"是自传审美化的一个标志,它带有双重的意义。首先它使自传摆脱了自省自白式的内心独白,专注于客观性的自我生平描绘,超越了纯粹的伦理价值,可以展现传主真正的内在生活,显示了对个体生命的尊重,这和文艺复兴时期以来西方个性主义的兴盛密切相关;其次它可以将传记的历史性和文学的审美性结合起来,构筑自传的认识价值和审美价值。但是这一过程是艰难的,在许多作家身上都存在着二者的斗争。对彼特拉克来说就是如此:"要自白忏悔还是要传记,要后代还是要上帝,要奥古斯丁还是要普鲁塔克,要主人公还是要传教士——这种二者择一又偏向后者的选择,贯穿着彼特拉克的整个生活和

---

① Carolyn Ayers, "Looking Back through the Loophole: The Discourse of Contemporary Intellectual Autobiography in Joseph Brodsky and Paul Autser", p. 83.

② 巴赫金,《巴赫金全集》(第一卷),页245。

③ 同上,页248。

作品,而最为鲜明地表现在 *Secretum* 中(表现得稍嫌幼稚)。"①*Secretum*
(《秘密》)是彼特拉克的对话集,对话人物是彼特拉克本人的化身以及奥
古斯丁,内容是关于彼特拉克的生活方式的讨论,一方面是对他的有过失
的生活方式的谴责,另一方面是辩护或者客观的描述。薄伽丘也面临同
样的问题,但胜利总还是属于传记价值。这一情况在后来的自传中依然
交织存在。以日记为例,巴赫金说:"我们在现代的日记作品中可以看到
同样的冲突、斗争、妥协、这一方或那一方的胜利。日记有时是自白性的,
有时是传记性的:托尔斯泰晚期的日记据所见而论完全是自白式的,普
希金的日记则完全是传记性的。总的说来,一切经典日记未染上任何忏
悔语调,完全是传记性的。"②在他看来,忏悔式的自白倾向于独白,而传
记性的自传则充满对话,因此更具文学价值。

　　这样,以对话理论为依据,以自我客观化和自我审美化为基本标准,
巴赫金区别了自传中的各种形态,尤其是对自传与自省自白进行了辨析,
将具有对话性的文学自传凸显了出来。巴赫金指出了自省自白向自传的
转化,不过他在此并没有就自传的发展做进一步的考察和论证。他对这
一问题却也并没有放弃,在后来的《小说的时间形式和时空体形式》
(1937–1938)一书中,用专门一节"古希腊罗马的传记和自传"集中探讨
了欧洲自传发展的历史,并以自传的一个基本要素——自我意识——为
线索。

　　自我意识问题是哲学、心理学等学科的根本问题,也是文学尤其是自
传这一文类的根本问题,自传研究专家古斯塔夫早就指出,自传的存在是

---

① 巴赫金,《巴赫金全集》(第一卷),页 248。
② 同上。

自我意识的结果："很显然，在一种文化环境中，恰当地说，如果自我意识不存在的话，自传就是不可能的。"①自传的历史发展和人类的自我意识密切相关，巴赫金对这一问题始终极为关注，在《自我意识与自我评价问题……》(1943-1946)中就明确指出：

> 从理论和历史两方面考察自我意识和自我评价问题(自传、自白、文学中人的形象等)。这个问题对于文学诸本质问题的重要性。……在塑造他人形象和塑造自我形象时意识所取的立场。目前这是整个哲学中一个关键的问题。②

他对自我意识这一问题的重要性进行了充分的肯定。可以看出，其出发点就是自我和他人的关系问题，依然是其对话理论的延伸。在《自我意识与自我评价问题……》的"题注"中编者指出，巴赫金分析了文学中的三类自我意识："一是幼稚的自我意识，即所谓'镜中人'；二是悲剧的自我意识，是悲剧个性的孤独的自我意识；三是复调的自我意识。"③

在巴赫金的语境中，"自我"具有复杂性和"多相成分"，因此自我观察和塑造的角度非常重要。"镜中人"虽然可能有外在的视角，但无法形成对话，无法深入内心，只是局部的自我观察，在空间上不具有整体性，而且具有欺骗性和虚幻性；悲剧的自我意识陷于个体的孤独之中，也无法形成对话和客观性；复调的自我意识则有利于表现自我的多重身份和复杂

---

① Georges Gusdorf, "Conditions and Limits of Autobiography", in James Olney ed., *Autobiography: Essays Theoretical and Critical*, Princeton: Princeton University Press, 1980, p. 30.

② 巴赫金，《巴赫金全集》(第四卷)，白春仁、晓河、周启超等译，石家庄：河北教育出版社，1998年，页87。

③ 同上，页565。

处境,在对话的基础上构筑自我的整体视阈。这些"在塑造他人形象和塑造自我形象时意识所取的立场"就是自我意识的表现形式,对于自传就是指塑造自我形象的立场,应当包括对个人内外环境的观察与表现,对内在的深度发掘或私密意识的表现等。

在西方自传中,自我意识主要体现在由公共性向私人性的转化,或者说个体自我意识的逐步兴起,这是自传具有现代因素的重要表征,从中可以探察欧洲人自我意识的历史发展轨迹。在《小说的时间形式和时空体形式》中,巴赫金着重分析了中世纪之前,主要是古希腊罗马时期自传的历史发展和类型,并由此指出了欧洲自我意识的发展特征。

他将古希腊的自传归为两种类型:柏拉图型的,如《苏格拉底的申辩》《斐多篇》;雄辩体的,如伊索克拉底的辩护词。苏格拉底的对话具有自传性质,但它主要探讨哲学问题而非自己的生活和心理,而且是公开性的表述。伊索克拉底的辩护词,被巴赫金称为古希腊的第一部自传,它带有自我颂扬的性质,巴赫金认为这是雄辩家职业性的自我意识,和希腊的哀悼辞对人物的颂扬是一致的,因此不是对个人的隐秘自我意识的表现。这两类自传是和公共性分不开的,具有广场性和公开性:"这个现实的时空体,便是广场('agora')。最早在广场上展示和形成了人及其生活的自传式(传记式)自我意识,还是属于古希腊罗马的古典时期的事。"①

罗马时代的自传,虽然从广场转到了家庭,但其特征依然是公共性:"罗马的自传和回忆录,用的是另一种现实的时空体。它们所依托的生活的基础,是罗马家庭。这里的自传,正是家庭家族自我意识的记录。不过,以家庭和家族为背景的自传体自我意识,并不会变成私下的、个人隐

---

① 巴赫金,《巴赫金全集》(第三卷),白春仁、晓河译,石家庄:河北教育出版社,1998年,页326。

秘的自我意识。它仍保持着深刻的公共性质。"①这种自传不会成为个人隐秘的记录，它和希腊自我意识的差别就在于它具有的历史性和时代感。"自传就是为了使家族宗族传统世代相传，写好收入卷房里。这就赋予了自传体自我意识以公共历史的性质和国家的性质。……它还不那么成形，可却深深地渗透着时代感。"②

　　到了中世纪，这种公共性依然有明显的影响，特别是在忏悔形式中。忏悔录是典型的自传样式，在欧洲自传中数量非常丰富，但它的公开性也是非常明显的，尤其是在中世纪的宗教忏悔中："很典型的是，悄然自得的奥古斯丁所写的《忏悔录》，在当时都不能'默读'，而是要当众宣读，说明希腊广场精神在忏悔形式中还颇有生命力。"③这种自我意识还是公开性的自我意识，而不是个人的私下意识，或者说私下的自我忏悔发生在忏悔室中，而不是广场。忏悔录不可避免的公开性甚至影响了它的真实性："忏悔录是忏悔话语的文学形式，它的一个鲜明特点是彻底的公开性。……而也正是因为这种彻底的公开性，忏悔录中可能有更多的顾忌和保留，其真实性就常常引起怀疑。"④由此可见，个人自我意识的产生显然要经过漫长的历程。

　　巴赫金总结说："以上就是古希腊罗马的几种自传形式，可以称它们是人的公共自我意识的形式。"⑤此时自传的自我意识与文艺复兴之后个人的自我意识不同，它以广场性、家庭性或者宗教性体现出来，较少涉及私人或个体生活，但这并不说明此时完全没有个体自我意识的成分。

---

① 巴赫金，《巴赫金全集》(第三卷)，页 332。
② 同上。
③ 同上，页 329。
④ 杨正润，《论忏悔录与自传》，载《外国文学评论》2002 年第 4 期，页 24。
⑤ 巴赫金，《巴赫金全集》(第三卷)，页 334。

巴赫金指出，几乎同时欧洲也出现了自传变体，这种变体显然带有了个体自我意识的特征，它们记述的内容具有了私人化的色彩，如个人生活、爱情感受等，只是并不明显："现在我们应该看看另一些自传体形式了，那里人的这种公共的外在性已经显出解体之势，孤立个人的私下自我意识开始崭露头角，个人生活的私下领域也开始展现。"①这些形式是希腊公共辩论体的变体，有三种形式。贺拉斯、奥维德、普洛培尔提乌斯写的广为人知的诗体讽刺自传和自述可为第一种变体的代表，"在这里，个人的私下的因素披上了讽刺和幽默的形式（因为找不到肯定自己的表达形式）"。② 第二种是西塞罗的书信，它反映了私人生活的纵深发展和对公共形式的突破。因为现有的公共雄辩体形式日趋公式化，成为假定性的官样文字，"实际上没有为描写私下生活留下余地，可私人生活却越来越向纵深发展，越来越闭锁。在这种情况下，私室的雄辩体形式，首先是友好书信便开始获得重大的意义。在友善亲密的氛围里（当然带有一半的假定性），开始展现人们新的个人私室的自我意识。"③斯多葛型自传算是第三种形式，多带有劝慰性质和自我反省性，如塞内加的书信、马可·奥勒留的自传、西塞罗及奥古斯丁的自传等，记述个人精神的发展。

不过，虽然他们对个体的私人生活表示了很大的关注，可仍然带有公共性的话语模式，用奥古斯丁的话，即"'Soliloquia'，也就是'独自对语'"。④ 他们排斥别人的视角，一般不考虑他人，关注个人的生死富贵的描写，带有孤独之感，还没有出现后来对话性的单独的个人意识。到了文

① 巴赫金，《巴赫金全集》（第三卷），页337。
② 同上，页338。
③ 同上，页337。
④ 同上，页339。

艺复兴时期，人的个体意识得到了加强，个人生活才获得广泛的关注与表现，如彼特拉克、但丁等人的自传作品，其中的自我形象更加丰富，带有明显的个体自我意识。随后，西方自传逐渐向现代自传发展，直到十八世纪出现了以卢梭《忏悔录》、富兰克林《富兰克林自传》、歌德《诗与真》为代表的典型自传，表现了强烈而鲜明的个性自我意识。

概而言之，虽然巴赫金的自传观比较零散，也没有形成较为完整的理论构架，而且部分著作以草稿形式存世，大量含蕴丰厚的观点没有经过详细论证，但是他的主要观点还是非常清晰，带有很强的理论涵蕴。他认为，作为文学的自传应当是对话性的，是在他者的关注之下自传者对自我进行的客观的审美形塑，其自我意识应当是一种复调的或对话的自我意识，由此可以摆脱独白自剖和镜中人的单一立场，获得对自我的客观与整体视野，同时自传的内容应当具有私人性，形成自我与他人的区分、内外的差别，使自传具有向内探察的深度。

在自传并不受人重视的二十世纪初期，巴赫金能够从理论的角度认识和考察自传，本身就有重要的价值。客观地说，巴赫金的自传观就自传的写作实践与理论发展来说，都有着重要的启发意义。它涉及自传的根本问题，如自传的属性和界定、自传的发展和基本要素，尤其是对话观和自我意识的提出，正契合了现代自传研究的趋向。自传本身就是一种对话，包含自我和他者的对话，以及自我不同身份、不同处境的对话，体现着自传者鲜明的自我意识。如卢梭通过与世人的对话袒露自己，也记录了自己意识的历史发展，富兰克林用自传告诉后代自己的成长经历，写作时就设置了阅读的对象，夏多布里昂以死者的身份在墓畔回忆自己的过往人生，斯泰因创造了另一个"虚构的"自我，格拉斯以剥洋葱的方式暴露青年时代的生活，坦诚自己的纳粹身份，面对世人的审判从各个角度进行自我辩护。可以说每一部自传都具有对话的要素，从对话的角度对它们进行分析，正切中了自传的核心，从而展现出自我认识与表达方式的重要地位。

近年来，对应于"主体之死""自传之死"等各种后现代思潮的冲击，自传研究的主体化倾向越来越强烈，"自传的主体性现在已成为一个研究的话题"①，逐步从"自我的本性"转到了研究"人如何谈论自我"的问题②。自传写作的真假问题难以根本分辨，更为重要的是自传者如何认识并展示自己的问题，从中可以探究自传者如何在真实与虚构、自我暴露与自我隐瞒、自我忏悔与自我肯定之间的心理纠葛，可以更真实地把握自传者的处境和自传的品格。古斯塔夫认为这正是自传的独特之处："它不是给我们展现个人生涯客观的阶段——这是历史家的任务——而是揭示创作者给他自己神话般的故事赋予意义的努力。"③波乔科兰德也同意这种观点，认为自传"是人们如何阐释和说明他们的生活的一种记录"，通过自传，"我们探究，也可能是创造人生的意义"。④ 如马尔罗在《反回忆录》中对自己经历的虚构，正折射出他对自我和世界关系的认识："他的实际经历并不重要，世界的本质是思想，重要的是他对世界的认识，是生命的意义、是他对生与死的思考"⑤，汤婷婷的《女勇士》也是如此，它正反应了华裔作家在美国"白人基督教主流社会"中的自我身份意识："用真

---

① Diane Bjorklund, *Interpreting the Self: Two Hundred Years of American Autobiography*, p. x.

② 相关中文论述还可以参见：杨正润，《自传死亡了吗？——关于英美学术界的一场争论》，载《当代外国文学》2001 年第 4 期；王成军，《西方自传理论研究述论》，载《荆门职业学院学报》2006 年第 4 期，等等。参见：唐岫敏，《论自传中自我叙事的主体身份》，载《浙江师范大学学报》（社会科学版）2009 年第 1 期。

③ Georges Gusdorf, "Conditions and Limits of Autobiography", p. 48.

④ Diane Bjorklund, *Interpreting the Self: Two Hundred Years of American Autobiography*, pp. ix-x.

⑤ 杨正润，《实验与颠覆：传记中的现代派与后现代》，载《浙江师范大学学报》（社会科学版）2009 年第 2 期，页 40。

实的自传成分来认证自己的身份,用那些虚构的故事来解释自己的心理
世界。"①研究者开始以客观的眼光来看待自传的这种矛盾性,突出了对
自传者主体身份的把握,指出它不可避免的虚构性和多面性特征。这显
示出自传研究向自我认识这一根本问题的回归,从对自我意识的极力关
注上正可以见出巴赫金自传思想的先驱意义。

　　不过,由于巴赫金论述的归宿在于小说,所以他强调了自传的文学性
一面,从而出现将自传缩小化的现象。实际上,他自己也承认了其自传观
念的理想性:"如此理解和表述的传记,是某种理想的形式,是具体传记作
品或具体非传记作品的传记部分所追求的一种极限。"②也就是说,纯粹
的自我客观化和审美化是不存在的,写作者不可避免地会受到自身各种
因素的制约,这也正是自传的顽疾,也是其魅力所在。因此,作为自我表
现与自我解释的载体,自传具有多种表达方式,如自白自省、对话、申辩、
个人生活记录等,表现如正式自传、忏悔录、日记、书信、年谱等,不一而
足。以忏悔录为例,从自我意识和自我建构的角度看,忏悔就是自我认同
的方式,它以一定的价值体系为参照,选择特定的群体作为忏悔的对象,
目的是获得自我的身份认同:"'忏悔是一个人试图以一种深思熟虑的自
我意识确定自己的身份,他向听众解释他的本性,听众代表着他需要存在
于其中、并得到支持的那个群体'……他重建自我的过去,也构建了自我
的现在。"③也就是说,关键之处并不是自传描写的文学性、伦理性和客观
性,而是自传者对自己的认识与表达的倾向,即自我意识问题,自白或对
话都是自我表现的方式,对话应当服务于自我意识,是自我意识获得深化

---

①　杨正润,《实验与颠覆：传记中的现代派与后现代》,页42。

②　巴赫金,《巴赫金全集》(第一卷),页264。

③　杨正润,《论忏悔录与自传》,页24。

的一种形式。借此深入探究自传者的内在意识，正是自传研究者大有可为之处。

第二节　反讽：自传的晚期叙述风格

　　自传的基本视角是回顾，即自传者对自我"起源"与发展的追索，这一过程通过一系列的叙述展开。由于自传写作往往处于人生的中晚期，也就带有了"晚期叙述风格"——这构成了自传的典型叙述特征，展现了自传者较为成熟、稳定的人生形象，因此对自传者身份的塑造至关重要。探讨这一特征对于深入理解自传的本质与功能具有重要意义。

　　"晚期叙述风格"这一说法来自萨义德的"晚期风格"概念。《论晚期风格》一书是萨义德晚年去世之前的著作，论述的主题即作家、艺术家们在晚期创作中的风格表现。萨义德将焦点集中在一些伟大的艺术家身上，"集中在他们的生命临近终结之时，他们的作品和思想怎样获得了一种新的风格，即我将要称为的晚期风格"。[1] 他认为，一般意义上有两类"晚期风格"，一类是，"某种被公认的年龄概念和智慧，那些晚期作品反映了一种独特的成熟性，反映了一种经常按照对日常现实的奇迹般的转换而表达出来的新的和解精神和安宁"。[2] 如索福克勒斯的悲剧《俄狄浦斯在克洛诺斯》、莎士比亚的《暴风雨》等戏剧作品，威尔第的歌剧《奥赛

① 爱德华·W.萨义德，《论晚期风格——反本质的音乐与文学》，阎嘉译，北京：生活·读书·新知三联书店，2009年，页4。
② 同上。

罗》等，他们试图从比较高的角度审视人间，化解其间的恩怨，显得冷静超脱。但是，萨义德更感兴趣的是第二种类型："它包含了一种不和谐的、不安宁的张力，最重要的是，它包含了一种蓄意的、非创造性的、反对性的创造性。"①他为此分析了大量作品来解释这类"晚期风格"，如贝多芬、施特劳斯、维斯康蒂、托马斯·曼、普鲁斯特、让·热内等，他们风格的相似性在于，"他们已经达到了年纪，不想要任何假想的平静或成熟，也不要想要任何和蔼可亲或官方的讨好"。② 此时，世界不再掩饰其矛盾复杂本性，作者们的主体意识非常强烈，不愿虚假地退让回避，而是更加直接地暴露与揭示，作品具有了某种对抗色彩。或者说，这种晚期风格的特点在于作者的精神高度与超越性，"在于艺术家成熟的主体性，它祛除了傲慢和夸耀，既不为它的不可靠而羞愧，也不为谨慎的保证而羞愧"。③ 由是，在此种"晚期风格"中，我们更多地看到的是矛盾、不和谐、争议、混乱、断裂，一切以比较直率坦诚的方式，或者反讽式地表现出来，不再假装解决了问题，不再过多地遮掩无奈与绝望，而个人的缺陷与烦恼也不被有意地回避，更清晰地回归真诚，也就是如其所是地回归人自然的"开始和起源"。

　　萨义德有意区分了两种"晚期风格"，我们不必有所偏废，因为在自传中，这两种现象都普遍存在，无法被忽视。我们在此使用"晚期叙述风格"，一般意义上指自传者中晚年写作自传时呈现的风格特征，当然也并不完全局限于这一时段，可以指称自传普遍具有的一般特征，而这里的自传也主要指较为严格意义上以反观回顾为主的正式自传，日记、书信等即

----

① 爱德华·W.萨义德，《论晚期风格》，页5。
② 同上，页114。
③ 同上，页148。

时性自传形式有所不同。这类正式自传一般是在人生的中晚年写作,具有明显的回顾性、反思性和对话性,在这个过程中自传者实现对自我的理解与建构。值得注意的是自传者当下的处境与心态,人生大半,他可能已经经历了各种风浪与苦难,但依然活着,而叙述者活着,这非常重要。他有机会对自己的人生进行回顾与反思,对自我身份进行认定,就要充分调动自己的人生智慧与经验,一般不会再激情用事,会更加客观冷静,或表现得比较冷静,也会具有一定的历史感,但有时因为特定的遭际,也会进行鲜明的辩驳、抗争、对话,以凸显自我的权利。

　　总之,对大多数自传者而言,人生几成定局,现实身份难再改变,自传就是他们回归自我,寻找起源,自我体认的时机,在此意义上,自传也可以被视为人生的"终极形式",是一种最后的定格。如勒热讷所指出的,"自传总是出现在其他形式的创作之后。在经历了充满创造性的冲动与激情的岁月之后,随之而来的是对自我的反思"。[1] 特别是对于其中的作家、思想家等人而言,这种反思既包括他之前的现实人生经历,也包括之前的各类文本写作——与此相对应,自传则变成了"第二写作"或"再度写作","自传用一种个人化的语言重新表达某种原来用更一般化、更客观化的语言曾试图表达的东西","其目的在于对起源与结果做出总结"。[2] 但是这"第二写作"更具包容性,前者都被纳入其中,因此更显要紧。比如对于某些作家而言,在经历了大半生的虚构写作之后,他们往往将目光再返回到自身,重新讲述关于自我的故事,书写人生、把握自我。如菲利普·罗斯,经过多年的想象性写作,他似乎意识到了一度被掩盖的"真

---

　　① 菲力浦·勒热讷,《自传契约》,杨国政译,北京:生活·读书·新知三联书店,2001年,页45。

　　② 同上。

实"的重要,厌倦了向壁虚构,开始叙述自我真实:"他选择了去书写一部
自传,并因此而沉入到关于他个人的过去的纯粹事实之中。"①经典自传
者更是如此,卢梭、波伏娃、纳博科夫、阿尔都塞、格拉斯等在中晚年写作
自传,都源自其人生中难以化解的心结,如卢梭的个人过失与哲学观念、
波伏娃的死亡意识、纳博科夫的流亡与乡愁、阿尔都塞的杀妻、格拉斯的
纳粹经历,他们通过自传叙述将问题抛出,就是一种了结的方式,也是解
开自身历史之谜的钥匙。而从叙述动力的角度看,这也是某些作家展现
自己创造性与才能的良机,如米施所言,"当创造性能量在其他领域遭到
失败的时候,自传能够称得上是伟大的原创性作品"。② 自传也因此对作
家构成了强大的挑战,要想获得自传写作的成功,比虚构文学写作更为艰
难,因为它限制更多,基本模式难以突破,因此重点就落在了自传者独特
的人生经历与差别上,当然也包括他们对人世洞察的深度。

大致来说,对于西方自传而言,在呈现自传者的人生智慧与身份建构
的过程中,总结、对话、忏悔、辩解以及反讽等构成了自传"晚期叙述风
格"的主要特征。在此,我们主要讨论其中的一种表现:反讽。反讽是一
种修辞,在文本中,讽刺对象被置于特定语境下进行审视,他/她被塑造
为自以为优于他人,但最终被发现了某些弱点和过失,丧失了优势地位;
相反,原本表现得天真无知的人物则最终呈现为更具智慧和优势。反讽
的目的是揭示,以达到特殊的修辞和艺术效果,如喜剧化,同时达到更深
层的认知。根据不同标准,对反讽有不同的划分,如语词反讽、结构反讽、

---

① Mark Freeman, *Rewriting the Self: History, Memory and Narrative*, London: Routlegde, 1993, pp. 112–113.

② Georg Misch, *A History of Autobiography in Antiquity*, London: Routledge, 1950, p. 4.

苏格拉底式反讽、命运反讽、浪漫反讽、戏剧反讽等。①

　　反讽是自传的重要叙事方式之一，而且自传兼具其中的某些特征，如语词反讽、结构反讽、命运反讽等，但不论哪种风格，都与回顾视角有关。反讽依赖自传者的回顾视角，他往往只有在经过时间的历练之后才能发现过去的真实面目，揭示出真正的天真无知，暴露出被讽刺者的真面。如此，通过时间的折叠回旋，他将自己的当下视角投射到过去时刻，以呈现自我的成长与智慧发展。

　　在自传的晚期风格中，通过"反讽"来"修正、破解神话"，是某些自传的一大功能，其写作动机往往是"纠正性"的，即"修订事实与细节，或者用事实代替传奇"，这类自传会采用"去神话化的形式（demythologizing form）"②，通过冷静成熟的语调、回顾时的理性眼光，于字里行间表明对人生经历或相关人物的反思态度，使其返归现实。也就是说，反讽修辞可以使自传者置于一定的高度来看待如戏之人生，其中既有超脱淡然之感，同时又包含了对过去事件的不满与批判，特别是将其中的夸张、做作、虚伪、无知等进行披露，这都是当时的自传者无法领会的。研究者要注意自传者给出的诸种提示，以理解其叙述目的。下文主要根据几部自传作品对此进行阐释。

　　在自传《文字生涯》（又译《词语》）中，萨特就依凭写作时的回顾姿态及存在主义思想对自己的童年生活进行反思，着意于人生的荒诞与偶然之感。他在此视角之下描写对自己影响最大的两个亲人，即外祖父和父

---

① M. H. Abrams, *A Glossary of Literary Terms*, Beijing: Foreign Language Teaching and Researching Press, 2004, pp. 134–138.

② Mary P. Gillis, *Faulkner's Biographers: Life, Art, and the Poetics of Biography*, Ph. D. Dissertation of The University of Alabama, 2002, p. 14.

亲时,反讽味道就显现于字里行间。在萨特笔下,外祖父夏尔的人生并不遂意,他不愿听从父亲的意愿去做牧师,结果跑去追寻一个马戏团的女骑手,但未能成功,不得已回来做了教师。萨特就此采用了一些反讽话语来描述自己的外祖父,说这一职业倒能"两全其美","既神圣又能跟马戏女郎厮混";在结婚之后,虽然妻子对自己态度冰冷,但他还是"使她出其不意地生了四个孩儿"。① 正是这个外祖父对萨特比较宠爱,是萨特的引导者,而小萨特也有意迎合他,做家里的乖孩子,热心于阅读和写作,但显然他自己的人生就充满了混乱与无奈。对于自己的亲生父亲,萨特在话语之间更无一丝尊敬,反而带着嘲讽乃至幸灾乐祸的味道:"(父亲)征服了这个没有人要的高个儿姑娘,娶她为妻,并飞快地让她生下一个孩子,这就是我。从此他便想到死神那里求一个栖身之地。"②在萨特出生不久,父亲就因病去世了,而在萨特的解释中,父亲的死是"很知趣"的,因为他的功能是给小萨特以生命,不愿接下来再承担养育的责任,并因此"负疚而死",同时也赋予萨特个人自由,使他没有约束与压制地生活,"他的死给我的母亲套上了枷锁,却给了我自由","我没有超我","我幸亏属于一个死者"。③ 显然,萨特的这类叙事话语是"喜剧式的"乃至"大逆不道"的,他从存在主义哲学的高度重新审视成长经历,破除了传统的家庭伦常与亲情关系,代之以对人世之荒诞性、偶然性的处理,重新解释了家人的行为与动机,由此强调了自身处境的优势。

　　通过对家庭生活的童年叙事,重新认识自己的出身与起源,在反观中

---

① 　萨特,《文字生涯》,见《萨特散文》,沈志明、施康强译,北京:人民文学出版社,2009年,页1-4。

② 　同上,页5。

③ 　同上,页7-10。

重新定义自我,这也是萨义德自传《格格不入——萨义德回忆录》(*Out of Place: A Memoir*)的基本功能,反讽恰恰构成了作品的主要特点。这部自传初版于 1999 年,是萨义德在得知自己身患白血病之后开始写作的。显然是这一特殊处境促使他对自身经历和命运进行反思与总结,以此试图对一生加以把握和定位,这也就使得作品更加真诚,在坦白自己、描绘他人时都没有太多的顾忌,也不回避矛盾与困惑,正属于萨义德所谓的“晚期风格”特征:“生命中最后的时期或晚期,身体的衰退,不健康的状况或其他因素的肇始。”[1]只不过萨义德此时面对的是他自己的晚期风格问题,处在人生的晚年,由于思想的成熟、对世事的洞明,他在描述过去的某些不甚合理的现象时,字里行间流露出了“超脱与反讽”的语调。如萨义德自己所说:“这距离的结果之一,是在我重建一个遥远的时空与经验时,态度与语调上带着某种超脱与反讽。”[2]而这种话语方式显然会伤害书中所描述的他人,特别是还活着的亲人,关涉到叙述伦理问题,但萨义德首选的是真实:“我极不愿伤人,但我的首要义务不是亲切宜人,而是忠于我也许有点奇特的回忆、经验和感受。……我希望从中可以明白看出,种种反讽与令人难堪的叙述,既是叙述者又是故事中的人的我并未自免。”[3]

在《格格不入》中,反讽色彩最明显的是萨义德对父亲的描绘。萨义德告诉我们,他如同卡夫卡一样,在青少年时期长期处于父亲的威权之下,父亲事业上的成功,性格的果断、坚韧、冷淡等都给他巨大的压力,乃至鄙夷与斥责,并且在生活的各个方面父亲都给他圈定了界限,使他这个

---

[1]　爱德华·W.萨义德,《论晚期风格》,页 4。

[2]　爱德华·W.萨义德,《格格不入——萨义德回忆录》,彭淮栋译,北京:生活·读书·新知三联书店,2004 年,“前言”,页 5。

[3]　同上。

不自信的儿子愈加自卑,感觉格格不入。但是在书写自传的现在,萨义德对父亲的认识发生了改变,因为这时的他不再是顺从隐忍的儿子,而是独立的人,他在父母亲的规定之外,找到了真正的自我,他称之为"爱德华之外的第二自我",即内在的、个性的自我。如此,当初看似威严高大的父亲形象也因此剥落、被"祛魅",因为在父亲当初为了塑造自我形象而愿意讲述的故事之外和背后,萨义德找到了不太合宜的版本:"他的听众主要是他的子女和妻子。但这故事[1]也集合并牢牢实实地安排了他娶我母亲以前他想让人知道,以及娶她之后他认为适合公开的情节。……他做我父亲三十六年,从头到尾只提他生平某些插曲和细节,将其余层面不是一概置诸脑后,就是否认净尽"。比如父亲告诉萨义德,他曾参加一个游泳比赛,并坚持到了最后,以此来教导孩子们"永不放弃"的精神。但事实是,他是最后一个游完的,这一点萨义德后来才知道:"瓦迪其实既慢,又顽固,延误了其他所有比赛。这不是值得称道的事。"[2]可见,他父亲对不光彩的经历进行了颠覆性的修饰,而萨义德的修正恰恰暴露了他的虚荣与自傲,带有明显的反讽味道。

　　另一个例子是父亲吹嘘在法国参战时的英勇表现,特别是绘声绘色地给儿子讲述近距离射杀德国兵的生动情形。但是在他去世之后,萨义德在一个偶然的机会才发现,他其实只是军需官,没有参加有案可稽的任何一场战役的记录。更有趣的是,在这确凿的官方证据面前,萨义德加了一句:"记录大概有错吧,因为我至今仍相信父亲的说法。"联系上下文可以看到,萨义德此话其实正是反语,说明了父亲对他产生的影响是多么根深蒂固,竟使他不愿去相信对父亲不利的证据。最终,萨

---

[1]　即吹嘘自己独自在美国通过个人奋斗取得成功的故事。
[2]　爱德华·W.萨义德,《格格不入》,页 7–8。

义德意识到了父亲如此描述自我的意图："久而久之，我发现他居停美国，和他后来的人生，其实关系着一种带有目的的自我塑造过程，他做的事，以及他要他周围的人——主要是我——相信的事，都朝着这个目的走。"①用萨义德的话说，他父亲将在美国时期的经历描绘得近乎"传奇"，因为这一段生活是属于他自己的秘密，也取得了他自己的高度认同，而回归巴勒斯坦之后则好似换了一个人，故事直接而平常，这二者之间形成了鲜明的反差。

父母对萨义德进行青春期性教育时的态度和方法，在他现在写来也是充满戏剧性，颇具反讽意味。对于萨义德青春期的成长和意识，父母并未进行有效的引导，反而采用一贯的压制手法，禁止他接触有关的书籍资料，对其疑惑不给予正面回答，大多采用欺骗小孩子的幼稚方式，使他对性的问题更加无知。如他们因为害怕孩子手淫，就暗中观察、窥探孩子的睡裤，当发现没有遗精的时候，就突然闯入萨义德的房间，要求他不要再"自我滥用"（self-abuse），他们用的是这个委婉的词，而非更直接的手淫（masturbation）；当被问到生育问题的时候，母亲的回答是："我们写信给耶稣，他就送给我们一个宝宝。"但就是避免谈到"做爱"等词，"不提高潮，没谈射精，也不说'私处'是什么。只字不提快感。"接吻也就只谈过一次。更夸张的是，有一次他的父亲拿着他的没有精液的睡裤使劲扔给他，"非常猛，我想，还带着夸张的厌恶。'好吧，赶快梦遗！'"②父亲竟然给他下达了如此"专横的命令"，而他们则认为是顺理成章，这个儿子就生活在"父亲维多利亚式的设计"之下。③ 通过这些微妙的细节和生动的

① 爱德华·W.萨义德，《格格不入》，页7-9。
② 同上，页81-83。
③ 同上，页90。

插曲,萨义德再现了他身处父母的"维多利亚道德"之下的成长经历与生活处境,展现了被过度压抑的自我,而这种压抑也恰恰诱发了他"内在的第二自我",以此与这一"外在自我"对抗,并最终走上了自己的道路。

可见,通过自传的回顾性叙述,当前的叙述者与过去之我及其他人物拉开了距离,并取得了更加客观、准确的观察认知角度,也更容易辨清当时人事的心理和意图,其中的事实披露、话语反讽在所难免,最终是为了达到自传叙述者当前的目的,即对目前自我身份与意识的认同,呈现出自身的发展历程,符合自传的最基本模式:成长。

"反讽"体现了自传者的怀疑与求真精神,从某种意义上也可以说具有了哲学视野,呈现出知识爱欲——关于自身的知识——的上升阶梯。"反讽"也正是苏格拉底最擅长使用的话语修辞,这种对智慧与真理的爱最终会战胜现实的各种名利纠葛与世俗追求。自传,由此或者可以视为自传者的"第二次远航",在现实的人生体验之后,他们又在以另一种方式重新经历人生,好似处在洞穴之外进行审视。无怪史密斯指出:"在文学性文类中,没有什么比自传更接近于哲学了。"[1]而笛卡尔之后,许多哲学家不仅写作自传,其哲学大多也是自传式的,他们通过自身来探究关于人的普遍规律:"大部分现代哲学确实是认识论和心理学……哲学家在他们自己身上做实验的激进和勇敢程度,丝毫不亚于科学家对自然的实验。"[2]如帕斯卡尔、卢梭、克尔凯郭尔、尼采、萨特、波伏娃等。

自然,我们不能忘记那位隐居在波尔多城堡最高处的塔楼中,时时剖析自我与人性的哲人蒙田。他依照"怀疑"思想来探索"凡俗"自我,《随

---

[1]　Robert Smith, *Derrida and Autobiography*, Cambridge: Cambridge University Press, 1995, p. 59.

[2]　汉娜·阿伦特,《人的境况》,王寅丽译,上海:上海人民出版社,2009 年,页 233。

笔集》的一个突出特征就是"负面性、否定性、解构性"，或曰"反讽"意识。他致力于描述人性的背面和缺陷，众多人物在他笔下，和他自己一样，都呈现为凡俗的存在，暴露了自以为是者的不智之处。《雷蒙·塞邦赞》是一篇长文，主旨可以看作是对人性的剖析，破除对人的盲目赞颂或崇拜，指出人性中的低劣之处。如谈到特洛伊王子帕里斯，他指出，"因为帕里斯好色多情，让战火烧遍了整个亚洲"。[1] 他从人之本性角度将帝王降格，认为"皇帝与鞋匠的心灵都是一个模子出来的"。[2] 针对这句话——"人若不超越人性，是多么卑贱下流的东西！"——蒙田提出了辩驳，如此回答道："这是一句有价值的话，一种有益的期望，但同样也是无稽之谈，因为拳头要大于巴掌，伸臂要超出臂长，希望迈步越过两腿的跨度，这不可能，这是胡思乱想。人也不可能超越自己，超越人性：因为他只能用自己的眼睛观看，用自己的手抓取。"[3]蒙田还提到，在当初纪念庞培入城的仪式上，雅典人曾送给庞培一句铭文："正因为你成了神，更应该认清自己是人。"这就是脱冕意识。蒙田对人生的态度，最后说得很恳切："依我看，最美丽的人生是以平凡的人性作为楷模，有条有理，不求奇迹，不思荒诞。"[4]这同样也是在表达自然平等的人性思想，没有必要去模仿不可模仿的人，将自己陷入人生的虚妄之中，要认清自己，首先要承认自己的肉体性和局限性。

蒙田善于从反面入手，不动声色地解构英雄的虚假面目，将其还原为人，以此来高扬普通人的民主权利与自由身份，其中有一点颇值得注意：

[1] 蒙田，《蒙田随笔全集》（中），马振聘等译，南京：译林出版社，1996年，页147。
[2] 同上，页149。
[3] 同上，页294。
[4] 蒙田，《蒙田随笔全集》（3），马振聘译，上海：上海书店出版社，2009年，页320。

消极自由。人不应违背本性去热望政治权力、财富利益或地位荣誉，个人应当可以自由地选择自己的生活，独居在自己的精神世界里而不受干扰。蒙田在城堡避世十年，书写自传认识自己，体验的就是这种自由。比如在一段经典的关于生活习性的文字中，蒙田就运用了多个否定词语，从反面来界定自我：

> 我白天睡不着觉；两餐之间不吃点心；不吃早饭；隔了很久才上床，比如晚饭后要整整三个小时；总是在睡觉之前繁衍后代，也不站着做爱；有了汗就要擦；不喝纯水或纯酒；不能长时间不戴头巾；不在晚饭后理发；不戴手套就像不穿衬衣一样不舒服；饭后起床要盥洗；床上的帐顶与帐篷，都像是生活必需品。①

客观看来，蒙田的这些习性并非多么要紧的大事，但他偏偏如此娓娓道来，就是要突出自己的真实与独特之处，即使这些习惯并不合理，价值在于它就是蒙田的独特人生。可以说，在人性认知方面，蒙田是文艺复兴时期真正的"巨人"，这依赖于他在真诚方面的智慧。在这个意义上茨威格认为，蒙田可谓莎士比亚的老师（《随笔集》1603 年被译为英文，《暴风雨》中就引用了蒙田的话），《哈姆莱特》虽然在此之前刚刚完成，但王子的形象就是具有了怀疑精神与丰富人性的凡人，拉开了与拉伯雷笔下叱咤风云、顶天立地的"巨人"、塞万提斯笔下奇思异想、横冲直撞的"骑士"的距离，成为了引人深思的"哲学王子"。

概而言之，蒙田给后人的启示或其自传人生的哲学隐喻或许就在

---

① 蒙田，《蒙田随笔全集》(3)，页 288。

于：“人的全部任务就是根据其自身的本性法则和需要来塑造自我……用蒙田的方式，在自传中建立自己的全部哲学；像蒙田那样，全身心地、热情地投身主体之中；拒绝任何其他主体，像蒙田所做的那样完全只接受自我……”①通过自身的“理性之光”，蒙田在反思与质疑中剥离了传统、定见的假面，在这个意义上，奥尔尼说，蒙田不再单纯是十六世纪的人，他也是我们的“同时代人”，其哲人形象由此定格。

　　总之，一旦我们将自传视为“晚期叙事”，其中的反讽等文学修辞就比较容易被理解了。考虑到自传是“表述立场”或传达意图的一种反观形式，是对自我身份的形塑，它必然是修辞性的，“当一个人将自我辩解的修辞与文类叙事的要求结合在一起时，他就更加接近古德曼所说的‘世界式塑造’了，这时被建构的自我及其代表的力量就成了世界的引力中心”。② 如此，通过对话、辩解、反讽等修辞，自传者获得了重塑人生的权利与方式，也构筑了自我形象的整体。这时，过去往往被设定在当下的语境中被理解和塑造，为现在来服务，如萨特所做的那样：“过去对我没有作用，相反，是我自己从死灰中再生，用不断的创新把自己从虚无中解脱出来……我把资产阶级的进取精神硬塞进心里，把它变成了内燃机。”③因此，年近六十的萨特在写作这部童年自传时，对童年时代的文学想象活动展开了极为详尽的铺叙，也解释了父亲的死、外祖父的溺爱、他在众人面前的做戏等行为，显然调动了小说的描写技巧，但是其现实目的却非常明

---

① James Olney, *Metaphors of Self: The Meaning of Autobiography*, Princeton, N. J. : Princeton University Press, 1972, p. 67.

② Jerome Burner, "Self-making and world-making", in Jens Brockmeier and Donal Carbaugh eds. , Narrative and Identity: Studies in Autobiography, Self and Culture, Amsterdam / Philadelphia: John Benjamins Publishing Company, 2001, p. 35.

③ 萨特,《文字生涯》,页 144。

确，即为当下的作家身份寻求依据，用写作之灯来照亮迷惘的过去。

在这个过程中，自传的"晚期风格"也为自传本身乃至作者整体写作的真实性提供了一定程度的保障，因为自传大多不是作者的第一部作品，当一个作者已经出版了一部或多部作品之后，其名字已经为人所知，具有了现实的指涉功能，或者说成了一个"真人"——"指其存在有据可查、经得起核实的人"（当然人们未必会去核查）①，此后他如果用自己的名字出版自传，就更容易获得读者的信任了。相反，"如果自传是处女作，那么，即使作者在书中讲述的是他本人，作者仍不为人所知"。② 因此一般来说，作者先通过小说、哲学等形式进入公众视野，之后通过自传等非虚构的现实文类进行自我总结，二者之间构成了对话、互证和互补。

纳博科夫在《庶出的标志》中曾说道："任何人都能创造未来，但只有智者才能创造过去。"③以艺术的方式重新建构记忆和过去，这确实需要天分和能力。不过，就模仿真实的角度而言，要做到真正真诚的自我表达其实更加困难，自传者为自我身份所影响，通过叙述来选择并展示的自我，从某种意义上说就是一种"合法性的偏见"。不过这种所谓的偏见带有智性发展的特征，这类自传的"价值关乎的是人的心灵、精神，以及智力"。④ 由此可见，自传的最终价值在于对人性的深刻揭示与提升，自传者向内探索得愈加深入彻底，愈有反讽质疑的精神，就愈有飞跃的可能，从而获得与人世的"新的和解精神和安宁"。

---

① 菲力浦·勒热讷，《自传契约》，页214。
② 同上，页215。
③ 转引自史黛西·希芙，《薇拉：符拉基米尔·纳博科夫夫人》，李小均译，桂林：广西师范大学出版社，2011年，页99。
④ James Goodwin, *Autobiography: The Self Made Text*, New York：Twayne Publishers，1993，p. 23.

第三节　诗哲对话：索尔·贝娄笔下的阿兰·布鲁姆

　　从狂欢、对话、反讽等传记修辞，以及晚期风格和诗哲关系上看，晚年贝娄的非虚构作品《拉维尔斯坦》也是一部值得深究的传记典范。作为列奥·施特劳斯"最出名的弟子"[①]、"施特劳斯学派"在美国东岸的代表人物之一，芝加哥大学教授阿兰·布鲁姆（Allan Bloom，1930–1992）[②]生前曾因《美国精神的封闭》（1987）一书引发了广泛争议，在逝世后八年，他在芝大的同事与好友、著名小说家索尔·贝娄（Saul Bellow）发表了《拉维尔斯坦》（*Ravelstein*，2000）一书，同样引起了强烈关注和争论，核心之一便是作品的性质问题（传记还是小说）或主要人物"拉维尔斯坦"教授与布鲁姆的关系。几年过后，尼克尔斯（David K. Nichols）对此总结说："有人认为，贝娄选择了小说形式，而非传记，因此不能贸然得出结论，认为拉维尔斯坦就是稍加伪装的布鲁姆。但是另一些人则辩解说，这部小说向我们吐露了太多关于布鲁姆的生死悲欢等人生状况。"相应地，作者贝娄也受到了来自两个方面的批评："有人批评他出卖了朋友，将布鲁姆选择保守的秘密公之于

---

①　凯瑟琳·扎科特，迈克尔·扎科特，《施特劳斯的真相：政治哲学与美国民主》，北京：商务印书馆，2013年，页281。

②　阿兰·布鲁姆出生于印第安纳波利斯，十五岁就被芝加哥大学这座政治哲学研究重镇所吸引，他师从施特劳斯、科耶夫等著名哲人，与伯纳德特、雅法等同门，毕业后辗转世界各地大学任教，如耶鲁大学、康奈尔大学、多伦多大学，并最终进入芝大著名的"社会思想委员会"。其全部著述共约十部，可谓少而精，主要是：《伊索克拉底的政治哲学》（1955，博士论文）、《莎士比亚的政治》（1964）、《人应该如何生活》（1968，《理想国》释读）、《美国精神的封闭》（1987）、《巨人与侏儒》（1990）和《爱与友爱》（1993），此外还有他对卢梭的《政治与艺术》（1960）和《爱弥儿》（1979）、柏拉图的《理想国》（1968）的翻译及释读等。

众。也有人批评他未能详细刻画出布鲁姆的思想以及作为一位教师的魅力。"①因此，如何认识这部作品，如何评析其思想、风格与意义，依然是一个重要论题。

一　"传记"抑或"小说"：争论及解读视角

在众多评论中，虽然有不少异议②，但大多数声音还是肯定了这部作品的传记性质与表现内容，这主要来自布鲁姆以及贝娄的朋友或学生。他们在不同程度上了解布鲁姆的生平与思想，因此容易从传记中辨识出布鲁姆的人生形象，也能够接受贝娄所披露的传主"秘密"，并不以为是对布鲁姆的冒犯或污蔑。不仅如此，他们对《拉维尔斯坦》的评价与认知角度也为我们了解和评述这部传记提供了重要的研究基础。

《拉维尔斯坦》甫一出版，政治哲学莎评家苏利文就发表了题为《渴求》的评论文章，介绍了布鲁姆的朋友圈与生活、研究状况，肯定了其传主

---

①　David K. Nichols, "*Ravelstein*: Introduction", *Perspectives on Political Science*, Winter 2003, Volume 32, Number 1, p. 9.

②　布鲁姆的同门扎科特教授就认为，从文本内部来看，这是一部传记，是文中的传记家齐克为好友拉维尔斯坦教授所作的传记；但是从现实呈现的角度看，它却被标识为作家贝娄完成的一部小说，并不一定与贝娄和布鲁姆有当然的联系。不过考虑到贝娄在出版之前所做的指涉性说明，又不能就此将其视为一部小说看待，其文类是含混的。所以他认为，"此书无疑并非仅仅或主要为朋友布鲁姆所做"，也就是"拉维尔斯坦"和"布鲁姆"不能等同。（Michael Zuckert, "On *Ravelstein*", *Perspectives on Political Science*, Winter 2003, Volume 32, Number 1, pp. 22–25）与此类似，虽然戴维斯也承认此书是以布鲁姆为原型，但他完全是将其视为小说进行分析的。（Michael Davis, "Unraveling *Ravelstein*: Saul Bellow's Comic Tragedy", *Perspectives on Political Science*, Winter 2003, Volume 32, Number 1, pp. 26–31）菲利普斯认为此书既不是"拉维尔斯坦"的传记，也不是布鲁姆的传记，"它是关于传记的虚构"，如果说拉维尔斯坦"像"布鲁姆，也可以说他"像"赫索格，因此强调了贝娄的创造性、讽刺性才华。（Adam Phillips, "Bellow and Ravelstein", *Raritan*, Fall 2000, Vol. 20 Issue 2, p. 4）

身份,显然属于"传记"阵营。他特别点明了作品中影射的布鲁姆的同性恋爱欲倾向,并且认为,这并不会降低布鲁姆的人格形象,反而正说明布鲁姆人生与研究中的"爱欲"主题:"布鲁姆教导的核心就是对爱欲(eros)的坚持。对布鲁姆来说(他追随着柏拉图),这种'渴求'正是哲学的本质,并且,从某种意义上说,是生活的本质。"①也就是说,苏利文认为布鲁姆的同性恋生活并非"虚伪或耻辱",反而"强化了其保守主义思想"②,使他更强烈地体会到了爱的强力与诱惑的危险,智慧爱欲的追求因此更加必要了。这与(单身汉)尼采走向"强力意志"的冷酷就非常不同,布鲁姆意识到了存在的"深渊"(abyss),但是"通向了爱和政治保守主义","因为爱,不管是对真理还是其他事物的爱,可以将我们从深渊中拉升出来"。③

　　2001年秋,"美国政治科学学会"针对此书组织了讨论,其中的四篇文章由《政治科学透视》于2003年集中发表,刊物的编者便是尼科尔斯。在"编者导言"中,尼科尔斯明确了自己的态度,即此书是"贝娄对布鲁姆的悼念之作",④是在向他致敬,肯定了布鲁姆与主人公拉维尔斯坦的关系。不过,作为政治哲学研究者,尼科尔斯是从"诗与哲"关系的维度上理解贝娄这部作品的,而这恰恰是布鲁姆终生关注的对象,"终其一生,布鲁姆都在不断探索诗与哲之间的关系",也就是说,"不仅文学是政治哲学的恰切研究对象,而且对政治哲学的理解是充分解读文学的关键"。⑤二者恰恰可以相互阐发,相辅相成。因此在他看来,《拉维尔斯坦》是否

---

① Andrew Sullivan,"Longing",*The New Republic*,2000,April 17 & 24, p. 12.

② 同上。

③ 同上。

④ David K. Nichols,"*Ravelstein*:Introduction",p. 9.

⑤ 同上。

完全忠于和模仿传主布鲁姆已不是最为关键的问题,贝娄采用小说形式来透视布鲁姆的哲学才最为重要,因为贝娄不是传记家而是小说家,"小说体这种形式才最符合他的才华,也最适合他的目标与对象",因为关于政治哲学思想,布鲁姆想要说的已经说了,贝娄无须重述①,而作为贝娄的好友,布鲁姆"也不能被简化为某条思想或观点。他的深度和广度只能通过诗才能被把握"。② 通过诗的形式才能呈现布鲁姆的"心灵",这恰恰是理解其哲学的要害。可以说,布鲁姆和贝娄这两位"哲人"和"诗人"共同演绎了对"诗与哲"关系的形象理解,因此,要把握《拉维尔斯坦》这部伪装成小说的传记,这也是一个重要切入点。

　　安德鲁·弗格森则从比较现实的角度及叙述层面上理解这一问题。在《美国精神的封闭》二十五周年纪念版的《后记》中,他明确指出,贝娄的《拉维尔斯坦》是布鲁姆的传记,不过进行了"轻微的虚构"(thinly fictionalized),而且"具有不可思议的精确和巧妙处理"。③ 其中的一个表现就是,贝娄突出了拉维尔斯坦的肉身性,如他对奢华物质的享用,这恰恰与他不久之后死于艾滋病的命运相对照,增加了悲凉的意味。值得注意的是,"肉身性"(与精神性对应)这一问题得以被提出,也为我们理解这部传记提供了基础。

　　此书的传记性质也被英国当代作家马丁·艾米斯(Martin Amis)间接证实。他是索尔·贝娄的朋友,而贝娄正是布鲁姆的好友与同事。艾米斯在自传《人生阅历：艾米斯回忆录》(*Experience: A Memoir*)中就多次谈

---

① David K. Nichols, "*Ravelstein*: Introduction", p. 9.
② 同上,页 10。
③ Allan Bloom, *The Closing of the American Mind* (The 25th Anniversary Edition), New York: Simon and Schuster, 2012, p. 383.

到布鲁姆，以及对布鲁姆的阅读。他明确指出，"布鲁姆'就是'拉维尔斯坦"，虽然采用的是"自传式小说"的形式，"这本书令人敬畏。它就是某种复活行为，布鲁姆就活在它的字里行间"。① 而且对于布鲁姆的死因，虽然贝娄在《拉维尔斯坦》中只是影射性地有所提及，但艾米斯给出了明确的看法："布鲁姆死于艾滋病。"② 就此，他也多次指向了传记中的"死亡"这一重要论题，曾两次引述了布鲁姆的话："对所有人来说，这都是一项最为艰难的任务，即在我们所关心的事物方面，直面来自宇宙的支持的匮乏。因此，苏格拉底将哲学的目标定义为'学习如何死亡'。"③ 这种"宇宙性视野"不是一般人能达到的，艾米斯指出，这一观点恰恰与贝娄的看法类似，即死亡对于生命存在的意义："死亡是镜子的背面，如果我们想看清事物，它必不可少。"④ 生与死就构成了必然的依存关系，对这一问题的理解恰恰是《拉维尔斯坦》的重要内容。

其实，如果我们深入了解了贝娄与布鲁姆的关系，就可以更明确地定位这部作品。在《得友如贝娄》("With Friends Like Saul Bellow")⑤ 这篇文章中，马科斯详细地交代了这两位基友的亲密关系或"秘密"，以及此书生成的背景。他们的关系亲密到何等程度呢？贝娄说，他与亚历山德拉（应该是其第四任妻子）二人后期关系非常紧张，她就曾指控"他们是情人"，贝娄夫妻最终于1985年离婚。对于贝娄离婚后一段时间的生活，布鲁姆曾开玩笑地说："在那段时间，贝娄和我结了婚。"事实上，不久之后，贝娄就结了婚，妻子正是布鲁姆的一位女学生。布鲁姆与贝娄显然属

① Martin Amis, *Experience: A Memoir*, New York：Vintage Books, 2001, p. 226.
② 同上，页225。
③ 同上，页202。
④ 同上。
⑤ D. T. Max, "With Friends Like Saul Bellow", *The New York Times*, 16 April, 2000, p. 70.

于一见如故的那类好友，他们第一次相遇，布鲁姆就在办公室里滔滔不绝
地谈论《包法利夫人》，而对文学的讨论成了他们共同的兴趣，"他们决定
共同开设一门从政治哲学角度探讨经典文本的课程"，包括卢梭、蒙田、福
楼拜等，但是"将文学理论排除在外"。马科斯甚至认为，布鲁姆和贝娄
小说中的知识分子们如此相像（如赫索格等），所以可以说："如果阿兰·
布鲁姆不曾存在的话，贝娄也会将其创造出来。"①

　　在《拉维尔斯坦》出版前后，作者就曾采访了贝娄、贝娄的儿子及相
关人物，提供了关于此书的详细信息，其态度也非常明确，此书就是贝娄
完成的关于布鲁姆的传记，"《拉维尔斯坦》是对贝娄与布鲁姆的友谊进
行的回忆录式记述"，绰号"齐克"（Chick，其本名在作品中未曾出现）的
叙述者便是贝娄本人，布鲁姆的好友唐豪瑟在作品中则以拉维尔斯坦的
好友莫瑞斯（Morris Herbst）的形象现身，尼基（Nikki）无疑就是布鲁姆的
男友迈克尔·吴（Michael Wu）②——一位新加坡男孩。这是贝娄在八十
四岁时完成的，当时他刚从一场大病中恢复过来，因此下定决心，排除了
之前的犹豫，肩起了书写亡友的"责任"，也解决了之前苦于发现的"视
角"，将布鲁姆的形象及二人的关系记录了下来。无疑，"死亡"便是这一
根本视角与连接点，对应的相关问题就是爱欲。

　　当然，曾令贝娄犹豫不决的，或后来引起关注与争议的核心问题便是
对布鲁姆"同性恋身份和因艾滋病而死"问题的揭示，这使他受到了一些
批评。有人认为他背叛了朋友，有人则认为他是出于"嫉妒"而进行的报

---

①　D. T. Max, "With Friends Like Saul Bellow", p. 70.

②　不过吴断然否定这是一部传记，认为它只是小说。(See D. T. Max, "With Friends Like
Saul Bellow", p. 70)这种否认可以理解为吴难以接受自己作为布鲁姆的男友而被披露出来这一
事实，他毕竟还很年轻。

复，因为据说贝娄天性就不信任他人，善于描写背叛（他的名作《赫索格》就是讲述因被妻子背叛而万分痛苦的教授的经历）。不过在贝娄自己看来，这一状况并非虚构，布鲁姆的同性恋身份早已为他的学生、同事、朋友所知晓，他虽然没有"公开张扬"，但也没有掩饰，他是"公开的同性恋者"；同样，虽然布鲁姆未曾向贝娄明言艾滋病问题，但贝娄确信能够看到真相。而且在贝娄看来，布鲁姆并不是现代意义上同性恋者的"出柜"或"争权"问题，"阿兰将自己视为一位古希腊人"，生活在柏拉图《会饮》的场景之中，他对自己的同性恋身份并无犯罪般的愧疚。但是对于引起的争议，贝娄还是觉得有些遗憾，"感觉对布鲁姆有愧"，虽然他本意并非伤害，所以他说："也许当初我应该再坚持一些时间，不这么快将此书出版。"而且贝娄提到，面对外在的压力，他其实已经对初稿进行了修改，改变了一些比较明显地挑明布鲁姆死于艾滋病的表达，更为含蓄曲折，从传记真实的角度看，这是一种妥协，但也具有伦理的必要。①

二　布鲁姆："古怪"的哲学教授

上述背景为我们理解《拉维尔斯坦》或布鲁姆提供了重要参照。因此笔者无疑赞同将这部作品视为关于布鲁姆教授的一部"假名"或"小说体"传记，也就是说，虽然采用了虚构的"拉维尔斯坦"这一名字，若干细节也有所改动，但他直接指向的是布鲁姆本人，或者说，即使剔除作品中有异议的部分（如艾滋病），这并不妨碍对布鲁姆的认识；而作品中的作家"齐克"则是贝娄本人的化身。那么，毫无疑问，《拉维尔斯坦》就是一

---

①　贝娄，《拉维尔斯坦》，胡苏晓译，北京：人民文学出版社，2016 年，页 79。本节后文出自此书的引文，将随文标出该著名称首字和引文出处页码，不另注。

部"诗人与哲人"的对话,是作家贝娄为哲学教授布鲁姆所作的人生传记,这构成了作品的主体,同时,它又包含了贝娄本人的主体或自传色彩,传记中的拉维尔斯坦显然就是贝娄眼中的布鲁姆,通过他自己的视角呈现了出来。

阅读这部传记,第一个单词就非常值得留意,因为从很大程度上说,它正是贝娄对布鲁姆整个人生经历及人格的浓缩,那就是:"古怪"(odd)。① 有意思的是,马科斯在书评文章中,也用了这个词来描述现实的布鲁姆:"在现实生活中,布鲁姆是屈尊俯视的、傲慢的、古怪的。"②好友唐豪瑟在回忆文章中也说,布鲁姆的形象颇有喜剧性(这正是苏格拉底的形象特征),他不断唤起"消遣性的、滑稽的自我解嘲",举止也有些粗俗,其中还提到,"他外表古怪容易被模仿",也就是常常被要好的学生所模仿。③ 在贝娄笔下,这种"古怪"就表现在很多方面,他也多次使用这一词语的不同形式(如 oddity 等)来描述布鲁姆。特别是在文中的"拉维尔斯坦"死后六年,传记家齐克决心写作这部传记的时候(这也符合贝娄这部传记的着手写作时间,即布鲁姆去世六年之后),作者对传主进行了综合性的回忆与评价,"古怪"就是一个焦点:"真不知道要从何下手——怎样去描述他的怪诞和古怪癖性,他的吃、喝、修面、着装,还有他开玩笑地

---

① 作品的第一句话就是:"Odd that mankind's benefactors should be amusing people." (Saul Bellow, *Ravelstein*, Viking Press, 2000, p. 1)"odd"这一词语在文中多次出现,是一个重要概括。当然也不排除一点,那就是贝娄在一开始说他运用了一个长长的注脚,来说明传记写作通常存在的问题,即突出传记的娱乐性特征,以传主的"古怪"吸引人,这一表达和叙述便带有了对通俗传记的讽刺味道。但因为反讽了这一现象,他虽然在书写布鲁姆的"古怪",就显得正经严肃了。戴维斯也注意到了这个问题,指出《拉维尔斯坦》以'古怪'一词开篇",其实可以视为一部"悲喜剧"。(Michael Davis, "Unraveling *Ravelstein*: Saul Bellow's Comic Tragedy", *Perspectives on Political Science*, Winter 2003, Volume 32, Number 1, pp. 26–31)

② D. T. Max, "With Friends Like Saul Bellow", p. 70.

③ 布鲁姆,《巨人与侏儒》,张辉选编,北京:华夏出版社,2007 年,页 10–11。

抨击他的学生。"(《拉》：135)

　　布鲁姆古怪的一个表现就是生活"奢华"，在著作畅销之后更是如此。在巴黎时，他住在克里戎大酒店①的豪华顶层套房，而著名摇滚歌星迈克尔·杰克逊与喧闹的随从就住在他的楼下几层。在这一语境中，杰克逊无疑代表的是流行音乐，特别是摇滚，这最为布鲁姆所批评，而楼层的上下之分也凸显了他们之间智识的层级，布鲁姆的"奢华"便有了提升和推崇思想、哲学地位的象征意义。此外，他还购买了大量银器、昂贵服饰，喜欢饱吃大餐，等等。(《拉》：2-4)这对一个崇尚知识与智性精神的知识分子而言简直不可想象，不过按照唐豪瑟的理解，这种行为既是布鲁姆的虚荣，也表现了他对自身虚荣的反讽。② 他的日常举止和性情就表明了二者的悖谬关系：他喜欢豪奢，但却并非那种拘谨雅致的"雅人绅士"。在餐桌上他举止"古怪"，吃相很不文雅，昂贵的衣服上总是会弄上油污，令人侧目；他还会发出滑稽的叫声；说自己在扮演滑稽戏的"丑角"。(《拉》：32-39)可以说，这是一个"演员"布鲁姆，将生活戏剧化了，在夸张地表演自己。不过可以理解的是，这又正是布鲁姆显示自身"高贵"的方式，是对俗众的超越(如同贫穷而喜欢奢侈的高傲天才詹姆斯·乔伊斯)，特别是表示与谨小慎微、节俭贪财、讲究实际功利的"布尔乔亚"的区别。

　　布鲁姆的另一古怪之处，便是对男孩子、男伴的喜爱。书中出现的尼基，就是一位新加坡青年，"三十出头，长相英俊"。(《拉》：5)自然，这便是对布鲁姆的男友迈克尔·吴的影射，挑明了布鲁姆的同性之爱行为。但是我们知道，对于推崇和沉迷希腊哲学和文化的布鲁姆而言，这再正常不过了，因为老年男子对英俊青年的"爱欲"是希腊的正常、普遍现象，如柏拉图

---

① Hotel de Crillon，位于协和广场，建于十八世纪，本是路易十五的宫殿。
② 布鲁姆，《巨人与侏儒》，页17。

的《会饮》就提到，悲剧家阿伽同和政治家阿尔卡比亚德就都喜欢苏格拉底，都在追逐着他，智慧的吸引显然是最重要的因素。除了吴之外，布鲁姆的身边常常围绕着一批年轻的学生，他们之间的相聚无疑大多是以智慧的"会饮"为主题的，显示了布鲁姆极大的智性魅力。他是在以自己为榜样，鼓励学生脱离家庭，来到公共的智慧生活之中，这也正是苏格拉底的生活方式。（《拉》：44）根据贝娄的记述，这部传记其实是布鲁姆要求他写作的，而之选择贝娄，恰恰是因为他知道贝娄不会隐瞒什么，不会将此变成颂扬式的纪念碑式传记，布鲁姆的真正面目由此就可以呈现于这个世界，这对布鲁姆而言是重要的，关键的是，它还可以解除贝娄为朋友"保守秘密"的巨大负担，从而得到心灵的解放："你想怎么样严厉地对待我都行。你并不是一个像看上去那么可爱的人儿，通过写我，你也许会解放你自己。"（《拉》：12）由此也就可以理解作品中为什么会提到英国经济学家凯恩斯了。正是在拉维尔斯坦的推荐下，齐克去阅读了凯恩斯的回忆录，并完成了一篇关于凯恩斯的传记，这篇作品颇令拉维尔斯坦欣赏。其间的关联正在于，作为"布鲁姆斯伯里文社"成员之一的凯恩斯与布鲁姆一样都是同性恋者，他可以视为布鲁姆自身形象的映射，齐克的这篇传记文正是为写作布鲁姆传热身。如此说来，贝娄对"同性恋者"布鲁姆这一"怪异"身份的揭示，便不应视为伦理侵犯，反而正是实现了传记的"事实伦理"要求，完成了传记的真正使命。

对现实政治的强烈关注，对流言隐私的兴趣也表现了布鲁姆的不同常人之处。唐豪瑟说，他喜欢与布鲁姆聊天，"我们俩都是专业水平的爱闲扯的人，擅长于对'发誓永远不能告诉别人'的那种话题胡思乱想和讲知心话。他最喜欢犹太笑话和色情笑话，常哀叹我口齿笨拙。"[①]政治无疑是他

---

① 布鲁姆，《巨人与侏儒》，页19。

们的重要话题。他不是那种传统的、严格的学院派哲学家，而是眼光紧盯着现实的"政治哲学家"，是不断对学生进行政治教育的教师。(《拉》：11）他在法国的导师科耶夫从事多年哲学研究之后，就到了法国政府任职。[①]而布鲁姆成名之后，一度成为里根总统和撒切尔夫人府中的座上客，他的学生也有不少进入了政府各个部门。这说明在布鲁姆私人身份的揭示过程中，贝娄也呈现了他在社会政治方面的公共身份。与此紧密相关的是布鲁姆的犹太身份与意识，以及反思纳粹德国等问题。事实上，布鲁姆虽然持无神论观点，也并非犹太教徒，但他还是持续关注犹太问题。唐豪瑟就回忆到，在他和布鲁姆的谈论中，布鲁姆就问起了纳粹时代犹太人在柏林的生活，诸如这样古怪的问题："如果爱上了某人却又发现那人原来是纳粹该会怎样，性是否培育了可爱的头脑。"[②]贝娄也描述说，在拉维尔斯坦的客厅中，就有一幅很大的画，画中的人物就是犹太女英雄"朱迪斯"，她利用美人计，杀死了亚述侵略者荷罗孚龙，砍下了他的脑袋，从而拯救了犹太民族。而拉维尔斯坦对挂这幅画的原因的解释，更体现了坚定的犹太意识："你永远可以拒绝被同化。"(《拉》：43）可见，在犹太作家贝娄笔下呈现了一个不

---

    ①   根据布鲁姆的自述，他是 1953 年之后跟随科耶夫在他的办公室闭门问学的。(布鲁姆，《巨人与侏儒》，页 35）在科耶夫传中的年谱里提到，布鲁姆 1957 年左右到欧洲游学，1957 年 10 月，"在海德堡求学的布鲁姆在 10 月 26 日和 11 月 29 日致信科耶夫，谈论对于《伊西多尔生平》的诠释和新柏拉图学派的问题，科耶夫提到他关于朱利安大帝的发现。布鲁姆为自己的论文《奥赛罗》辩解，并对《哈姆雷特》和《威尼斯商人》提出新的解释"。就在 1958 年，"科耶夫发表《朱利安大帝及其书写艺术》，其中他提出了字里行间的阅读方法。"也就是所谓的针对"隐微术"写作而进行的深入、细致阅读法，与施特劳斯、布鲁姆类似。(参见：多米尼克·奥弗莱，《亚历山大·科耶夫：哲学、国家与历史的终结》，张尧均译，北京：商务印书馆，2013 年）另外，加拿大学者莎蒂亚·德鲁里(Shadia B. Drury)的《亚历山大·科耶夫：后现代政治的根源》(赵琦译，北京：新星出版社，2007 年）也述及科耶夫对布鲁姆的影响，其中有一节即"阿兰·布鲁姆的末人"。唐豪瑟交代说，布鲁姆之所以离开芝加哥到欧洲游学，可能是因为与老师施特劳斯闹翻了，至于原因，则可能是施特劳斯"强迫他面对自己的穷困"。(布鲁姆，《巨人与侏儒》，页 14）

    ②   布鲁姆，《巨人与侏儒》，页 12。

断思考犹太命运的犹太人布鲁姆，他们共同演绎了当代文化中的犹太问题，这是任何严肃对待二十世纪社会政治的人都无法回避的现象。

贝娄的笔触也逐渐进入到了布鲁姆思考中最本质、最独特的一点，即对死亡的态度，"'再没有比怕死更布尔乔亚的了。'他以一种古怪的方式发表了这一小段非传统的布道。"（《拉》：39）通过将自己与平庸怕死的"布尔乔亚"区别开来，布鲁姆更接近的是平静接受死亡的苏格拉底，而不是现代人，特别是他不断影射性地批评英国哲学家霍布斯与洛克，认为霍布斯以保全自我的生命为主要目标，将自我的需求降低至最低层面，以维持和平与安全，甚至可以牺牲个人的自由、主权与尊严；而洛克则过度强调生存的功利层面，通过理性的"算计"达到个人的利益，毫无激情和趣味，"一批小资产阶级的典型们，为隐藏的恐惧所支配，每个人都有一座虚荣的圣坛，图谋说服别人认可他心目中自己的形象；毫无趣味的、算计的个性（这个术语要比'灵魂'好——你能够与个性打交道，然而思考这些个别的灵魂，却是你要躲避的恐怖的事情）。他们只为愚蠢虚荣而活着——没有对于社区的忠诚，没有对于城邦的热爱，毫无感恩图报之心，也没有任何可以为之献身的事物"。（《拉》：45-46）言外之意，这些"精于算计的"现代人缺乏高贵的"灵魂"，只能庸俗地在技术、物质中生活。

这种对自我的高贵化、对现代社会的批评也使得布鲁姆成了众矢之的，饱受指责。贝娄将他的这一境况与斯威夫特和蒲柏进行了对照，说："所有的笨蛋联合起来反对他（就像斯威夫特或者蒲柏很久以前说过那样）。"（《拉》：42）这不禁让人联想到布鲁姆解读《格列佛游记》的名文《巨人与侏儒》，大众出于对"巨人"（伟大思想家）的恐惧，要将其拉平和降格恰恰是这个时代的病症；二人的处境也有些许类似，斯威夫特被抨击为"厌恶人类"，最后住到了疯人院，而布鲁姆也四处受敌，备受攻击。不过，我们认为，这正是布鲁姆（以及他所崇拜的苏格拉底、卢梭）的意义所在，他敢于逆流而上，指出现代性存在的问题，死死地咬住现代人灵魂缺陷，暴露出现代人的虚荣、平庸、功利、怯懦等弊病，如同一只鞭子和芒刺，自然被他笔下的"末人"（主要指布尔乔亚）视为"古怪"了。所以，贝娄在作品最后说，"然而，这只不过是他的自然历史。别人眼中的他古怪、乖张——龇牙咧嘴，抽烟，演讲，盛气凌人，缺乏耐心，可是我眼中的他却是才华横溢，并且很有魅力"。（《拉》：135）

如果要对这些"古怪"行为作出解释的话，那就是布鲁姆所具有的"爱欲"（爱若斯，eros）精神，他最重要的著作《爱与友爱》①就是对这一问题的精心揭示。这是灵魂出于不完整而激发出来的自然"渴求"（longing），爱若斯神促动的是对自身完整性、自然性与精神高贵的追求，因此贝娄多次谈到了拉维尔斯坦对柏拉图《会饮》的解读，尤其是其中阿里斯托芬讲述的"圆球人神话"以及苏格拉底的智慧爱欲思想。阿里斯托芬的神话代表的是人的自然欲求（即身体的结合渴望，追寻自身的统一），而苏格拉底则将其净化、升华了，通过"爱的阶梯"而通向了哲学探索的高度。有意思的是，贝娄在一段文章中举的"爱欲"追求例子，恰恰都是布鲁姆所关注和分析过的：安东尼与克里奥佩特拉、罗密欧与朱丽叶、包法利夫人、安娜，以及《红与黑》中的德雷纳夫人，当然还有布鲁姆对《会饮》的独到解读。（《拉》：70）我们看到，在《美国精神的封闭》（1987）出版三十周年、布鲁姆去世二十五年后，他依然是美国学界的讨论对象，其哲学教师形象基本已被定格：布鲁姆要通过对经典大书的研读，把握住人类的根本问题，通过肯定"爱欲"以纠正价值虚无和相对主义的趋向。在学生眼中，布鲁姆被视为了"约翰逊

---

① Allan Bloom, *Love and Friendship*, New York: SIMON & SCHUSTER, 1993.

式的形象，他教授政治哲学经典的方式是才华横溢与古怪反常的独异结合"，他的思想也会被"抽搐、口吃以及无法预料的姿势和表情所打断"，正是他将一批优秀的学生引入到哲学生活之中来："他鼓励学生追随一种哲学式生活，并通过研习西方文明的伟大著作来探讨关于生活与政治的重大问题。"①

布鲁姆正是这样一位苏格拉底式的追求哲学爱欲的教师，将自己的理念贯穿在人生之中，并通过引导学生将经典的魅力传承下去，塑造了他们尊重经典的可贵习性。在他死后的纪念文章中，阿克斯肯定了布鲁姆作为教师的功绩，认为他在向他的学生小"团体"传授关于"爱欲"的知识，特别是将爱欲置于"政治"与"哲学"之间的恰当位置，这一教育采用的却是比较艺术的方式（这是其魅力的一个根源），即对文学作品的分析："这正是布鲁姆的教导。通过向学生们艺术性地描绘政治哲学中具有爱欲和引人入胜的东西，他将他们吸引到身边。"②可以说，对爱欲的强烈关注以及对这一取向的申辩（辩护）无疑是布鲁姆著述围绕的核心，其根源在于布鲁姆对"雅典"与"耶路撒冷"的选择，前者关注的是城邦与政治，后者则重视家庭与婚姻，布鲁姆选择了前者。他将爱欲从私人的欲求转向了公共的正义与善，协调了个人与共同体的关系，生活在对"友谊"及更高爱欲即智慧的追求之中。这样说来，他的同性恋生活就是对家庭羁绊的超越，以及对自私自爱的超越，从而更好地投身于思想的团体，如同虽然结了婚但总是与青年待在一起的苏格拉底。阿克斯就认为，作为教师的布鲁姆是成功的，他的学生深受其影响，特别是尊重经典的态度和阅读经典的方式，"到了中年，他们依然在读

① James Piereson, "The Closing of the American Mind at 20", *The New Criterion*, November 2007, p. 7.

② Hadley Arkes, "The Pleasure of His Company", *National Review*, 1993, July 19, p. 58.

第一次与布鲁姆一起阅读的书籍"①，在继续思考那些根本的问题，这是他们与朋友共享的东西。潘格尔也曾提到受教于布鲁姆的往事，那是在一门关于"圣经与希腊人"的课上，布鲁姆对希伯来与希腊两种文明进行了对比，尤其是"阿喀琉斯与大卫王的对比"令他非常着迷，由此成了布鲁姆的真正学生，当然他自己也变成了知名的政治哲学教授。②

三　"诗哲"对话中的上升之旅

由此可见，在贝娄笔下，呈现布鲁姆完整形象的方式是从其个体"肉身性"开始，从食色开始，逐步推进上升到政治、哲学等公共层面，直到最后要面对的死亡问题。这种顺序，恰恰是布鲁姆所强调的人性的自然秩序，它不化约为抽象的哲学演绎，也不会流于身体的低俗放纵，而是在二者之间取得平衡，符合人性的自然状态，并逐步上升。与此类似，戴维斯也将此书的叙述结构与亚里士多德的《尼各马可伦理学》进行对照，认为它的三个部分其实模仿了《尼各马可伦理学》："《拉维尔斯坦》的第一部分是关于道德的或政治的美德的——尤其是在关于灵魂伟大的问题上达到高潮。第二部分则是友爱。第三部分关乎哲学。齐克关于拉维尔斯坦的回忆因此是对亚里士多德《尼各马可伦理学》结构的模仿，后者提供了关于榜样人生的三个连续版本。"③这一结构也表现了一种层次：从社会人的现实政治道德，到"爱与被爱"的爱欲关系，最后上升到哲人的沉思

---

① Hadley Arkes, "The Pleasure of His Company", p. 58.

② Michael L. Palmer, Thomas L. Pangle eds., *Political Philosophy and the Human Soul: Essays in Memory of Allan Bloom*, Lanham: Rowman & Littlefield Publishers, 1995, p. 82.

③ Michael Davis, "Unraveling *Ravelstein*: Saul Bellow's Comic Tragedy", p. 28.

与孤独处境。也就是说，在人性塑造和思想揭示这一文本内在叙事方面，这部传记遵从了传主布鲁姆本人的思想人格与哲学观念，是对他人生世界的形象呈现，实现了传记的主要功能。

不过，如前所述，《拉维尔斯坦》只是传记家贝娄眼中和笔下呈现的传主布鲁姆形象，又典型地展现了传记书写中的交互对话关系，即主体性问题。具体来说，这是"诗人"对"哲人"的描绘，自然就处在了"苏格拉底与荷马"以及"柏拉图与阿里斯托芬"开启的"诗与哲之争"的古老传统之中。扎科特就认为，其实这部传记真正表现的是"诗与哲"的对话与张力，齐克要满足拉维尔斯坦的愿望，完成为其书写传记的"使命"，但是："拉维尔斯坦强迫齐克做这件事，非常奇怪的是，不是强使他为拉维尔斯坦来写（如纪念他），而是为齐克本人而写。"①而所谓为齐克本人着想，也就指的是希望齐克通过对拉维尔斯坦思想的探索与描述从而提升自己，达到拉维尔斯坦本人的高度。② 哲学便成了诗的引领者。因此，在大多数时候，我们看到，齐克在拉维尔斯坦面前都是跟随者的形象，恰恰如同鲍斯威尔在跟随着约翰逊博士。而事实上因为贝娄真正掌握着笔墨，也就是诗人的语言塑造力量，那么如何呈现朋友的形象，便是他自身的问题了，就带有了他个人的主体色彩，从而可以构成身份的反转，塑造出了上述富有喜剧人格的"古怪"布鲁姆形象。

因此，在某种程度上说这部传记又是贝娄自己的自传，特别是在叙述布鲁姆死后的部分，贝娄的自身形象超越了本应占据核心位置的"传主布鲁姆"，而且在他眼中，布鲁姆是那么的"古怪"、不合时宜，显然他并未完

---

① Michael Zuckert, "On *Ravelstein*", *Perspectives on Political Science*, Winter 2003, Volume 32, Number 1, p. 24.

② 同上。

全认同于布鲁姆。我们似乎意识到，虽然贝娄与布鲁姆是好友，如同阿里斯托芬与苏格拉底是好友一样，但贝娄塑造的"哲人"布鲁姆的形象"犹如阿里斯多芬在《云》中表现的苏格拉底的现代版"。① 而在《云》中，阿里斯托芬对朋友苏格拉底则进行了讽刺与攻击，客观上为苏格拉底的审判提供了证据，或者说，进行了舆论与思想上的铺垫。那么，贝娄如此塑造"古怪"的布鲁姆，特别是揭秘了其同性恋与艾滋病之隐疾，难免就没有借此来讽刺当代知识分子的意图，使其成为当代知识人的一幅象征性画像，就如同他的《赫索格》等众多知识分子小说一般。

　　但毫无疑问，贝娄为我们提供了认识和理解布鲁姆的丰富资料与有益视角，是深入布鲁姆思想世界的线索与阶梯，不过若要看清真正的布鲁姆的本相，还是需要我们以自己的眼睛和洞察，亲自沉潜到他的文本肌理与精神世界之中，跟随布鲁姆踏上奇妙的"爱欲"之旅。

---

① 　阿兰·布鲁姆，《人应该如何生活——柏拉图〈王制〉释义》，刘晨光译，北京：华夏出版社，2009 年，"中译本说明"，页 2。

第四章 "拯救"私人记忆

大致而言,在传记文类家族内,最接近真实本相的当属日记、书信这类私人记录。不过,出于传统历史观念或文学审美意识的考量,它们的价值尚难以被真正认可,而时至今日,由于交流、记忆方式的现代演化,它们更被置于边缘群落,甚至有濒危、消亡之危险。所以,充分认识日记、书信的生命记忆价值及文化潜能,挖掘、整理和解读被掩藏的文本,其实就是"拯救"或"抢救"私人记忆——不可多得的传记宝藏。

譬如,私密性日记就是认识一个人的真实面目,特别是人格暗影的重要文献。由于传统观念以及社会地位等因素的影响,中国古代日记在自我暴露方面不够充分,难与西方同类日记相比,不过晚清出现的王大点日记则是较特殊的例外。与古代日记相对照,"五四"之后的中国日记写作则有了重大的改变,吴宓、吴虞、郁达夫、朱自清等人的日记表现出比较鲜明的自我意识,更多、更深入地渗透到人性私密与社会阴暗领域,在暴露、反省与批判中体现了国民人格的现代发展。

相对而言,书信写作更具有目的性和对象性,在人际交往中可以实现某种特殊功能。例如,陀思妥耶夫斯基、乔伊斯、梵高等文学艺术家的"借钱信"足以彰显其生存境况与独特人格,因而别具意味,值得关注。而对于沈从文这位1949年之后被迫转变的"书简家"来说,亲友间的书信则是他在无限的悲悲郁郁、了无奈何中舒缓情绪或展现自我的方式,是他在政治风云中得以抒情并保持人性力量的重要私人渠道;当然,书信也是沈从文文学人生之"美学与哲学"的重要体现,概而言之便是:画面感,幽默感,从容与静观。这一幅幅"有情""有艺"之画,处处散发出"柔和"之美。

第一节　日记中的人性阴影

近年来,日记似乎成了人们热议的话题之一。频频出现的"日记门"不断引发轰动,将日记作者的私密甚至阴暗生活暴露在公众面前,也将他们推向了法律、道德审判的风口浪尖。这都不能不归功于那些主动或被动曝光的日记。因此,要认识一个人真实的面目,特别是人格中晦暗的一面,日记功不可没,而在这背后,则是整个社会世态、民族心理以及基本人性的呈现,日记研究大有拓展空间。而古今中外不同时代各阶层、各身份的人也为我们留下了数量众多的日记,为我们进入历史、深入人性提供了丰富、鲜活的重要资源。

日记在中国起源很早,宋代之后日记之风愈加兴盛,明清尤甚,如陈左高所称:"明代致力写日记的更多,其中不乏坚持十年或数十年的。"①

①　陈左高,《古代日记选注》,上海:上海古籍出版社,1982年,"前言",页1。

清代日记则质量更高,"清代日记的数量最为宏富……这些日记,不像唐代和北宋那样简单,而都是就亲身经历或见闻,随手笔录,间加评论,可以从许多方面透视当时的历史真相"。① 我们知道,日记一般都是写给自己的,读者就是自己,是自我的对话,大多并不想发表出来,因此,作者知道这比较安全,不会遇到什么危险,所以能随心所欲地记录,将自己所思所行坦诚无隐地写下来,留下的是一个人的真实面目,较少矫揉造作,这样的日记最有意思。但从目前出版的日记来看,多数古代日记多写山水风物、战事经过、读书作文、社会交往等比较公开的活动,较少个人情感之抒发,以及对私密闻见的记录,更少对社会丑怪、人性阴暗层面的记载。究其原因,一方面,确实有些人自认为非常清白正直,没有任何过失、罪行,在写日记时就敢说:"平生无甚难言事,且向灯前直笔书。"②也就是说"不做亏心事,不怕鬼敲门"。这种人也许有,但可能极少。且不说西方人的"原罪观念""罪感意识",就是中国人也说"人非圣贤,孰能无过"。况且,圣贤们就没有过失缺陷,就绝对圣洁清白? 此外,最主要的就是受传统思想影响较大,避讳意识、自我掩饰意识较强,即使是以自省修身为目的,对自身缺陷的暴露也是非常谨慎的,且容易流于模式化。如阮无名在考察中国日记的发展时指出:"在古人的日记中,很少能令读者看到他们的内心生活,这当然有封建社会的因素。即使有心理剖析的成分在内,也只是微微的触着,如理学家,日记写上'心浮'两字完事。"③而且日记作者多为文人、官员,他们的日记"常常并非一己'隐私',而是预备将来出版的"。④

---

① 陈左高,《古代日记选注》,"前言",页 2。
② 夏承焘,《天风阁学词日记》(一),杭州:浙江古籍出版社,1997 年,页 1。
③ 阮无名,《日记文学丛选》(文言卷),上海:南强书局,1933 年,页 3。
④ 陈文新译注,《日记四种》,武汉:湖北辞书出版社,1997 年,"前言",页 3。

因此难免有修饰有取舍，有些故作庄重的样子，私话真话就少，失去自然天成的味道，写公开活动多，写自我感情和内心者就少，这样日记的品格必然受到影响。

著名散文家梁遇春曾说过："有好多信札日记，写时不大用心，而后世看来倒另有一番风韵。"①这样的日记往往是自己思想行为的即时性记录，更具原初性和真实性，写作时也并无发表的念头，所以能流露出真情，少做作，私密性也强强，是解读人性隐秘与复杂性的最可贵文献，即所谓"真史"。

在这方面，晚清一位普通人王大点的《庚子日记》可谓典型，已有研究者对这部日记做了研究，确实值得一览。王大点是北京五城公所的一名差役，他粗通文墨，但喜欢记日记，把在义和团时期的见闻和自己的行为记录了下来，后来整理者命名为《王大点庚子日记》，有十万余字，目前发表了其中的一部分。当时北京一片混乱，一是义和团的活动，一是洋人的猖獗。他工作不忙，白天闲暇无事，到处游荡，经常到义和团活动的地点去看热闹，看杀头，看行刑。通常是兴冲冲地去，有时看得到，写得就比较详细，有一段很典型：

> 闻云阳有差，我一人赶紧赴骡马市西瞧看，果搭芦棚，有瞧热闹之人不少。又往北信步游行，雨蒙，在瑞露居避雨，门外台堦歇坐。又遇冯三、同郭八，彼此谈论片刻，同冯三往南，与郭八冲散，至鹤年堂门口站瞧，众人拥挤不透。少顷，犯官车到，当差获决不少，西便门外核桃窑刑部驻扎之义和团，门旗分为左右；

---

① 梁遇春，《笑与泪》，北京：中国戏剧出版社，2001 年，页 15。

犯官三名：都察院总宪署兵部尚书徐用仪、内阁侍读学士连
[联]元、户部尚书立山，俱六旬以外，品貌端正，均斩枭正法；监
斩大员刑部左侍郎徐承煜。差毕，唯立山之首级茶盘托着。又
瞧犯官尸身，彼时连[联]元首级缝呢。瞧热闹人人可惨！回家
已掌灯矣。①

这一次"瞧看"杀了三人，很过瘾，但是也不轻松，很拥挤，时间也长，到天
黑才回家。类似的描写很多，如"瞧看尸身"，"瞧看人头滚滚"等，到处赶
场子。有时看不到，就比较失望扫兴，如："早闻得昨晚东麟堂义和团西坛
上捆一绳匠户同居住之教洋书鬼子王，东坛上擒一兴胜寺居[住之]前惜
字馆看馆朱八，均在灶君庙后身杀砍；我赴其处瞧看，已经埋了。"②有时
运气很差，去了却扑个空，传闻不实："闻得武卫军拴来小鬼子一个，上梁
家园瞧看，无。"③显得非常遗憾，是典型的看客心态。

　　日记不光记下他四处赶着去看杀头行刑的"看客"行为，而且还很详
细地记录了他多次趁乱抢夺财物的"乱民"行径，以及为洋人拉皮条的下
作举动。当时社会动乱，许多店铺、住宅遭抢，他知道后，必然不错过，一
定要前去抢些东西回来，这在日记中比比皆是。日记开篇便抢作一团：
"五月二十五日，天气晴热。早洗脸毕，意往西市买菜，行骡马市。西头路
北广升洋广杂货客栈，昨晚被抢，今早还抢，诸人纷纷乱夺，我得木板一
块，持回至家。又志文找，又同上西被抢伊店，又瞧众人抢夺，复得劈柴木

---

　　① 北京大学历史系中国近现代史教研室编，《义和团运动史料丛编》（第一辑），北京：中
华书局，1964 年，页 112。
　　② 同上，页 100。
　　③ 同上，页 101。

板等物持家。"①北京城破之后，他抢得更起劲，"闻五道庙宝全被劫，我至其处，人纷拥挤，抢掠衣物，得皮衣二件，持家。少顷，将彼后院坑埋放瓷锡器"。并且他还常常杀个回马枪："出口外，不料与众失散。我又至宝全，复[得]旧皮衣二件。"②抢个不亦乐乎。他还常常热心地将印度兵和德国兵引领到妓馆，最后可以获得一点赏赐，有一处日记就留下了"哄他多时，又给我花生食"的记录。后来洋人抢劫抢到了他的头上，美国洋人闯入他家拿走了他"约值十二两银物件"，他虽无奈，日记却还是很客观地加以实录。

日记真实地描绘了当时的社会动荡和生死难料的状态，也显露出身为平民的王大点的惊惧、不安与无奈，令人同情感慨。不过更明显的是它暴露和反讽了作者自己的漠然心态，在触目皆是的死亡、伤残、行刑的记述中，几乎看不到他任何带感情的字眼，完全是白描式的客观记录，可见其心态的冷酷。这篇日记因其即时性与原发性为后人批判国民的看客心态与劣根性留下了一份生动的材料，具有宝贵的社会史意义。其实，以后来人的眼光与启蒙者居高临下的身份对其进行批判，也并不见得那么客观。如果我们处在他那样的低下身份与混乱社会处境下，也许会有同样的举动，冷眼旁观、明哲保身甚至趁火打劫，这样想来，不禁令人害怕胆寒。我们在他身上能看到潜在的自我与人性的普遍，通过借镜而达到自我反思。但这种日记在古代很少，也很珍贵，还需要进一步发掘。

王大点是普通的中国人，那么外国人如何呢？也有一个典型的例子，就是十七世纪著名的英国日记家塞缪尔·皮普斯。皮普斯是名人，曾官

---

① 北京大学历史系中国近现代史教研室编，《义和团运动史料丛编》(第一辑)，页98。
② 同上，页115。

至海军部长、皇家学会会长,他的出名却是因为他的日记。他在1660年到1669年留下了详细的日记,但是怕他人看到,尤其是怕妻子看到,就采用了速记密码,在睡前很快地写下来。此数卷日记后来被人发现、破解,整理出版,引起了人们很大的兴趣,其中有些内容写的就是权色、权钱交易。如造船的一个木匠想请皮普斯帮忙找个更体面的工作,就向他贿赂,礼物就是自己的妻子。皮普斯记下了和这位女士的交往过程和内心变化史,如一开始的谨慎:"白哥妻来,请为丈夫说话。余颇爱此女,抚其玉颊。未敢唐突,以其性格庄重故。"(1664年2月27日)①三个月后,还是没有太大的进展:"饭后回办公室,招白哥妻至,独伴余良久。然此女极庄重,余虽动于中,未敢强求。日后必为她丈夫效力,以不负其所托也。"(1664年5月31日)②对此女士的爱慕、敬重反倒增强了他的责任心。此后,经过几次交往二人关系密切起来,有一天他就带木匠的妻子到了一间偏僻的啤酒屋,趁酒酣耳热下手得逞,那女人"侧目叹息……拒斥良久,终于一步一步遂了余的心愿,其乐无比"。(1664年11月15日)③后来又有一次,木匠夫妇来他的家里,他找个借口把木匠差走,"随即取她入怀,其力拒,余强合,虽不甚乐"。(1664年12月20日)④他还记载了一些调笑女仆的行为,也经常会拿一些回扣和钱财的贿赂:金币、火腿、马驹、餐具等等。如有一次木材供应商华伦和他见面,交给他一副手套,说是送给他太太的。他觉得比较沉,回到家,好不容易等太太离开,连忙打开,里面原来有四十块金币,他非常高兴,就祷告上帝,誓愿此后更加认真工作,此后则

---

① 转引自冯象,《政法笔记》,南京:江苏人民出版社,2004年,页101。
② 冯象,《政法笔记》,页101。
③ 同上,页103。
④ 同上。

心满意足地吃饭睡觉。可以看出，他对个人的得失非常关注，日记每天都记下自己的银钱收入，以财富的增加而自豪，同时也以此增强自己工作的责任心，以不负他人之请托。因为有一层密码保护，他的日记写作确实非常直接，极为私密，也因此更具价值。皮普斯日记最关注的东西，就是情色、食物（他对吃食及做法有很多记载，如牛肚、牛肉等，以满足口腹之欲为乐）、钱财（每一笔收入都有记载，衡量自己的收支，钱财也越积越多）、身体（每一天都有身体情况的记载，很是关心自己）。日记显然是他对世俗物质享乐"酒色财气"的过度关切，这是十七世纪资产阶级个人意识与生存价值的呈现。同时，我们也可以看到当时官员受贿、以权谋私、钱权交易的普遍情形，如皮普斯的上司、海军的财政主管，每经手一镑公款，就可以抽成三便士，这是尽人皆知的惯例。这样看来，皮普斯便颇具现代意味了，这正好和当代中国被曝光的某些日记遥相呼应，如"香艳日记"，无不充满着"金钱与欲望"，不过，这些中国官僚显然又缺乏皮普斯式对责任的敬畏之心、小心谨慎，以及对工作的勤恳。

　　无独有偶，与王大点相似，皮普斯也曾记录了自己观看的一次行刑事件，记叙甚详，颇具文学笔法。他和朋友一起到伦敦塔，那里给他们预备了一个房间，可以看到行刑的广场。被处死的是亨利·文爵士，清教徒、议会议员。当时是王政复辟时代，老国王查理一世被清教徒克伦威尔送上绞刑架，现在他的儿子查理二世登台，要清算清教徒，亨利·文虽然没有直接参加处死国王，也因为不愿效忠新国王，被捕处死。皮普斯如是写道：

　　　　上午十一点左右，与办公室同事一起到伦敦塔，预先为我们留了一个房间，正对着行刑的高台。台子是特为今天搭起来的。

我们看着亨利·文爵士被押上来。聚集观看的人极多。亨利·文当众演说,讲了很久。监刑的治安官和其他人好几次打断他,还想抢走他拿着的讲稿,但是他不放手。听众有做记录的,但是都被治安官收缴了。监刑的人又把鼓号队领到台下吹奏,借以掩盖亨利·文的声音。讲完话,亨利·文就祈祷,之后引颈受刑。台上站的人太多,我们没能看见行刑。博尔曼当时站在台上,事后给我们讲述详情。亨利·文开始是说,审判时不准他辩白,有违法律程序,因为按照大宪章的规定,他有这个权利。话在此处被治安官打断了。他于是拿出一份提纲,逐条宣讲……但是他们接二连三地打断,使他不得不终止演讲。停讲之后,他跪下来祷告,为伦敦,为全体的英国人,为基督教在英国的所有教派,祈求上帝的保佑。然后,他就把头放在行刑的砧木上,接受斧斫。他的后脖颈上长有一颗痣,或者是一个疱,他请行刑的人注意,不要砍破了。直到最后一刻,他面色如常、语音不改,以死证明自己,证明所持的主义。他满怀信心地说,自己此刻舍生取义正与基督相同。如此种种,显出他临危不惧的勇气无人可比,显出他的热诚胜过了怯懦。然而,他的言行气度,又处处带着谦逊和庄重。有人问他为什么不为国王祷告。他说:"您看,我可以为国王祷告。我祷告,请上帝保佑他。"(1664 年 6 月 14 日)①

如此放肆地长篇引述,因为这段描写真是生动极了,比小说有过之而无不及,特别是关于痣的那一细节,简直可以与柏拉图记录的苏格拉底之

---

① 转引自吕大年,《佩皮斯这个人》,《读书》2008 年第 3 期,页 130–131。

死(特别是苏格拉底谈笑风生、自服毒芹、平静报告自双脚开始冰冷的死亡过程)相提并论。与王大点那种单纯的、冷漠的瞧看不同,皮普斯满怀情感,所表达的主要是对亨利·文的同情和敬佩,也包含对自己的某种反思。亨利·文其实并无罪过,他的死主要是因为不合时宜:他是清教徒,却主张信仰自由,各教派一律平等,因此无论是国教派、天主教徒还是清教徒,都不能见容;他不会见风使舵,不愿苟且附和。皮普斯对亨利·文的关注,可能起自于他本人的身份和经历。他曾经为克伦威尔的清教徒政权效力,却又背叛了清教徒的事业,迎立新王查尔斯,成了善于权宜变通、趋福避祸之人。面对这样一个品行高洁者,他可能有所感怀,带有自我反思的味道。① 如此看来,皮普斯的日记对自我的呈现异常丰富,既有他的虚荣心、贪心、色心,也有他的良心和进取心,堪称人性之镜鉴。

如此一比,更可以见出王大点们的愚昧、麻木与冷酷,也可以看出中西方人在人格上的一些差别,如西方人善于精于自我分析、自我忏悔,中国人则缺少潜入自己精神深处的习惯。更进一步说,国人不乏自吹自圣或造神敬鬼,却极度欠缺自我批判、自我忏悔、自我暴露的勇气,这种状况,直到"五四"时代才出现些许转机。不止日记,整个自传、传记世界都是如此。

与古代日记和西方日记相对照,"五四"之后的中国日记写作则有了重大的改变。郁达夫自不用说,《日记九种》是二十世纪二十年代他对自己经历、思想的记录。其中有他追求美女王映霞的曲折经历,有性的苦闷与堕落,如嫖妓、酗酒、抽鸦片等放浪形骸之事,毫不顾忌。而且,最令人难以置信的是,他的日记随写随在杂志发表,之后还结集成册,广为销售,

---

① 吕大年,《佩皮斯这个人》,页 131。

其自我袒露、自曝隐私的勇气可见一斑。吴宓、吴虞、朱自清等文化名人的日记也都表现出比较鲜明的自我意识,更多、更深入地渗透到人性私密与社会阴暗领域,在暴露、反省与批判中体现了国民人格的现代发展。

　　吴宓先生为人耿直、乐于助人、兢兢业业,但也比较古板迂腐,性格急躁,还有些自私好色。日记是他的精神寄托,每天必记,即使没有什么紧要事体,也要写上几句。如天气如何、起床迟早、几点钟去上了什么课、何处用餐、所费多少等等。每天的日常生活,几乎千篇一律,但他要记。去银行存钱,设有密码,他也在日记里记下密码所在之处。他在哈佛大学师从白璧德先生,吸收了他的"新人文主义"思想,也就是自我克制、节欲,反对情感放纵,反对浪漫主义,直追柏拉图的精神"理想国"。但反讽而尴尬的是,他本性却是一个浪漫主义诗人,终于跟结发妻子陈心一离婚,苍蝇一般不停追求美女毛彦文,而且追求了一生都没有成功;与此同时,他还对中外许多旦有蒙面之机的女性都有好感,其中甚至包括仅见过一两面的大诗人艾略特的女秘书,当然更多、更便捷的是女学生群体,他非常热心地帮助她们,辅导功课、作论文、作作业,甚至考试作弊,反复思索如何追求她们,还时时比较各位女性的特点,以供自己选择。古怪的是,他觉得自己是正当的,应该追求爱情,反而怪那些女士无情、忘恩负义。由此可以得见他身份和心理的矛盾性,他是被自身美化了的所谓"天理""道德"束缚、扭曲的贾宝玉式"情种",性欲终生不得自然释放,然而时时在滚烫沸腾之中,要冲破他那铜墙铁壁式的刚硬脑袋,个人情欲悲剧就可想而知。当然,吴宓日记的丰富还在于,自省、自暴之外,他多有对中国人缺陷的记载与思考。如1944年8月12日,他路见两马车上坡,将到顶,马疲惫跌倒,吴宓教授奔助,而众人皆旁观,他极为感慨愤怒:"前车黄马(极壮美)力竭,路滑,跪倒,方挣扎间,宓急至车后,推车使前,且呼众同我出力。仁观者十余人，无一应者。宓于是知中国人之劣下，不及西洋人远甚也。"①吴宓贵为清华大学国学院部聘教授（等同于现在的学部委员、院士），五十多岁了还在街上帮人推车，而旁观者无人相助，国人之冷漠可见一斑，这似乎正是王大点们的现代翻版。

吴虞是民国著名的四川文人，因为早年曾在《新青年》著文反孔非儒，宣扬西学，还公开反抗其父，著文揭露其丑行，因此开风气之先，被称为"只手打孔家店的老英雄"。但这个人的思想并不是完全新的、现代的，还留存有许多旧文人、士大夫的习气，处在新旧之间，是过渡时期的人物。这在他的日记中有生动的记载。如纳妾（他妻妾成群，有四五位，有些小妾就是用钱买来的，花费六十大洋；他还常与人贩子交易，买使女，花十几大洋、几十大洋等等），捧妓（即使妻妾众多，他还常常出入于花街柳巷，花钱写诗，吹捧一些妓女，使其扬名，有些妓女出名之后，就不再理他，令他颇失望）。他也很关心自己的"性福"，日记中常有服用春药的记载，如 1923 年日记："今日服壮阳丸，早晚各贰钱。"②与皮普斯类似，他太关心自己的食色肉身之欲，或者说比较自私，对女儿们非常冷淡无情，自言要：宁我负人，毋人负我，要独享快乐。可见其人格之矛盾复杂，是新旧更迭时期人物的一个代表。

再如朱自清先生。出现在公共视野中的朱自清形象，是一位学问高深的学者、影响很大的作家和爱国者。但我们细读他的日记，则会发现朱自清更丰满的人格与形象、他的痛苦与焦虑，其中有一点给人印象特别深，就是他的自卑，即强烈的自卑／自尊和敏感心理。1931 年，朱自清带

①　吴宓，《吴宓日记》（Ⅸ），北京：生活·读书·新知三联书店，1999 年，页 311。

②　吴虞，《吴虞日记》（下册），中国革命博物馆整理，成都：四川人民出版社，1986 年，页 146。

薪休假赴欧游学期间,在 12 月 5 日的日记中记下了两个奇怪的梦:其一是被清华大学解聘,取消教授资格,原因是学识不足;另一个是被枪击。无独有偶,五年之后,在 1936 年的日记中他又记述一梦:梦中大学骚动,学生把他从厕所揪出,谴责他从不读书,而且研究毫无系统。他承认了这两点,并且保证一旦获释马上辞职。这两个梦似乎是一种延续,寓意非常明显,足见朱自清对自己学术素养和研究成绩的不满和深深焦虑,映射出他深层的自卑心理。

　　综观其日记,可知他的这种自卑、不自信心理远非一时一日的偶然闪现,而是根深蒂固长久伴随的心理阴影。根据朱自清自己的描述,这种自卑和失败感来源于多个方面。其一是生活的困顿。朱自清家境贫寒,特别是早年生活,经常借贷度日。几乎每次借贷,他都要笔之日记,记述自己的羞辱和无奈。如青年时代:"午后向张益三借五元,甚忸怩!"(1924 年 7 月 30 日)[1]另如,"向吴(吴江冷)微露借款之意,他说没有"。[2](1924 年 8 月 22 日)有时候为了谋生他还不得不受学生的欺侮。这种经历已经在他心中刻下了烙印。其二是学识的缺陷。当时的清华国文系,大师云集,诸家国学新术,各有所长。朱自清自感压力甚大,因为他知道自己无论是国学根底还是外文能力,都难以和诸位大家相比。他在日记中经常表达对他人学识的称赞,在对比中显示自己的缺陷。1933 年日记中,对陈寅恪、闻一多、浦江清等人都称赞有加,自愧弗如,如"闻一多评戏有眼光,余不能赞一词,愧愧"。(1933 年 4 月 24 日)[3]浦江清对比较文学的议论之词也使他羞愧不已。自信的缺乏使他对自己的言行非常留心,

---

① 朱自清,《朱自清全集》(第九卷),南京:江苏教育出版社,1998 年,页 3。
② 同上,页 9。
③ 同上,页 214。

尤其是在学术上对自己要求甚严,谨防出错,令人笑话。一旦出现失误,他就在日记中反省自责:"上国文,讲错一句,惭愧之至! 惭愧之至!"(1933 年 9 月 23 日)①这足见他的严谨踏实,也是强烈自尊导致的神经敏感。其三是留洋的屈辱。在民国之前,遭受外国人的歧视和欺侮是当时中国人的普遍体验,这是国家贫弱、国际地位低下的必然遭遇,但是这种羞辱感对于对别人的眼光异常敏感的朱自清来说,显得更为强烈,外国人的敌意和侮辱的态度更令他心痛与不安,这是个人和民族的双重耻辱。1931 年到 1932 年,朱自清在英国游学。在这一时期的日记中,他记述最多的是自己所经受的无数次欺侮和歧视。这种歧视是多方面的,也是经常的,来自不同的社会群体。在剧场他被女引座员故意怠慢,她插过来给朱自清后面的人领座,"这使我的自尊心受到了伤害"。(1931 年 11 月 17日)②外语水平的拙劣一直令朱自清耿耿于怀,也是他甚感自卑的重要因素,他到欧洲的一个目的就是学好外语,但是却因此遭受不少羞辱。某次房东 R 夫人问他是否工作得很晚,他明白其中的暗含意思,指他耗电过多,朱自清由此揣测:"她可以用'勤奋'(Laboriously)这个词嘛,大可不必用'晚'(Lately)一词,不过,在她看来,'勤奋'这个词对我的理解能力来说是太长了!"(1931 年 11 月 20 日)③有些同学也有意拿他取乐,在一次开幕式上学生用帽子互相打闹,直到散会时朱自清才发现帽子是自己的,多么窝囊!

　　朱自清在日记中能够如此坦白直露,是因为他的日记是为自己写的,是个人的私密记录。他曾对妻子陈竹隐说,日记是不准备发表的,因此能

---

① 朱自清,《朱自清全集》(第九卷),页 250。
② 同上,页 73。
③ 同上,页 74。

直率地记录,写个人生活的私情琐事。在三十年代,他曾应邀写过两本游欧杂记:《欧游杂记》和《伦敦杂记》,如果对照杂记和日记,就能发现他对经历的取舍和表现方式的差异了。在杂记中,他基本没有"我"的出现,"书中各篇以记述景物为主,极少说到自己的地方。这是有意避免的:一则自己外行,何必放言高论;二则这个时代,'身边琐事'说来到底无谓"。[1] 所以,在面对公众的游记中,朱自清并没有写自己在欧洲所遭遇的屈辱和歧视,他有意回避了这一点,根据他的心理人格,这难道不是他自尊／自卑心理的另一种表现吗?

以上仅是所列举的几个例子,许多现当代日记常常都会向我们展示作者不为人知的一面,是对在社会中被遮掩的身份的披露,如蒋介石、胡适、顾颉刚、钱玄同等人的大部头日记都是如此。有人说过,"仆人面前无伟人"[2],而对其本人来说,自己更不会是完美无缺的圣人君子,总会有或多或少的欠缺或阴影。"许多高官显宦、学者名人在公开场合出现时总是要保持着他们的社会身份,而在日记里却可以看到他们种种不登大雅之堂的玩笑说闹,以至猥亵的话语。"[3]这种随意性正是日记——私人文献形式的自传——独特的民主化特征,甚至可以说是带有巴赫金所谓自我"狂欢化"的"降格存真"精神,以求得在人性或人的本质层面上的平等,"人回归到了自身,并在人们之中感觉到自己是人"。[4] 在日记这一特定的私人空间里,作者面对自己而无所顾忌,揭开了虚伪的面具,将自己"降格"还原为真正的"人"的存在,呈现出一个真实无隐的自我。因此,日记

---

[1]　朱自清,《朱自清全集》(第一卷),南京:江苏教育出版社,1988年,页290。

[2]　André Maurois, *Aspects of Biography*, Cambridge:The Cambridge University Press, 1929, p. 22.

[3]　杨正润,《现代传记学》,南京:南京大学出版社,2009年,页381。

[4]　巴赫金,《拉伯雷的创作与中世纪和文艺复兴时期的民间文化》,页12。

向世人披露的"阴影"一面，是通向认识全面、完整、真实人性的重要路径。

第二节　"借钱信"中的"艺"与"利"

传记大家族中，书信写作往往有明确目的，至少是有具体指向，如恋爱的情书、问候的家书、感谢致歉信等，这是书信区别于同属私人写作的日记的一大特征。其中，"借钱"便是书信的功能之一，即所谓"借钱信"。古往今来，严肃的文人、艺术家多志于"艺"而拙于"利"，特别是在青年或未成名时期生计艰难、穷困潦倒，为此借债度日、以稿抵债乃是常态，当然借款的对象、境况与手法各各不同。且不论中国，西方文艺界此类现象颇为普遍，典型如小说家巴尔扎克常向商人举债，音乐家瓦格纳向李斯特借钱，小说兼戏剧家契诃夫向编辑苏哈林借款，戏剧家易卜生向编辑海格尔、作家比昂逊告贷，等等；另有一些文士则主要依赖亲属，如陀思妥耶夫斯基（即陀氏）常向兄弟及出版商开口，梵高则主要求助于同样不宽裕的弟弟，编辑朋友之外，乔伊斯也只能拿弟弟做"摇钱树"——真庆幸他们三位都有穷而慷慨、任其搜刮的兄弟。不过值得留意的是，在交流电讯化之前的传统文字时代，借贷者大都通过书信的方式提出要求，因此如何写借钱信就成了一门艺术。

借——特别是借钱——确实是一门微妙的学问，因为借书往往不被嘲笑，"书非借不能读"，借钱却会伤害文人雅士的自尊及亲友情谊，但为了生计与理想，又不得不拉下脸面、俯身相求。由于是文人艺术家，他们的借钱信通常也不会像普通人那般写得直白乏味,字里行间可能蕴涵未明的意图,也会讲究修辞技艺,特别是以自己的文艺理念为支撑,借此寻找托辞,或就文坛艺苑状况发表议论,背后体现的都是其艺品和人格,是所谓"人穷志短"、低三下四,还是桀骜不驯、不为五斗米折腰?其实,不管各自的文艺口号如何,但从"著书都为稻粱谋"的角度看,高雅文艺与俗世人生从没有如此贴近,文艺家的人格风骨与生存状态由此得以揭示,滞重的肉身性生存与高妙的精神性探索也得以冲撞、交织、融汇。由是,闲览诸位穷酸文艺人士的借钱之信,就颇有一番意味。小文且以其中几位为例:陀氏、梵高、乔伊斯,通过赏读几封借钱信及相关传材来透视他们的人格侧面与文艺创作生态。

一

陀思妥耶夫斯基(1821-1881)是灵魂画手,善于塑造和刻绘众多非常态心灵的矛盾撕裂状态,而在借钱信中,其自身的分裂与挣扎同样得以揭示,不亚于《罪与罚》《赌徒》等经典小说。陀氏一生经历坎坷,文学事业受到多重阻碍,如政治上的苦役、流放,身体上的癫痫疾病与情欲激荡,当然还有经济上不断缠身的债务,因此他一生都在"为艺术"与"为生活"之间撕扯。他明白为了生活就有牺牲艺术特质的危险,变得通俗化、迎合读者庸众,但又非常不甘,极力保持自己的艺术品味、思想深度与精神探索力量。然而身为职业作家,他又只能卖文为生,想获得更优裕的稿费以应对人生,为此常痛苦纠葛。大致而言,陀氏的书信写得诚恳、直率、清晰,不像他的小说那么充满紧张刺激的情节和复杂的思想,可能因为他时常陷于债务纠缠与生存挣扎之中,必须直截了当,当然也显得颇为狼狈。

1858 年 1 月 11 日致《俄国导报》的主编卡特科夫的信就比较典型。陀氏几年前已从苦役地被释放，但依然债台高筑，1856 年，因为结婚事宜，一位工程师好友借贷给他六百卢布，妹妹也寄给他两百卢布贺礼，他则指望"没有发表的手稿值一千卢布"，靠它们解决债务问题。[①] 他此时虽然在军队任职，也成了自由作家，不过还远非知名文人，特别是发表权还受到限制，生活来源捉襟见肘，婚后的生活极度困窘，常常借贷度日。在这封信中，他向编辑述说原委，希望能打动对方，更想能够预支稿费以应付债务，还许诺一定完成写稿任务还债。也就是说，从信中我们可以看到他所表达的三个方面内容：一是说自己如何困窘，迫切需要钱财资助以应付生活，因此开始就直接挑明了写信的目的，"我今年的情况是这样，由于生活方式的变化我非常需要钱"。[②] 二是让编辑对自己有信心，他可以用作品来抵债补偿，让对方相信自己的写作才能，"把我的长篇小说（第一卷）的手稿提供给您之后，我想请求您在作品发表前就给我一些钱，也许您会尊重我的要求，为此我也会赶快把它写完"。[③] 三，也是最有意思的一层，他表达了在"为艺术"与"为生活"之间挣扎的痛苦：

> 不过，为金钱而写作和为艺术而写作——在我来说这是两件互不相让的事情，我以前在彼得堡的三年文学活动中吃过这方面的苦头。我不愿匆匆忙忙地写，赶时间写，我不愿亵渎我出色的思想和中长篇小说的写作计划。我非常钟爱它们，非常想

[①] 约瑟夫·弗兰克，《陀思妥耶夫斯基：受难的年代，1850-1859》，刘佳林译，桂林：广西师范大学出版社，2016 年，页 299。

[②] 陀思妥耶夫斯基，《书信集》（上），郑文樾、朱逸森译，石家庄：河北教育出版社，2010 年，页 268。

[③] 同上，页 269。

不是仓促地而是满怀"爱心"地把它们创造出来,以至我觉得,
与其不光彩地决计糟蹋自己很出色的思想,我宁可去死。但由
于我一直欠着安·亚·克拉耶夫斯基的债,我自己的手脚就因
此受了束缚。①

为稻粱谋而写作,质量一般不会好,这违背他的艺术天职,是亵渎才性,他
有过惨痛教训,因而希望能超越平庸奉献精品,但令他焦虑难堪的是生活
处境,他几乎没有什么时候不欠债,写作永远处在债务的威胁与阴影之
下,仓促行事的情况难以避免,这似乎是他的命运,所以此信的最后一句
倍显凄凉:"为了金钱(就这个词最狭窄的意义而言)而写作,也许我命该
如此。"②

　　无论如何,陀氏这封信起到了效果,"卡特科夫随即给他寄来了钱,还
附上了一封勉励的书信。"③不过,如果事情就此发展倒还算圆满,而事实
上却经历了几番波折。因为后来他告诉卡特科夫,许诺那个故事"让我很
不开心,跟我格格不入。但我已经写了很多,不可能扔到一边另起炉灶,
我得还债",结果卡特科夫"断然拒绝了这个作品",更尴尬的是,他还"要
作者退回预付稿费",这让陀氏非常沮丧。④ 陀氏对此并不甘心,依然寄
希望于这部作品,为了立即能拿到钱,被逼到墙角的他和哥哥商量后把稿
子交给了自己早年的伯乐、为他发表成名作《穷人》但后来又闹翻了的涅
克拉索夫。圆滑的涅克拉索夫拖延良久,给出了很低的稿费,其实就是在

---

① 陀思妥耶夫斯基,《书信集》(上),页269。
② 陀思妥耶夫斯基,《书信选》,冯增义、徐振亚译,北京:人民文学出版社,1993年,页95。
③ 约瑟夫·弗兰克,《陀思妥耶夫斯基:受难的年代,1850–1859》,页364。
④ 同上,页368。

间接拒绝，在陀氏还在自欺欺人地要讨价还价的时候，他的哥哥看出了端倪，将稿子转给了《祖国纪事》，"稿子最终被接受，每个印张的稿费（一百二十个卢布）比陀思妥耶夫斯基在别处愿意接受的价格要高"。[①] 幸运的是，几经周折，尘埃终于落定。

　　由此波折可见，陀氏当时的生活境况确实甚为凄惨，文学地位得不到真正承认，写作几乎无法养活他一家老小，在 1859 年给哥哥米哈伊尔的信中他就抱怨说，其他几个知名作家的稿费都远远高于自己，他对此非常不满、悲哀和愤懑。如冈察洛夫的一部长篇小说（陀氏认为很差）稿费有七千卢布，屠格涅夫的《贵族之家》（陀氏认为非常好）一个印张四百卢布，共四千卢布，而他自己的小说则只要求一个印张一百卢布，还被认为过高，一部较长的小说也不过二三十个印张，与屠格涅夫这位贵族地主作家更是无法比拟："为什么我这个穷作家只能拿一百卢布一个印张，而拥有二千农奴的屠格涅夫则得到四百卢布呢？我因为穷，只得匆忙行事，为金钱写作，结果必然写坏。"[②]

　　当然，因为赌博这类追求刺激的恶习而欠债，也是使他不断陷入财务危机的根源之一。1863 年 9 月 30 日，在罗马旅行期间他给哥哥写信，告知自己因赌博输钱而陷入了穷苦状态："我是一个穷作家，如果有谁要我的作品，那么他应该预支我的生活费用。我自己也诅咒这种办法。但已经这样做了，而且看来永远也摆脱不了……"[③]1865 年 8 月 15 日，他从德国威斯巴登给屠格涅夫写信，目的也是借钱，因为他刚刚把借来的钱也输

---

①　约瑟夫·弗兰克，《陀思妥耶夫斯基：受难的年代，1850-1859》，页 370。

②　陀思妥耶夫斯基，《书信选》，页 99。

③　同上，页 114。

光了,潦倒至极,不得已向屠格涅夫开口。① 结果是,他常以自己的作品版权为抵押代价,最终往往将自己逼上绝境,因为那些债主对他都非常苛刻。他为此也常常遭受人格的羞辱,如 1865 年 8 月 22 日自威斯巴登致信苏斯洛娃,讲述自己在旅馆因为付不起钱而被轻慢羞辱的情形,十分可怜,甚至落魄到连饭和咖啡都无法获得,还有进债务拘留所的危险。② 而此时的陀氏已非同常人,乃是知名作家一位,这当然非常尴尬。也就是说,对陀氏而言,债催生了创作,也腐蚀了创作,使其作品良莠不齐,鱼龙混杂。

二

同样在穷困潦倒中,生前一直默默无名的画家梵高(1853–1890)则常常因不得不借钱而敏感、自卑乃至自责。梵高二十七岁正式入行绘画,之前从事过画商雇员、牧师、家庭教师等职业,但都一事无成,他必须由弟弟、家人来赞助支持。这对于敏感的梵高来说异常痛苦,但又不得不如此,他需要经济援助才能安心学画、作画、成就自我。他长于自责反省,由于没有三十而立,甚至一度缺乏方向,他对自己非常不满,常恨此身无能,不能自谋生路,所以在他的信里我们看到的更多是自责自怨,当然也充满要立志成名、拼死搏斗的强烈渴望与信誓旦旦的保证,他以疯子般的倔强与坚韧对抗来自亲友各界的质疑、冷漠及接连不断的失败,反过来也恰恰因此而变成向弟弟提奥索取资助的底气。

---

① 陀思妥耶夫斯基,《书信选》,页 140。
② 同上,页 141。

迟至 1880 年梵高才开始正式从事画艺,但首先遭遇的就是严重的生计问题,他写信给资助自己的弟弟提奥:"不要责备我浪费金钱。实际上,如果不是这样,反而是我的错误;我花得愈多,我的成功便来得愈快,进步愈大。"①这时候他似乎还充满自信,试图宽慰弟弟和自己,而提奥对他也是鼓励有加,所以梵高"把重新燃起的艺术热情归咎于提奥的引导,还与提奥'达成了互利互惠的友好协定'"。② 显然,身为画商的提奥也将资助文森特视为一种投资,哥哥如能成名则是双赢。梵高可能也是利用了兄弟情谊及这一"艺利关系",当弟弟寄给他五十法郎的时候,他写信说:"老实说,要好好画画,我每月至少需要一百法郎",因为"贫穷会让最聪明的大脑失灵",显然这就带有威胁的意味了,他希望得到的是最大程度的甚至是毫无回旋余地的资助,"文森特现在需要的是提奥全心支持他的艺术事业"。③ 在1881 年,他甚至以去阿姆斯特丹追求孀居的表姐凯为由,让提奥寄钱,"这样我至少还能多看她一眼",爱情之所以重要,梵高告诉弟弟,因为"只有凯才能让自己的画作变得更为柔和",他向弟弟做出了保证,"再次去爱也是让我能够继续作画的最佳动力"。④ 这一理由或观念其实应该受到充分重视,梵高的不幸在很大程度上源于爱的匮乏与极度紧张的人生关系,他无法柔和下来,心灵世界日益扭曲。不过,就梵高的状况而言,"保证"往往就是变相"要挟"。

但不管多么拼命,艺术、爱情诸事都不如他预料的那样,反而愈加糟糕:表姐对他避而不见,即使他将手放在煤气灯火焰上自残也没能打动她;他还

---

① 文森特·凡高,《亲爱的提奥:凡高自传》,平野译,海口:南海出版公司,2010 年,页 46。
② 史蒂文·奈菲、格雷戈里·怀特·史密斯,《梵高传》,沈语冰等译,南京:译林出版社,2020 年,页 199。
③ 同上,页 203。
④ 同上,页 234-236。

像学徒一般,不得不花费大量的钱购买绘画用品、请模特(这与当时荷兰崇尚的风景画风格与惯例相悖)、租房,应付最简单的生计,当然有时候也会是奢侈购物、放纵酒色的带有报复性的混乱生活,可叹的是画作始终无人赏识,不能销售出去。1881年他对弟弟就这样说:"我恨自己还不能独立生活。"①自责之情溢于言表,因为能否自食其力是他的一块心病,他的父母及富有的梵高家族主要就是在这一问题上对文森特白眼相加、冷漠排斥的。几年之后,与几乎所有亲朋关系破裂之后,他唯一依赖的也只有弟弟提奥了,但即便手足之情此时也已经千疮百孔,两人关系脆弱微妙。1883年1月,走投无路的文森特接连写信给提奥,一开始还带着温婉的求助姿态,受冷遇之后转瞬就撕破了面纱:"提奥,你到底是怎么搞的?……我一分钱都没有收到……你回信的时候至少得给我顺便寄上一些钱吧。"②时至1883年12月,梵高给弟弟信中的悲观落寞意识就更为明显了:"我被迫成为一个一切人中间最讨厌的人,这是由于我向别人要钱。由于我对于事情马上变好(例如关于卖画问题)不以为然,这是很糟糕的。"③巨大的艺术失败感、生活与情感的多重压力,以及长久背负的"令人沮丧的依赖感"使他深深自责,充满愧疚感,当然这也成为驱使他继续努力拼命作画的动力。所以,在"借钱"问题上,文森特与提奥兄弟二人构成了非常有趣的关系,即"一种永无休止的怪圈":"一会儿是充满怨恨的恳求,一会儿是充满负罪感的算计。他自己也很讨厌他对弟弟的依赖,但又无法否认自己对他的亏欠。受到这种情感的打击,他只能在肆意的请求和不情不愿的感激之间摇摆。"④

---

① 凡高,《亲爱的提奥:凡高自传》,页70。
② 史蒂文·奈菲、格雷戈里·怀特·史密斯,《梵高传》,页259。
③ 凡高,《亲爱的提奥:凡高自传》,页295。
④ 史蒂文·奈菲、格雷戈里·怀特·史密斯,《梵高传》,页259。

在这种相互折磨纠缠中,前景愈发渺茫,梵高的焦虑感也日益强烈,如同他早在 1881 年的信中写的那样:"我感到我在波里纳日画画时没有病倒或者死掉,实在遗憾。因为我对你只是一个负担。"①他的几次自杀尝试都是这种巨大压力下的消极反应,他也始终没有摆脱以自杀来解决问题或对抗各种压力的反常意识。② 幸而,在内心当中梵高依然对绘画充满信念和期待,在极度困苦的生活处境与沉重的精神压力面前,坚持绘画才是他唯一的精神支撑,他也唯有用艺术来回报弟弟和帮助他的人,为此他异常勤奋,也要求人们必须忍耐和等待,怀着希望和信心,如 1885 年 11 月他给提奥写道:

> 针对我的失望情绪,你说:"我已经付出了那么多的钱,你一定要好好处理,一直用到月底。"我的债权人比你的少吗? 谁需要等待呢,他们或是我? 你是不是了解,每天的工作要求我的负担有多重? 我一定要画画,一切全靠我在这里不失时机地继续画下去,你说是不是? 我的处境受到来自各方面的威胁,只有靠饱满的精力画下去,才能够避免这种危险。颜料的账单是一块挂在脖子上的大石头,可是我必须继续负债! 我也要狠着心肠让人们等待;他们会拿到他们的钱的,但是他们必须等待。③

---

① 凡高,《亲爱的提奥:凡高自传》,页 218。
② 关于梵高之死的真相,一反传统观点,特别是斯通那部制造了梵高神话的畅销虚构传记《渴望生活》中对梵高自杀的描绘,奈菲与史密斯以详细的证据表明,梵高其实应当是被一位顽劣的法国少年雷内·萨里克顿用左轮手枪射中的,但是梵高以自杀相掩饰,帮助他摆脱了罪行。详见至今最为经典的《梵高传》的附录《关于文森特致命伤的说明》,史蒂文·奈菲、格雷戈里·怀特·史密斯,《梵高传》,页 856–870。
③ 凡高,《亲爱的提奥:凡高自传》,页 315。

面对弟弟的指责与要求,梵高在自我辩解,也是在向这个不能赏识自己的世界宣战,同时也是在坚定地维护自己负债的"特权"——一个天才的特权,"他们"要有充分的耐心等待他的回报。

这种压力下的痛苦创作状态有助于理解梵高的绘画,即充满深切的爱、同情和对光明与成功的极度渴望,当然也不乏以此来进行报复的反叛意识。因此梵高是关注现实的画家,关注底层的困苦,充满高度的同情,他自己就身处其中,感同身受。他的画是表现,也是拯救。联系梵高的阅读经验,可以更好地认识这种思想状态。他说自己读书不多,但是可以看到,他特别喜欢读某些作家的作品,即狄更斯、左拉、斯托夫人等,原因就在于他们作品中的真实、自然、人性的力量,尤其是对底层穷苦者的刻画,梵高一定认为自己就是其中的一个小人物,这令他尤为感动,如 1881 年的信所言:"我之所以看书(我实在看得很少,只看过少数几个作家的著作),是由于作家们用那种比我宽广、适度与更加可爱的眼光来观察事物,而且,他们对生活理解得比较深刻,因此我可以向他们学习。"[1]这说明梵高和这些善于揭示现实的作家的倾向是一致的,有着"同情的理解",这都源自他对痛苦生活的最刻骨体验。

三

最有趣的其实是乔伊斯(1882 –1941) ,这位颇受后世读者尊崇的爱尔兰小说大师自始至终都不为借钱而羞愧,相反,借钱信往往还变成其自信的宣言。无疑,众所周知,他自少年时代便桀骜不驯、特立独行,是高度

---

① 　凡高,《亲爱的提奥:凡高自传》,页 70。

的自我中心主义者,特别是在写作艺术方面,自认为独步天下,自信非同一般。即使借钱这种无奈行为,乔伊斯也不是愁眉苦脸、低三下四,更不会声明为了生活而放弃自己的审美品格与独立追求,因此他敢于背弃宗教和家庭,离开爱尔兰故土到欧洲大陆漂泊,反抗的底气便是"沉默、机智和流亡"。也就是说,他虽然穷困潦倒,但是压根又看不起金钱,不愿屈服在它的魔掌之下,他一旦搞钱到手便会贵族般挥霍,喝酒、下饭馆、购物是其常态,没钱就会去借贷,他把自己视为金钱的主人,使之服务于自己的卓然才华,借贷是其维持生活平衡的基本策略或生存法则。

一般情况下,乔伊斯主要是向弟弟斯坦尼斯劳斯借钱,其要求也往往不容反驳,无异于强行索取和压榨,丝毫不会顾及对方的状况。1903 年 3 月 9 日,流亡在欧陆的乔伊斯写信给弟弟说:"如果你能从哪儿骗几个先令,去弄吧,然后看在上帝的分上给我寄过来。"①他直接用"骗"这个字眼,完全是效仿马基雅维利般"不择手段"的意思,是对别人的明确利用,但自觉毫无愧意。他还在信上列满各种开支账单(这是为了汇报收支情况,便于借钱),又满是嬉戏玩笑,常常拿自己的穷苦开玩笑。如 1909 年 9 月 12 日给弟弟的电报只有两句:"明晨八点。身无分文。"②直截了当,不用解释,其要求一望即知。乔伊斯对其他人的态度基本也是如此,如 1904 年 10 月 4 日给编辑乔治·罗伯茨的信也很简短,符合其行事风格:

　　我又收到了一封要我星期天出发去瑞士苏黎世的电报。开支
最少也要 3 英镑 15 先令(下面是一个算式:大概是 3. 15 乘以 2,

---

① 乔伊斯,《尤利西斯自述:詹姆斯·乔伊斯书信辑》,李宏伟译,重庆:重庆大学出版社,2011 年,页 23。

② 同上,页 186。

但得到了 7.10 镑——笔者注),您和雷恩(另一位编辑),我各算 1
英镑。我想,这并不过分,因为这是我最后一次向你们开口。我能
指望这周五一大早拿到钱吗? 请给个回信。我可以上门取。①

以"最后一次"为条件,这同样无异于强行借贷,似乎是给对方的恩惠,他
是施恩者,高高在上——本钱无疑就是文学才华,正如早在 1904 年 7 月
13 日为了借 1 英镑而寄给罗伯茨的明信片上的署名"超人詹姆斯",或稍
后给伯恩的信中要求对方以"缚于十字架的耶稣"的名义借钱给他一
般。② 这都是乔伊斯的惯用伎俩。

极有意思的是,为了以"艺"获"利",乔伊斯常常会横生若多奇妙想
法:他告诉一位文友 T. G. 凯勒,自己的六篇小说预计会得到 6 镑稿酬,
如果后者马上给他 5 镑,他就签字将那未来的 6 镑归其所有;他打算将诗
抄在纸上,然后让朋友戈加蒂以每首 1 镑或 5 先令的价格当街出售;他还
想把自己变成股票公司,书一旦出版,股票自会大涨。③ 更有喜剧性的
是,穷疯了的乔伊斯竟写信要以自己的笑料换钱:戈加蒂告诉乔伊斯,朋
友贝尔听闻他的穷苦及搞钱妙招后为他流下了眼泪,乔伊斯眼睛一亮,马
上计上心来,说"我们要他流金泪",于是当即口授了这封信:

先生,您好:我的朋友戈加蒂先生跟我说,我的行为成了您
的笑料。您不帮我安身立命(地位),我就不能继续向您提供笑

---

① 乔伊斯,《尤利西斯自述:詹姆斯·乔伊斯书信辑》,页 31。
② 理查德·艾尔曼,《乔伊斯传》(上),金隄、李汉林、王振平译,北京:十月文艺出版社,
2006 年,页 180。
③ 同上,页 182-183。

　　料了，所以，我冒昧地请您给我寄 3 几尼，等等。①

3 几尼合 3 英镑多，乔伊斯果真是想以自己的轶事为笑料让那位未来的主教流"金泪"了，其实他已经是在设法出售自己的传记材料，可谓颇有传记气度与商业眼光，堪称现代传坛先驱。不过遗憾的是，即使乔伊斯"借钱点子层出不穷"②，这些"下策"往往都不能奏效。唯一任其搜刮压榨的还是他那伟大的弟弟——当然，后者并非没有怨言和愤懑，因为这位喜欢占弟弟便宜的哥哥日益变本加厉，在意大利的时候，他"替斯坦尼斯劳斯代签工资单直接领钱"，借弟弟的一条裤子不还，还"每晚都外出下饭馆"，而"詹姆斯认为没有理由限制弟弟为天才做出牺牲，尤其是在这位天才必须养家之时"。③

　　难以想象，"天书"《尤利西斯》等经典都是被流放人间的"天才"乔伊斯趴在行李箱搭成的书桌上，在漂泊流离的状态下雕琢完成的，而他却往往对这种借钱求生的境况轻描淡写，带着嘲讽的、喜剧式的戏谑眼光俯视这困境中的挣扎，展现了爱尔兰式的乐观天性，和《尤利西斯》的反讽风格很是匹配。如 1906 年他在意大利流落，居无定所，被赶来赶去，12 月 7日给弟弟的信中就有了一段非常精彩的小说化描述：

　　　　我他妈的还能做什么？如果你不得不在一座城市游荡，身
　　旁跟着一个哀伤的带着一个(同样哀伤的)孩子的女人，沿着楼
　　梯跑上去，按响门铃，"谁呀？""找房子租！""谁呀？""找房子

　　①　理查德·艾尔曼，《乔伊斯传》(上)，页 184。
　　②　同上，页 204。
　　③　同上，页 239。

租!"没用：房子不是太大、太贵，就是不要孩子、只要单身男人、没有厨房。"再见!"再下楼。匆匆跑开，为挣 9.5 分去上一堂课，再跑回银行，如此等等，等等。打算寄这封信时给约翰·朗寄手稿。一切都没有改变。没有钢笔，没有墨水，没有桌子，没有房子，没有安静，没有爱好。别担心，一周左右之后它又会回来的。①

倒数最后一句连用六个"没有"，足见乔伊斯先生的困顿无奈，为了养活妻儿，他不得不拼命代课，还在银行兼职。但是他对自己尴尬困苦的描述，却完全是苦中作乐式的，可见他并不消沉哀怨，也不认为自己需要悲观，因为他自信只要有作品在，就完全可以改变一切，事实当然也确实如此。

也就是说，这都源于他对自己艺术家才能与身份的高度自信，以及对文学的执着，他以此将自己超越于生活俗务，也是高贵气质的体现，有时甚至是怀着施恩者的姿态去借钱，似乎被他借钱就是一种荣耀或责任。他唯一能够抵债的，无疑就是他对自己天资的自信（如同王尔德对自己才华的高度自信一样）和独立超拔的写作姿态，因而他能不被金钱、信仰、保守文化、狭隘民族主义所困囿，主动流亡欧陆，乃至后来不愿遵照出版社的意愿修改短篇集《都柏林人》等文稿，宁愿流离失所，靠短期授课、借贷等艰难度日。乔伊斯能在流亡困境中完成几部经典，委实要感谢这种不为金钱所奴役的良好心态。

① 乔伊斯，《尤利西斯自述：詹姆斯·乔伊斯书信辑》，页 163。

　　简而言之，文学艺术创作终究离不开物质现实这一绳索或阶梯，诸文学家、艺术家身份处境不同，人格气质各异，处理生活的手法也不尽相同，这也都体现在其书信的字里行间及文艺作品之中。通过"借钱"这一与"利"直接相关的事件的"艺术"处理，就更可以真切地见出作家、艺术家们各自的生命气度与人格艺品，如此去欣赏其作品，也就倍感亲近直观，或许更能体会"艺"与"利"背后的相互撕扯、酝酿与转化。

　　不过，是否可以再追问一句：生前潦倒穷困如陀氏、梵高与乔伊斯者，早就以其才华和杰作数倍偿清了人间的微渺债务，那世人亏欠"梵高们"的巨债呢？

第三节　"有情"：沈从文的书信美学

　　　　《湘行散记》的作者究竟还是一个会写文章的作者。这么
　　一只好手笔，听他隐姓埋名，真不是个办法。但是用什么办法就
　　会让他再来舞动手中一支笔？简直是一种谜，不大好猜。①

　　此节还可以使用另外一个题目：《沈从文封笔了吗？——试论其后半生的书信世界（1949-1988）》，因为主要是从某种角度处理沈从文在1949 年直至 1988 年去世这四十年间写下的大量书信。对于 1949 年之后沈从文的"封笔"沉默，聂华苓曾引用了美国诗人弗罗斯特（Robert Frost）

---

　　① 沈从文，《沈从文全集》（第 20 卷），太原：北岳文艺出版社，2002 年，页 111。此段文字引自 1956 年 12 月 10 日沈从文写给妻子张兆和的信。

的一句诗:"……要我的歌声沉默／必定是有什么毛病了。"①在这个有大"毛"病的世界中,小说家沈从文停止了歌唱,因为他并不愿意加入全国人民"大合唱"的队伍,就如同隐居瓦尔登湖畔的梭罗所言:"如果一个人没有跟上他的同伴,大概是因为他听到了不同的鼓点。就让他伴着自己听到的音乐前行吧,无论近远。"②显然,沈从文似乎也找到了自己的鼓点和节奏:从事文物研究,当然非常不合时宜。

现实就是,在1949年左右经历了不小的思想危机之后,沈从文变成了文物研究者和普通讲解员,除了旧体诗和少数不成功的尝试,他基本放弃了最拿手的小说写作。这是巨大的心理和身份裂变,如同一个人被拦腰斩断。然而问题是,沈从文真的放下了那极细的文学之笔,完全投身于服饰文物整理研究?沈从文当然不会甘心。也就是说,如果我们认真对待沈从文后期留下的八卷书信(1949–1988,占全集四分之一篇幅)就会看到,事实上,沈从文"文学时期"或"情书时期"③的"有情"风格依然一以贯之④,构成了其

---

① 聂华苓,《乡下人》,见朱光潜等,《我所认识的沈从文》,长沙:岳麓书社,1986年,页312。

② "If a man loses pace with his companions, perhaps it is because he hears a different drummer. Let him step to the music which he hears, however measured or far away." (Henry David Thoreau, *The Annotated Walden*, New York: Clarkson N. Porter Inc., 1970, p.442)

③ 据张兆和1937年给沈从文的信提到,结婚之前沈给她写了大批情书,都存在苏州老家,但可惜全部毁于日军炮火:"苏州家屋毁于炮火","有两件东西毁了是叫我非常难过的。一是大大的相片,一是婚前你给我的信札,包括第一封你亲手交给我的到住在北京公寓为止的全部,即所谓的情书也者,那些信是我俩生活最有意义的记载,也是将来数百年后人家研究你最好的史料,多美丽,多凄凉,多丰富的情感生活记录,一下子全完了,全沦为灰烬!多么无可挽救的损失啊!"见沈从文,《沈从文全集》(第18卷),页279;金介甫也讲述了沈从文善写情书的故事,二十世纪二十年代在北京时,他曾帮表哥黄玉书代写了三十多封情书,"沈擅写情书的本领这一回终于结成了一场百年之好的姻缘"。见金介甫,《沈从文传》,符家钦译,长沙:湖南文艺出版社,1992年,页52。

④ 这是他评价司马迁《史记》传记笔法的赞词:《史记》列传写人,笔墨不多,"二千年来还如一幅幅肖像画,个性鲜明,神情逼真",三言两语且毫不粘滞,堪称"大手笔",这种长处即源自"有情":"诸书诸表属事功,诸传诸记则近于有情。事功为可学,有情则难知。"见沈从文,《沈从文全集》(第19卷),页318。

文字的基本色调。

张新颖早就提出要将沈从文视为"书简家"来加以阅读和研究①，但除了《湘行书简》外，大多数研究者似乎并未对沈从文的大量书信有所投入。在1949年之前，沈从文是公认的文学家，留下的书信虽然不多，但其文学特征和情感色彩自不必说，最典型当属《湘行书简》。这是沈从文在1934年从北平回湖南凤凰老家探望母病期间，于上行船上写给妻子张兆和的系列书信，无疑是笔者读过的最为动人的情书，也勾起了对其著作与生平的极大兴趣。张新颖曾回顾说，他也是通过这册情书真正进入沈从文的精神世界的。自1985年他就开始读沈从文，但直到1992年他和沈从文的"机缘"才来临，媒介就是《收获》上发表的《湘行书简》："这些尘封的书信带给我一个特殊的时刻，我似乎一下子明白了什么"，它们"真正开启了我理解的空间"。② 这体量纤瘦，然文笔雅致、风情万种的几十封情书韵味独特，值得另文专门品评，在此不舍贸然染指。值得指出的是，直至1948年，沈从文到颐和园消夏，给妻子的信还是带有"情书"色彩："写这个信时，完全是像情书那么高兴中充满了慈爱而琐琐碎碎的来写的！"③即是说，他要通过这种方式"来年青年青，每天为你写个信"。④ 信中谈家长里短，调皮而幽默，如称呼妻子为"小妈妈"，将自己称为不听话、不讲卫生的"大顽童"，还教导妻子如何管教自己，等等。因此张新颖认为，此时沈从文"给妻子的信，又出现了十多年前'情书时期'的抒情，还多了一点幽默，更增添了一种历经生活磨砺之后的韧实"。⑤ 说明沈从文此时对事业、家庭的前途充满乐观，依然

① 张新颖，《有情：现代中国的这些人、文、事》，上海：上海书店出版社，2012年，页214。
② 张新颖，《沈从文的后半生：1948–1988》，桂林：广西师范大学出版社，2014年，页353。
③ 沈从文，《沈从文全集》（第18卷），页497。着重号是原作者所加。
④ 同上，页500。
⑤ 张新颖，《沈从文的后半生：1948–1988》，页6。

有不小的文学雄心。

但是转瞬中国时局风云突变,沈从文无所适从,自觉被时代所遗弃,悲观厌世。好在他挺了过来,并且在服饰文物研究之外,通过书信找到了舒缓情绪、展现自我的方式,这是他在云诡波谲的政治风云中得以抒情并保持人性力量的重要私人渠道,它们是其文学人生之"美学与哲学"的重要体现,概而言之便是:画面感,幽默感,从容与静观,总而言之,勾画出一幅幅"有情""有艺"之画,处处散发出"柔和"之美。值得注意的是,关于沈从文文学作品的画面艺术乃至听觉音效,已有不少人道及①,但是对于其书信本身的艺术之美,尚少有人留心②,因此更有研究之价值。

1951年,沈从文随队到四川内江参加土改,在这种如火如荼的政治运动中,沈从文于当年12月写给儿子沈虎雏的信却极具个人感情,他特别感谢儿子送的那支极细之笔,它可以用来写极小的字,当然更多地是用来细腻地刻画所见的自然美景与社会风情,它们都构成了沈从文笔下精细动人的"风景画"。无疑,富有美感和艺术性的自然是一个方面,另一方面则源于

---

① 据美国学者林蒲说,叶公超曾指出:"缺乏诗的素养,无法理解沈从文。从文下笔之妙,笔端有画。"(林蒲,《投岩麝退香》,见巴金、黄永玉等著,《长河不尽流:怀念沈从文先生》,长沙:湖南文艺出版社,1989年,页158)沈从文的侄子、画家黄永玉也谈到了沈从文对音乐以及绘画的深刻理解:"他自然是极懂画的。他提到某些画,某些工艺品高妙之处,我用了许多年才醒悟过来。"(黄永玉,《太阳下的风景》,见朱光潜编,《我所认识的沈从文》,长沙:岳麓书社,1986年,页40)瑞典汉学家马悦然对沈从文作品的绘画美也大加称赞,"他对原野进行的印象主义的描写表明,他也具有水墨画画家的眼睛和表现手法",而且,"他具有少见的用快速的笔道勾勒出全景的能力,然后再使细节进入准确的焦距——经常是栩栩如生的人或自然界的运动——因此反映了内在的灵魂状态"。(马悦然,《沈从文》,巴金、黄永玉等著,《长河不尽流》,页291)李辉在《画·音乐·沈从文》(李辉,《平和与不安分:我眼中的沈从文》,郑州:大象出版社,2018年,页38-44)中对此也有生动描绘。

② 周作人和常风便是其中的两位。常风回忆说,在昆明时,沈从文经常给他写信:"沈先生在信中经常详细介绍昆明和呈贡特有的景物,屡屡提到尤加利树。他的信写得十分优美生动又自然亲切,都是上乘的写景写情之作。"常风把信拿给周作人看,"他很喜欢看这些信,称赞写得很美"。(常风,《留在我心中的记忆》,巴金、黄永玉等著,《长河不尽流》,页60)

沈从文善于发现和欣赏的独特审美之眼，以及低调、豁达的人生姿态。可见，在这种残酷血腥的政治运动中，他依然不忘发现美，"这里野外颜色，值得用极好色彩画下"。其中，极富韵味的是他在山上看到的"乱世独钓图"："几天前，到一个山顶砦子里去，在一个孤立的四周都是绝壁悬崖的山顶上，且见到一个老头子在小水塘中钓鱼……我看见那人坐在太阳下土坎边，神气稳稳的，土坎上蚕豆苗长得极绿，水塘中的水也极绿。这个砦子只十多户人家，也有许多在开会，男女日夜都开会，这个老人却像是和这个动荡的社会完全不相关，在山顶上钓鱼，多奇怪！我想用一个短篇小说写它，写出来一定动人。"①这个垂钓的老人其实正呼应沈从文 1957 年"五一"期间在上海外白渡桥观察到的艒艒船中沉睡的渔父形象。在给大哥沈云麓的信中，他附上了三幅带文字的素描，姑且称为"渔父不醒图"，形象地呈现了江中艒艒船的镇静闲逸状态：五点半时他们如"小婴孩睡在摇篮中"般平静，未被桥上走着的"红旗队伍"惊醒，到六点钟，他们依然在"红旗的海，歌声的海"中"做梦"，"总而言之不醒"，随后居然被惊醒了，但船上的人却拿网兜捞鱼虾，"网兜不过如草帽大小，除了虾子谁也不会入网。奇怪的是他依旧捞着"。② 在善于细察的沈从文眼中，这些平常场景之所以构成动人的图画，值得他细思、玩味、动情，是因为他们都有着自己的节奏，虽然不合社会的节拍，但安然自得，无问西东，令其艳羡。无疑，他们都是沈从文自己的写照或情感投射，在接连不断的政治运动的驱策下，他的身体显然已经无法由自己完全把控，但他把自己的内心安置在了这些"游离"于世情之外的意境之中，独享佳境。

　　沈从文对如画意境的书写不但源自眼前所见所感，还包括对几十年前

① 　沈从文，《沈从文全集》（第 19 卷），页 236。
② 　沈从文，《沈从文全集》（第 20 卷），页 177–178。

青年时代生活画面的追忆。从某种意义上说,与现实的混乱不堪相对照,这是封笔之后沈从文的情感寄托与留恋之处,也是他文学感觉的来源,使他的文学能量不至于寂灭。比如,1952 年 1 月 24 日农历新年时节,沈从文在内江给张兆和写信,回忆了年轻时有几次在辰州度过的新年,其中一次是在凤凰的一个村子里,多年之后,其记忆依然富有诗意和画面感,正是一幅"雪后新晴图":"村子也是在一个冲子里,两面住人,中夹小溪,雪后新晴,寒林丛树如图画,山石清奇,有千百八哥成群聒噪于大皂角树上。从竹林子穿过时,惊起斑鸠三五,积雪下卸,声音如有感情。故意从雪深处走去,脚下陷极深。"①

这种善于记忆和捕捉画面美感的能力,只能来自沈从文的文学鉴赏力和高超的写作才华,也就是说,只要涉及文学审美方面,沈从文的才情和能量就会被激发出来,从而优美的文字绘制的画面就从笔端流溢出来,无法阻遏。1956 年 8 月 4 日给沈云麓复信时,沈从文就谈到,自己所保留的记忆其实都是"文学记忆",只有涉及文学方面才会留下清晰细致的记忆痕迹,如在眼前,而其他日常生活琐事全部容易遗忘:

> 上千上万的东东西西,花朵、颜色、形象、时代特征,以及某一书角角落落提起的问题,却想得起。三四十年前一树花一条河,或一个王屠户的样子,流水的声响,或王屠户和人相骂神气,可记得清清楚楚。过去写作时,文字在手中像有生命一样……②

1957 年沈从文到济南参观博物馆,回忆当初在青岛那段幸福生活,

① 沈从文,《沈从文全集》(第 19 卷),页 309。
② 同上,页 472。

给妻子的信中动了年轻人的感情,并特别提到了"一对小毛兔":"我一到写什么时,就似乎还和一个廿岁的人一样,想起在青岛小松林中时那一对小毛兔,好像还在等待着我们去看它们。"①凌宇也讲述了一个类似的故事。当初为了研究这位作家同乡,凌宇在 1979 年去拜访沈从文,沈从文则向他回忆起自己年轻时经过后者故乡时的深刻印象:"过里耶时,见一头小白羊站在河边岩嘴上饮水,情怯怯的,让人替它捏一把汗。"②

　　当然,沈从文笔下能描绘出生动的画面,也是因为他"胸中有画",即对中国传统绘画艺术的熟稔,眼前的景致往往能与经典画卷勾连起来,在他胸中渲染成无形的动人画面,这也是他后来从事服饰文物研究的根基所在。如 1963 年 11 月 12 日在客居长沙时,他给张兆和的信就绘制了这样的画面,从窗口往外看去,一派寒冬里的"绿树白烟图","当画景看倒极像赵松雪或赵大年南方烟雨景子画卷,细致而柔静,秀气湿润"。③ 但他并不满足于单纯的自然美景,由此又想象贾谊和屈原两人在这样的阴沉天气和萧萧风声中去国万里或遭贬放逐的黯淡无聊情景,认为是非常值得一写而自己能写得"感情充沛、有声有色"的故事,这样,在他的画境中又增添了相映衬的人物,可谓情景交融。可见,所不同的是,沈从文主要是用文字本身的魅力来呈现绘画等艺术的效果,充分发挥了文字蕴含的潜质。因此聂华苓指出,虽然沈从文认为"服侍文字必觉得比服侍女人还容易",但他"服侍文字的功力是很深的。他的文字叫人感觉,视觉、听觉、触觉、嗅觉、味觉——叫人五官一起用"。④

---

① 沈从文,《沈从文全集》(第 20 卷),页 20。

② 凌宇,《风雨十载忘年游——沈从文与我的沈从文研究》,见巴金、黄永玉等著,《长河不尽流》,页 329。

③ 沈从文,《沈从文全集》(第 21 卷),页 390。

④ 聂华苓,《与自然融合的人回归自然了》,见巴金、黄永玉等著,《长河不尽流》,页 299。

"乱世独钓""渔父不醒""雪后新晴""绿树白烟""松林毛兔""小羊饮水"这类生动回忆和画面再现,都如同沈从文最喜爱的宋元卷子,现下都点缀在其书信之中,看似破碎支离,但连缀起来看,恰恰是一幅幅显示沈从文心迹的视觉画卷。由这些画足见沈从文情感之柔和细腻,也可以深刻体会到他高度的同情心,这是其人生哲学的体现,也是其"生命美学"的展现,根基就在于对生命本身蕴含的勃勃生机的肯定和爱欲,也就是"有情",特别是沈从文对"柔和之美"的展现更让人动容。"柔和"是沈从文非常喜欢运用的一个词语,也是其审美趣味和人生哲学的体现。1949 年,"柔和"等词在他的文字中多次出现。当时,经过大半年的思想危机和斗争,沈从文在慢慢恢复,重新找到自我和生活的意义,也试图找到自己在社会中为国家服务的位置,他对自己有所反省,也渴求"新生",在这一天呓语般的日记中就写到了当时的心境:"我心中这时极慈柔。"①他在逐渐平静下来,给自己以恰当的定位。而所谓的"正常"定位即是"应得从一个人开始,不是从特殊人起始",放弃既得权利,在"失去自由的环境下",做"对人有益的工作,即劳役终生"。② 既然已经决定放弃自我,沈从文对自身反而觉得释然了,因此有了一种视死如常的镇定,一再使用了"柔和"一词:"我心中很平静慈柔。记起《你往何处去》一书中待殉难于斗兽场的一些人在地下室等待情形,我心中很柔和。""看看院中明朗温润阳光,想起在阳光下一切人的欢乐与活动,心中柔和之至。"③当然,这是在一种自我悲悯状态下的自我调节,达到的是"无我"或故作无我的柔和状态,带有无奈的哀愁,是不情愿的甚至是比较极端的自我暗

---

① 沈从文,《沈从文全集》(第 19 卷),页 28。
② 同上,页 27–28。
③ 同上,页 29–30。

示。而到了五十年代之后，他在描绘上述风景画的时候，情况已然有所不同，这是他在反思之后的真正自觉，有意疏离于时代，做江上不醒的渔父。此时的风景画，更能代表沈从文的心境，更接近恬淡自然。无怪乎金介甫谈到，在听众看来，晚年（1980-1981）赴美讲学的沈从文就像一尊笑口常开的"弥勒佛"，似乎经历了一切磨难历练之后，已经超然于一切，给人谦逊而欢喜的感觉："他的语调既表现出中国伟大的传统学者所持有的那种无我的谦逊，又流露出一种欢欢喜喜的精神，因而在他的听众中有些人说他活像一尊'小佛爷'，一尊'弥勒佛'。"①

也难怪黄永玉在谈沈从文的文字之精巧与情感之细腻时说："谁能怀疑他的文字不是爱抚出来的呢？"②金介甫很有见地地指出："美是沈从文的上帝，但他的上帝也是生命。"③也就是说，沈从文并不完全沉醉在象牙塔中，而是对人的命运问题进行了哲学的、宗教的、政治的探索，是实实在在的人性探察者，而非单纯的"文体家"。所以金介甫曾有这样的假设，"如果他受过正规教育并懂得几门外语的话，四十年代他会放弃文学，改写哲学著作"。④ 这样，我们可能就少了一位文物专家，多了一位哲人。

事实上，我们看到，沈从文的书信恰恰就承担了进行人生探索的功能，因为书信的存在，我们并未缺少一位关注生命现象本体的"诗性哲人"，他的思维并未沉睡或完全被驯化。如沈从文在六十年代之后写了很多诗词，其中就包含了对时弊的隐晦针砭，说明"在那些年代，沈从文的

---

① 金介甫，《沈从文在美国》，见巴金、黄永玉等著，《长河不尽流》，页 313。
② 黄永玉，《这一些忧郁的碎屑》，见巴金、黄永玉等著，《长河不尽流》，页 452。
③ 金介甫，《沈从文传》，符家钦译，长沙：湖南文艺出版社，1992 年，页 258。
④ 同上。

讽刺天才并没有沉睡"。① 在书信中,沈从文也将对人生现象的思索通过形象的文字记录下来,这是其文字力量的根本支撑。1952 年 1 月 20 日写给张兆和(称呼她为"叔文三姐",叔文、三三是张兆和的别名)的信就颇能引人深思,因为沈从文忧郁地谈到了隔壁老人吵架之事:这对老夫妇每夜必吵,为任何一点琐事就会发生冲突,如争被盖、说错一个字等,更可怕的是,沈从文特别发现,"日里两人即沉默坐在厨房,不声不响,生命如此真可怕","只有左拉有勇气写它,高尔基也写过它。……从争辩中可见出生命尚极强持,但是白天看看,都似乎说话也极吃力,想不到在争持中尚如此精力弥满,且声音如此刚烈,和衰老生命恰成一对照,奇怪之至,也可怕之至。我就生平还不曾听到老夫妇会如此剧烈兴奋争吵的。有那么多话说!"②这对老夫妇就类似高尔基《童年》中描绘的为了琐事而剧烈争吵的外祖父母,投射出的是生命的阴暗与顽强。相反,独钓老者、江上渔父等则代表另外一种生存方式,这种生存方式的意义恰恰是通过沈从文的描述,通过沈从文的眼睛被凸显的,而他们自己,倒很可能并不具有如此鲜明的自我意识。沈从文的内在自我似乎就隐含在了当时留下的这些文字之中,使其带有了"隐微写作"的玄妙。比如,1951 年他在华北革命大学学习班上写了长篇交代,"交代很长,但写得并不特别战战兢兢。其中有许多补白说明,加大段的不得要领的叙述,讲许多他以前并不充分理解的历史事件。在一份交代里,沈讲起他的'错误旧思想'来有些神采飞扬,使人读了不知是否利用这个场合来为自己辩解,为后世留下记录"。③ 金介甫甚至认为,"沈从文的交代写得

---

① 金介甫,《蓦然瞬间迟迟去,一生沉浮长相忆》,见巴金、黄永玉等著,《长河不尽流》,页 324。

② 沈从文,《沈从文全集》(第 19 卷),页 298。

③ 金介甫,《沈从文传》,页 252。

富于抒情意味"。①

　　因为"有情""有艺"而兼有"哲思"，沈从文在极其艰苦的生活境况下依然还能保持乐观，并能将困境转化为"美景"加以描摹。如1971年，年近七十的他在武汉双溪下放劳改，端午节写信给张兆和，描写农民劳动捕鱼场景，刻绘了堪比王维画卷的乡村风情画：

　　　　内中蓝白衣裤占多数，只一二粉红色衣近新娘子，作木刻画可真好。……环境比王维画卷还清润得多，动中有静！……我看过上千名画，上百种农村人事景物画，什么王维、韩滉《捕鱼图》，可没有这小镇上的捕鱼图活泼生动！更何况岸边还有个"沈老头"来作比较鉴定。②

可见，正是因为"沈老头"的艺术之眼，处处才皆是风景，因为他刻意保持了达观幽默、隐忍静观心态，竟能苦中作乐，以至于在"文革"之后回顾这段难言历练时，他自己都觉得如梦般离奇："大雨中房子积水到四十来石时，还能和浮丘公一般，穿着长统胶皮鞋子，在房中泥浆里走动，并且打着伞在桌边做事，只觉得一切和做梦差不多，十分离奇。"③1979年10月20日，"文革"动乱之后他给二儿子沈虎雏写信，谈自己所受的各种屈辱不公等命运遭际，最后一段写院中景致，似乎可以窥见沈从文在大风浪前的平和心绪与淡定从容："这里在静静秋阳下进入冬天，院子里月季还有卅卅朵在陆续开放。有的花头大如饭碗，能连开十多天，还不谢落，而且颜

---

① 金介甫，《沈从文传》，页253。
② 沈从文，《沈从文全集》（第22卷），页503。
③ 沈从文，《沈从文全集》（第25卷），页270。

色鲜美,比牡丹还厚实。"①此种"静美"恰是对沈从文心绪的反衬。

沈从文还多次以《庄子·大宗师》中的"大块赋我以形,劳我以生,佚我以老,息我以死"和孔子的"血气既衰,戒之在得"这两句话自省,表明他晚年对"沈从文热"带来的声名的态度。② 不过,在凌宇看来,这背后其实也颇有隐忧,即他"一种灵魂深处对人生所抱有的恐惧感"。③ 这种恐惧根植于1949年之后在运动和冲击中所遭受的各种打击与轻蔑,他无法逃避这巨大历史阴影的笼罩,以及所看所闻的人世沉浮(尤其是巴金、丁玲等老友"悲喜剧式"的升降遭遇),这使他对人生产生无以名状的悲悯,也避免成为"出头鸟"而首先遭受打击,因而采用了"老乌龟"式的生存哲学。在1973年4月20日自述一生的长信中,沈从文幽默地谈到了自己的人生哲学,用他自己的话说就是学做"老乌龟",不紧不慢地走,不紧不慢地活,因此超过了很多曾经风光无限的人物:"不怕人笑话,学个'老乌龟',慢慢不息的走去,时间一长,在比较下,情形便不相同,而把部分当年自视极高的若干'天才',大都拖垮了。"④他认为,自己前半生搞文学,后半生搞文物,都是用这种方法。其实,他的书信世界也是这种哲学的体现,即不紧不慢,从容写去,看似轻描淡写,但万般滋味都蕴含其中。

拈出沈从文书信中的写画刻绘风格,并非对其书信的刻意强调或拔高,事实上,1949年之后,这是沈从文最着意的写作方式。在1962年1月14日给张兆和信的末尾,他就附上了这句话:"小妈妈,写文章如像给你

① 沈从文,《沈从文全集》(第25卷),页418。
② 凌宇,《风雨十载忘年游——沈从文与我的沈从文研究》,见巴金、黄永玉等著,《长河不尽流》,页356。
③ 同上,页357。
④ 沈从文,《沈从文全集》(第23卷),页323。

写信那么无拘束,将多方便,还可写多少好东西给后来人看。"①因此,在他当时计划写作的"回忆录"问题上,书信体便成了首要的选择。这一年的 1 月 8 日,六十岁生日时他在南昌给张兆和写信说:"回想起近五十年个人和社会种种发展变迁,也可说是在温习一部历史,若能平铺直叙写出来,即当成信来给虎虎等写回忆录,也一定将是一部大部头好书。"②按照他的计划,这部人生大书约五十万字,采用容易落笔的信札体,完成之后肯定会成为流传于世的近于史的东西。可惜的是这部回忆录未能完成,但我们完全可以将沈从文留下的大量书信视为回忆录的朴质雏形。

在遗作《抽象的抒情》中,沈从文留下了两句带有圣经风格的话:"照我思索,能理解'我'。照我思索,可认识'人'。"③这句话也可以视为沈从文对后世读者的指引,从他充满"爱欲"与"哲思"的"有情"之眼出发,方能理解个人自身以及他所描写的人性世界。因此,如张新颖所言,沈从文的"遗产清单"丰富得超人想象,他是需要"重新发现"和不断"再次发现"的作家,"不仅有对已经列在'清单'上内容的'再次发现'的问题,还有对不断添加到'清单'上的新内容的'第一次发现'"。④ 对沈从文书信的这一研究,便是"再次发现"沈从文的一次尝试。从这个意义上说,"有情"式地来解读沈从文的书信美学,并从哲思的角度加以审视,应当是追寻他的思想轨迹的一条路径,也是"发现／重新发现沈从文"的应有之义。

---

① 　沈从文,《沈从文全集》(第 21 卷),页 155。

② 　同上,页 143。

③ 　沈从文,《沈从文全集》(第 16 卷),页 527。

④ 　张新颖,《沈从文的后半生：1948–1988》,页 344。

第五章　自绘与自照：视觉记忆艺术

随着摄影、影视、网络等技术的极速发展，以及绘画艺术的普及延展，当代人无疑早就进入所谓"视觉文化"时代，以视觉这一感官捕获、制造图像，进而理解和把握世界成了人们生存的表征之一。实际上，"视觉性"原本就是人的根本特征与重要生存方式，无论是古希腊神话中对影自怜的自恋者纳克索斯、《虞初新志》里"瘦影自临秋水照"的小青①，还是用画布和颜料将自己定格的善自画像者丢勒、伦勃朗、安古索拉、勒布伦、梵高等，乃至借助美绘写真而终成眷属的虚构人物杜丽娘，更不用说当今无处不在、无人不可的自拍影像，它们都是人们借助图绘等视觉方式认知自我、抓握世界的介质。不过，有意思的是，在看似客观、实录的镜像与画面背后，其实掩藏着最为复杂的人性特质，在自绘、自照艺术之中，已然刻录了人类自我认识、自我表达及自我创造的历史，焉能不察？

---

① 佚名，《小青传》，见张潮，《虞初新志》，石家庄：河北人民出版社，1985 年，页 20。

第一节　"谁识当年真面貌"：
"自传式"自画像研究述略

通常，在比喻意义上，文字自传会被视为自传者的"自画像"（self-portrait），如蒙田、卢梭都称其自传为肖像；德国汉学家鲍吾刚（Wolfgang Bauer，1930-1997）研究中国历代自传的厚重之作也题为《中国人的自画像：古今中国文学中的自传性自我形塑》（1990）①；杨正润教授主编的《众生自画像》（2009年）②探讨的正是十九世纪、二十世纪中国各类自传文本，更是顺理成章。反之，自画像虽属视觉艺术，但在当今日益凸显生平格局、主体重量和包容意识的"传记转向"（biographical turn）③潮流中，将其视作自传实属必然，只不过是以艺术图像这种媒介展示的像主自我。据霍尔（James Hall）考察，"'自画像'一词是在十九世纪才创造出来的（1831年，英语中第一次使用了这个词汇）"。④ 它比自传一词出现稍晚，但大致相当，

---

① Wolfgang Bauer, *Das Antlitz Chinas: Die autobiographische Selbstdarstellung in der chinesischen Literatur von ihren Anfängen bis heute*, Munich：Carl Hanser，1990. 英文译名为 *The Face of China: Autobiographical Self-Representation in Chinese Literature from Its Beginnings to the Present*. 惜乎此书尚未译成汉语，《导论》中译可参：鲍吾刚，《中国自传的面貌》，朱更生译，见梁庆标选编，《传记家的报复：新近西方传记研究译文集》，桂林：广西师范大学出版社，2015年，页361-375。

② 杨正润主编，《众生自画像：中国现代自传与国民性研究》，上海：上海人民出版社，2009年。

③ Hans Renders, Binne de Haan and Jonne Harmsma eds. ，"Introduction"，in *The Biographical Turn: Lives in History*, New York：Routledge，2017，p. 1.

④ 詹姆斯·霍尔，《自画像文化史》，王燕飞译，上海：上海人民美术出版社，2017年，页151。原书为：James Hall, *The Self-Portrait: A Cultural History*, London：Thames & Hudson Ltd，2014. 本节下文引用同一著作，随文标注作者名和页码，不另注。

都是西方自传盛世的产物。波泽罗（Frances Borzello）就肯定地说："我将自画像当成自传的绘画版，是艺术家呈现关于自己的故事以供公众消费的一种方式。"①也就是说，自画像被视为一种艺术叙事方式，如同自传一样在讲述传主的人生故事，除了介质的差别，二者本质无异。由此可见，法国学者勒热讷在经典的《自传契约》中关于自传的限制性定义就显得过于拘束保守，在当前大传记（life writing）观念下，自传之门也应被拓宽，以适应时代发展的趋势，显明自传的多媒介化传统及多元姿态，从而深入体悟传记自身的开放性与进化能量。

在人物肖像画备受推崇的西方，自画像亦源远流长，因此颇为值得注意的是西学界对自画像的探究。在霍尔看来，"自画像已经成为定义我们这个自白时代的视觉艺术门类"。（霍尔：7）不过，仔细审视可以发现，其实自二十世纪九十年代以来，西学界才对自画像研究有较多关注，因此波泽罗在其书的 2016 年新版中提到，对女性自画像的研究在西方是新近出现的现象，因为 1998 年其书第一版面世时，"关于自画像的著述还寥寥无几，不过近几年，局面已得到改观"。（波泽罗：7）在目前发表的成果中，影响较大的就是国内近年来译介的几部著述：文以诚的《自我的界限：1600–1900 年的中国肖像画》（1992）②、霍尔的《自画像文化史》（2014）、波泽罗的《女性

---

① 弗朗西斯·波泽罗，《女性自画像文化史》，王燕飞译，上海：上海人民美术出版社，2018 年，页 22。原书为：Frances Borzello, *Seeing Ourselves: Women's Self-Portrait*, London：Thames & Hudson Ltd, 2016. 本节下文引用同一著作，随文标注作者名和页码，不另注。

② 文以诚，《自我的界限：1600–1900 年的中国肖像画》，郭伟其译，北京：北京大学出版社，2017 年。原书为：Richard Vinograd, *Boundaries of the Self: Chinese Portraits, 1600–1900*, Cambridge：Cambridge University Press, 1992. 本节下文引用同一著作，随文标注作者名和页码，不另注。

自画像文化史》（2016）。①

　　在这几部著作中，一方面，作者都具有宏阔的历史意识和深厚积淀，梳理了长至三千年、短至三百年间世界艺术中自画像的历时性发展，勾勒了各个时期的类别、特点与演变规律；另一方面对大量经典画像进行了细致的剖解，回应了欣赏自画像时常遭遇的难题，即如何真正理解一幅肖像画，其绘画语言、姿态、风格、流变等如何被细腻地揭示出来，它在绘画传统中的位置如何，是如何传承发展的，在前后参照对比中如何对其进行合理定位；其三，研究者们无疑并未满足于仅仅从技法、形式的角度剖析这些画作，而是结合其政治、历史背景，进而探察人性发展演变的历史轨迹，特别是通过人物的生平轶事钩沉故事，并勾勒人类认识和表现自我的观念史，也就是人性史；当然也都审慎地表达出对自画像的反思，即其意义及未来走向如何，自我表现的限度或界限何在等，意味悠长。

一

　　霍尔的《自画像文化史》着力从整体上对自画像的发展轨迹进行较为全面的梳理，建构了西方乃至世界自画像的基本发展脉络。如其所言，现存最早的自画像是公元前十四世纪埃及人巴克所作的《与妻子塔哈里在一起的自画像》，他是法老阿卡纳吞的首席雕塑师，不知出于什么考量，

---

① 此外还有不少专题性研究，如：Pascal Bonafoux, *Portraits of the Artist: The Self-Portrait in Painting*, New York: Rizzoli International Publications, 1985; Ian Chilvers, *The Artist Revealed: Artists and Their Self-portraits*, San Diego: Thunder Bay Press, 2003, 但都比较侧重绘画技法简析，少涉生平。而关于具体自画像作品或艺术家的研究自然已是不少，如关于伦勃朗自画像的研究专书：Ernst van de Wetering ed., *A Corpus of Rembrandt Paintings IV: The Self-Portraits*, trans. by Jennifer Kilian, Katy Kist, Murray Pearson, Dordrecht: Springer, 2005.

竟大胆地把自己的画像刻在了石碑上，呈现出的是一个成功朝臣和居家男人的形象："巴克身穿朝服，敞开处露出了那种生活富足、营养充分的人的胸腹。"（霍尔：13）这是对自我地位和生活境况颇为满足的造型，是一种自我赞颂和纪念，极为罕见。

　　显然，在十六世纪之前，中外自画像确实绘制和存世较少，反而在一些历史、传记、文学典籍中常有对自绘行为的记载，显示出这一行为的悠久传统。如1402年的一部法语手抄本就收录了薄伽丘的短篇传记合集《名媛传》（1374），中有一幅插图：生活在公元前一世纪左右的古罗马女艺术家玛西娅（Marcia）在对着镜子绘制生动的自画像，"笔尖触碰着涂抹过的红唇，似乎在暗示她的第二个自我随时都会开口说话"。（霍尔：32）而在薄伽丘的原文中也有明确说明，画像如此逼真，"以至于她的同时代人没有人会怀疑这正是她本人。"[①]虽然画像背后的人生故事难为人知，但这一文学表现足以证明自画像的古老渊源及在文艺复兴初期的兴盛。法国作家傅华萨就在长诗《梅利亚多尔》（1383-1388）中叙述了一个借助自画像求爱的故事：阿加马诺爵士爱上了城堡主的女儿，于是施展绘画才能，画了一幅美妙的多画面叙事画，其中就包含多幅自画像，"自画像是求爱仪式中的强有力武器"，他因此在众多竞争者中脱颖而出。（霍尔：52）在此，自画像技艺与浪漫爱情相结合，呈现了强大的叙事能力与沟通效果。有意思的是，这类以自画像求爱的"罗曼斯"其实并非个案，明代戏剧家汤显祖的《牡丹亭》（1598）叙述的其实就是一幅自画像如何促进了恋人的离奇结合这一传奇。十六岁的思春少女杜丽娘梦中与情人相会，憔悴而死之前，她绘制了自己的肖像留存人间，此画果被情人柳梦

[①]　Giovanni Boccaccio, *Concerning Famous Women*, trans. Guido Guarino, New Brunswick: Rutgers University Press, 1963, p. 145.

梅发现,他追至阴间并使杜丽娘还魂重生,二人终成眷属。值得注意的是,戏剧刻画了杜丽娘强烈的自画像意识,她揽镜自照,为自己的憔悴而哀伤,因此决心自绘容颜:"哎也,俺往日艳冶轻盈,奈何一瘦至此! 若不趁此时自行描画,流在人间,一旦无常,谁知西蜀杜丽娘有如此之美貌乎!"①而且据此可知,自画像在中国其实早已有之,甚为普遍,"也有古今美女,早嫁了丈夫相爱,替他描模画样;也有美人自家写照,寄与情人"。② 这说明,美女自画像在古代并不少见,是传情达意的常用手法。但文以诚认为,"杜丽娘的自画像不是对镜中容貌的描绘,那是以形似为标准的,在镜中她见到自己神伤憔悴,所以与其说这幅画是镜中貌不如说是梦中自我的形象。"(文以诚:33)也就是说,杜丽娘绘出的应当是一个理想的、美化的自我,以此来留存于世。这一情节在戏剧中是如此重要,1617 年晚明版中就包括了杜丽娘绘制自画像的插图,插图明显揭示出,肖像中的杜丽娘"在一些细节上不同于在世的杜丽娘本人和她的镜像。"(文以诚:34)所以就不难理解,柳梦梅在三年之后看到肖像时,一开始竟错以为是观音或嫦娥的图像,进而怀疑是否美人自画像:"不是观音,又不是嫦娥,人间那得有此? ……是画工临的,还是美人自手描的?"③当然,他接下来的行为就不那么雅致甚至可谓"猥琐"了:"待小生狠狠叫他几声:'美人,美人! 姐姐,姐姐!'向真真啼血你知么? 叫的你喷嚏似天花唾。……俺孤单在此,少不得将小娘子画像,早晚玩之、拜之、叫之、赞之。"④自画像令柳梦梅夜不能寐,早晚思量玩赏,终究在"幽媾"之后使得杜丽娘"重生",姻缘巧合,成了眷属。

----

① 汤显祖,《牡丹亭》,北京:人民文学出版社,2005 年,页 76。
② 同上,页 78。
③ 同上,页 155。
④ 同上,页 156。

　　如果说中世纪自画像少见但宗教色彩浓厚，那么文艺复兴时期自画像则"强调了友谊、血缘、爱情与忠诚"（霍尔：51）等亲密关系和世俗精神，以及艺术家的独特个性。德国画家伊斯雷尔·凡·麦肯纳姆的《与其妻艾达在一起的自画像》（约1490）就公开地歌颂夫妻之爱，画中的细节强化了这一效果：妻子艾达的帽子与面纱构成了心形图案，说明"她不仅站在伊斯雷尔的'心脏那侧'，她就是他的心"。（霍尔：70）艺术家的个性如此特异，以至出现了"英雄式艺术家"，如曼特尼亚面带怒容的斗牛犬般的《自雕像》（约1590）、克拉夫特肩扛整个建筑的蹲伏式真人等高《自雕像》，当然还有丢勒那幅著名的将自己描绘成基督的《自画像》（1500），尤为令人惊叹的是他对自己蜷曲闪亮的俊美头发的精细呈现，显示出充分的自信。（霍尔：78-84）这种高度自信早就体现在丢勒的《十三岁的自画像》（1484）中，这幅早年自画像给人"早慧艺术家"的印象。在《扮成大卫的自画像》（约1505-1510）中，乔尔乔内则将自己画成英勇的战士大卫的形象。更有意思的是，在塑造"英雄自画像"的同时，画家们竟也创作了"戏仿英雄自画像"或"自我贬抑的自画像"，如米开朗琪罗的《有漫画式自画像的十四行诗》（1508-1512）中的自我就是漫画式的扭曲形象，在《最后的审判》（1536-1541）中他竟然将自己苍老的脸画在了一张剥下来的人皮上。（霍尔：110）卡拉瓦乔则将自己画成了《病中的巴库斯》（1594），"酒神"在这里不再是狂放不羁、充满活力的形象，而是脸色发青坐在桌旁，是个"幼小、弓背、萎靡的家伙"。（霍尔：127）在《大卫拿着歌利亚的首级》（约1609-1610）中，被斩首的歌利亚的头颅其实就是画家的自画像，以这种"矮化处理"的方式，卡拉瓦乔对自己进行了尽情的嘲讽或忏悔。（霍尔：129）在自我嘲讽、抒发苦闷不满这一点上，下文论述的同时期的明末清初画家陈洪绶的自画像《饮酒图》（1627）可谓异曲同工。

　　法国艺术家普桑和西班牙画家委拉斯开兹(名画《宫娥》中出现了画家自己)之后,十七世纪荷兰画家伦勃朗(1606–1669)在自画像领域堪称独步。在四十多年的艺术生涯中,他画了四十多次油画自画像、三十一次蚀刻版画自画像、六七次素描自画像,"自画像占他作品总数近百分之二十"。(霍尔:151)可以说它们其实构成了自传式自画像系列,记录了伦勃朗不同人生阶段的形象,确实少见而惊人。霍尔对伦勃朗自画像的解读颇有启发性,比如他提醒我们,伦勃朗早期自画像中"最具有表现力的特征是头发而不是脸(常常藏在深深的阴影中)","头发自有一种生命,一种具有喜剧味道的凌乱的生命"(霍尔:153),给人肆意的狂野之感,这可能源自伦勃朗对丢勒的迷恋与崇敬。晚年自画像中的伦勃朗虽然戴着贝雷帽,但金色头发还是会从帽子下爆炸式地流泻出来,显示出他独特的创造性气质。1665年左右的《自画像》则被视为"最庄严、最具英雄气概的一张",其中引人注意的一个细节是,伦勃朗头部后方有一个圆圈,圆弧在向下延伸,"即将经过画家被光线照亮的右眼",似乎表达的是画家对此绘画信条的高度自信:"眼中有圆规,而不是手中有圆规。"(霍尔:159)这配合以画中他那"满是汗水和油光的著名的面孔,还有那肉嘟嘟的、亮闪闪的鼻子"(霍尔:160),足见伦勃朗对自我的肯定。

　　与伦勃朗不同,十八世纪某些艺术家们则处于"十字路口"和选择状态,极富张力和含蕴,被称为"赫拉克勒斯的选择"主题。如女画家安吉莉卡·考芙蔓在《在音乐和绘画艺术间犹豫不决的自画像》(十八世纪九十年代初)中,描绘了自己身处音乐女神和绘画女神之间并被她们所诱惑、争夺的状态,她的选择晦暗不明、模棱两可。(霍尔:164)雷诺兹一生画了近三十幅自画像,在早年《自画像》(1747–1749)中,一方面将自己置于画布前,一方面又突然左转,望向远处,并用手挡住了光线,似乎他发现了什么,并疑惑不解。(霍尔:165)然而因为他对自画像的持续努力,"成了世界上第一位用一生时间创作'追踪式'自画像的画家"。(霍尔:185)自画像无疑便是他"可视的自传"。英国画家佐法尼(1733-1810)的《有沙漏的自画像》(1778)也极为典型,画中出现了代表时间和死亡的沙漏与骷髅,代表艺术的被剥皮的圣约翰,以及代表尘世欲望的三位裸体美女诱惑修士的画面,画家本人佐法尼则"呲牙咧嘴",面带难解的微笑,不知是在嘲讽自己还是世人。他大衣衣袖上构成的十字架图案则似乎在告诉我们,艺术家本人正在背负着"必须背负的十字架",也就是在欲望与艺术之间痛苦挣扎着。(霍尔:174)爱尔兰画家巴里(James Barry,1741-1806)则在肖像画与历史画之间挣扎,终究还是钟情于绘画。(霍尔:172)

那么十九世纪自画像的主题便是"回家",即对"家庭语言"、友谊、自我认知等私密关系的呈现,如朗格(1777-1810)表现夫妻和兄弟复杂关系的《我们仨》(1805),戈雅(1746-1828)感激医生救命之恩的《和阿列塔医生在一起的自画像》(1820),库尔贝(1819-1877)用双手(似乎是别人的手)抓挠自己头发的《绝望的男子》(1844-1845)等。不过在表现"回家"主题上,这一时期自画像的现代实验色彩愈加突出,如在梵高的二十多幅自画像中,1888年绘制的两幅"椅子自画像",即《梵高的椅子》和《高更的椅子》,分别代表了"女性化"的梵高和"男性化"的高更,似乎模仿了"文艺复兴时期的成对夫妇像";高更却呼应了梵高的这种家具自画像的想法,将自己的形象塑造为陶罐等器皿。通过这些方式,"无家可归"的艺术家似乎重新找到了自己的"根",无论是在家庭、友谊、器物还是自我神话之中。(霍尔:210-215)

　　艺术家的"性和性关系"则是二十世纪自画像的兴奋点，表现了他们在"艺术和性"之间的挣扎，更直露地揭示出了人的性意识等隐秘生活状态，体现了自画像向肉身私密空间的延伸。如挪威画家蒙克（1863-1944）在《莎乐美》（1894-1898）中让莎乐美割掉了蒙克的头颅并隐喻了他从女性生殖器般的头发下的出生，他还画过几幅"长着丰满乳房的雌雄同体的自画像"。（霍尔：220-222）普鲁士画家克林斯（1858-1925）也被称为"追踪式"自画像者，自1900年后，他每年生日都会画一幅自画像，一生共完成了四十二幅。其中经典的一幅是《和妻子在一起的自画像》（1903），新婚不久的他描绘了自己在赤身裸体的妻子和绘画之间的张力与抉择，如同"赫拉克勒斯的选择"。（霍尔：224）奥地利表现主义画家席勒（1890-1918）则大胆地画下了几幅"手淫的自画像"，如《穿着黑色斗篷的自画像，手淫中》（1911），表现了一种纳克索斯式的、青春期的自我意识。（霍尔：226）

　　同时，在十九世纪末及二十世纪包罗万象的实验性自画像中，对面孔进行掩饰、改造，从而表现出"面具般的面孔和假面"则是现代自画像的典型特征。（霍尔：231）如恩索尔（1860-1949）就被称为"面具画家"，他画过一百一十二幅自画像，最典型的是《有花帽子的自画像》（又称《我的伪装肖像》，1883-1888）和《有面具的自画像》（1899）。前者是独立自画像，他戴着夸张的女式花帽子，被镜子式的圆形光晕所环绕，以此与观众对视；后者形象与此类似，不过却出现在一大群假面面具之中，更给人真假难辨、不可捉摸的印象。（霍尔：235-237）德国画家贝克曼（1884-1950）创作过八十多件自画像，不过他喜欢把自己塑造成小丑模样，也就是说喜欢扮演他人形象，成为某种他者化"自我"。二十世纪后期的行为艺术则大大强化了自画像非个性的一面，或者说呼应了巴特所说的"作者之死"，美国批评家科兹洛夫就在 1970 年的文章中指出："现代艺术中已没有自画像。"（霍尔：257）如意大利艺术家皮诺内（1947-　）的《索菲欧》系列，就把自己塑造成巨大的没有面部和头部的泥葫芦，只是强调身体的生理功能（霍尔：262），个性之"我"已经被物化或消解了，人对自我的认知发生了严重异化。因此可见，自画像的发展史就是人性认知与自我认知的历史，也是一部可视的人类自传史。

二

　　在上述特征和发展流脉中，颇值得注意的一个现象是：西方女性自画像的发达。在古代中国，虽然《牡丹亭》也表现了绘制自画像的杜丽娘，但那毕竟只是文学虚构，西方那些货真价实的自画像作品才是真实可靠的证据。霍尔在《自画像文化史》中简略地提及了相应现象，但并未作为重点进行剖析。女学者波泽罗则专注于西方女性自画像，《女性自画像文化史》主要梳理了十六世纪以来这一技艺的流变，展现了女性们如何一步步增强自信，获得自我表达的专业技巧与空间，并慢慢推开了通向艺术和公众的大门，日益得到认可的；到了二十世纪，她们甚至比男性更大胆地突破禁忌，涉入现代和后现代文化领地。这一过程恰恰是西方女性意识的艰难发展史，借由个别而独特的女性形象更直观地呈现了出来，如十八世纪自画像着意突出母爱形象，而二十世纪自画像则大胆裎示裸体、怀孕、性爱等更私人的画面，所以波泽罗多次呼吁："女性自画像应该作为一种独立门类获得认可。"（波泽罗：7）

　　从波泽罗对西方女性自画像史的梳理可以理解其呼吁的合理性。虽然真正意义上的女性自画像是从十六世纪开始的，但一开始便出手不凡。

索弗尼斯瓦·安古索拉画了系列"追踪式"自画像,其实就是绘画式自传,令人称奇:如约十三岁时画的传统罕见的露齿而笑像《有老妇的自画像》(1545 年左右),三年之后正在读书的《十六岁的自画像》(1548),表现受到专业教育的《贝纳迪诺·坎皮为索弗尼斯瓦·安古索拉画像》(1550 年左右),表现工作和信仰的《画圣母子像的自画像》(1556)以及展现老年自我的《自画像》(1610)等,自画像无疑贯穿了她的一生,从而为不同阶段的自我留下了即时性印记。更重要的是,自画像充分展示了她作为女艺术家的自信,如在《画圣母子像的自画像》中她就写道:"我,少女安古索拉,歌喉媲美缪斯女神,弄色不逊阿佩勒斯。"(波泽罗:49)

　　十七世纪女性艺术家在自画像中表现了更强烈的自信和坚定。如朱迪斯·莱斯特在《自画像》(1633)中靠着椅背坐在一幅画前,拿着画笔的右手悬在空中,左手握着调色板和十八支画笔,头转向观众,双唇张开,似乎要向我们说些什么或发出无声的召唤,其神态轻松自如,对画作显然很是满意。(波泽罗:60)真蒂莱斯基则留下了《扮成绘画女神的自画像》(1630–1637 年左右),画中的她虽然穿露肩裙,但并非突出性感和诱惑,而是表现了驼着背、衣着凌乱但专注于绘画的艺术家形象。(波泽罗:65)玛丽·比尔在与丈夫和儿子在一起的那张自画像中,从位置和神态上将自己区别于父子,刻意呈现的不是温良贤淑的女性,而是有才华的女艺术家;在《手持儿子肖像的自画像》(1665 年左右)中,她将手按在了儿子的肖像上,"昭告着她的所有权",并在承认对家人的感激的同时,"证明自己的举止得体,宣告自己身为家族生意领导人的地位"。(波泽罗:70–71)

　　十八世纪的欧洲常被视为女人的世纪,她们通过对男性的影响从而控制了社会的诸多方面。因此,一方面女性自画像家延续了十七世纪的自信,致力于表现自己的美貌与才华,如出现了甜美魅人的"尤物型自画像画家"伊丽莎白·维吉-勒布伦、安吉利卡·考芙蔓等(波泽罗：81),同时这也是"自画像充满创意的时期"(波泽罗：78)。比如,安吉利卡·考芙蔓的《在音乐和绘画艺术之间犹豫不决的自画像》(1791)与赫拉克勒斯在善恶之间进行抉择这一母题相关联,而在其之前的1762年,她的情人乔舒亚·雷诺兹爵士就曾画了一幅关于伟大的英国演员加里克在悲剧与戏剧之间抉择的绘画。(波泽罗：90)考芙蔓的创造性在于,首次将这一主题运用到了自画像上,并且暗含了对绘画艺术的认同与肯定。不仅如此,这些女艺术家也开始教授学生,使绘画艺术在女性之间得以传递下去。另外值得一提的是,随着女性们对绘画艺术的兴趣日益增长,也出现了一些出身于中产阶级的业余女画家,她们热衷于绘画才艺以提高自己的品味,但并不出售作品以盈利。

　　十九世纪则是现代转化的时期,在女性主义、平等观念的促动下,绘画世界的大门被打开。一方面更多女性可以进入艺术学校学习绘画,另一方面,即更主要的是,一些女艺术家们不再过于凸显自己的女性气质或迷人魅力以确立自己的得体身份,而是将自己更现实化、中性化甚至男性化,她们更多地从"智性"的角度审视和表现自己："再也不需要像个淑女一样,再也不需要魅力,不需要自觉的女性气质了。"(波泽罗：128)如霍顿斯·霍德波尔-莱斯科在《自画像》(1825年左右)中戴上了贝雷帽和金链子,而它们原本是男性画家的身份专利。(波泽罗：115)波兰艺术家安娜·比林斯卡在《有围裙和画笔的自画像》(1887)中的自己就身着围裙、头发凌乱,然而神态自若。(波泽罗：131)法国艺术家卡米尔·克洛岱尔则在《帕耳修斯与戈耳工》(1898-1905)中将美杜莎的头雕成自己的模样,意在向拒绝自己的情人和老师,即艺术家罗丹复仇,这已然挑明,女性不能轻易招惹,

"不可或缺的迷人女人味早已过时"。(波泽罗：131)

　　二十世纪之后的女性自画像无疑介入并推动了现代主义运动，爆发出了惊人的突破禁忌的热情与能量，这种突破体现在题材上也表现在技巧和观念上。在二十世纪之前，女画家作品中不能出现裸体形象，在这之后则成了普遍现象，既有模特也有艺术家自己的裸体，如戈温·约翰的《坐在床上的裸体自画像》(1908-1909 年左右)就是一个自绘裸体的典型。弗里达·卡洛善用惊世骇俗的夸张方式表现女性存在的痛苦，如在《我的出生》(1932)中，她自己的脑袋正从女性生殖器中被生育出来；《破碎的脊柱》(1944)中她赤裸的上身布满铁钉，脊柱则用钢铁支架支撑，双眼正流下泪水，表达了身体和精神的双重痛苦。(波泽罗：164-167)约瑟芬·金在《躁郁症毁掉了我的生活》(2006)等作品中描绘了有浓重黑眼圈、面目僵硬且有割腕行为的几何漫画型自我，以此方式日记般记录自己的精神危机，试图达到自我治疗的效果。(波泽罗：210-211)海琳·谢夫贝克、爱丽丝·贝尔、梅拉·奥本海默则用骷髅、X 光片等方式表达了人的衰老死亡等肉身性特征。(波泽罗：168-173)艾莉森·瓦特在三联画《解剖Ⅰ-Ⅲ》中将粉色、无毛、有开口的女性身体与光猪并置，也凸显了女性身体的动物性。二十世纪后期，在"个人的即政治的"(The personal is political)①这一女权口号之下，女性自画像者的女性主义抗争意识更为强烈，特别是她们充分利用了身体的能量，带有激进的挑衅色彩。西尔维亚·斯莱在《斜倚的菲利浦·戈卢布》(1971)中画下了腰身挺拔的自己和斜倚的男模特，颠覆了传统男艺术家／女模特的模式；辛西娅·梅尔曼的《上帝》(1976)更是冲击力极强，她将自

---

① Ryan Claycomb, *Lives in Play: Autobiography and Biography on the Feminist Stage*, Michigan: University of Michigan Press, 2012, p. 1.

已绘制成了强有力的创世者，一位女性"上帝"："这是一幅她自己的强悍裸体图，在观众眼前巍巍耸立，迫使他们沿着强壮的双腿上行，经过生殖器和乳房，直至那有着及腰黑色卷发的头部。"（波泽罗：186）从"原罪"的夏娃到"创世"的上帝，女性世界已然天翻地覆。

三

　　但是，对热衷于中国文化的中国读者来说，专业研究者对中国肖像画特别是自画像的梳理评析可能更值得期待。文以诚在《自我的界限》中主要聚焦于晚明以来民国之前三百年（1600-1900）的中国肖像画，首先对自汉代以来中国肖像画的历史发展进行了梳理，并概括了各个时代的不同特征，如汉代侧重像主的完美典范意义，三国南北朝则凸显了个性刻画，而唐代对肉身性的表现较为突出，宋代时兴通过特定物象来象征像主人格，明初园林雅集则居于肖像画的主要位置，将论述对象置于宏大的历史传统之中，视野宏阔。（文以诚：38-52）在对晚明之后三个世纪里肖像画的具体梳理与评析中，则集中于陈洪绶、项圣谟、曾鲸、禹之鼎、髡残、石涛、八大山人、金农、罗聘、任熊、任伯年等代表性画家身上，通过对笔法、风格、意蕴等层面极为细腻的解析，在相互的对照与关联中把握其发展规律：如十七世纪"自我的投射与界限"问题、十八世纪"角色表演"问题、十九世纪清帝国晚期"无常秩序"中的艺术表现等，把握住了各个时期的特征。同时作者也注重通过轶事的挖掘，如《汉宫秋》《牡丹亭》中虚构的绘像故事、袁枚"拒收"罗聘为自己绘制的肖像画、金农为学生罗聘偷偷绘制的自己的"赤膊午睡图"题跋等，呈现画家与像主之间的关系，从而折射出肖像画的历史发展与命运。

诚然，在中国传统肖像画历史中，自画像数量并不丰富，但是却出现了一些别有意味的艺术品，值得品鉴，如晚明以来陈洪绶、项圣谟、髡残、石涛、金农、罗聘、任熊等人的自画像就各具特色，且相互勾连、彼此呼应，形成了一大传统。因此很明显的是，对自画像的探讨构成了文以诚此著的重要部分，也是其中精彩的篇章。其中，明末清初画家陈洪绶（1598-1652）的自画像堪称典范，他善于并乐于自绘，文以诚对其多幅自画像进行了细腻精到的解读。1627年，陈洪绶绘制了题为《饮酒图》的自画像，并题词道："复丧地数千里，吾尚复言及此事邪。弟心幸局外薄田可耕，第虑红巾白梃起于吴越，为盗粮也。此间尚有数日酣饮，定过我兄。"（文以诚：60）可见，画家的这一题跋交代了饮酒的历史背景，即满族入侵、兵荒马乱、安宁将失，也就是将公共事件与私人生活联系了起来，以此表明画家的苦闷消沉，并通过饮酒的方式来舒缓发泄，在敌军到来之前得过且过几日。最关键的是，陈洪绶如何通过自画像本身的技艺表达自己的感受和情绪呢？文以诚引导我们从画面的若干细部去透析。他首先提醒我们注意画面中各种意象的独特性、相互之间的关联以及构筑的整体感：画中酒罐的盖子歪在一边，呼应了陈洪绶本人歪歪扭扭的头部和双肩，像主倚靠在书籍上，书上放着歪斜的酒杯，身下则是破败的芭蕉叶，这些东西"看起来都没有办法支撑住人物形象，他以一种有点无法言状的方式半浮半倚"。（文以诚：61）这种歪歪倒倒、缺乏支撑的醉酒形象恰恰可以视为人物内心失落焦虑的表征，然而却通过放浪形骸的个人化的方式进行宣泄，表达了对世俗理性和规约的不满与越界。进而，文以诚聚焦于画中人物的脸部，以细描的方式揭示其"令人不安的"效果："这是一种极端的甚至被忧郁地禁锢着的面部表情。这种表情被描绘以脸谱般的夸张手法，两只大眼睛挤在收缩的脸庞里，鼻子带有明显的图示特征，模棱两可地与面孔连在一起，靠下的嘴巴被笔触般的胡须所遮掩，仿佛口舌及言语能力受到闭塞，而双眼成为唯一的发泄途径。"（文以诚：62）显然，像主陈洪绶并非传统画像中端庄得体的形象，而是凸显了一种私人化的、感情强烈的表情，特别是无法用言语表达情感的苦闷者；甚至，陈洪绶还将自己与古代绘画中的罗汉等离经叛道者建立起内在的联系，这可能带有画家的自我表演性，以此凸显自我的内心世界与身份认同／疏离。通过细腻解析，画面与文字的内在关系就被紧密建立起来，这种精细分析也体现在文以诚对陈洪绶的另一幅主要自画像《乔松仙寿图》（1635）的解读之中。在这幅表现陈洪绶与侄儿陈翰郊游的自画像中，尤其应当注意的是画中的树木和人的姿态及与陶渊明、竹林七贤的历史关联，它与普通山水绘画相区别，即以戏剧性的方式表现了陈洪绶的"心里隔绝特征""分裂意识""隐匿本能"等孤绝状态。（文以诚：66-67）不过，文以诚可能没有留意到，画中陈洪绶双脚所穿的朱红色鞋子非常醒目地从袍子下露了出来，男性着红色鞋履在古代肯定非常罕见，这似乎与明朝统治者的姓氏"朱"隐秘关联，暗中标明了像主的政治身份认同。

与此相反，清代画家金农作自画像明显是在表达对自己对画家、诗人身份的肯定。如在《寿道士小像》（1759）这幅自画像中，金农作了一段不短的题跋，他首先谈到了中国肖像画的艺术史，即从东晋"顾恺之为裴楷图貌"开始的"古来写真"，包括王维画孟浩然像、李放写香山居士真、何充写东坡居士真等经典，"皆是传写家绝艺也"，但他话锋一转，说竟然"未有自为写真者"（文以诚：209），实则隐瞒了自画像的真实传统（至少是他在另外的题跋中提到的自画像者王羲之、三朵花，以及无法忽略的晚明的自画像兴盛现象），自然是为了凸显自己的创造性和开拓性，将自己位列伟大艺术家的行列之中。从这幅自画像看，文以诚认为金农确实对自我形象进行了拔高，"建构了一幅加倍夸大的自画像"，此画尺寸硕大，以侧面示人，光头、长须、僧袍和棍杖都似乎指向了释迦牟尼或罗汉等佛教人物，同时其侧面行走的形象也勾连起"白居易策杖行吟"及"林逋月下徘徊"的诗人意象，将自我与历史人物原型的结合，因此，其自画像"从金农回应生活境遇的个人动机而转入纪念性图像"，构筑的是对理想自我的塑造。（文以诚：210–213）

　　如果我们将金农的自画像与其弟子罗聘为其绘制的肖像并列对读，就别有意味了。这幅肖像画便是清代画家罗聘（1733–1799）所绘的《冬心先生蕉荫午睡图》（1760），像主正是罗聘的老师、七十四岁的画家金农。这幅肖像颇不同寻常，因为罗聘呈现的是老师在非正式场合中并不得体庄重的行为，而且是偷偷画下的，并未征得像主的同意，身为弟子的这一行为就显得颇为大胆和不拘一格：画中金农光着硕大的头颅，赤裸上身，手握蒲扇，坐在芭蕉下的扶手椅上闭目午睡，身后则是同样打瞌睡的小童。这幅画的独异之处在于，它突破了传统文化中师徒关系的严格身份观念，表现了老师现实生活中并非庄重的甚至是轻浮的举止。这一点在两年后罗聘的朋友丁敬（1695–1765）所作的题跋中得到了加强，因为丁敬"承认金农的'分桃断袖'之爱具有散漫不羁的态度——尤其是同性恋"（文以诚：176），对像主性生活的揭示在古代肖像画中极为罕见，显然为画像蒙上了一种私密的爱欲氛围。它也突破了传统肖像画中古板稳重的风格，带有诙谐嘲弄的意趣，而且通过偷画行为体现了画家对塑造权力的掌控。按照文以诚的解读，在罗聘这幅画中像主金农的心理和人格是缺席的："苍白、生怯的身体描绘，面部细节与特征的缺乏，手臂与躯干的松弛笨拙，都几乎没有表达出像主的个性。"（文以诚：169）其意图可能在于，罗聘要展现的是"七十岁老师对个人意志之脆弱的意识,此外还有对金农佛教法力的含蓄期望"。(文以诚：183)这幅肖像画表现了中国肖像画日益向私人生活领域侵入的现象,展示了传统绘画中罕见的"赤裸的身体"这一形象,人物的内在人格和行为借此更好地被揭示出来。

与上述自画像相比,清末肖像画家任熊(1823-1857)的自画像更堪称独异,"在整个中国传统中找不到更有力或更动人的肖像形象了"。(文以诚：233)画中的任熊是一位咄咄逼人的青年,光头,左胸和右上臂袒露,肌肉发达有力,面孔瘦削,高颧骨,双眼富有穿透力,衣服的褶皱棱角分明,具有木刻般或刀剑般风格,给人一种斗士、市井好汉的突出印象。表面上看,这一形象完全不同于上述醉酒者、巢居者、昏睡者等,似乎展示了某种投身社会的变革意识与行动力量,不过文以诚对比了题跋中的忏悔忧郁语调后,认为它揭示出了像主内在的冲突,即将其置于清末混乱无常的政治秩序中,说明"任熊可能曾经希望承当起积极的军人角色或者后悔当初没有选择这条道路"。(文以诚：237)也就是说,他原本想成为强悍的军人,却成了柔弱的画家,无力以现实的方式投身有效的社会变革,因此对自己的处境深怀不满,其内心无疑早就滋生了清末民初乃至"五四"时期青年们的强烈社会意识,期待并呼唤着现代人格的出现与中国社会的必然转型。

四

综合这几部著作可以发现：其一,自画像的发展史与文字自传以及背后的人性史是相通的,也就是说,随着时代的演进,个体的自我意识和现代主体观念越来越强烈,自我表达的欲望与方式也更具个性化、独立性；其二，女性自画像及其背后的女性意识在西方自画像中是突出现象，但是并未艺术化地呈现在中国文化之中，二者差异明显；其三，相对而言，西方自画像更多地与宗教信仰或宗教题材有关，中国自画像的发生发展与社会政治问题则有着更密切的关联，往往是以比较隐晦的方式来回应时代政治的变化与压力，晚明以来这些中国自画像给人的印象就是，画家们似乎都不满于社会政治境况，但基本都采取了放任、退隐、修行等消极方式面对，展现出了个体自我的软弱、阴柔与分裂性，这基本上是晚明以来中国知识阶层的传神写照；此外，从形式上看，西方自画像人体肉身形象逼真、质感突出，特别是裸体画像，可谓"人如其人"，而中国自画像的漫画写意风格明显，较为抽象，具有模式化、角色化、嬉戏化色彩。

　　如阿卡里所言，在自传中，"每个人言说的都是他所看到的世界，但没有人用同样的方式观察世界"。① 在这些差异背后，自画像的根本意义其实在于，它"借助艺术家本人的身体呈现抽象问题"（波泽罗：232），背后关乎哲学、政治、人性等复杂问题，值得深究。特别是，自画像映射的更多是艺术家的自我认知而非完全客观的再现："自画像并不是艺术家照镜子时眼中之所见的简单反映，而是画家语言的一部分，画家用它来阐述自己的观点，从简单的'我的模样如是'到'我的信仰如是'。"（波泽罗：19）文以诚认为东方自画像也异曲同工："肖像画不是单单被动地映照出文化的其他面向，而是积极地参与到自我意识与自我形象的建构中去。"（文以诚：58）正如晚年的乾隆皇帝曾为一幅自己身为年轻王子时的肖像画

---

　　① Madalina Akli, *Poetics of Autobiography and Poetics of Mind: Cognitive processes and the construction of the self*, Ph. D. dissertation, Rice University, 2007, p. 24.

题跋，中有一句："谁识当年真面貌？"（文以诚：131）①这是他对观者提出的问题，当然也可以看作是在审视另一个时空中的自身时发出的感慨。每幅肖像画对画家、像主和观看者都是一次邀请，是一次握手的召唤。所以阿卡里说："我并不期待自传向我披露一个真实的人或某种事实真实，而是期待它向我开启一扇窗子，由此通向自传者对人生的体验以及他建构它的方式。"②

贡布里希早就告诉我们："艺术作品不是镜子，然而它们跟镜子一样，都有那种令人捉摸不定难以言传的变形魔术。"③因而，文字、画像与影像只是介质不同，都是自传的某种特殊样式或"戏法"，而多媒介为自传提供了多样态的、新奇的感官融汇方式，"声音、光线、触觉、线条、空白以及暗箱等"。④ 它们会使人产生各种不同的感觉，毋需贬斥或抵制，"因为媒体技术并未简化或破坏传主的内蕴，恰恰相反，它拓展了自我表现的领域，使其超越了文字层面，达至文化和媒体实践的领域"。⑤而自拍、影像等形式则是自画像的当代发展，与社会民主化进程密切相关，更利于普通大众表达自我意识与身份，"自拍像是自画像的民主化形式"。（波泽罗：232）但也必须看到，以图画、影像、网络等方式展现

---

① 此画即《采芝图》（1734），乃意大利传教士、宫廷画师郎世宁为宝亲王弘历所绘，画中未来的乾隆皇帝一手持灵芝，一手抚梅花鹿，看似有满腔心志。有趣的是，乾隆似乎很喜欢欣赏自己的肖像画，在《乾隆大阅图》（1739）绘制多年后，他亦作诗慨叹，其中一句云："白发相看疑是谁？"

② Madalina Akli, *Poetics of Autobiography and Poetics of Mind: Cognitive Processes and the Construction of the Self*, p. 53.

③ 贡布里希，《艺术与错觉：图画再现的心理学研究》，林夕、李本正、范景中译，杭州：浙江摄影出版社，1987年，页5。

④ Sidonie Smith and Julia Watson, *Reading Autobiography: A Guide for Interpreting Life Narratives*, Minneapolis：University of Minnesota Press，2010，p. 190.

⑤ 同上，页168。

的"媒体自传"（Automediality）①这一领域至今还缺乏真正的严肃关注与学理探究，尚属"关于自我的未被勾勒的区域"，许多问题也是目前"无法想象的"②，也就更值得想象和期待。

第二节　"我看，我在"：反思镜子文化

镜子自发明以来，在人们生活中的应用越来越广泛，功用也越来越多，可以说，"镜子的用处已经融入到了宗教、民俗、文学、艺术、魔术和科学之中"。③ 只要看看人们发明的五花八门的各种镜子，留心一下文化中无处不在的镜喻就很明了，这一点似已毋庸赘言。不过，与镜子在文化生活中如此普遍的应用和重要的功能相比，尤其是与西方发达的镜子文化相对照，必须承认国内在这方面的研究还确实薄弱。正如莫芝宜佳指出的那样，虽然镜子具有如此重要的功用，但论述镜子文化的中文著作却少得可怜："与西方的镜子研究——它充斥了整个的图书馆——相比，汉学界的镜子研究成果则显得太少。"④这位德国汉学家在研究钱锺书的时候，指出了《管锥编》中的"镜子"母题："《管锥编》中的镜子研究是迄今

---

① Sidonie Smith and Julia Watson, *Reading Autobiography: A Guide for Interpreting Life Narratives*, p. 168. 作者在此处并非指一般意义的"自媒体"，而是重点关注借助各种媒介进行自传写作或记录的现象，因此译为"媒体自传"。

② 同上，页 191。

③ 马克·彭德格拉斯特，《镜子的历史》，吴文忠译，北京：中信出版社，2005 年，页 1。

④ 莫芝宜佳，《〈管锥编〉与杜甫新解》，马树德译，石家庄：河北教育出版社，1997 年，页 97。

为止中国文学研究中最全面的。它贯穿在整个作品的始终。"①作者以西方人对镜子的敏感发现了这一现象，并根据镜子的特征，将其功能概括为三类：道德之镜、那喀索斯式的对镜自恋以及镜子玄想，以此对《管锥编》进行了对照分析。这是一个比较令人兴奋的发现，遗憾的是，由于研究侧重点的不同，对于中外丰富的镜子文化，此书并没有详细展开论述。《镜子的历史》和《镜像的历史》这两部书的翻译出版对这一领域的研究会是一种推动。

两书都以镜子为题。《镜子的历史》的作者马克·彭德格拉斯特是一位美国独立学者和科学史家，常为《泰晤士报》和《纽约时报》撰写文章；而《镜像的历史》则是法国历史学家梅尔基奥尔-博奈的力作，她是法兰西学院研究员（另有《通奸的历史》）。有趣的是，两书同在 2005 年被译成中文，可谓巧合，更吸引了读者对镜子文化的关注。二人关注着同一种物质存在和文化现象，但各有侧重：彭德格拉斯特主要从宏观的角度对世界镜子文化进行了概述和反思，不过其重心在于镜子与科学的关系，书中对望远镜等科学之镜的历史介绍占了较大篇幅；博奈则将视界聚焦在了法国，主要介绍镜子在法国的生产、使用的历史。不过，它们全然不是枯燥的科技史或历史读物，除了对作为实用器物的镜子的描述，两部著作的最大特点就是对镜子与人类文化的关系进行了深入而生动的剖析。通过对习俗宗教、社会生活、文艺作品中镜子的运用和表现的分析，他们指出，镜子的各种特性实际上正是人类思想的映射："在人们从镜子中照见自己之前，镜子毫无意义，因此，镜子的历史其实就是映照人类的历

---

① 莫芝宜佳，《〈管锥编〉与杜甫新解》，页 101。

史。"①这是对镜子与人类文化关系的整体描述。

两位作者以反思的眼光审视镜子文化，都清晰地指出了镜子的双重性与人类的矛盾特性之间的相应关系。彭德格拉斯特指出："作为人类，我们用镜子来反映我们自己的矛盾特性。"②镜子"有个性，有讽刺意味，有资本主义风格，有自我促进作用，有自我意识，而且让人虚荣"。③ 博奈也"思索着人与镜子之间的矛盾冲突，思索着各个时代中，从镜子衍生的善与恶、上帝与魔鬼、男人与女人、自我与影子、自画像与忏悔之间错综复杂的哲学、心理和道德方面的多重关联"。④ 镜子确实是一件涵蕴丰富的物品，它反射出人类对真实的探询、自我认识的努力，以及对美、身份的追求；同时它又和人类的虚荣、欲望紧密关联。这和莫芝宜佳的见解异曲同工："镜子通常服务于对世界，对自我，对他人，对爱情，对神灵或仙界乐土的研究。镜子可以让人认识自我，也可以迷惑自我。"⑤

一　认识"我"自己

人类与镜子有着悠久的历史渊源，除了临水自照的自然之镜，考古学家发现最早的人造镜子是用抛光的黑曜石做的，可以追溯到公元前6200年的土耳其，其后很长时间是金属镜子的一统天下。据研究，最早的青铜镜发现于伊朗，约公元前4000年，之后还有埃及的红铜、黄铜镜，以及金银镜。罗马时代手工业者已经大批地生产金属镜，镜子也越来越普及，化

---

① 　马克·彭德格拉斯特，《镜子的历史》，页1。
② 　同上，页3。
③ 　同上，页154。
④ 　梅尔基奥尔-博奈，《镜像的历史》，周行译，桂林：广西师范大学出版社，2005年，页2。
⑤ 　莫芝宜佳，《〈管锥编〉与杜甫新解》，页90。

妆等功用更强。而在中国，有记载的最早镜子是公元前673年的"王后的腰带镜"，表明在那时女子就携带化妆用的镜子了。意大利的威尼斯则是现代镜子工业的发源地，大约在十五世纪、十六世纪，玻璃镜长期为意大利人垄断，秘密行会保守着秘密，造成玻璃镜成为奢侈品，一直延续到十七世纪后期：到1704年，当牛顿建议望远镜使用玻璃镜片时，世界上最早的一次工业间谍案打破了当时的垄断。在十七世纪晚期，法国通过间谍手腕诱使了意大利工匠，开始掌握制造镜子的工艺，直到十八世纪后期玻璃镜才得以广泛普及。

玻璃镜的普及将镜子从稀有的金属器具变成了日常的家庭装饰物，不仅改变了人们的生活，"也改变了文学、艺术和建筑等领域，从根本上改变了人们看待自己和世界的方式"。[1] 可以看出，随着制镜工艺的进展，镜子越来越精细化和多样化，逐渐被应用到更多的领域，发挥各种不同的功能。不过，长期以来，镜子最基本的用途是人们对自我的认知与反省，以及对世界的探询，这建立在对镜子真实性的信任之上。镜子促进了科学的发展，与之共生的当然还有占卜和魔法，而对自我的好奇则促动了人类的美化与道德之镜。

镜子代表着真理和光明，与天文学、光学等科学传统密切相关，反映了人们自古以来对神奇世界的探求。古代的希腊人、中国人、埃及人都在这方面进行了探索。据说阿基米德曾用巨大的镜子点燃了罗马的战舰；李约瑟指出《墨子》中记载有公元前四世纪关于光和镜子的知识；在十三世纪的欧洲出现了眼镜，而随着镜子技术的发展，望远镜在十六世纪末出现；十八世纪以来，镜子被广泛地应用于望远镜的制造，越来越大的望远

---

① 马克·彭德格拉斯特，《镜子的历史》，页115。

镜被制造出来，显示了人们探索宇宙和世界奥秘的愿望和努力，当然还有显微镜等各种科学之镜的不断发明和改进。不过，与科学相伴而生如影随形的还有巫术与魔法，它们仅仅只纸相隔，正如浮士德博士的转变。"全世界镜子的用途都与宗教习俗和努力探索神秘的生活有联系，包括在黑亮的镜面上占卜的习惯。"①用镜子来占卜是各种文化的普遍现象，印度吠陀女孩能在镜子或者一勺水中看到未来，罗马占卜家常常面对镜子思索。在中世纪基督徒心中，镜子里面藏有魔鬼，女巫就经常使用镜子。这面魔镜在文学作品中不断出现，中世纪列那狐故事中有一面魔镜，"从镜子中人可以看到发生在一里地以内的所有事情"。② 在《格林童话》中，邪恶王后用镜子来占卜。它反映了镜子的魔力与人类的内心恐惧。而在中国，据考证，镜子与传统文化的关系更多地反映在巫术、宗教、民俗方面，显而易见，它被不恰当地运用到了科学的反面，成为降妖伏魔的道具，其命运与火药相同。这不能不令人悲哀叹惋。

　　但是，在大多数情况下，镜子主要还是人们的日常生活用品，发挥它正衣冠的基本功能，供人做梳妆打扮的工具，使人可以注意自己的形象，维持个人的身份。法国大革命时期，一位贵妇被捕入狱，她当时想到要携带的就是两样东西："我不做考虑便拿了一面用纸板镶框的小镜子和一双新皮鞋。"③镜子能使她维持自己的身份和尊严。这是镜子的礼仪功能，直到现在依然如是。然而，人类对自我的探索与追求不断赋予镜子以丰富的文化内涵，成为人自我认识的手段和象征，具有了各种寓意：以水为镜，它代表内心的澄澈透明；以史为鉴，它代表人类的教训；明镜高悬，代

---

① 马克·彭德格拉斯特，《镜子的历史》，页 29。
② 同上，页 35。
③ 梅尔基奥尔-博奈，《镜像的历史》，页 2。

表洞察、正义和无私……自我认识是人类的永恒追求，那喀索斯的故事已为人所熟知，古希腊神庙的箴言"认识你自己"从哲学的角度开启了人们自我认识的大门。正如巴赫金所言，哲学的根本问题就是自我意识问题，对自我的探询与反思构成了人类哲学和文化的一条主线，镜子的发展与此紧密相连。镜子使用得当，能使人自省并认清自己，完善自我。在古代和中世纪，镜子和道德、宗教密切关联，被当作修身的工具，为了个人虚荣而照镜子是被禁止的。苏格拉底经常告诫自己的学生要照照镜子，他说，如果你美，那就要配得上你的美；如果你丑，那就要用内在价值去弥补不足。塞内加也在发怒的人手中放一面镜子，因为灵魂的丑化令面容扭曲，镜子映出了人的内心。中世纪的镜子是启示之镜和神圣之镜，圣母和圣子总是被画成手持明镜的样子，她们代表着光明和圣洁，成为人内心的镜鉴。但丁的《天堂》里充满了对光辉灿烂的镜子的描述，这是神界的象征。文艺复兴时期，镜子质量的提高和大量应用对文艺产生了重要的影响，莎士比亚的多部作品，如《哈姆莱特》《十四行诗》《理查二世》①等都出现了镜子或镜喻，"而拉伯雷在他的作品《巨人传》里，在九千三百三十二间卧室各放了一面镜子"。② 到1500年时，欧洲已经出现了三百五十多部书名中带有镜子的书籍，在十六世纪、十七世纪的英格兰，流布极广且对莎士比亚产生重大影响的就是鲍德温等人编纂的《为官镜鉴》

---

① 如在《理查二世》（第四幕第一场）中，将被堂兄弟波林勃洛克（即位后称亨利四世）废黜的理查王央人拿来一面镜子，在照镜时对自己地位与命运的剧变慨然悲叹："把镜子给我，我要借着它阅读我自己。还不曾有深一些的皱纹吗？悲哀把这许多打击加在我的脸上，却没有留下深刻的伤痕吗？啊，谄媚的镜子！正像我在荣盛的时候跟随我的那些人们一样，你欺骗了我。……（以镜猛掷地上）瞧它经不起用力一掷，就碎成片了。沉默的国王，注意这一场小小的游戏中所含的教训吧，瞧我的悲哀怎样在片刻之间毁灭了我的容颜。"（莎士比亚，《理查二世》，载《莎士比亚全集》[第Ⅱ卷]，朱生豪译，吴兴华校，北京：人民文学出版社，2014年，页396）

② 马克·彭德格拉斯特，《镜子的历史》，页122。

（William Baldwin, *A Mirror for Magistrates*, 1559）一书。镜子由上帝回归到人手中,去映照多变的人生。

镜子产生的照相机般的准确效果,对于自画像的影响尤其重大,使得自我观看成为可能,增强了人对自身的兴趣和了解。丢勒利用镜子创作了多幅自画像,没有镜子这项工作几乎不可能完成。到了十七世纪,伦勃朗借助镜子画了九十多幅自画像。达·芬奇说,镜子最重要的一点就是"镜子是我们的老师"。另一画家格拉希安则更加武断,"看不见自己的人也许就不存在"。也许在他看来,不是"我思故我在",而是"我看见自己,故我存在"。达·芬奇和乔托、布鲁内莱斯基一样,都经常使用镜子进行工作。但是镜子在当时对于普通人来说还是一件奢侈品。一直到 18 世纪末,镜子在法国及欧洲才得到了广泛的普及:"几乎全巴黎的市民阶级都购置了镜子,因为这一不可或缺的装潢配件显示他们的生活水准、屋宅的豪华。"①镜子被当成家具陈设,安置在各种器具上,如梳妆台、橱柜、写字台、浴室,以及墙上。甚至出租房屋的广告上还标示着:"安有镜子。"②这时,镜子进入了日常生活,成为公众生活的必需品。

二　此镜只关风与月

镜子一方面代表着真实和圣洁,是真理、道德和宗教之镜;同时镜子还是虚荣和欲望的陷阱,是那喀索斯悲剧的成因,它是"殷勤的侍从、恋人的情敌和美貌贵妇的顾问","招惹邪乱的目光,鼓动奢华之欲,隐藏和显现恶魔和死亡的面目"。因为仅仅自我的客观观察和映照无法满足人类

---

① 梅尔基奥尔-博奈,《镜像的历史》,页 61。
② 同上,页 70。

的欲望,镜子激发了人们的无限能量,带来了对虚幻之美、理想之我的渴盼。镜子成了自我表现、自我修饰的手段,象征着人们的身份和地位。在玻璃镜没有普及之前,镜子生产长期为意大利所垄断,从而使镜子成为一种奢侈品,是身份和奢华的象征。当时镜子价格昂贵,贫穷者则根本没有财力和权力购买镜子。"十六世纪初,一面镶有精美银框的威尼斯镜子价格为八千英镑,几乎是当时拉斐尔绘画作品的三倍。"①法国国王弗朗索瓦热爱奢侈品,定购了多面威尼斯镜子,给财政一度造成困境。路易十四时代,贵族阶层迷恋镜子,贵族家庭出现各种镜室和镜子饰品,路易十四也在凡尔赛宫建造了镜厅,用三百多面镜子,制造出离奇的效果,轰动一时。圣西门曾讽刺性地记载了菲耶斯克伯爵夫人的举动,她说:"我有一块低劣的田地,只能收些小麦,所以我把它卖了,换来这块漂亮的镜子。我真了不起,不是吗? 麦子哪能比得上这漂亮的镜子?"②

在文学作品中,经常照镜子的人常常被认为带有自恋倾向,如王尔德笔下的自传式主人公道连·格雷、司汤达的于连。男性自恋,那喀索斯可为鼻祖,女性自恋者当以美神阿佛洛狄特为滥觞,她从战神阿瑞斯的盾牌上照见了自己的魅影,为其所迷惑,因此女性常被斥为爱慕虚荣和奢华者。在绘画中,女性常常与镜子、孔雀、山鸡一起出现,其寓意不言自明。文学作品中的描述更多,彼特拉克的诗集就出现了"照镜子的女人",即劳拉,似乎她因为爱恋自己的美貌便不再需要男人。中国的女性自恋自伤也并不逊色,唐代崔国辅的《丽人曲》描写道:"红颜称绝代,欲并真无侣。独有镜中人,由来自相许。"③再如前引《虞初新志》中据说实有其人

---

① 　马克·彭德格拉斯特,《镜子的历史》,页118。
② 　梅尔基奥尔-博奈,《镜像的历史》,页1。
③ 　钱锺书,《管锥编》(第二册),北京:中华书局,1986年,页752-753。

的小青，她其实爱读《牡丹亭》，虽不能自绘倩影，但请画师为自己精心绘制了传神肖像，后来留下传诵一时的佳句"瘦影自临秋水照，卿需怜我我怜卿"，以及更明确使用镜子意象的"妾映镜中花映水，不知秋思落谁多"①，其自我迷恋与哀伤已非同一般，几近病态。西蒙·韦弗女士有一句名言："美丽的女子，照镜子时，也许会认为自己就是如此。丑陋的女子则知道自己不只如此而已。"②以此心理作祟，镜子难免不成为人们的主观映像。毕竟韶华易逝，人人并非尽美如己意，如果不愿徒自伤惋，爱慕虚荣的人们就必须改变。当自己的缺陷在镜前无处可遁时，人们往往调整和掩饰自己。在十八世纪，镜子带来的自我创造功能在小资产阶级身上得到发挥，他们要把自己塑造成理想的形象，就依赖镜子，通过自我的修饰和模仿实现自我的超越，他们不说"'我喜欢自己的样子'，而是说'我的样子像或者应该像我所喜欢的自己……我要引人注目，所以我得穿戴更多饰物'"。③ 于连其实非常典型，他在人生的舞台上表演自己、创造自身，处在他人和自我的镜像之中，所以波德莱尔称之曰：活在镜子前，睡在镜子前。而福楼拜嘲讽式地同情的包法利夫人也是被上流社会这面镜子蒙蔽了眼睛，她驻足于沙龙的明镜之前，活在虚构的自我之中，毁掉了自己。

　　在生理自然规律及命运遭际之下，镜子也不免带来韶华逝去之感，使照镜者产生自我厌弃与悲伤之情。如三国时夏侯惇因独眼而摔镜，唐朝人李益在《罢镜》中有诗云："手中青铜镜，／照我少年时；／衰飒一如此，／清光难复持。／……／纵使逢人见，／犹胜自见悲。"清代人李渔在《奈何

----

① 佚名，《小青传》，见张潮，《虞初新志》，页20。
② 梅尔基奥尔-博奈，《镜像的历史》，页213。
③ 同上，页149。

天》中也写出了对镜不满的愤懑情绪："恶影不将灯作伴,怒形常与镜为仇。"因而人们甚至想改变镜子来适应自己,创造出理想的自我形象。人们制造出了"恭维的镜子",这种镜子可以掩盖缺点,据说伊丽莎白女王一生中大部分时间都是用这种镜子,在临终前,她希望照照真正的镜子,之后开始申斥那些奉承她的人。刘禹锡在《昏镜》中则咏道:"瑕疵既不见,妍态随意生,一日四五照,自言美倾城。"①以昏镜产生了自欺的朦胧之美,满足了人的自得心理。

不止自怨、自恋与自欺,镜子还激发了人们的情色欲望。罗马时代,有个叫夸德拉的人在卧室安装了巨大的镜子,用来进行淫荡的放纵,被塞内加称为窥淫癖。卡萨诺瓦经常把他的新欢领到装满镜子的房间,激发自己的情欲,法国贵族也经常装饰这样的镜室。在绘画中,镜子和女人同时出现,也常常带有色情的意味。在一幅画中,一位女士让女仆手持镜子,来照自己的下身。十三世纪以后的绘画中,夏娃手中常出现一面镜子,或者在她身边有一只猴子为她举镜,这代表女人和色情的关系。猴子常常是肉欲的化身,画中有时娼女和男子在一起,旁边就有举镜自照的猴子。连爱神阿佛洛狄特身旁也经常有殷勤的男子为她举着镜子。

人们专心于美和享乐的追求,却很少察觉到镜子带来的错觉和虚幻,以及镜子的无情警示。镜子反照现实,但同时又是虚幻的代名词。佛经中有一个故事,说一个年轻人告诉妓女梦中和她交欢了,妓女因此向他要钱,佛祖判定说,钱应该由这位商人的儿子出,只不过应该完全以他和她交欢的方式支付。他让年轻人把钱放在镜子前,由妓女从镜中取钱。以虚幻应对虚幻,透露出镜像的本质。

---

①　钱锺书,《管锥编》(第二册),页817。

　　镜花水月，一切只是幻影，而且它并不是那么规矩地完全复制原型，它可以美化也能扭曲现实。"十七世纪，'自我'的观念经历了两个发展，即由镜子带来的更加清晰的认识以及反思。"[1]一方面，镜子协助受道德操控的内省，加强人的自我意识，但是同时虚空感随之而来，"这种因镜子发展而来的'自我'观念很快就被对虚空的思考摧毁"。[2] 拉封丹笔下的人物就想避开水池，不想照见镜中虚无的影子。人有展现自己的权利，也有隐藏自己的权利，镜子并非万能，它既是显现又是遮蔽，镜子"永远为其无法映照的东西所困"。[3]

　　其实，镜子所遮蔽的往往是人们所不愿正视的，这是人的自我遮蔽，如衰老和死亡。艺术家们看透了人的这一本质，对此加以嘲讽和警示。许多绘画作品中，照镜子的少女和骷髅或魔鬼经常一起出现，魔鬼还经常举着象征时间的沙漏，它们时刻都在提醒人类的本质和归宿。丢勒有一幅名作《青春、老年和死亡寓意图》，画的是"一位年轻的裸体女性手里拿着一面凸面镜在梳理头发并欣赏着自己优美的体形。在她身后是一具手拿着计时沙漏、象征死亡的骷髅，在她前面坐着一位老头，正回头看她"。[4] 同时期的德国画家汉斯·巴尔东对死亡更为着迷，在丢勒之前就画了相似的主题。类似地，在安德烈亚尼的一幅画中，一位少女正扭头看镜中的背影，却不知道在暗处突现一个骷髅向她袭来。谚语说：镜子就是魔鬼的屁股。有一幅《恶魔的搔首弄姿》，画中正在照镜子的女性身后，恶魔正在照自己的屁股，出现在镜中的是屁股而不是少女的脸庞。

---

① 梅尔基奥尔-博奈，《镜像的历史》，页 140。
② 同上。
③ 同上，页 235。
④ 马克·彭德格拉斯特，《镜子的历史》，页 139。

它们都暗示了瞬间和永恒的关系，揭示了人的本质存在，一具具浮华的肉身，逃脱不了必然的命运。

三　镜子的挑战

我们可以用博奈的结语概括镜子的历史发展与人类文化的关系。在古代，镜子的主要功能是肖似，随着个体的独立，它提供了划分自我和他人的工具，十八世纪左右，镜子的普及给人以单独面对自己的自由，同时镜子的清晰性使人产生了舞台表演的感觉。但人的欲望无法满足，镜子孳生了贪婪的自我意识和自我创造，成了欲望之象征。镜子折射的是人们内心的虚荣、贪婪和欲望的魔鬼，同时还有虚空与死亡。进入现代社会，人们更加无法摆脱镜子的诱惑与魔力，为此不停地改变自己，"过度重视镜像带来人类主体地位的下降，同时也会出现不断地越来越多的主体对自身身份的寻求"。[1] 人类在寻求中迷失，在迷失中寻找，反反复复，永不停息。然而，如果没有镜子，人类会怎样呢？怀旧的彭德格拉斯特说他更相信没有镜子的好处。但是，问题是"假如没有镜子，我们仍是人类。我所哀叹的并不是这块空空的镜子本身，而是我们有时在镜子里反映的东西"。[2]

《红楼梦》中那柄怪异的双面"风月宝鉴"（法国也有种双面镜，前面是人脸，后面是骷髅，可谓异曲同工）正是人生两面性的绝妙反照，虚 / 实、善 / 恶、美 / 丑恰是背靠背的存在。贾瑞的可悲命运说明，人们所看到的其实是他想看到的一面，命运取决于个人的自我选择。彭德格拉斯

---

① 梅尔基奥尔-博奈，《镜像的历史》，页234。
② 马克·彭德格拉斯特，《镜子的历史》，页369。

特的话说得在理："我们在镜子中能看到什么取决于我们把什么带到镜子跟前。"①十六世纪荷兰画家勃鲁盖尔画了一幅大众男子的画像,一位男士照着镜子,镜子上所题之字意味深长："没有人了解自己。"这也许正是人必须面对的最大挑战。面对镜子,我们实际上是在面对自己的选择,反思镜子,实际上应该反思的是人类自身。人类的自我认识史,尽在此镜中。

---

① 　马克·彭德格拉斯特,《镜子的历史》,页3。

附录一 "传记诗学"的当代建构：
《现代传记学》略述

　　从完成《传记文学史纲》(1994)①——国内第一部也是迄今唯一一部"世界传记文学史"——到出版《现代传记学》②，杨正润教授花费了整整十五年的光阴。作为一部传记理论的集大成之作，《现代传记学》是杨先生在全面总结世界传记发展和理论的基础上进行的深入探索，凝聚了他几十年的心力与情怀，也是他秉承美国著名传记家、理论家利昂·艾德尔先生的意愿，建立"传记诗学"这一学术雄心和伟大理想的实现。它将迄今为止传记理论涉及的问题大都包含其中，并作出了有相当深度的阐释，就其理论体系的完整性、论析的深刻性、思想的独创性和前沿性而言，堪称当今世界传记研究的里程碑式著作。

　　全书七十多万字，十二章内容分属上、中、下三篇："传记本体论"，

---

① 杨正润，《传记文学史纲》，南京：江苏教育出版社，1994 年。
② 杨正润，《现代传记学》，南京：南京大学出版社，2009 年。

"传记形态论"和"传记书写论"。从传记的本质、构成、主体和功能等基本的理论，到他传、自传以及现代／后现代传记等多种形态，以及向来不被人关注的传记写作过程与方法，都进行了详尽深入的分析，几乎面面俱到，具有很强的理论性、综合性和实用性。从细节上看，全书内容广博，思虑周延，鲜明地体现了作者渊博的学识与严谨的治学精神，正如乐黛云先生在《传记文学史纲》的序言中所表达的感受，作者"广博的知识和极强的宏观综合能力"令人惊奇。① 全书涉及十几个国家四百多位传记家、理论家的近千部（篇）作品与理论著作，资料之丰富、内容之翔实令人赞叹。而且，在文学与历史学之外，作者旁涉心理学、哲学、宗教、美学、文化人类学等领域，从各个层面各个角度进入传记这一开放性、边缘性的文类，力图使论述全面而系统。更为重要的是，作者对所用概念术语的界定、剖析非常严肃，如"传记""自传""主体性""身份""文化"等核心概念，无不在认真考察的基础上进行严密分析，进而提出自己的观点，保证了传记诗学的科学性与学理性。另外，作者还引用了大量经典传记作品，如古罗马传记家普鲁塔克的《希腊罗马名人传》、西汉司马迁的《史记》、现代传记开创者鲍斯威尔的《约翰逊传》、现代自传奠基者卢梭的《忏悔录》，以及英国的斯特拉奇、法国的莫洛亚、奥地利的茨威格等"新传记"家的作品，在论证传记理论的同时，为读者提供了了解和鉴赏传记作品的捷径，也增强了本书的生动性和可读性。

　　同时，作者从不满足于表面现象和材料的罗列，而是以高度的耐心和探索精神进行寻根究底式的探查，力图穷尽论题的意义与可能，并将论题

---

① 乐黛云，《序》，见杨正润，《传记文学史纲》，南京：江苏教育出版社，1994 年，页 1。

推向深远。如对传记与历史学、传记与文学的关系的细密考察,将传记内在包含的真实性要求与真实的相对性、文学性要求与艺术的虚假性问题,即"诗与真"这一矛盾剖析得淋漓尽致,对深入理解传记这一特殊文类的本质必不可少。而对传记的四种主体"书写主体""历史主体""文本主体"和"阅读主体"的划分与剖析,则发前人所未发,在通常所认定的传记主体即"传主"之外,肯定了另外三种主体的存在,将传记的内在构成清晰地呈现了出来,从整体上建立起了传记家、历史传主、文本传主和读者的交织关系:"书写主体获取历史主体的材料,并赋形为文本主体,阅读主体通过自己的阅读行为影响书写主体的活动。"①尤其是通过对"书写主体"和传主的关系的分析,对传记家的"主体性"特征(如传主和传材的选择,写作过程中的认同、同情和移情现象等)及其局限详加解释,从传记生成的角度指出了影响传记品格的某些方面和值得警惕的问题,富有启发性。

特别值得一提的还有作者对"他传"的分类这一极其复杂的问题的处理。针对传记形式的多样、分类的困难,杨先生并没有拘泥于单一的分类标准,而是将中国古代传记(分为史传、年谱、言行录等八类)这一特殊现象之外的传记按照三种标准:形式(篇幅长短)、传主身份(如英雄、平民、女性等)和性质(如实用性、学术性和文学性)进行了划分,共分出二十四个细类,使目前几乎所有的传记样式都有了归属的依据。诚然,这种划分比较繁琐,标准也不一样,因此未必十分合理,不过我们由此可以体会到传记的复杂性与传记研究的难度,而对作者的研究姿态不得不心生敬意了。

---

① 杨正润,《现代传记学》,页147。

　　更重要的是，对传记的挚爱、几十年的积累和深厚的学养使作者对传记这一文类有了独到的认识与理解，文中不时新见迭出，大多出自本心，是多年体悟与研修的结果，大大地丰富和深化了传记理论，提升了传记的品格，给人以极大启发。将传记看作是一种"文化"就是作者理论独创性的体现。通过将传记提升到文化的高度，就使传记超越了历史学与文学的复杂纠葛，具有了更加丰厚的内涵。作为一种文化产品，传记与特定社会和时代精神有着不可分割的密切关联，一方面，"文化结构造就了自己的传记家"也"决定了传主"，另一方面，传记也成为"时代精神的表征"和"文化传统的载体"，必须在互动的关系中理解传记的生成与特征，同时也可以由此丰富人们对文化的认识。比如作者对《史记》与西汉精神、《希腊罗马名人传》与古罗马精神的关系的解释，指出了古代传记的繁盛同时代的"总结性"文化特征的内在关联，总结出了传记发展的一个规律，颇有启发性。在作者看来，从内在的角度看，传记又是人性的体现，它起源于人性的"纪念与自我纪念"以及人的自我认识、自我超越的本能。这种对传记的人性内涵的理解贯穿本书的始终，如对传记的真实与虚假倾向、人的善恶本能对传记品格的影响的分析，都触及人性那复杂隐秘的深层世界，和外部的文化分析一样，成为索解"斯芬克斯之谜"的有益探索。

　　自传中"身份理论"的提出是作者的又一理论贡献。身份是自传者对自身社会角色的"自我认定"，这在很大程度上决定了他将自己描述成什么样的人："传主从自己的身份、特别是主导身份出发，叙述自己的人生经历，最终是证明了他确实具有这一身份。他不但会明确自己的身份，而且字里行间总是反映出他的身份。"①准确概括出自传者的某个或几个主导身份,就等于找到了认识传主的钥匙。以卢梭为例,杨先生鲜明地指出了他的两种主导身份:普通"公民"身份与"社会的良心和精神的导师"身份。卢梭反复强调前者,是借助地位的低下而使之成为他为自己的过失和恶行进行辩护的基础,而后者则是"他公民身份的自然发展",是他的"自由""道德"精神的体现,他又不断利用这个身份"向社会发动攻击和批判,也依赖这个身份支撑他的精神,帮助他抵抗一次次打击、度过无数难关"。通过这种身份分析,我们对卢梭在自传中表现出的矛盾态度,如大胆暴露、自我剖析精神以及社会批判、自我辩解意识有更深入的理解。

对传记中"解释要素"的分析则是作者对传记理论的另一精彩发挥。在作者看来,无论传记还是自传,在叙述生平、人格之外,总离不开传记家的解释,这是传记走向深入的必然。他引用传记家斯特拉奇的名言道:"没有解释的事实正如埋藏着的黄金一样毫无用处;而艺术就是一位伟大的解释者。"②通过对传主的解释,可以从杂乱的材料和表面的现象中发现潜在的意义,帮助读者更好地理解传主的个性人格和思想行为的依据。在梳理传记解释历史的基础上,书中总结了四种主要解释方法"历史解释""直觉解释""精神分析解释"和"综合解释",其中以历史解释和精神分析解释应用最为普遍。历史解释采用"知人论世"的方法,注重从历史时代、个人生活以及细节轶事等方面入手,来对传主的行为和思想提供解释,大部分传统传记都会采用这种方法。精神分析解释则是现代传记解释的"重要潮流",它"提供了一种解释

---

① 杨正润,《现代传记学》,页319。
② 同上,页120。

人和人性的新方法","性心理""精神创伤"以及"童年记忆"是它的三种主要角度,弗洛伊德的学生琼斯、斯特拉奇、茨威格、《詹姆斯传》的作者艾德尔等都是这种方法的实践者,对理解传主开辟了重要的渠道,并吸引了一大批追随者。

《现代传记学》的出版和"传记诗学"的建立无疑是对"传记死亡"说的有力回击。作者直面现实,坚持建设性的姿态,"坚守理论立场,维护传记和传记理论的独立性,反对颠覆和消解传记文类"。[①] 他扎根几千年的世界传记史,从中总结规律,并吸收中外传记理论家的思想资源,通过自身的思考,建立起这样一个比较合理、全面的传记诗学体系,力图扭转那些消极的态度,其价值自不待言。而传记写作和传记研究在当代的兴盛与繁荣,无疑也从另一个方面肯定了传记的存在价值,同时也验证了《现代传记学》的若干积极论断。

不过应该看到,与诗歌、小说等已经过了鼎盛时代的成熟文体不同,传记虽然古老,却并不十分成熟,它依然处于开放性的发展之中。而且,因为传记文类的独特、形态的复杂和作品数量的庞大,任何人要想全面地掌握这些材料都是不可能的。因此,当前任何传记理论都只能是当代人在可能的视野范围内对传记历史的总结和传记未来发展的展望与推测,其观点不可避免地具有个体的缺陷或时代的局限性,而不可能是一成不变的金科玉律。《现代传记学》也是这样,它难免会忽视某些理论问题和传记现象,在一些问题上也还存在一些争议(如对传记形态的分类)等。因此说,作者所提出的观点也必定随着时代的发展而发展,它需要后代研究者和传记爱好者的积极参与和不懈努力,这也正是作者的"动态传记

---

① 杨正润,《现代传记学》,页1。

观"的基本理念。总而言之,现代传记诗学期待着向更深、更广的领域的拓展和延伸,对此,我们有着充分的信念,因为毕竟已经有了一部"百科全书式"的《现代传记学》①,它为我们作出了良好的示范。

---

① 在此并未称《现代传记学》为"百科全书",主要是它与一般百科全书的取向不同。它致力于在传记领域进行宏大诗学体系的建构,虽然内容涉及传记的各个方面,但是其理论体系的完整性、论析的深刻性和前沿性远非那种按字母顺序排列的百科全书所能相比的。事实上,真正的"传记百科全书"也并非没有。如前所述,2001 年,英国学者乔利(Margaretta Jolly)就出版了由她主编的《传记百科全书:自传与他传诸形态》(*Encyclopedia of Life Writing: Autobiographical and Biographical Forms.* London:Fitzroy Dearborn Pub. , 2001)一书,上下两大卷,可谓皇皇巨著,而且这也是迄今为止世界第一部传记百科全书,其分量自不待言。就内容而言,这部百科全书非常全面广泛。它收入了约一千二百个辞条,包含上自古代,下至二十世纪末全世界比较重要的传记作品、传记家和传记理论问题,内容不可谓不丰富,资料不可谓不翔实,许多观点和论断也颇有价值。作为一部工具书,《传记百科全书》有它不可替代的重大价值,不过,它是一部集体著作,由近四百位学者撰稿,阵容庞大,作者来自世界各地,是全球化合作的结果。而《现代传记学》乃杨正润先生独著,是个人心血的凝结与毕生研究经验的展现。

附录二 "指控"传记[①]

(英)迈克尔·霍尔劳伊德[②]

钟 芳 梁庆标 译

扮演魔鬼的代言人，充当反对派的发言人，这一定会让人耳目一新吧？今天我要指挥敌军一天。我将奔赴战场重新集结我在身为传记家的职业生涯中所见过和经历过的一些攻击——并尽可能多地下达命令。我将尽情地做这件事。这个实验必须逼真。

① 本文译自：Michael Holroyd, "The Case Against Biography". Credit：Copyright © 2002 by Michael Holroyd, from *Works on Paper: The Craft of Biography and Autobiography*. Reprinted by permission of Counterpoint Press. 本文译按及所有注释皆为译者所注。

② 迈克尔·霍尔劳伊德爵士（Sir Michael Holroyd, 1935- ），当代英国著名传记家，著有关于"新传记"代表人物斯特拉奇的两卷本《林顿·斯特拉奇评传》（*Lytton Strachey: A Critical Biography*, 1967, 1968），关于肖像画家约翰的两卷本《奥古斯都·约翰传》（*Augustus John*, 1974, 1975），以及四卷本巨制《萧伯纳传》（*Bernard Shaw*, 1988, 1989, 1991, 1992）等，这几部经典传记都有精简独卷本。顺便值得提及的一个传记细节是，他的太太即当代知名小说家、传记家德拉布尔女爵士（Margaret Drabble, 1939- ），而她的姐姐 A. S. 拜厄特女爵士（A. S. Byatt, 1936- ）则以小说和戏仿式传记著称。

最近，我在《纽约书评》(*New York Review of Books*)上读到约翰·厄普代克(John Updike)的一篇抨击文章。与其他一些人相比，批评已足够礼貌。他认为，即使是最好的传记未免也太长了，它们的要点究竟在哪？它们通常不畅销，而且实际上不被需要。文学家传记所能做的无非就是让读者回到传主的作品中。简而言之，它们仅仅是提示者——也是多余者。

最后那句话是我说的，而非约翰·厄普代克所言。因为他的本性是如此善良，他如此以传记为乐，例如，他非常欣赏乔治·派因特尔的《普鲁斯特传》，以至于他的抨击变成了对传记的一次深情欢呼——就有点像E. M. 福斯特(E. M. Forster)对民主的两声欢呼①一样。

但我相信我能做得更好：我相信我可以平息那声欢呼，因为我能从内部攻击传记。事实上，传记家们都在自我吹捧——毕竟，还有谁会吹捧他们呢？显然，他们认为自己是圣人，因为他们总是想着别人。但他们并不是很受爱戴。奥斯卡·王尔德有句名言："每个伟人都有自己的门徒，而为他写传记的总是犹大。"萨克雷告诉他的女儿们："当我倒下的时候，不要让别人为我作传，请记住这一点。"而J. M. 巴利②则通过祷告来诅咒任何想成为他的传记家的人："愿上帝诅咒为我写传记的人。"乔治·艾略特(George Eliot)也宣称，"总体而言，传记家是英国文学的一种疾病"——尽管她与歌德的传记作者刘易斯(G. H. Lewes)一起过着幸福的生活。她是在就集体现象发言，而不是谈论她身边的一个例外。不过，所

---

① 出自E. M. 福斯特散文集《为民主欢呼两声》(*Two Cheers for Democracy*, 1951)。他认为对民主欢呼两声就足够了：一为其承认多样性，二为其允许批评。

② 巴利(J. M. Barrie, 1860-1937)，苏格兰剧作家、小说家，著有童话故事《彼得·潘》(*Peter Pan*, 1904)、戏剧《孤岛历险记》(*The Admirable Crichton*, 1902)等。

有的传记家都相信他们自己是那唯一的例外。

最近,杰曼·格里尔(Germaine Greer)把传记描述成"预先消化的腐肉",并呼吁传记家转而去从事一份体面的职业。她呼应着丽贝卡·韦斯特(Rebecca West)的观点,后者曾描绘了一幅令人震惊的画面:二十世纪那些逐利的传记家们围着新死者的墓碑野餐,把死者的骨头吸得干干净净,然后把它们抛到身后——我想补充的是,那些"狗",传记评论家们,随后扑了过去。

所有这些谩骂,这些侮辱,竟都被传记家们误当作战斗荣誉而加以炫耀。然而,这是一场他们从未赢过的战争。因为在二十世纪,这种谩骂的炮火已经成倍增加,而且似乎成为二十一世纪口头武器工业的一个良好的增长领域。问题是什么引发了这一连串的敌意?

粗略论之,我认为传记家可分三类。首先来看第一类,他们写的都是非常有名的人物,不管是活蹦乱跳者还是余尸尚温者。这类传记家经常与电影明星、杀人犯和王室为伍。人们最嫉恨的是他们赚了很多钱。显然,难道他们不是以一种非常可疑的方式做到的吗? 他们交易着别人的不幸,享用着他人的悲剧,使琐碎的事变成无休止的恶兆。

他们也利用了我们自己的弱点,我们的欲望,我们的势利。他们是我们最糟糕的自我。他们鼓励我们表现恶劣;事实上,他们以此为生。这些传记家实际上是赃款的接受者。他们不赚钱,他们拿钱,而且是脏钱。我们为自己的这种嗜好付钱给他们:他们则是我们的供应商。

他们也并非真正意义上的作家,而是突然发迹的记者——就像鲍斯威尔的私生后代中那位一部伟大日记的保管者。他们曾被称为"格拉布街传记家":居住在舰队街尽头的贫民窟里的生物,借十八世纪初《旁观者》(*Spectator*)撰稿人约瑟夫·艾迪生(Joseph Addison)的话说,他们"像许多殡仪家一样,巴望着一位伟大人物的死,就为了从中榨取一个便士"。他补充道,"不带着愤慨和轻蔑"来评论这类作者是不可能的。

这种状况至今未有多大改变。这些传记家仍然随着时尚音乐摇摆,在确保安全和能够流行的情况下把强者从高位拉下来;而且在最能满足他们自身利益的时候,让我们进入一个自负而虚荣的世界。并且,他们总是走捷径:每当情节乏味时,便通过装饰性的发明,编造出罗曼蒂克式的流言和丑闻炒作等简单故事来添油加醋。他们在一个幼稚的环境中茁壮成长,在这里,对青春的激情崇拜永远在飘荡,且不被嘲笑、不受约束。因为他们在为那些永远长不大的成年人写童话。他们是当今最具新闻价值的传记家,或许也是最容易被攻击的巨型活靶子。

但是,那些当代历史传记家,那些刚卸任的最后一位首相的政治传记家如何呢?他们是很容易被认出的"混血儿",一只脚在大学里,另一只脚在唐宁街或电视上。这是第二类传记家:野心勃勃的教授。他,或者她,相比会好些吗?他们就不想尽力获得格拉布街商人那样的销量,同时避免其街头式粗俗吗?——一端翘起,另一端就落下。

无疑,这些近乎应时而作的政治传记家并没有受到同行的很大尊重。他们被那些以学术为目的而写作的历史学家所轻视,也很少引起那些几乎不为任何人写作的独立传记家的兴趣。他们处在历史的浅表末端,接近所谓的"克利奥帕特拉鼻子历史学派"(这是一个伪装成意识形态的概念,认为只要克利奥帕特拉①的鼻子像匹诺曹的那样再长一点,或者变得

---

① 克利奥帕特拉(Cleopatra),古埃及女王,以美貌而闻名,是尤利乌斯·凯撒和马克·安东尼的情妇,据说有着大鼻子、薄嘴唇。

跟西拉诺·德·贝格拉茨①的鼻子一样长，那么历史进程就会发生巨大的变化）。你能比这更肤浅吗，即使有一大堆参考文献笔记？这只是电影制作人喜爱的那种历史，一类由音乐和声音低沉的叙述者供应的银媒故事。

这些其实"远非应时"的历史学家都有一些奇怪的谄媚之处。他们看起来在向总统和总理们许诺一份不错的任期结束报告，一个良好的最终裁决，作为对他们收到的几个请柬和功章的回报。但他们确实是历史的管家，并不断地被按照惯例的重要性来宣布事件评级的责任所吸引，他们总是忙于严肃地介绍事实，一直充满礼仪性的责任心，永远捍卫他们的自尊，就像令人尊敬的克莱顿们②一样。当返回学术群岛时，他们就会提醒自己，虽然自己在实际社会地位中处于劣势，但具有智力上的优势。这是怎样的一帮家伙！大多数人身上都有疫病！

最后来看第三类，文学家或艺术家传的作者。他们确实好很多。他们难道不是上承约翰逊博士吗？难道不是我们文学的一部分吗？的确，就像穷人一样，他们也似乎总是与我们同在。但至于他们是否属于我们当代文学的一部分，答案显然是"不"。询问任何一位小说家、诗人或剧作家，看她对这些传记家的看法，你很快就会得到一个由衷的回答：传记

---

①　西拉诺·德·贝格拉茨（Cyrano de Bergerac），法国讽刺作家和冒险家，著有《月亮帝国滑稽故事》等。他是埃德蒙·罗斯丹（Edmond Rostand）的戏剧《西拉诺·德·贝格拉茨》（*Cyrano de Bergerac*）中的主角，一个有着滑稽长鼻子的骑士剑客，也是法国电影《大鼻子情圣》主人公的原型。

②　出自巴利的戏剧《孤岛历险记》。克莱顿是一名管家，其贵族主人及其家人、朋友在一个孤岛上遇难，他凭借自己出色的才能打破岛外的阶级制度，成为岛上的"国王"，但当众人获救后，他又恢复了管家身份。

家是寄生虫。他们是文学队伍中的"第五纵队"代表①,意图把文学中所有富有想象力和创造性的东西都简化成平庸的自传。他们是自己荒谬而贫乏的理论的奴隶。他们以文学为食:他们竟试图取代文学。

他们还剥夺了我们的陶醉乐趣——他们在不断地试图揭示,小说家或诗人施展魔法之前,兔子是如何钻进帽子里的。他们把诗人的创造性想象歪曲成一种魔术般的把戏。他们忽略马洛的雄伟诗行,而以广博的"学识"告诉我们拜伦早餐吃了什么——篇幅相当冗长乏味。这些文学传记家充其量是多余的,他们无情、无能、满脸堆笑。因为最基本的事实简单明了:福楼拜出生了,福楼拜写了他的小说,福楼拜去世了。重要的是他独一无二的作品,而不是他与许多人分享的普通生活经验。这大概是社会学的一个分支,它本身就是一个拼图,里面有上千篇传记片段。

W. H. 奥登(W. H. Auden)在他的诗歌《名人传》(Who's Who)中写道:"一先令传记②会告诉你所有的事实。"而正是这类文学传记家,他们偶尔会获得骇人的预支稿费,却在"请讲述你的所作所为 / 当纸页茫然地回望时"之后,为诗人的死仅付他六便士的小费。我可以继续唠叨下去,但这太痛苦了。

因此,有那么多作家费力地销毁他们的档案,或者还有更多作家意识到他们无法毁掉自己写给别人的信,于是向遗嘱执行人起草了反对传记家的警告,这有什么好奇怪的? T. S. 艾略特、萨默塞特·毛姆、乔治·奥威尔、让·里斯、菲利普·拉金都在遗嘱中这么做了,或者大致是这样做的——这对他们来说是好事。因为文学传记家对此类事情毫无良知。他

---

① 第五纵队(Fifth Column),源于 1936 年西班牙民族革命战争,是当时专门从事国内破坏、间谍活动的特工团体。
② 指廉价的传记。

们在腐烂的尸体附近嗅钱。他们到处践踏、挖掘、破坏。

但让那些"纵火犯"和遗嘱制定者如此害怕的究竟是什么？他们最害怕的莫过于自己文学声誉的朽坏。他们担心一些夸张的传记，一堆只有断章取义的反射光的死书，会让他们的作品黯淡无光，甚至使其被遮蔽，被毁灭。这是传记文学所能造成的最坏状况，而且是经常会造成的最糟糕状况！传记填满了我们的书店，塞满了我们图书馆的书架，让图书管理员们几乎没有钱去购买真正具有想象力的原创作品。

还有比这更糟的。因为这些传记甚至没有受到文学批评家的重视，他们被所有这些可怕的掘墓行为所驱使，因此坚持认为：作者已然死亡，她的文本现在属于读者了——当然是在批评家本人的指导之下。简而言之，就连法国人都知道，传记是原创批评的替代品，是思想的替代品，是文学的大敌。这就是为什么乔治·吉辛①把传记描述为"一场闹剧"。

自吉辛发表这一评论以来的一百多年里，虚构和非虚构作家之间一直在争论：该由谁来讲述我们时代的故事，由谁来让我们开眼认识到他们的重要性。当然，传统上，这是历史学家的活计。但是历史出了问题。托尔斯泰注意到，历史学家已经变得像聋子一样，不断回答无人问询的问题。他们的脑子里充斥着不相干的浮华和权力的魅惑。正如卡尔·波普尔（Karl Popper）所说，数个世纪以来，这样的编年史家把政治权力之争提升到了世界历史的高度。难怪小说家、诗人和剧作家都站出来为我们说话。

---

① 吉辛（George Gissing, 1875–1903），英国作家，著有自传散文《四季随笔》（*The Private Papers of Henry Ryecroft*, 1903）、小说《新寒士街》（*New Crub Street*, 1891）等，写尽了寒士们的读书痴迷和生活困境。

随着历史和文学之间的裂痕扩大,历史学家们修正了他们的议程,并进一步发展了反对这些故事讲述者的理由。他们说,生活不是小说式的。它通常不是诗意的。而且很遗憾,生活缺乏艺术性。虽然文学可能有各种各样的魔力、韵律和故事来迷惑或惩戒我们,但如果我们相信从阅读狄更斯的《双城记》中可以比从卡莱尔①的作品中更多地了解法国大革命,我们就是在自欺欺人。即使诗人、小说家和剧作家可以用他们的想象力作为寻找地下真理之井的魔杖,但当他们以虚构的名义利用事实时,这种寻找从根本上是有缺陷的。因为我们在编造故事时,很容易承认笛福所说的:"一种谎言,在人的心里留下一个大洞,渐渐地,说谎的习惯会从这个洞里钻进来。"换句话说,我们写的是我们想要发生的事,而不是实际发生的事。我们在写老练的自传,就像莎士比亚的所有传记家一样。

夹在历史和小说之间的是传记——它们本不想要的后代,而且给两者都带来了极大的尴尬。在历史学家看来,传记是一种蛙卵——上万部传记才能产生一小段历史。而对小说家来说,我们不过是纳博科夫所说的"精神剽窃者"。然而,传记家声称,他们在遭遗弃的国度中却蓬勃发展。尽管很多历史被体面地学术化,甚至小说也被学术理论所包围,但传记家仍可以随心所欲地驰骋其才华。一种生机勃勃的文学需要跨界交易。但我指的是以敌方角度而言的跨界敌对行动。从这个角度看,传记家似乎大大夸大了他们的力量和意义。你只需看看公共借阅权方提供的数据,就能判断出传记的实际阅读量。传记家不过是一些游击队,也许有

---

① 卡莱尔(Thomas Carlyle, 1795–1881),英国历史学家、传记家,著有《论历史上的英雄、英雄崇拜和英雄业绩》(On Heroes and Hero-Worship, and the Heroic in History, 1841)等,对十九世纪传记的发展影响甚大。

一些小小的成功，但并没有机会与文学写作的主要支系相媲美。谁能为他们多加争辩呢？

我相信我已经找到了这些问题的答案。但我真正想知晓的是，我的传记家同行们会如何为自己辩护，他们关于传记的主张是什么，他们又会以什么样的方式发起反击。

附录三　今日之传记："传记转向"时代的个体力量①

（英)奈杰尔·汉密尔顿

周积利　梁庆标　译

　　基于其"个体记录者"的历史角色,传记在二十世纪末走到了西方文化的最前沿。到 2000 年,传记在近乎每个领域成为人性叩问、交流沟通以及学术研究的代表性载体。塞缪尔·约翰逊的愿景得到了实现;事实上,随着第三个千禧年的到来,几乎所有人(除了那些"目光短浅者")都清楚地意识到,在西方非虚构类传播和出版界,传记已经成为最流行的,同时在很多方面也是最有争议和竞争最激烈

---

①　本文译自：Nigel Hamilton，"Biography Today" and "Epilogue"，in *Biography: A Brief History*，Harvard：Harvard University Press，2007，pp. 279–294. 译文得到了汉密尔顿先生的免费授权,在此对作者及哈佛大学出版社的慷慨相助谨致谢忱(Thanks to the Courtesy of Dr. Hamilton and Harvard UP)——这一声明也是汉密尔顿先生唯一的要求。由于译文包含原书第十三章和结语,所以酌情加了一个小标题。出于介绍的必要,译者添加了部分注释,未特别标出。

的领域①——今天，微博、在线日记的激增便是其缩影，通过它们，个人的思想和经历可以用电子的形式发表。英语文学与创意写作专业的学生正在学习和创作的文本中，传记和自传要多于虚构类作品②；社会学的学生在看待"社会"③时，已经抛弃了七十年来将定量研究与定性研究相对立的偏见；在电影学校中，传记和自传方面的脚本也多于虚构类作品。

然而，为何直到今日，"传记"这一术语依然被如此局限在它的狭隘

---

① Paula R. Backscheider, *Reflections on Biography*, Oxford: Oxford University Press, 1999, p. xiii.

② 它们通常冠以"生命写作"课程之名，大多数课程都鼓励学生研究关注个人生活经历的文学作品，无论是虚构的还是实录性的。例如，可参：David Cavitch, ed. , *Life Studies: An Analytic Reader*, Boston: St. Martin's, 2001。然而，有志于研究传记的学生应该注意到，"生命研究"一词过去和现在都是一个更常用的术语，用于通过传记研究法及其他手段来提高人类在实用性、治疗性、精神性和哲学性等各方面的生活。例如，在纽约春谷的圣布里奇学院生命研究中心，以及在伊利诺伊大学厄巴纳-香槟分校应用生命研究学院（其中包括社区卫生、运动学、休闲研究和言语与听力科学等项目），就使用了这种方法。

③ 在二十世纪的最后十年，社会学在"重建"传记方法而不是纯粹的统计方法方面出现了"转折"。正如艾伦·布赖曼（Alan Bryman）在《传记式研究》（*Biographical Research*, Buckingham, U. K. : Open University Press, 2002）中给布莱恩·罗伯茨（Brian Roberts）的前言中所言，"在过去的十到十五年里，传记式方法（越来越多地被提及）已经成为一种极端重要的社会研究方法。人们对这种方法的兴趣激增，可以归结为各种因素：对数据收集的静态方法产生了一种幻灭感；对人生的兴趣与日俱增；对'生活体验'以及如何最好地表达和揭示它的日益关注；当然，这种方法也促进了一般的定性研究的普及"（p. x）——现在的研究涉及民族方法论、现象学、叙事分析、符号互动主义、话语理论、会话分析和其他方法。

布莱恩·罗伯茨总结道："尽管对个体进行了哲学、文学和其他方面的探索，但现代社会科学往往忽略了个体的'人性特征'"，倾向于追求"因果解释、对人类行为的一般模式的客观研究，以及从自然科学假设、程序和原则中得出的个人的标准化特征……个体的'个体性'和人类意义的多样性要么被忽视，要么被置于次要的关注地位（一种剩余物）"。（p. 4）

不管如何，随着朝向"传记式方法"的发展，传记作家几十年来所面临的挑战最终也被社会学界专家所接受，特别是在他们的实地工作中。罗伯茨欢迎这一变化："传记式研究的吸引力在于，它正在以不同的方法和解释方式，探索如何在当代文化和结构环境中理解个人对生活经历的叙述，从而有助于勾勒正在发生的重大社会变化，而不仅仅是在一些广泛的社会层面。传记式研究有一个重要的优点，就是将新的经历如何被处于家庭、小团体和机构内部的个人进行解释纳入进来，以利于理解重大社会转变。"（p. 5）

定义之中,而作为西方文明基本特征的传记之历史在世界上大多数大学里仍然如此被忽视和边缘化呢?① 在这样一个新的时代,当诸多新的大学学科被建立起来以研究女性史、黑人史、体育史、流行文化、嘻哈音乐、新闻杂志以及无数现代文化的其他层面的时候,世界上怎么可能没有关于传记研究的院校,而仅有一个主流大学的院系(夏威夷大学)致力于研究传记的历史、理论和学科实践,拥有自己的跨学科期刊?② 在一个个人身份已经成为众多讨论的焦点,并且真人秀和博客在西方文化中占据主导地位的时代,怎么还能继续忽视传记的悠久历史以及它对西方世界的当下意义呢?

---

　　① 唯一的例外是位于马诺阿的夏威夷大学,在二十世纪七十年代成立了传记研究中心;墨尔本的拉筹伯大学在 1990 年建立了一个传记项目;从英国到新西兰,还有一些小型组织,主要致力于传记和自传。

　　拉筹伯大学在 1996 年成立了传记和自传研究小组,不过是作为"交流、艺术和批判研究学院"英语课程的一部分。除了教授传记和自传之外,该单位还发挥着传记和自传研究中心的作用。位于墨尔本附近的莫纳什大学开设了传记和生命写作课程,作为其历史研究学院的一部分。英国苏塞克斯大学基于可以追溯到 1937 年的大规模观测档案,于 1999 年设立了"生命史研究中心"(Centre for Life History Research)。随着全球对传记和自传的研究、理论和教学兴趣的增加,类似的组织正在形成和发展。

　　特别是社会学家,对这一领域表现出了全新的兴趣。正如罗伯特·米勒(Robert Miller)提及他编辑的四卷本著作《传记式研究方法》(London: Sage, 2005)所说的那样:"在二十世纪早期的几十年里,生命史和传记研究方法很流行,由于定量方法的兴起而经历了一段时间的沉寂,如今人们对此又重新产生兴趣。这种兴趣的迅速增长足以使我们称之为社会科学领域的传记'转向'。"

　　② Biography 是一本跨学科季刊,自 1978 年以来由位于马诺阿的夏威夷大学"传记研究中心"出版。A & E 电视网还根据其非常成功的《传记》这一有线频道,于 1997 年推出了商业季刊 Biography。

　　致力于自传和生命书写的社会学或其他方面的更专业化的学术期刊也如雨后春笋般涌现。其中包括《传记》(Auto / Biography),英国社会学协会自传 / 传记研究小组公报;《a / b》(Auto / Biography Studies: a / b)自 1985 年在纽约出版的季刊;以及《生命写作》(Life Writing),一本由位于新西兰奥克兰的梅西大学社会与文化研究学院出版的选集,自 2003 年出版。法语、德语和其他语言的期刊也在激增,国际会议在全球各地召开。

　　许多大学都开设了关于生命写作的硕士课程,尽管很少是在传记史研究这一框架内开设的。事实上,许多教生命写作的教师仍然承认,他们既不读传记也不进行评论,他们对历史或传记本身也不感兴趣,只是把自我表现作为英语文学研究的一个分支进行狭隘的语言学 / 文学研究。

旧有的成见很难消除，即使在自由主义的西方，也并不是所有人都欢迎现实与虚拟并存的崛起。《纽约时报》的书评家角谷美智子（Michiko Kakutani）①道出了许多文学评论家面对今天真实与虚构之间界限日益模糊时的困惑与厌恶：

> 我们生活在一个相对主义的文化中：电视"真人秀"被搬上舞台或被人操控，媒体会议和媒体顾问是政治中被接受的一部分，学者们辩称历史取决于谁在书写历史。像"虚拟现实"和"创意非虚构"这样的词已经成为我们语言的一部分，炒作和夸张成为市场和公共关系中被接受的东西。而在娱乐和政治领域，改头换面和重新定位被视为有效的职业发展方式。奥利弗·斯通（Oliver Stone）②有关阴谋论和歪曲事实的电影和那些哗众取宠的纪录片一样，被那些不太了解真实历史的人认为是真实历史。③

在她看来，对"真实"的再现已经成为一种令人不悦的、华而不实的景象。有报道称，詹姆斯·弗雷（James Frey）④最新出版的一部活灵活现的畅销自传《一百万个小片段》（*A Million Little Pieces*）中包含了许多纯粹虚构的内容，这就是"真实"失宠的一个缩影。

---

① 角谷美智子（Michiko Kakutani, 1955-　），日裔美国人，《纽约时报》书评家，著名文学评论家。

② 奥利弗·斯通（Oliver Stone, 1946-　），美国导演、编剧、制作人。

③ Michiko Kakutani, "Bending the Truth in a Million Little Ways", *The New York Times*, January 17, 2006, p. E1.

④ 詹姆斯·弗雷（James Frey, 1953-　），美国导演、编剧、演员，主要作品有《勾引陌生人》《强盗爸爸》等，因执导《纸牌屋》而名声大噪。

当今媒体对"主观"和"客观"并没有给出很好的区分,角谷对此甚感失望。但是这类区分的缺乏并不新鲜。马乔丽·嘉伯(Marjorie Garber)[①]十年前曾这样写道:"传记,——甚至自传——都是虚构的一种,这一事实由来已久,以至于只有有意的文化健忘症才能使它变得好似新鲜",她纠正了那些对于什么是允许的以及什么是不允许的持有僵化观点的人。[②]剩下的,嘉伯指出,则取决于我们这些观众了。在西方,这一编造的自由也伴随着竞争和揭露的自由。感谢西方艺术家和学者享有的言论自由,无数传记家和历史学家已经揭露了奥利弗·斯通的幻想。而詹姆斯·弗雷的捏造也在适当的时候被揭露了。

由于传记的一些拙劣表现,尤其是对名人文化的迎合,许多评论家颇感窘困,乃至忽视了传记在现代西方民族中的极端重要性,忽略了自第二次世界大战以来,为回应现代(或后现代)时代,对生平的最佳描述已经在多大程度上得到了改善。无礼、幽默、经常八卦但对个体有无尽的好奇,全部的传记作品都是对现代西方民主多样性的一个贡献。正如宝拉·贝克西德尔(Paula Backscheider)在1999年指出的那样:"任何成为大众文化的艺术,正如传记通过电视、杂志以及大量系列新书所做的那样,都承载着厚重的文化底蕴。"在贝克西德尔看来,忽视传记在现代传播和社会中的作用是一个重大错误。因为现代传记"可以渗入或者创造一个国家中男男女女的新神话,以供国民模仿或轻蔑"。[③] 我们已经看到,自利顿·斯特拉奇以来,挑战神话的任务已经成为传记不可或缺的一

---

　　① 　马乔丽·嘉伯(Marjorie Garber),哈佛大学英语和视觉与环境研究教授。

　　② 　Marjorie Garber, "Introduction: Postmodernism and the Possibility of Biography", in Mary Rhiel and David Suchoff eds. , *The Seductions of Biography*, New York: Routledge, 1996, p. 175.

　　③ 　Backscheider, *Reflections on Biography*, p. 230.

部分。① 传记家们接受了这一观点，即对于人类生活并没有单一绝对的解释，不过也意识到自己正是这一波又一波坚持努力的人中的一分子，无论阳春白雪还是下里巴人，都在重新诠释过去和现在能够代表当下这一代人的生活，总的来说，去更好地理解这些生活，而不是像独裁统治时期那样兜售宣传。

这种延伸到数以万计的阅读传记和关注传记作品的个体身上的自由，和议会制一样是衡量民主现实的标准。

在文化领域，传记也主导了二十一世纪的舞台，颠覆了维多利亚时代虚构事实（fiction fact）的范式。可以说，事实上，传记已经基本与小说互换了位置。侧重事实的传记性报道一度似乎是要确凿无疑，而小说可以被视为"假扮真实"（make-believe）而免受质疑，现在角色颠倒过来了。正如珍尼特·马尔科姆②在 1994 年所说，普拉斯–休斯（Plath-Hughes）的故事中许多矛盾的、有争议的事实强调了一种"认识论上的不安全感，传记和自传（以及历史和新闻）的读者总是被这种不安全感所困扰。在一部非虚构作品中，我们几乎永远不会知道事实的真相"。相反，"无争议报道这一理想却通常在小说中实现：作者忠实地报告他想象中所发生的事情……只有在非虚构作品中，到底发生了什么事、人们的思想感受如何这些问题才始终是悬而未决的"。③

悬而待决——并且，谢天谢地，在我们的社会中引发争议。总之，以前维多利亚文坛中"口风严谨"（mealy-mouthed）的日志家，以及传

---

① 原文为 sine qua non。

② 珍尼特·马尔科姆（Janet Malcolm），美国知名记者，著有《心理分析：不可能的职业》《弗洛伊德档案》《记者与谋杀犯》《偷窃讲习所》《沉默的女人》《阅读契诃夫》等书，以及刊载在《纽约时报》和《纽约客》上的大量文章。

③ Janet Malcolm, *The Silent Woman*, New York: Knopf, 1994, pp. 185–186.

记和自传写作的参与者都到达了一个新世界的边缘,而且,让他们吃惊的是,这个新世界为我们提供了当代图书出版、电影、电视、广播、戏剧和互联网活动中最具争议、最具挑战性和最令人着迷的领域之一。

阅读别人的邮件

从更广的角度来看,传记和小说之间适应性、进化性的相互影响显然在每个层面上、每个媒介中都激发了双方的追求。但并不是每个人都欢迎这一现象,例如,珍妮特·马尔科姆就明确抨击了这种隐藏在现代传记"学术"的面具背后,使传记得以流布的虚伪本质。

> 推动传记作者和读者的窥阴癖和好管闲事主义被一种学术机器所掩盖,这种学术机器设计出来是为了给所谓传记公司一种平白淡然和同心协力的外在印象。传记作者几乎被描绘成一种赞助人。他被视为牺牲了多年的生命来完成任务,孜孜不倦地坐在档案馆和图书馆,耐心地进行采访和寻找证人。他什么地方都去,而且他的书越能反映他的努力,他就越觉得自己有一种令人振奋的文学体验,而不是简单地听人们背后的闲言碎语或者是阅读别人的邮件。①

考虑到马尔科姆女士实际上从来没有为一部严肃而深入探究的学术

---

① Janet Malcolm, *The Silent Woman*, p. 9.

传记而牺牲多年的生命，这至少可以说是不公平的。毋庸置疑，二十世纪后期许多传记作家的纯粹研究工作和学术成就极大丰富了西方社会的学术基础。① 这些人包括理查德·霍姆斯（Richard Holmes）、迪尔德丽·贝尔（Deirdre Bair）、伯纳德·克里克（Bernard Crick）、莱斯利·A. 马钱德（Leslie A. Marchand）、马丁·吉尔伯特（Martin Gilbert）、约瑟夫·艾莉丝（Joseph Ellis）、艾伦·马西（Alan Massie）、多丽丝·卡恩斯·古德温（Doris Kearns Goodwin）、汉弗莱·卡彭特（Humphrey Carpenter）、维多利亚·格兰丁妮（Victoria Glendinning）、林德尔·戈登（Lyndall Gordon）、赫尔迈厄尼·李（Hermione Lee）、朱迪斯·布朗（Judith Brown）、菲利普·齐格勒（Philip Ziegler）、布伦达·马多克斯（Brenda Maddox）、H. C. 罗宾斯（H. C. Robbins），以及其他成千上万的人。

　　反过来，大量学术性的、深入研究的纸本传记鼓励小说家在他们的虚构作品中加入真实人物时做更仔细的研究。因此，比方说菲利普·罗斯②并没有读过大量关于这位先驱者、政治绥靖者查尔斯·林德伯格（Charles Lindbergh）的传记的话，他的杰作《反美阴谋》（*The Plot against America*）可能已被证明是一部不那么令人信服的关于二十世纪四十年代在美犹太人受到威胁的推测性小说，小说里的时任"林德伯格总统"也是虚构的——罗斯在他小说的结尾也坦诚了这一"债务"。从诺曼·梅勒③的《玛丽莲》（*Marilyn*）（1973），到科尔姆·托宾④的《大师》

---

① See Backscheider, *Reflections on Biography*, pp. 182–201.

② 菲利普·罗斯（Philip Roth，1933-2018），美国作家，著有《再见吧，哥伦布》（*Goodbye, Columbus*），《人性的污秽》（*The Human Stain*）等。

③ 诺曼·梅勒（Norman Mailer，1923-2007），美国著名作家，著有《裸者与死者》（*The Naked and the Dead*），《夜里的军队》（*The Army of the Night*）等，被誉为"海明威第二"。

④ 科尔姆·托宾（Colm Toibin），爱尔兰作家和文学评论家，著有《大师》，《黑水灯塔船》（*The Blackwater Lightship*）等。

（*Master*, 2004），再到 A. S. 拜厄特①的《占有》（*Possession*）、乔·埃兹特哈斯（Joe Eszterhas）的《美国狂想曲》（*American Rhapsody*）、阿兰·德·波顿②的《亲吻与诉说》（*Kiss and Tell*）以及戴维·洛奇③的《亨利·詹姆斯》（*Henry James*），在一个由真实个体人物的故事和故事讲述占据主导的时代，小说家已然并将继续摆弄传记。随着大量作品的影视化改编，越来越多的电视和电影传记片被搬上银幕——比如简·舒特（Jan Schutte）的《告别》（*The Farewell*）（2002 年由约瑟夫·比埃比克勒主演），一幅关于贝托尔特·布莱希特和他的女性圈子的扰人难忘的肖像画；或者奥利弗·赫斯比格尔（Oliver Hirschbiegel）的《帝国的毁灭》（*Downfall*；2004 年由布鲁诺·甘兹主演），此片根据阿希姆·菲斯特（Joachim Fest）的纸本传记和特劳德尔·荣格（Traudl Junge）的纪录片《采访》（*Interview*）改编，对希特勒最后的日子进行了戏剧化描写——很明显，纵使词典编纂者们仍然停留在十九世纪，作家、艺术家、导演和参考书编纂者们却已经步入了二十一世纪。丹尼尔·伯特（Daniel Burt）于 2001 年出版的《传记汇编》（*The Biography Book*），或许是传记命运转折点的最好标志。作为一部诸知名传记的文献汇编，它不仅列出了纸本出版的关于个人生平的非虚构作品，还列出了“传记小说”和

---

①　A. S. 拜厄特（A. S. Byatt, 1936– ），英国小说家、诗人和文学批评家，布克奖得主。著有《占有》、《天使与昆虫》（*Angels and Insects*）等。

②　阿兰·德·波顿（Alain de Botton），英国作家，著有《拥抱逝水年华》（*How Proust Can Change Your Life*）、《亲吻与诉说》等。

③　戴维·洛奇（David Lodge, 1935– ），英国小说家和文学评论家，著有《电影迷》（*Movie Fan*）、《小世界》（*Small World*）等。

"传记电影与戏剧改编"。①

赋予你的人生以意义

事实是,关于真实生活的刻绘——采用各种样态,从漫画②到散文,从讣告到戏剧化的电视巨制,从电影到歌剧,从博物馆展览到书籍,从广播传略到电影纪录片及博客——是今天我们继续迷恋个性的标志。不管我们如何嘲笑像"杰里·斯普林格秀"(Jerry Springer Show)这样的电视节目所鼓励的自我暴露,或者互联网上过多的自恋式博客,都无法否认人们对于以个人身份被倾听的渴望,而不仅仅是以身份不明的统计数字或者投票集团的成员身份。

在 2006 年当被要求谈论弗雷丑闻的影响以及它所引发的"回忆录中的真相"这一问题时,威廉·津瑟(William Zinsser)③非常清楚地表达了人们的这一渴望。(弗雷被迫公开承认,他最畅销的传记故事大部分是编造的。可怜的弗雷遭到了脱口秀主持人奥普拉·温弗瑞〔Oprah Winfrey〕的痛斥。和数万读者一样,奥普拉也对弗雷的自传式欺骗感到痛苦。)津瑟对二十世纪九十年代"充斥着大量自怜和自我揭露的回忆录潮"表示

---

①   Daniel S. Burt, *The Biography Book: A Reader's Guide to Nonfiction*, *Fictional*, *and Film Biographies of More Than 500 of the Most Fascinating Individuals of All Time*, Westport, Conn. : Oryx Press, 2001.

②   "连续性漫画"本身就是传记的一个引人入胜的方面,有着悠久的历史。近几年来,漫画已经成为了全本书籍甚至是电影的制作基础。例如阿特·斯皮格曼(Art Spiegelman)的《鼠族》(*Maus*,始于 1971 年,二十世纪八十年代成书),哈维·贝克(Harvey Pekar)的《美国荣耀》(*American Splendor*,始于 1976 年,2003 被拍成电影)和贝克戴尔(Alison Bechdel)的《悲喜交家》(*Fun Home*, 2006)。

③   威廉·津瑟(William Zinsser),美国作家、编辑兼教授,著有《写作法宝》(*On Writing Well*)等。

遗憾——他称之为"回忆录的十年"①——不过,却对那些试图进行自传之旅的人表示了同情:

> 多年来,我一直在新学院和其他地方教授关于回忆录写作和家族史的成人课程,我突然意识到,写作老师虽没有注册,却已成为这个国家的聆听者,加入了治疗师、牧师和拉比(犹太教教士)的行列。人们来上写作课,他们看起来很自信,衣着很得体,他们在平日已经组织得足够充分以便来报名参加这门课程,并在正确的时间出现在正确的地方。然后他们开始谈论他们想要写的故事,你意识到他们正在与大量的逆境作斗争,而这是你在其他地方无法知晓的。

津瑟不是心理治疗师,他说自己也不想成为心理治疗师。他相信他能提供的是帮助人们解释"一种在此能让你赋予你的人生以意义的机制"。②

电影导演也有类似的经历。例如,纪录片制片人理查德·罗杰斯到2001年去世时,享年五十七岁,已经积累了一百五十个小时的自传性电影,包括执导素材和自我观察。③

与此同时,津瑟的成人学生正"通过写作去理解自己是谁,自己曾经

---

① William Zinsser, *Writing about Your Life: A Journey into the Past*, New York: Marlowe, 2005, p. 157.

② "Truth and Memoir: A Conversation with William Zinsser", *Authors Guild Bulletin*, Spring 2006, p. 43.

③ Lily Koppel, "A Student, and a Glimpse through the Eyes of a Mentor", *The New York Times*, April 8, 2006, p. A12.

是谁,他们出生是为了什么。我被学生们努力实现这些的勇气与诚实所打动"。詹姆斯·弗雷可能是在"逃避真相,但我并不认为这是大多数回忆录作者的目标。我认为他们正拼命地试图通过写作来寻找生活的真谛"。①

对此,人们只能补充一句:阿门! 就像晚期埃及木乃伊上的彩绘画像一样,我们今天正在制作的无数传记式描绘——艺术的和非艺术的,高贵的和俗气的——都将成为我们留给后代的记录。仅这一点就意味着传记的历史和实践值得进一步探索——而且,随着第三个千禧年的到来,对"传记"的重新定义也早该完成了!

结　语

今天,传记正方兴未艾。但是在结束这一主题之前,让我们简单地回顾一下未来的生命刻绘,而不管我们的镜头有多模糊。

大量涌现的传记作品如此受欢迎,反映出社会对个体的迷恋在西方很可能会继续呈指数增长。然而,正如二十世纪二十年代的传记作家们想知道独裁统治是否会导致新型的"圣徒传记"(hagiography,事实也确实如此)一样,人们不禁要问,如果个体性(individuality)本身被政治或宗教意识形态,或改变人类个体的生物学天性的科学进步所取代,结果将会发生什么。

---

① "Truth and Memoir: A Conversation with William Zinsser", p. 43.

后一种情况比人们想象的离得要近。自从 1996 年 7 月 5 日绵羊多莉(Dolly)被爱丁堡罗斯林研究所的科学家克隆出来后，个体性这一概念——文艺复兴以来西方文明的基础——不仅引起争议，而且从字面上讲也成为一个机体组织。

多莉活了六岁便早早去世——在患上一种进行性肺部疾病后被她的创造者置入了沉睡。但是，基因克隆仍在继续，而且不可避免地会在人类身上进行，而不仅仅是在植物和动物身上进行。既然已经绘制了人类基因组图谱并且可以修改或"纠正"人类"缺陷"，那么出生之后的基因改变同样会影响个体性。

一旦个体性可以被改变、标准化和"加工"，作为对真实个体描绘者的传记将承担什么样的任务？未来不仅对科幻小说家很有意思，而且对我们这些热衷将传记作为个体研究的人来说也是如此。

一旦克隆得以普及，人们仍无法确定对真实生命的描绘将如何发展。这将是传记无休止的生死斗争的新篇章，如同过往一样。同时，对进化心理学的研究——关于先天与后天的激烈辩论，关于遗传易感性与西方社会文明规则的争论——使现代世界中的传记事业变得更加引人入胜且富有争议。

作为一个物种，我们仍然享有我们的表亲——类人猿的许多特征，同时不断发明出新的思维方式和个体行为方式。正如灵长类动物学家弗兰斯·德·瓦尔(Frans de Waal)所写的那样，克隆可能是一种智力上令人兴奋的、潜在更好的繁殖方式，它利用已证实的基因"而不掺杂其他人基因的缺陷"。然而，正是这种混杂才使我们的物种得以生存至今。而且，德·瓦尔指出，这将标志着传记作为我们对个体之好奇心的表达的末日："想象一下我们将居住的勇敢新世界，到处都是无性别、外表相同的人。不再有关于谁爱谁，谁与谁离婚，或谁欺骗谁的八卦消息"，没有更多的"肉体罪过，也没有痴情，没有浪漫的电影，也没有流行歌手的性标志。它可能会更有效率，但它也会是人们可以想象的最无聊乏味的地方"。①

————————

① Frans de Waal, *Our Inner Ape*, New York：Riverhead，2005，p. 94.

附录四 我们正何由转向?

——"传记与生命写作"研究及其意识形态①

杨亚楠 梁庆标 译

鄙人很荣幸能为此书贡献一篇文章,特别是因为我曾被本书编者中的两位在其他地方说成是有必要发动"传记转向"(biographical turn)的缘由之一。不过,这不会是一份自我辩护,因为就对我提出的正面指

---

① 本文译自: Craig Howes, "What are We Turning from? Research and ideology in biography and Life Writing", in Hans Renders, Binne de Haan and Jonne Harmsma eds., *The Biographical Turn: Lives in History*, New York: Routledge, 2017, pp. 211–236. 特此向豪斯教授致谢。需要交代的是此文的背景: 荷兰学者仁德士等人指控豪斯及权威刊物《传记》要为传记泛化为"生命写作"现象负责,由此发动了朝向传统史传的"传记转向",准确地说是逆流回转。豪斯结合自己半生的传记研究与长达二十二年的办刊经验,通过一系列精确的数字统计与细致分析予以回应,依据发文主题、下载数量、接受倾向等客观数据有力地反驳了保守的回潮倾向,指明了传记更加开放、包容、多元的必然趋向,揭示并证实了其民主自由本质,捍卫了生命写作的社会政治价值,实乃敦促仁德士等人向前"转向"的金玉良言,无疑也是对西方近年来传记研究现状的绝佳评述。

② 克莱格·豪斯(Craig Howes),夏威夷大学传记研究中心(CBR)主任,国际传记界权威刊物《传记: 跨学科季刊》联合主编之一、上海交通大学传记中心主编的《现代传记研究》学术顾问,出版了《夏威夷人的价值》(2010)、《传记教学》(2007)、《越南战俘的声音》(1993)等多部著述及多篇传记研究论文,合作拍摄了六集《夏威夷人传记》系列纪录片。此公乃"国际传记学会"创办元老之一,乐于发现并提携后进,友交天下、热诚善辩,在国际传记界颇富声望。

控而言,我恐怕必须招认有罪。仅就正处在不断拓展的"生命写作"
(life writing)领域,提供传记学术和理论中迄今为止相对突出的最新信
息,那么对本书更有价值的数据源自我合作主编二十二年之久的《传
记:跨学科季刊》(*Biography: An Interdisciplinary Quarterly*),它能够显示
出研究人员和评论家究竟下载了哪些文章。接着,我会审视一下近期
的一个学术活动——传记家通过"国际传记家协会"(BIO)创建了一个
用于讨论和专业化发展的论坛。我真正期望带来的,不单是从消费者
角度对生命写作目前趋向的把握,也希望能为生命写作和传记的探究
者、学者和写作者提供一些建议,帮助他们以互利的方式弥合明显的
分歧。

公众之声：生命写作和传记研究者真正读了什么

　　在汉斯·仁德士(Hans Readers)和宾内·德·哈恩(Binne de Haan)
共同编撰的《传记理论探讨:基于历史、微观史和生命写作的方法》
(*Theoretical Discussions of Biography: Approaches from History, Microhistory,
and Life Writing*)一书中,作者对传记理论和生命写作的"意识形态"进行
了明确的区分。在《学界中传记与生命写作批评前沿:传记自何处转向
生命写作》中,仁德士认为生命写作是比较文学、性别研究和文化研究的
产儿,其行动的"最终目的是证明这些自传性档案的作者是社会背景的受

害者".① 其目标不是知识的增长,而是迈克尔·霍尔劳伊德所说的"追溯性正义",仁德士在 IABA-L 上为他的论点找到了最有力的证据,而 IABA-L 是我已经主持了十八年有余的国际自传／传记协会(International Auto／Biography Association)的电子邮件列表。② 仁德士指出,"这些呼吁和出版物关注的是受虐者和被强奸的妇女;针对父亲们的'父系记述';'如何成为母亲的叙述';'犹太妇女和漫画';同性恋者;以及遭受气候变化、种族主义、战争和社会排斥等苦痛的创伤群体。"简言之,他认为,"原本以希特勒或爱因斯坦等独异人物以及名声稍次者为基础的传记传统,由此被一种专注于被误解的个别人物的研究传统所取代"。③ 随之而来的是学科规约与平衡的崩溃。生命写作的"意识形态性学界立场与下述真正的学术要义直接悖立,后者追求尽可能客观地去分析世界(包括过去),目的是更好地理解它,但并未指令研究者去纠正不公的义务"。④

在《生命写作中传记的沉落》一文中,德·哈恩也同样认为,生命写作的蓬勃发展其实是"以牺牲传记化生命写作文类中的史传和新闻式传统为代价的"。⑤ 他追问道:"确切来说,传记是如何在学术语境中被由生命写作学者所主导的研究所取代并冷落一旁的?"而他在《传记》出刊史上找到了他想要的答案,那就是"它在一个具有讽刺意味的命运转折中……

① Hans Renders, "Biography in academia and the critical frontier in Life Writing: Where biography shifts into Life Writing", in Hans Renders and Binne de Haan (eds.), *Theoretical Discussions of Biography: Approaches from History, Microhistory, and Life Writing*, Leiden／Boston: Brill, 2014, p. 169.

② Michael Holroyd, "Changing fashions in biography", *The Guardian*, 6 November 2009; quoted by Renders, *Biography in academia and the critical frontier in Life Writing*, pp. 171–172.

③ Renders, *Biography in academia and the critical frontier in Life Writing*, p. 172.

④ 同上。

⑤ Binne de Haan, *The eclipse of biography in Life Writing*, in Renders and De Haan (eds.), *Theoretical Discussions of Biography*, pp. 177–194.

不再聚焦于作为文类的传记"。① 实际上，作为在 IABA 电子邮件列表上发布有关会议和出版机会公告的负责人，我可以声称自己只是一个信使，不断转发以生命写作为主流的新闻。然而，德·哈恩认为，作为《传记》的主编我则是罪魁祸首："从参孙时代开始的转变"——乔治·参孙，1978年至 1994 年任《传记》主编——"经过某些延迟，到了豪斯时代正巧发生了主题上的改变。在处于主导地位二十年后，传记研究逐渐沦为背景，而生命写作渐渐居于前景要地"。② 统计数据支持这一说法。在 1997 年开始大幅下降之后，"2006–2011 年间［《传记》］共刊发 67 篇文章，其中 20篇涉及传记(约占 30%)"。③ 鉴于这一退步，"可能是时候出版一本新的期刊了，它将承担起以跨学科模式推动传记研究的责任。建议刊名：《传记研究》"。④

听来或许有些吊诡，我现在将为仁德士和德·哈恩的指控提供进一步的数据统计支持。首先是一些背景。《传记：跨学科季刊》于 1978 年创办，2015 年春出版了第 150 期。自 2000 年起，每年的冬刊被辟为特刊。它通常由特邀编辑负责，比常规卷期丰厚得多。自 1997 年，我们大大扩充了生命写作批评与理论的年度评注文献书目，它在秋刊刊登。它目前包含 1 400到 1 500 个条目。我们还在一些春夏刊上发表了多篇专题文章——3 到 6篇或更多相关联的文章。最近几年，我们年均共发表 20 到 30 篇论文，及 20到 25 篇关于生命写作批评及理论的书评。多年以来，刊物每期都会有一个名为"新传评荐"(Reviewed Elsewhere)的特色专题，提供来自世界各地有关

---

① De Haan, *The eclipse of biography in Life Writing*, p. 178, 191.
② 同上，页 190。
③ 同上，页 192。
④ 同上。

传记、自传及生命写作著述的简介汇编。

　　随着二十世纪九十年代后期期刊在线发行的上升,我们的印刷订阅量大幅度下降。但是多亏了数字存储数据库 Muse 和 Ebsco,我们目前能够拥有 2 500 到 3 000 个机构用户。在 Muse 系统上,我们年均有 6 万篇文章被完全下载。由于我们整个运行情况都呈现在这个服务器上,所以它提供了用户使用情况最详细的数据,我认为其数字是具有代表性的。

　　我们来聚焦于 2014 年 1 月至 2015 年 5 月间下载量居前 100 的文章。有 8 篇是年度评注文献书目,且其中有 6 篇在前五十名中,表明这类文章受到高度重视。在余下的 92 篇文章中,专刊占 55 篇,其中前五十位有 27 篇,前十位有 7 篇。由于有评注文献的出版,我们秋刊发行论文较少,但委实重要,在前 100 篇中占 11 篇。其中出现 5 篇书评——竟然有一篇是卡尔·罗里森(Carl Rollyson)对仁德士和哈恩的《传记理论探讨》的评述! 值得注意的是,没有一篇“新传评荐”进入前一百名。这一劳动密集型专栏每期却需要 8 到 15 位撰稿编辑九十天内合力工作,因此,尽管哈恩称其为“传记研究者的潜在金矿”,但上述使用数据和其他需要考虑的因素导致我们最近结束了这一专栏。①

　　至于要对比豪斯与参孙时代,如果把分水岭放在第 20 卷第 1 期(1997 年冬刊),那是发表了我成为编辑后所编论文的首期杂志,那么 2014–2015 年间前一百篇文章中有 10 篇出自前十九卷。5 篇有关汤亭亭的《女勇士》(Woman Warrior),一部自传研究的基本文献。下载量最大且排在第十六位的是关于回忆录作家、诗人玛雅·安吉罗(Maya Angelou)的文章。另一篇是讨论阿尔弗雷德·希区柯克(Alfred Hitchcock)作为电影“风格

① 　De Haan, *The eclipse of biography in Life Writing*, p.192.

导演"的文章，其他两篇讨论自传文类。只有一篇文章聚焦传记：劳德·诺埃尔·安南(Lord Noel Annan)对 1850 年至 1950 年间英国同性恋热潮的评论。因此，在 2014 年和 2015 年少半时间里，参孙时代最受关注的 10 篇文章中，有 6 篇关于美国有色人种女性回忆录，2 篇关于自传理论，1 篇关于电影，1 篇关于同性恋——这与仁德士对生命写作忧虑的描述若合符节，却很难应和德·哈恩认为参孙时代以传记为焦点的描述。

我们最受欢迎的文章被下载了 1 236 次——一天达两次——第 50 位的文章超过 250 次下载，甚至第一百位的文章超过 150 次下载。前一百篇文章的内容是仁德士和德·哈恩观点的有力证明。以下是我们最常被查阅的特刊主题，后跟出现在前一百的篇数："(后)人类生命"(2012 年)8 篇；"生命写作与私密公众"(2011 年)7 篇；"个体的影响：生命写作的见证价值"(2004 年)和"自传与身份改变"(2001 年)，均为 6 篇；"传记电影"(2000 年)、"网络传记"(2003 年)、"电影中的自我投射与自传"(2006 年)、"邪恶的后殖民主义"(第 36 卷第 1 期，2013 年)，每一类都有 4 篇；此外，"个人叙事与政治话语"(2010 年)、"漫画自传"(2009 年)和"栖息于多重世界：反全球化时代的自传／传记"(2005 年)，每一类都是 3 篇。

可以说，由于我们的专刊在前一百名中占据主导地位，便可预见其论题将在整个主题列表中占据统治地位。一分耕耘，一分收获。无疑，阅读活动总况甚至为仁德士和德·哈恩的指控提供了更多证据。且以媒介为例。8 篇论文和评论处理的是图像叙述，包括下载量居前两位的 2 篇和前二十五位中的 5 篇。讨论网络或独立文化的文章多过 9 篇，还有 7 篇论电影的文章。关于科幻小说、真人秀和艺术的论文各占两篇。毋庸置疑，当我们转向批判性，即意识形态方面的问题时，数字就更引人注目了。在前百篇中，超过四分之一(27 篇)的文章涉及种族、同性恋和变性叙述，或者人权、证词或文化研究——而这个数字还不包括那些我所列出的关于漫画回忆录（graphic memoirs）、传记电影和在线文本的文章，这些文章都关乎种族和性取向问题，我将其列入媒介类别之中。近五分之一的文章(19 篇)是关于自传理论和批评的——或者是对文本的解读，或者是对以文字方式呈现自我之典型特征的讨论。最常被探讨的作家也恰恰证实了《传记》的生命写作主调。总体看来，马尔科姆·X、奥斯卡·王尔德和汤婷婷是前百篇论文中13 篇的主题。

任何熟悉生命写作批评和理论的人都知道女性主义一直具有普遍而深远的影响。不必统计有多少篇文章涉及性别问题——在前百篇文章中超过一半——我只想指出其中 61 篇文章由女性作者撰写，33 篇的作者是男性；7 篇合著文章的 14 位作者中有 13 位是女性；在我们已经出版或计划出版的 18 期专刊中，有 5 期的文章由单个男性作者编辑，4 期则由女性编辑，不过有 5 期是由两位女性作者合编的，1 期则由两位男性作者合编，另有 1 期的编辑是一位女性和一位男性，1 期是两位女性和一位男性，此外 1 期是三位女性和一位男性。总数呢？ 20 位女性，10 位男性，谁有 1 篇以上的文章进入前一百名？ 西多妮·史密斯(Sidonie Smith)和朱莉娅·沃森(Julia Watson)也许堪称最著名和被引用最多的理论家和生命写作史家，她们或单独或一起出现：史密斯出现了五次——两次与沃森，一次与凯·沙弗，两次单独出现；沃森出现了三次，包括独立出现一次。吉连·惠特洛克(Gillian Whitlock)出现了五次——四次是独立，另一次是和安娜·波莱蒂(Anna Poletti)，后者也单独出现一次。利·吉尔摩(Leigh Gilmore)有 3 篇论文，劳丽·麦克尼尔(Laurie McNeill)、劳拉·莱昂斯(Laura Lyons)和玛格丽塔·乔利(Margaretta Jolly)都是 2 篇。所以，在下载量前一百中，有 21 篇论文由八位卓越的女性主义学者完成。

　　关于在过去的十七个月里人们对《传记》中的哪些文章评价最高，下载量排名前二十的文章提供了一个不令人意外的印象。排名前两位的文章都是关于"漫画回忆录"的：维多利亚·埃尔姆伍德(Victoria Elmwood)论述了阿特·斯皮格曼(Art Spiegelman)的《鼠族》(Maus)中的创伤，朱莉娅·沃森(Julia Watson)则解析了阿利松·贝克黛尔(Alison Bechdel)的《悲喜交家》(Fun Home)。劳里·麦克尼尔(Laurie McNeill)关于社交网络和后人类自传／传记的文章排名第三，研究石黑一雄(Kazuo Ishiguro)《别让我走》(Never Let Me Go)的文章排名第四——不过我怀疑其兴趣在于科幻作品和小说，而非生命写作；第五篇关切的是韩国人对跨国收养的再现，主要呈现在电视上；第六篇是史密斯和谢弗关于生命叙述和人权的文章；第七篇是朱莉叶·拉克(Julie Rak)研究网络博客和数字怪人的论文；第八篇是关于奥斯卡·王尔德法庭审判的电影呈现的；第九篇是对图像化历史叙事的评述，而第十篇则是对劳伦·贝兰特(Lauren Berlant)的采访；第十一名是史密斯和沃森关于第一人称证言中伪证的论文；第十二位讨论的是梅雅·黛伦(Maya Deren)的电影，第十三篇则讨论了见证和创伤美学，第十四名聚焦的是鲁保罗(RuPaul)和凯特·波恩斯坦(Kate Bornstein)的生命写作中的阻力；第十五篇研究了黑人女性激进分子对马尔科姆·X的潜在影响，第十六篇探讨了玛雅·安吉罗回忆录对强奸的再现；第十七篇是惠特洛克和波莱蒂关于我们"漫画自传"(Autographics)特刊的导论，第十八篇调查研究了1953年伊朗政变中出现的自传。温迪·赫斯福德(Wendy Hesford)关于见证的文章排名十九；第二十篇则是我们2009–2010年设置的评注式参考文献。

　　这一综述似乎证实了仁德士和德·哈恩的论点，即传记研究已经被意识形态化的生命写作所遮蔽。前二十篇中的4篇，且其中3篇位居前十,处理的都是图像叙事。共 5 篇事关见证和证言。2 篇集中于网络博客和社交媒体。3 篇讨论电影或电视纪录片,1 篇讨论以自传形式出现的小说。3 篇触及的是因种族或性别而被边缘化的个体的回忆录。1 篇是关于"私密公众"杰出理论家的采访,另 1 篇是我们的评注式参考文献。换言之,我们现在的读者对这些年来《传记》杂志发表的关于传记批评和理论的诸多文章很少或根本不感兴趣。

　　我们从大约能为"传记转向"带来一些憧憬的这种状况中得出什么结论呢? 我将建议三点——其一是关于网络环境下读者和期刊之间的关系;其二关于文类;其三关于使隐喻成为可能的维恩图表。首先,相当数量(即便不是绝大多数)没有下载我们的文章的读者,都自认为是任一形式的生命写作的专家。他们的搜索词条来源于他们对图像叙事或互联网或流行媒体文化(电影、电视等)或文化研究的兴趣,且通常聚焦于后殖民、土著、种族、性别或同性恋研究。而除非作为必要的引文,出现在《传记》上的文章之间基本上无甚关联。

　　这让人回想起乔治·参孙创立一份"跨学科季刊"的愿景。《传记》一直都是论坛型杂志。在它创办的第一年,就发表了涵盖法律和文化史学家、文学专家、心理学家、社会学家和图书馆员的文章。它还通过在首期发表题为"生命写作术语汇编"(*Glossary of Terms in Life Writing*)的分期刊登长文来宣告它的恢弘容量。编纂者唐纳德·温斯洛(Donald Winslow)指出,"长期以来一直需要一份能够使传记、自传与其他生命写作分支相联系的参考术语表"。所以德·哈恩所言的没落从一开始就在意料之中。参孙对传记研究有着强烈的偏好,尽管他搭起的框架很大,但最终,投稿才决定了《传记》何以反映这一领域的发展。正如德·哈恩指出的,这一原则使我们不能拘泥于只出版或主要出版传记研究的任何承诺,尽管这种观念影响了《a / b：自传 / 传记研究》(*a / b：Auto / Biography Studies*)这一美国期刊的创办。近年来,《传记》的内容已经远远超出了多数人所能够设想的领域界限。例如,德·哈恩写道:"然而,看来只有把生命写作和传记的主题限制在人类自身的生命上才唯一合理"。① 天哪!我们 2012 年论《(后)人类生活》([*Post*]*Human Lives*)的专刊——它获得了"知名学术期刊编委会"颁发的最佳专刊奖——竟容纳了关于狗狗、病毒、视觉修复学(visual prosthetics)、化身(avatars,即阿凡达)和"半活体解忧娃娃"②的文章。尽管米特·罗姆尼③和美国联邦最高法院可以批准,但我们 2014 年的《生命写作与合组人格》专刊想必不会通过德·哈恩的审查。

也许问题最终存在于隐喻之中。德·哈恩所言的"衰落"暗示了某个谐和领域被更大而不同的东西所遮蔽的现象,对仁德士而言,这是一件非常糟糕的事情。但是如果我们把这种比喻从天文转向地理呢? 对仁德士和德·哈恩来说,传记研究处理的应该是"历史中的生命"。传记家和研究者应该客观地评价历史证据,以建构一种生命叙事或关于这一文类的理论。这是一个有着明确预设和边界的整体设想。比如德·哈恩赞许《历史传记杂志》(*Journal of Historical Biography*)能"把传记排他性地指向一种历史形式",但他也认为传记"不仅仅是史传的一个分支"。④ 这固然很好。但委实令我不解的是,在过去三十年里蓬勃发展的关于生命写作的广泛研究何以阻滞或阻止了仁德士和德·哈恩所捍卫的那类研究。真正的争论似乎

① De Haan, *The Eclipse of Biography in Life Writing*, p. 180.

② *Semi-Living Worried Dolls*,澳大利亚艺术家凯茨和祖尔(Oron Catts and Ionat Zurr)完成的活体组织系列艺术,利用半活体细胞在人造子宫中培育了现代版的"解忧娃娃"。

③ Mitt Romney,美国共和党政治家,摩门教徒,持保守立场,2012 年总统竞选中败于民主党候选人奥巴马。

④ De Haan, *The Eclipse of Biography in Life Writing*, p. 193.

关乎地位优越问题。生命写作拒绝实践或承认传记研究在学术严谨性上的优越与中心地位——而这一领域在早些时候曾受到应时的重视，但如今它却被这另一种欲图染指王座的意识所忽视或不加尊重。

与其接受一种研究模式在另一种模式前已暗淡无光或被排挤，我更建议把仁德士和德·哈恩所描述的传记研究视为更大、更广阔世界里的一个国家或地区。然而转念一想，为了避免这样的地理隐喻可能暗示的殖民或帝国含义出现，且让我们转向几何学和维恩图表。尽管传记研究和生命写作在主题选定、政治或文化主张方面存在差异，但它们在生命叙事和发声解读方面共享基本兴趣。从这个角度来看，德·哈恩所言的"衰落"看来是局部而不是整体的。在最后一节中，我将指出这种观念转变对"传记研究"可能带来的益处。

生命写作与传记：理论反响热潮

许多研究者都指出，回忆录热潮在过去二十年里一直在回荡，其理论家是朱莉叶·拉克，她在 2013 年出版了《爆炸！：为大众市场制作回忆录》(*Boom!: Manufacturing Memoir for the Popular Market*)。然而，对传记学者来说，更大的潜在影响是我所说的反响热潮：世界范围内的生命写作批评、期刊、中心、机构、会议、学位授予和学术课程设置等在同时增加。在简要描述这一现象之后，我将重点介绍两个著名的反响热式组织——"国际自传／传记协会"(IABA)和"国际传记家组织"(BIO)——尽管它们在某些方面存在根本性差异，但它们有一个共同的关注点，可以将我们回到朱莉叶·拉克，以及市场、消费者和生产问题本身。

　　尽管批评家和理论家已经做了几个世纪的生命写作研究，但过去的四十年见证了其研究和支持机构的爆炸式增长。《传记：跨学科季刊》于1978 年创办，《a／b：自传／传记研究》是 1985 年出版；英国自传／传记研究团体社会学会自 1991 年迄今一直举行会议，并出版了《自传／传记》（*Auto ／ Biography*），如今则是《自传／传记年鉴》（*Auto ／ Biography Yearbook*）。菲利普·勒热讷的《卢梭的错误：自传和自传遗产协会评论》（*La faute à Rousseau: Revue de l'association pour l'autobiographie et le patrimoine autobiographique*）（APA）始于 1992 年。1994 年出现了《传记及资料研究》（*Biography and Source Studies*），后来成为《生命写作年刊：传记及自传研究》（*Lifewriting Annual: Biographical and Autobiographical Studies*）。柯廷科技大学于 2004 年创办了《生命写作》（*Life Writing*），2007 年，加拿大菲沙河谷大学出版了《历史传记杂志》。《欧洲生命写作杂志》（*The European Journal of Life Writing*）由 IABA 欧洲分会于 2012 年创办，上海交通大学传记中心的《现代传记研究》（*Journal of Modern Life Writing Studies*）也在 2012 年创刊①。

　　位于马诺阿的夏威夷大学"传记研究中心"成立于 1987 年。纽约城市大学利昂·列维传记中心于 2010 年加入了这一队伍。在欧洲，勒热讷的APA 始于 1992 年，2004 年位于荷兰的传记研究会成立，2005 年则在维也纳成立了路德维希·玻尔兹曼传记历史与理论研究所。不过，在英国的爱丁堡、东英吉利、苏塞克斯、牛津、南安普敦、东伦敦、金斯敦和伦敦国王学院等大学已经出现的传记中心、课程、学位或研究机构中，你将听到最大的回响。

_____

　　①　实为 2013 年秋季创办。

会议方面,IABA 始于 1999 年的北京。其首批成果是一份[共享]资讯的电子邮件列表和一份举行后续会议的协议;随后又有一个网站和三个区域分支成立——欧洲、美洲和亚太地区分部。著作出版早已将生命写作纳入其中。西多妮·史密斯和茱莉亚·沃森的论著选集;奈杰尔·汉密尔顿、赫尔莫内·李、凯瑟琳·帕克、汉斯·仁德士和宾内·德·哈恩的传记综论;以及本·雅戈达(Ben Yagoda)和 G. 托马斯·考泽(G. Thomas Couser)的回忆录研究,这些仅是宏大图景中的一部分。① 至于工具书,玛格丽塔·乔丽的《生命写作百科全书》(*Encyclopedia of Life Writing*)是目前最具雄心和厚重的著作,而《生命写作教程》(*Teaching Life Writing*)则是由米里亚姆·福克斯(Miriam Fuchs)和本人共同编纂的。②

在许多学术项目中,创作与研究同等重要。东英吉利大学、金斯敦大学、国王学院和牛津大学都致力于培养传记作家或回忆录作家,且"非虚构创意写作"在许多写作项目中占据显著地位。此外,致力于个人生命写作或传记的非学术性组织也在蓬勃发展。为帮助人们创作传记和自传,书店、

---

① Sidonie Smith and Julia Watson (eds.), *De / Colonizing the Subject: The Politics of Gender in Women's Autobiography*, Minneapolis: University of Minnesota Press, 1992; Sidonie Smith and Julia Watson (eds.), *Getting a Life: Everyday Uses of Autobiography*. Minneapolis: University of Minnesota Press, 1996; Sidonie Smith and Julia Watson (eds.), *Interfaces: Women / Autobiography / Image / Performance*, Ann Arbor: University of Michigan Press, 2002; Sidonie Smith and Julia Watson (eds.), *Reading Autobiography: A Guide for Interpreting Life Narratives*, 2nd ed. , Minneaprolis: University of Minnesota Press, 2010; Sidonie Smith and Julia Watson (eds.), *Women, Autobiography, Theory: A Reader*, Madison: University of Wisconsin Press, 1998; Nigel Hamilton, *Biography: A Brief History*, Cambridge (MA) / Lond on: Harvard University Press, 2007; Hermione Lee, *Biography: A Very Short Introduction*, Oxford: Oxford University Press, 2009; Catherine N. Parke, *Biography: Writing Lives*, New York: Twayne, 1996; Renders and De Haan, *Theoretical Discussions of Biography*; Ben Yagoda, *Memoir: A History*, New York: Riverhead Books, 2009 and G. Thomas Couser, *Memoir: An Introduction*, New York / Oxford: Oxford University Press, 2012.

② Margaretta Jolly (ed.), *Encyclopedia of Life Writing: Autobiographical and Biographical Form*, 2 vols, London: Fitzroy Dearborn, 2001; Miriam Fuchs and Craig Howes (eds.), *Teaching Life Writing Texts (Options for Teaching)*, New York: Modern Language Association, 2007.

社区中心、图书馆、养老院甚至工艺中心都涌现出许多助力团体和工作坊。不过，出于本文目的，我将转向一个专门致力于传记的组织，它以与仁德士和德·哈恩的批评相呼应的方式，展现了和生命写作的区别和反感倾向。

　　"如果你写传记，或正在考虑写传记；如果你在制作传记片，或者正在考虑制作；如果你制作关于人们生活的纪实广播，或者正在考虑制作；或者即使你只是一个忠实的传记读者，来国际传记家组织就对了。"①BIO 的欢迎声明如是说。BIO 成立于 2010 年，主要是詹姆斯·麦克格拉斯·莫里斯（James McGrath Morris）努力的结果，他在两年前创办了在线新闻通讯《传记家的技艺》（*The Biographer's Craft*），从那时起，BIO 一直在举办年度会议。从现在非常熟悉的方式来看，它是一个热情而坚定的防御性组织。BIO 的首任主席奈杰尔·汉密尔顿写道，"传记如今面临许多挑战"，包括"[读者的]关注时间缩短，对名人的崇拜与日俱增"，以及"对自我而非他人的迷恋"。② 作为第三人称[传记]的捍卫者，BIO 将回忆录热潮视为敌人，但"通过共同面对这些挑战，而不是单独面对，我们才可以确保传记作为一种严肃研究、结构清晰、制作精良的记录真实个人生活的作品得以幸存：这是一种自希腊和罗马时代以来就已存在的古老技艺。"

　　尽管提到了传记片或纪实广播，但 BIO 成员大多致力于"传记的写作、研究和销售"。③ 换句话说，在 IABA 成员想研究生命写作的时候，BIO 成员却希望去制作它。典型的 IABA 会议的讨论小组研究的是：人权的理

---

　　① James McGrath Morris, "About", Online. Available HTTP: <http://biographersinternational. org/about/> (accessed 21 July 2015).

　　② Nigel Hamilton, "About", Online. Available HTTP: <http://biographersinternational. org/about/> (accessed 21 July 2015).

　　③ "Conference", Online. Available HTTP: <http://biographersinternational. org/conference-2/> (accessed 21 July 2015).

论化;再现伊斯兰;动物、伦理和再现;生命写作与(或作为)行动主义;新自由主义故事;以及如何纪录移民。BIO 系列会议则包括：如何正确写作：从计划草案到最后一句;让家庭携手;为年轻成人写作;如何与你的代理人打交道……或选择不用代理;传记市场趋势;以及真实和模拟的图书巡回宣传。

存在着兴趣的混融。许多年轻学者正在将生命写作创作实践融入他们的批评计划中,而 BIO 最杰出的两位成员——奈杰尔·汉密尔顿和卡尔·罗利森——在传记史和理论方面都有广泛著述。当然,在大多数情况下,正如下面的个人轶事所示,IABA 和 BIO 在很大程度上是独立的领域。2008 年 2 月,我给莫里斯写信,讨论一篇在《传记家的技艺》上发表的关于利昂·列维传记中心的文章。[①] 此文虽然指出夏威夷有一个传记研究中心,却声称它没有"大量资金支持",而且缺少"纽约城市大学的雄心勃勃的目标"。文章还提到,列维中心的创始人注意到"学界研究者低估了这种非虚构文类",这就是为什么"最好的传记是在学界之外写的了"。因此,这一新中心打算"建立、帮助或促进学术圈内外的传记家之间进行对话、交流和讨论"。

这很好。但对于我们中心资金不足、缺乏雄心的勾勒,我认为必须作出回应——言外之意,列举其成就。在我的电子邮件中,我指出《传记》已经出版了长达三十年;我们每年会出版一期关于本年度生命写作著述的评注性参考文献;我们的大学支持我们的编辑立场、课程实施,并提供实际场地;我们已经举行了四百多场以传记、自传与生命写作领域的批评家、理论家和写作者为嘉宾的演讲;我们还举办会议、制作电视纪录片并出版书籍。

---

① James McGrath Morris, " CUNY opens multi-million dollar biography center ", *The Biographer's Craft* 1(12) , 2008.

　　莫里斯以一个亲切的道歉作为回应，并在《传记家的技艺》中发布了一篇关于我们中心的简短文章。① 不过他的问题很有启发性。他问我们的读者和与会人员是否为"学界中人"，是否"以一种探究的方式对传记感兴趣，就是说，文学系的成员可能会将其视为自己的技能"。对他来说，这显然是一个亚群体：他想知道我们是否与"专职传记家"合作。作为生命写作的捍卫者，我认为在美国我们应当属于更大的群体，因为"事实上就我所知，所有商业和大学出版社的专职传记家都是学者，或是从学术界写出生路来的，因为传记家的一应器具都来自这种训练环境"。

　　我还想指出"（英美）主流的传记出版现状更受制约和更具'学术性'，远甚于世界上许多传记家正在创作的文本和努力解决的议题。例如，如果你看一下美国公众讨论中经常作为典型的传记，就像利昂·艾德尔多年前指出的那样，这些传记几乎都是关于政治家、商人或艺术家的，而且通常出自学术的、档案的和怡人文笔驱动的结合"。

　　我列举了生命写作学者正在追问的一些问题："当我们阅读和写传记时到底在做什么？它们是否延续了关于谁是、谁不是重要人物的定见？它们是健康美食吗？出版市场实际上为那些想成为'专职传记家'的人指定了一小部分潜在主题吗？"尽管我们承认有"高度'学术性'，作家们也常常把我们与'理论'或'批评'相联系而加以鄙视"，不过从另一角度来看，"我们的'学术性'似乎还远不如'杰出'传记家和传记作品名单所示"。

　　莫里斯对此并不欣赏。他在《传记家的技艺》中写道："我还受到过某一机构成员的严厉指责，源于我们以一种消极语气对其工作的新闻报道。"我想那就是我。不过，他对新闻通讯（或扩大说即 BIO）的立场的描述很有

---

　　① James McGrath Morris, "Center for biographical research to host international conference this summer", *The Biographer's Craft* 2(2), 2008.

启发性："我们力求为传记家和读者提供其感兴趣的、公正的新闻报道，提供关于这项技能的实用与有用信息，并促动群体的建立。"①宣传、甚至是大力鼓吹——而非短视的批评者，对传记来说才是正道。而 BIO 则希望获得《传记》一直加以逃避的"名声"：一个致力于第三人称[传记]，对自传几乎没有兴趣，更不必说文化批判、历史主义、身份政治等等的组织。

　　鉴于我们的研究中心和 BIO 之间存在明显歧见，我将转向朱莉亚·拉克以寻求共通点，这可能看起来令人奇怪。她的问题恰恰展现了汉斯所拒斥的关于生命写作的意识形态倾向："此时想进入和他人形成的一种想象性关系意味着什么？它是否意味着对共同体的新兴趣？这是一度强调个人崇拜而疏离社群的新自由主义的最新发展吗？"②不过她的论点至少指出了将生命写作理论与传记实践拉近距离的一个可能。她写道："我想改变理解回忆录的方式，这样就可以把回忆录看作是生产循环的一部分"，她主张"从将书籍仅仅看作是作者思想的文本载体，转变为将书籍视为一个为市场行业所制造的商品"。③ 我建议 BIO——我是其付费会员——可以为传记学者实现这种转变提供一些实用性信息，因为它对这些商品的生产过程如此关注，且在公开地、持续地分享所获得的信息。

　　在此，维恩图表证明是有价值的，它表明，尽管生命写作和传记在数据方面侧重点截然对立，但如果限定在交融点内其合作仍然会富有成效。其年度会议上，BIO 邀请出版商、编辑、代理商和成功作者为有经验的及未来的传记家提供建议。此类会议可能会揭批某些商业"真相"，但可以视其为

---

　　①　James McGrath Morris, "From the editor's desk", *The Biographer's Craft* 3(2), 2009.

　　②　Julie Rak, *Boom!: Manufacturing Memoir For the Popular Market*, Waterloo：Wilfrid Laurier University Press, 2013, p.4.

　　③　同上。

达到目的的手段——向读者传送传记。虽然 IABA 的学者和批评家也对出版业感兴趣，但他们更倾向于把这个行业看作是一个有守卫者的意识形态机器，它将生活经历叙述制作成知名文学市场的商品。我认为，BIO 成员和生命写作学者可以从各组对投入过程的关注中共同获益。例如，拉克对出版商和书商是如何以推广和销售为目的，而将传记放在生命写作类别中的记述，应该会让那些希望把自己的作品放在这种交换体系中的传记家们非常感兴趣。相反，BIO 会议和《传记作家的技艺》所提供的精明的营销建议，对与传记相伴而生的文化和政治设想亦有高度启发性。比如，把一部手稿编排为以野心为代价的警示故事，或是技术革命的编年史，或是名人八卦或者企业家经营手册，会有什么不同？沃尔特·艾萨克森（Walter Isaacson）的《史蒂夫·乔布斯传》被解读为兼而有之，不同的传记类别会讲述出我们所生活世界的不同历史与意识形态，去研究这些是非常有理论趣味的。

将所有通向传记的方法联系在一起的，是生命叙事能为读者和写作者提供的意趣。不可避免地，我们会把对方的思虑和情感视为微不足道的、深奥的，或是意识形态式的质疑与误导，乃至对其不予理睬。但我认为，我们也可以从这种角力式的彻查方法提供的详细信息中获益。传记转向之旅无需旅伴的拥戴或完全拒绝。